U0455569

张贤亮精选集

世纪文学经典

SHIJI WENXUE
JINGDIAN

张贤亮 著

灵与肉

北京燕山出版社

"世纪文学60家"书系总策划

白烨、陈骏涛、倪培耕、贺绍俊、张红梅

"世纪文学60家"评选专家名单

(以姓氏笔画为序)

丁　帆　南京大学中文系教授

王中忱　清华大学中文系教授

王晓明　华东师范大学中文系教授

王富仁　汕头大学中文系教授

白　烨　中国社会科学院文学研究所研究员

孙　郁　鲁迅博物馆研究员

吴思敬　首都师范大学文学院教授

杨　义　中国社会科学院文学研究所研究员

杨匡汉　中国社会科学院文学研究所研究员

张中良　中国社会科学院文学研究所研究员

张　炯　中国社会科学院文学研究所研究员

张　健　北京师范大学文学院教授

陈子善　华东师范大学中文系教授

陈思和　复旦大学中文系教授

陈晓明　北京大学中文系教授

陈骏涛　中国社会科学院文学研究所研究员

於可训　武汉大学文学院教授

孟繁华　沈阳师范大学教授

赵　园　中国社会科学院文学研究所研究员

洪子诚　北京大学中文系教授

贺绍俊　沈阳师范大学教授

谢　冕　北京大学中文系教授

程光炜　中国人民大学中文系教授

雷　达　中国作家协会创研部研究员

黎湘萍　中国社会科学院文学研究所研究员

出版前言

SHIJI WENXUE
JINGBIAN

"世纪文学 60 家"书系的创编与推出,旨在以名家联袂名作的方式,检阅和展示 20 世纪中国文学所取得的丰硕成果与长足进步,进一步促进先进文化的积累与经典作品的传播,满足新一代文学爱好者的阅读需求。

为使"世纪文学 60 家"书系的评选、出版活动,既体现文学专家的学术见识,又吸纳文学读者的有益意见,我们采取了专家评选与读者投票相结合的方式。我们依据 20 世纪华文作家在中国现当代文学史上的地位与影响,经过反复推敲和斟酌,确定了 100 位作家及其代表作作为候选名单。其后,又约请 25 位中国现当代文学专家组成"世纪文学 60 家"评选委员会,在 100 位候选人名单的基础上进行书面记名投票,以得票多少为顺序,产生了"世纪文学 60 家"的专家评选结果。为了吸纳广大读者对 20 世纪华文作家及作品的相关看法和阅读意向,我们与"新浪网·读书频道"全力合作,展开了为期两个月的"华文'世纪文学 60 家'全民网络大评选"活动。2005 年 12 月 16 日,读者评选结果在"新浪网·读书频道"正式公布。为了使"世纪文学 60 家"的评选与编选,能够比较客观地反映专家和读者两方面的意见,经过反复协商,最终以各占 50% 的权重,得出了"世纪文学 60 家"书系入选名单。

"世纪文学 60 家"书系入选作家,均以"精选集"的方式收入其代表性的作品。在作品之外,我们还约请有关专家、学者撰写了研究性序言,编制了作家的创作要目,为读者了解作家作品、创作特点和其在文学史上的地位,提供必要的导读和更多的资讯。

"世纪文学60家"评选结果

排名	作家	专家评分	读者评分	评选结果	排名	作家	专家评分	读者评分	评选结果
1	鲁 迅	100	100	100	31	赵树理	85	55	70
2	张爱玲	100	97	98.5	32	梁实秋	67	71	69
3	沈从文	100	96	98	33	郭沫若	70	65	67.5
4	老 舍	94	94	94	33	陈忠实	67	68	67.5
4	茅 盾	100	88	94	35	张恨水	64	70	67
6	贾平凹	94	92	93	36	苏 童	58	75	66.5
7	巴 金	94	90	92	36	冰 心	51	82	66.5
7	曹 禺	100	84	92	38	穆 旦	78	52	65
9	钱锺书	80	99	89.5	39	丁 玲	78	47	62.5
10	余 华	85	92	88.5	40	顾 城	29	95	62
11	汪曾祺	100	76	88	41	舒 婷	51	69	60
12	徐志摩	85	89	87	42	张承志	67	51	59
12	莫 言	94	80	87	43	王 朔	45	72	58.5
14	王安忆	94	77	85.5	44	刘震云	58	58	58
15	金 庸	70	98	84	45	韩少功	54	57	55.5
15	周作人	94	74	84	46	阿 城	54	56	55
17	朱自清	70	93	81.5	47	张 洁	64	44	54
18	郁达夫	78	83	80.5	48	三 毛	22	85	53.5
19	戴望舒	94	66	80	49	铁 凝	51	53	52
20	史铁生	80	79	79.5	50	张 炜	60	40	50
20	北 岛	78	81	79.5	50	李劼人	78	22	50
22	孙 犁	94	62	78	52	宗 璞	64	33	48.5
22	王 蒙	78	78	78	53	郭小川	58	36	47
24	艾 青	94	60	77	53	柳 青	58	36	47
25	余光中	78	73	75.5	55	施蛰存	51	42	46.5
26	白先勇	85	64	74.5	56	张贤亮	42	49	45.5
27	萧 红	85	61	73	56	刘 恒	64	27	45.5
27	路 遥	60	86	73	56	高晓声	45	46	45.5
29	闻一多	78	67	72.5	56	李 锐	51	40	45.5
30	林语堂	54	87	70.5	60	徐 訏	45	43	44

目录
CONTENTS

序言

时代的生活和情绪的历史

白　烨

　　在当代中国文坛,有一个在上个世纪 50 年代崭露头角,尔后被打成右派,一直到粉碎"四人帮"之后才得以复出的作家群;"愤怒出诗人",经历了生活磨难的他们以喷发式的激情和集束式的作品,催生了主导文学走向的"伤痕文学""反思文学"等创作潮流,造就了新时期文学最初的辉煌。在这被人们称之为"历劫归来"(张炯语)的作家群里,张贤亮是其中比较突出和相当耀眼的一位。

　　张贤亮曾因 1957 年在《延河》发表抒情诗《大风歌》,而被打成了右派;这一文学祸端给他带来的人生转折是陡然而巨大的:从 1958 年到 1976 年的 18 年间,他经历了两次劳教、一次管制、一次"群专"、一次关监,饱受了炼狱般的熬炼。这样的严酷的生活遭际,造就了他的独特的精神气质与艺术品质,给他的创作以潜移默化的巨大影响。应该说,张贤亮此后的小说创作,无论是回溯过去,还是直面现实,都无不带着他这些过往经历的深刻底色。因而也可以说,他的创作所呈现出来的艺术特征,与他的人生经历的独特经验有着相当密切的内在关联。

一

　　再度复出的张贤亮,是以短篇小说《灵与肉》让人刮目相看的。《灵与肉》也把重新操觚的张贤亮的创作推向了新高度,他以对逆境中的奋起和磨难中的自信的抒写,让人在诉说"伤痕"的潮动中,感到了来自于人自身的力量与希望。而在《灵与肉》之后,张贤亮基本上是沿着两条路子来拓展自己的创作的。

把眼光移向目前,满怀热情写改革、写新人,是他创作追求的一个重要方面。这一方面的主要成果是中篇小说《龙种》和长篇小说《男人的风格》。用今天的眼光看《龙种》,这个作品或多或少给人一种演绎理念之嫌,但它在张贤亮的创作历程及当代改革题材的发展上,却都有着重要的意义。它是张贤亮调整创作主题、改换作品题材的初次尝试,是当代文学中正面反映农垦战线的改革新人的第一部作品。而且,由于作者在题旨推求上越过当时所风行的倡导工具革新,而大声疾呼体制改革,在人物形象上倾注了自己对改革事业的全部激情,作品虽简捷却敏锐,虽粗糙却雄浑,很有一种快人心目、催人奋起的磅礴气势。

如果说,《龙种》是张贤亮直面新生活、描绘新人物的一次尚不理想的尝试的话,那么,《男人的风格》则可以视为张贤亮在这一方面的一个重大突破。在这部作品里,作者似乎把陈抱帖的改革道路写得过于坦缓了一些,甚至还扯出了些许游离主题的人和事,但总的来说,作品是以雄阔的场面、复杂的矛盾、丰富的形象和动人的情节,较好地表达了其所意识到的历史内容的。尤其是陈抱帖这个形象,出身于知识分子而又不同于一般的知识分子。他对社会问题有着深入的思考,有着丰富的党政工作经验,对文、史、哲、经诸门科学有着非经院式的理解,而这一切又被统率于思想解放、勇于革新的强烈事业心。这确实是我们时代迫切需要但还不多见的宝贵人才。作者在这个人物身上寄托了自己对社会改革者的不少希冀,使得这个人物既现实又理想,很有一些引人的光彩和魅力。在改革事业上无坚不摧的陈抱帖,在夫妻关系上往往身陷困境,这脱俗的一笔,写出了改革者自身有局限的一面,也写出了改革生活有其艰难的一面,有力地增强了作品的生活和人物的真实性。这部作品的面世,不只说明了张贤亮没有停止他对改革问题的关注、思考和探求,它还进一步表明:改革在张贤亮的作品里已不是作为生活中偶然的一环或艺术竞赛中的一种摆设,而是作为社会行进到今天时代的一种历史必然,内在地化为他的作品里的"生活流"和"意识流"。他憧憬这个现实,同时也在催产这个现实。

张贤亮的另一条路子,是以《肖尔布拉克》《绿化树》《河的子孙》为代表的回视以往生活的创作探求。由于作者在这些创作中调动了自己亲身体验过的生活积累,并向深处挖掘其中所包孕的社会意义,毋庸讳言,这方面的创作是达到了较高的艺术水准的。

就拿《肖尔布拉克》来说,那样的一个三万字的短篇,融进了那么丰厚的生活内容:祖国西部的荒凉与广漠,"盲流"司机的旷达与坦荡,陕北姑娘、上海少女的坚贞与要强,这一切都随着艰辛的生活和曲折的爱情的演进,油画般地呈现在人们面前。浓厚的意蕴使你不能不一边阅读,一边咀嚼,尔后发出这样的感叹:祖国的土地不能再荒了,美好的人们不能再苦了,人们的生活不能再穷了,而最根本的是我们的政策不能再"左"了。

差不多同时写作的《河的子孙》虽然咏唱的是同一主题,但因在较大的历史跨度中描写了重大事件,作品更见深沉,更为浑厚。作品写了魏家桥大队党支部书记魏天贵大半生所历经的风风雨雨和独特命运,如同观照在黄河巨流的冲刷下一颗鹅卵石的形变状态那样,精细地绘描了魏天贵在生活的长河中身心所发生的种种变化。60年代的魏天贵初涉人生,是聪慧而纯真的;"文化大革命"中的魏天贵在逆水中行舟,变得狡黠而复杂了;进入新时期的魏天贵鉴往而知今,走向了清醒和沉稳。他的人生之旅中,有难以诉说的爱,也有难以饮咽的恨。"左倾"路线和"文化大革命"欠下了这个"河的子孙"无数的历史账,而他自己又在"左倾"路线和"文化大革命"的高压和影响下欠下了许多人情债。他历尽艰辛而不改本色,伤痕累累而奋力前行,充分表现出了我们民族的优秀儿女吃苦耐劳而又坚忍不拔的高尚品格和进取精神。"左倾"路线和"文化大革命"并未能摧垮我们的国家,史无前例的改革事业之所以在今天胜利进行,人们都不难从《河的子孙》中找到历史的答案。

张贤亮站在时代的制高点上回溯历史的艺术追求,以《绿化树》为标志,又登上了新的高峰。写右派和"大墙"生活的作品,我们已经见得不少了，但《绿化树》决无似曾相识之嫌。作者不是仅仅着眼于表现"反右扩大化"而写《绿化树》的，而是把"反右"作为章永璘人生旅程中的一个片段，写这个出身于资产阶级家庭、受过资产阶级文化影响又受到无产阶级思想教育，在家庭出身上、思想性格上都比较特殊的青年知识分子成长、成熟的历程。作者依旧发挥了自己善于在广阔、复杂的社会场景中写人的特点，写苦中的乐、恨中的爱、悲中的喜，情事曲转中，青年知识分子坚忍不拔之追求，劳动人民相濡以沫之互助以及"反右扩大化"违时背势之谬谈，都历历在目地再现于人们面前。可以说，在当代小说创作中，我们还很少见过对祖国西部的黄土高原的气势和色彩如此动人的勾勒，对那个天灾加人祸的困苦岁月的阴暗面如此逼真的描摹，对逆境中的右派分子的内心隐秘如此真诚的袒露。只有技艺高超的人才能够在钢丝绳上活动自如。《绿化树》敢于发人所未发之蕴，道人所未道之言，充分表现出了张贤亮建立在对生活的深刻理解和艺术把握的坚实基础上的探索精神和不凡功力。

二

我们说张贤亮的创作"基本上"沿着两条路子行进，实在是不敢把这个有才华而又不安分的作家看得过于简单。事实上，张贤亮也没有限制自己的一定框框，在主要写作直面新的现实和回视以往生活的两类题材作品的同时，他还写出了一个写现实又非写改革的讽刺型中篇小说《浪漫的黑炮》。小说中的人过中年的工程师赵信书，是一个书呆子型的老实巴交的知识分子，一次出差的棋坛上偶遇豁达、精明的外贸干部钱如泉，引起交谊的兴趣，便以寻找丢失的"黑炮"为契机，想与钱进一步发展关系。不料一封打给老钱找"黑炮"的电报，引起了意料不到的后果：S 市公安局出面调查，S 市矿务局机械总厂党委取消了赵信书陪同外国专家的权利，结果导致进口设备 WC 出了差错，国家白白损失几十万元。这能怨拘谨了一辈子的赵信书不该浪漫这一回吗？武书记等领导同志即是这样认为的。但读者从作品中得到的印象却是：某些领导同志身上存在的知识分子"政治上不可靠"的观念，像尾随着赵信书行迹的一枚导弹，时时都在寻隙进击，"黑炮"一事的偶然实在是事情发展的必然。宁"左"勿"右"，以"左"反"右"，这种"文革"遗风再也不能继续存在下去了。张贤亮在一个可笑的故事里讲述的这个严肃的主题，值得人们思考，值得人们警觉，这篇作品又使我们看到，张贤亮在对生活的观察和思考上，既是独特的，又是多样的，而他表现自己的生活发现的艺术手法，也是在别具一格中又不拘一格的。

不管张贤亮在今后将会写出怎样的作品，他已有的创作已向人们清晰地显示出了他在思想上和艺术上所执着追求着的一些东西。我们看到，他无论是写过去的生活，还是写当前的生活，都力求在广阔的历史背景和雄浑的时代旋律中，再现在生活的激流里栉风沐雨的人们的积极人生追求和独特命运，寻求人物之所以这样而不是那样的主客观因素，写出社会生活的来龙和去脉。他笔下的人物，大都在生活的碱水中浸泡过，有着颇不寻常的生活经历，是受难者，又是奋进者；他笔下的生活，大都由政治情势、自然环境、社会关系和社会心理等诸种因素交错合成，既是网状的，又是流动的。他就是在对生活的这种充满历史感的开掘中，放手抒写艰险时势的动人歌吟、旷野荒漠中的柔情蜜意、沧海一粟的继往开来。棱形的人物形象和立体化的生活画面极摹人情、勘破世态、扣人心弦、发人深省。

与这种深邃的思想内容的探求相一致，张贤亮在艺术手法上也是充分调用了逼真显现生活和人物的历史发展的本相的种种手段的。一方面以主人公回溯、诉说往事的方式，把眼前的现实与过去的生活连结起来，增加作品反映生活的历史深度，一方面又以包含着政治经济学、哲学、社会学、民俗学的多种色素的艺术镜头，从多种角度表现生活的多色调、多层次的复式状态，增加作品反映生活的社会广度，把纵的延伸与横的扩展有机地结合起来。他刻画人物，一方面以诸多生动实确的生活细节来构成人物的行动，使人物有根有底地扎在生活之中，一方面往往又给人物注入一种常人所少有的特殊精神素质，使其比现实中的人更理想、更光彩，把勇于写实与大胆虚构浑然一体地统一起来。另外，在揭示种种社会现象和人的内心世界上不留情面，褒扬美的事物和美的心灵不惜笔墨，构思谨严缜密而行文挥洒自如,在小说中套小说,把经典著述植入作品等方面,张贤亮都有不俗的表现和独有的创造。

要较为准确地概括张贤亮的主要创作特点,借用高尔基的(文学是)"时代的生活和情绪的历史"的名言是再也合适不过了的。张贤亮正是用自己一篇篇浸透着历史意识和时代气息的作品,力求展现当代人的生活情状和心灵世界的演变轨迹。他对文学的这种把握和追求,应当说是迈向了一个比较高的境界的。

三

在张贤亮的小说创作中,《绿化树》一作具有特别的分量和标志性的意义;在当代文学的小说创作之中,这篇作品也称得上是少见的杰作、难得的佳品。

作品以政治上"左倾"、经济上贫困,而自然灾害又十分严重的20世纪60年代初为背景,一开始就以雄浑而又率直的文笔,给人们勾勒出西北黄土高原那辽阔而又苍凉、质朴而又贫瘠的严峻场景。作品的主人公章永璘,不是作为拓荒者,而是作为受难者出现于这个在时代和地理上都十分典型的社会环境的。

作为出身于资产阶级家庭,受过资产阶级的文化影响又受到无产阶级的思想教育,正在寻求人生之路时被打入社会最底层的青年知识分子,章永璘那本来就比较斑驳的思想构成又增添了新的精神困惑。而这复杂的主观世界又适逢一个复杂的客观世界,这就使他的生活、他的性格,无不充满了难以解说又难以解脱的种种矛盾:他被入了另册,受尽了苦难,但除去知道自己的出身不好外,并不理解自己罪在何处;他心向祖国和人民,力图进步,但又孤立无助,方向茫然;他有较高的文化和智能,但其聪明才能别无用武之地,只好用以求温饱、防被欺;他深深倾慕在困境中救助自己的马樱花,但当她真心爱上他时,他又居高临下看别人,另生出离心意向。作者把章永璘在这个由时代、环境和主观诸方面的矛盾交错构成的生活世界里显露出来的光彩的和不光彩的、健康的和不健康的等多种因素混杂着的心灵世界，毫不掩饰地剖示给读者，使一个坚韧而又怯弱、聪明而又多虑、诚实而又木讷的章永璘，活生生、真切切地站立在了人们的面前。尤其是作者突出地刻画他在那个不准他"革命"和难于"革命"的生活领域中，从现实生活的美好一面中汲取力量，从马克思的经典著作中寻求真理的分辨、思考和探索，凸现他与天斗、与地斗、与人斗、与自己的缺点弱点斗，努力超越其生活限定的人生追求，更使人们看到了在逆境中顽强生长、不断壮大的奋发进取精神。章永璘的性格，是一个主体向上、整体复杂的多棱体，但其根根须须又分明是扎在那个特定的时代和社会的土壤里。他不是一个抽象的、一般意义上的知识分子典型，他是生在没落的资产阶级家庭、长在风云变幻的社会主义初期的一个时代的知识分子典型。

虽然《绿化树》是总题为"唯物论者的启示录"的系列小说中的一部中篇，只是章永璘的"苦难的历程"中的一个片段，但它以恢弘的气势、逼真的笔触、深入的开掘所初步展示出的男主人公在各种矛盾面前的惶惑、反省以及寻求马克思主义的刻苦探求，已突出地表现了受到封建文化和资产阶级影响的一代知识分子，在"左倾"思潮掺和着尚未肃清的封建意识和资产阶级思想的年代，走向进步的艰辛和曲折。小说写喜中的悲，悲中的喜，甜中的苦，苦中的甜，新中的旧，旧中的新，极摹人情世态之歧，备写悲欢离合之致，令有心者读之，怒可喜，喜可怒，醉可醒，醒可醉，对于人们了解反右扩大化的受难者的乖蹇际遇、中年知识分子的成长历程、右倾思潮的深重祸害、祖国西部的风土人情，再认识已经过去的坎坷历史，都很有助益。人们不难预见，完整面世的《唯物论者的启示录》，将是当代文学创作中具有意识到的"历史内容"和巨大的"思想深度"的重要作品。

张贤亮能够站在一定的历史高度和时代的制高点来审视自己的生活和人物，因而，他的作品一般历史跨度较大，人物性格中的社会性因子鲜明。从他的作品的生活事件中，可以寻出时代的巨轮在坎坷不平的道路上行进的轨迹，从他作品的人物形象中，可以见出历史的浪涛不断冲刷出的变化着的印痕。与同时代其他作家相比较，张贤亮用历史学家的眼光极现

"世运转移、人情翻覆"的特点,是比较显著的。这一创作上的长处,张贤亮在《绿化树》里又有了新的发展。这就是以往历史学家的眼光中,他的艺术摄像机又显然增添了政治经济学、哲学、社会学、民俗学的多种色素的聚光镜,力图色调俱全而又浑然一体地展示生活的赤、橙、黄、绿、青、蓝、紫,人物的喜、怒、忧、惧、爱、憎、欲,作品反映生活和感染读者的立体性效果大大增强了。张贤亮长于在生活的事实和艺术的虚构的高度融合中,把背景、环境的有力勾绘和人物性格的细致描写有机地结合起来,用精确的文笔传达精细的感受,以及通过同一事件中的不同反应来映现迥异的个性特点,在这部作品里,也都表现得淋漓尽致。可以看出,多角度、多层次地发掘自己所熟悉的生活,在意旨深远、真切感人而又不露技巧的艺术画卷中,再现"时代的生活和情绪的历史",已是张贤亮越来越明晰的创作追求。他真正找到了自己的优势,迈向了更高的境界。

四

在《绿化树》之后,张贤亮又拿出了他的另一部小说力作《男人的一半是女人》。这部作品可当作《绿化树》的系列作品来看,这不仅在于作者也像《绿化树》一样,用"唯物论者的启示录"来做作品的副题,还在于作品描写了同一个主人公——章永璘艰窘又异常的劳改人生。

《男人的一半是女人》所描写的章永璘在劳改期间的情感生活,是让人惊异又令人同情的。在"左倾"思潮盛行一时那样一个特殊年代,在失去人身自由的劳改农场那样一个特殊地方,本来就得不到应有的尊重的人更是得不到应有的同情,似乎就更加的理所当然。因而置身于那样的年代与那样的场景的章永璘,那种一个年轻男人应该有的情感涌动,爱欲宣泄,虽说也属自然而然的人之常情,但那只能更多地寄托于触景生情的想象与望梅止渴的憧憬。正是在这样一个无爱、无性更无女人的情景之中,可人的黄香久走进了章永璘的视野,并由意味深长的对视而留下难以忘怀的印象。几年后的再邂逅,两个人都认出了对方,并凭着当初的好感渐渐地越走越近，最终走入了婚姻。但在离别的这几年中，黄香久经历了不少的情感波折，还有过两次失败的婚姻，而章永璘仍停留在往日的情梦之中，甚至在真正过起夫妻生活时深感心有余而力不足。他们的结合，有几分相爱，也有几分无奈，除了相互的爱慕，还有彼此的怜惜，以及生理的需要。对于一直处于情感饥渴状态的章永璘来说，从黄香久那里获得爱的抚慰和性的需求，都相当重要。但一对爱人和一桩婚姻的维系，还需要更多的东西，比如志向、情趣、忠贞，等等。在这些方面，他们基本上是同床异梦和貌合神离。因而，种种不和谐渐渐显露出来，即便是在一贯难以和谐的性事上终于达到了前所未有的和谐，也还是终于走向了离异。

许多人都停留在情与性的层面上，去理解《男人的一半是女人》的题旨。其实，从作品的描写来看，内容远比这要宽阔得多。它通过章永璘渴求爱情又得而复失的故事，至少告诉人们，人的世界，其实就是两性的世界；就一个男人而言，没有女性的人生是不完整的。这种不完整，既表现在物质层面上性与欲的匮乏，又表现为精神层面上情与爱的缺失。这种双重缺席，势必造成人生的残缺与人性的畸态。病态的人生必将带来病态的婚姻，病态的婚姻也必会酿就病态的人生。往深处说，《男人的一半是女人》这部作品其实是通过章永璘的病态婚事，揭露了那个极"左"时代对于人性和人生的深重戕害，仍是经由劳改人婚爱的畸变反映社会生活的畸态。与《绿化树》相比，《男人的一半是女人》少了一些甜蜜，多了不少苦涩，因而带有了更多的悲剧意味。

张贤亮此后还有《习惯死亡》等新作问世，并造成了一定的影响，但总体来看，他引起文坛内外广为瞩目并给他带来较大声誉的，主要是《绿化树》和《男人的一半是女人》这两部描写劳改人情感生活的小说力作。经由这些作品，他把自己和别人有力地区别了开来，也充分展示了自己别树一帜的艺术特点。把这些总括起来说，主要有这样两点：第一，他通过劳改人的生存状况尤其是他们的情感纠葛，写他们的非人般的遭际和炼狱般的成长，从一个相当独特的角度反思了过往的历史时代和社会生活；第二，他在对作品主人公行状的描写中，既写物质生活之贫瘠，又写精神活动之丰饶，并通过这种比照与反差，既写出人物形象的立体感与性格的多棱性，又进而在生存的基点上声扬唯物观点的精神效用。所以在他的作品中，无论主人公身处怎样的生活逆境之中，总是在学习中思考和在思考中获取新的力量，因而人的精神始终是飞扬和高昂的，人总是站直身子的和充满自尊的。

综上所述，活跃于上个世纪80年代的张贤亮的小说创作，虽然已离今天的我们渐行渐远，却葆有着自己动人的风姿和独特的价值，这就是他别开生面地记述了个人的独特经验，从而使他的作品具有回溯历史、重温生活，认识人生和揣摩人性的艺术功用。换句话说，这是一个苦难生活的亲历者贯注了个人心血的反思历史的小说文本。因而，它们历久弥新，无可替代。

绿化树

一

大车艰难地翻过嘎嘎作响的拱形木桥，就到了我们前来就业的农场了。

木桥下是一条冬日干涸了的渠道。渠坝两旁挺立着枯黄的冰草，纹丝不动，有几只被大车惊起的蜥蜴在草丛中簌簌地乱爬。木桥简陋不堪，桥面铺的黄土，已经被来往的车辆碾成了细细的粉末。黄土下，作为衬底的芦苇把子，龇出的两端参差不齐，几乎耷拉到结着一层泥皮的渠底，以致看起来桥面要比实际的宽度宽得多。然而，车把式仍不下车，尽管三匹马呼哧呼哧地东倒西歪，翻着乞怜的白眼，粗大的鼻孔里喷出一团团混浊的白气，他还是端端正正地坐在车辕上，用磕膝弯紧夹着车底盘，熟练地、稳稳当当地把车赶过像陷阱似的桥面。

牲口并不比我强壮。我已经瘦得够瞧的了，一米七八的个子，只有四十四公斤重，可以说是皮包骨头。劳改队的医生在我走下磅秤时咂咂嘴，这样夸奖我："不错！你还是活过来了。"他认为我能够活下来简直是个奇迹；他有权分享我的骄傲。可是这几匹牲口却没人关心它们。瘦骨嶙峋的大脑袋安在木棍一般的脖子上，眼睛上面都有深窝。它们使劲时，从咧着的嘴里都可以看到被磨损得残缺不全的黄色牙齿。有一匹枣红马的嘴唇还被笼头勒出了裂口，一缕鲜红的血从伤口涔涔流下，滴在车路的沿途，在一片黄色的尘土上分外显眼。

　　但车把式还是端坐在车辕上，用一种冷漠而略带悒郁的目光望着看不见尽头的远方。有时，机械地晃动一下手中的鞭子。他每晃动一下，那几匹瘦马就要紧张地抖动抖动耳朵。尤其是那匹嘴唇破裂了的枣红马更为神经质，尽管车把式并不想抽打它。

　　我理解车把式的冷漠和无动于衷：你饿吗？饿着哩！饿死了没有？嗯，那还没有。没有，好，那你就得干活！饥饿，远远比他手中的鞭子厉害，早已把怜悯与同情从人们心中驱赶得一干二净。

　　可是，我终于忍不住了，一边瞧着几匹比我还瘦的牲口，一边用饥荒年代的人能表现出来的最大的和善语气问他：

　　"海师傅，场部还远么？"

　　他分明听见了，却不答理我，甚至脸上连一点轻蔑的表情也没有，而这又表示了最大的轻蔑。他穿着半新的黑布棉裤褂，衣裳的袢纽很密，大约有十几个，从上到下齐整的一排，很像十八世纪欧洲贵族服装上的胸饰。虽然拉着他的不过是三匹可怜的瘦马，但他还是有一种雄豪的、威武的神气。

　　我当然自惭形秽了。轻蔑，我也忍受惯了，已经感觉不到人对我的轻蔑了。我仍然兴致勃勃。今天，是我出劳改队走上新的生活的第一天，按管教干部的说法是，我已经成了"自食其力的劳动者"了。没有什么能使我扫兴的！

　　确切地说，这只是到了我们前来就业的农场的地界，离有人烟的居民点还远得很。至少现在极目望去还看不见一幢房子。这个农场和劳改农场仅有一渠之隔，但马车从早晨九点钟出发，才走到这里。看看南边的太阳，时光大概已经过中午了吧。这里的田地和渠那边一样，这里的天更和渠那边相同，然而那条渠却是自由与不自由的界限。

　　车路两边是稻田。稻茬子留得很高。茬口毛茸茸的，一看就知道是钝口的镰刀收割的。难道农场的工人也和我们一样懒，连镰刀也不磨利点？不过我遗憾的不是这个，遗憾的是路两边没有玉米田。如果是玉米田，说不定田里还能找出几个丢失下来的小玉米。

遗憾！这里没有玉米田。

太阳暖融融的。西山脚下又像往日好天气时一样，升腾起一片雾霭，把锯齿形的山峦涂抹上异常柔和的乳白色。天上没有云，蓝色的穹隆覆盖着一望无际的田野。而天的蓝色又极有层次，从头顶开始，逐渐淡下来，淡下来，到天边与地平线接壤的部分，就成了一片淡淡的青烟。在天底下，裸露的田野黄得耀眼。这时，我身上酥酥地痒起来了。虱子感觉到了热气，开始从衣缝里欢快地爬出来。虱子在不咬人的时候，倒不失为一种可爱的动物，它使我不感到那么孤独与贫穷——还有种活生生的东西在抚摸我！我身上还养着点什么！

大车在丁字路口拐了弯，走上另一条南北向的布满车辙的土路。我这才发现其他几个人并不像我一样呆呆地跟着大车，都不见了。回头望去，他们在水稻田后面的一档田里低着头寻找什么，那模样仿佛在苦苦地默记一篇难懂的古文。糟糕！我的近视眼总使我的行动非常迟缓。他们一定发现了可以吃的东西。

我分开枯败的芦苇，越过一条渠，一条沟，尽我最大的力气急走过去时，"营业部主任"正拿着一个黄萝卜，一面用随身带的小刀刮着泥，一面斜睨着我，自满自得地哼哼唧唧：

"祖宗有灵啊——"

"祖宗有灵"是劳改农场里遇到好运道时的惯用语。譬如，打的一份饭里有一块没有溶化的面疙瘩；领的秕子面馍馍比别人的稍大；分配到一个比较轻松而又能捞点野食的工作；或是碰着医生的情绪好，开了一张全休或半休的假条……人们都会摇头晃脑地哼唧："祖宗有灵啊——"这个"啊"字必须拖得很长，带有无尽的韵味，类似俄国人的"乌拉"。

我瞟了一眼：他手中的黄萝卜不小！这家伙总交好运道。"营业部主任"也是"右派"，但听他诉说自己的案情，我却觉得他不应属于"右派"之列，似乎应归于"腐化分子"或"蜕化变质分子"一类才恰当。他自己也感到冤枉,私下里说是百货公司为了完成"反右"任务,把他拿来凑数的。当在"生活检讨会"上,他知道我的高祖、曾祖、祖父、外祖父都是近代和现代的稗官野史上挂了名的人,父亲又是开过工厂的资本家时,会后曾悄悄地带着羡慕的口气对我说:

"像你,才是真正的'资产阶级右派'哩!浪过世面,吃过香的喝过辣的!像我,从小要饭,后来当了兵,他妈的也成了'资产阶级右派'!熊!哪怕让我过一天资产阶级的日子,再叫我当'右派'也不冤哩……"

可是,他并没有从此对我态度好一点,相反,还时时刻刻带着一种刻骨的嫉恨嘲讽我,以示他毕竟有个什么地方比我优越。他年龄比我大得多,比我更为衰弱,一脸稀疏肮脏的黄胡须,鼻孔常常挂着两条清鼻涕。他不敢跟我斗力,却把他的外援和好运道在我面前炫耀,以逗引出我的食欲和馋涎。他知道这才是最有效的折磨。我对他也有一种直觉的反感,老想摆脱他却摆脱不了。因为都是"右派",分组总分在一起。这次释放出来,他也由于家在城市,被开除了公职,又和我一同分到这个农场就业。

这是一块黄萝卜田。和青萝卜田不一样,黄萝卜田里是没有畦垄的,播种时就和撒草籽似的撒得满田都是。撒得密的地方黄萝卜长得细小,挖掘的时候难免有遗漏下的。但这块田已不知被人翻找了多少遍,再加上地冻得邦邦硬,我蹲在地上用手指头抠了许多有苗苗的地方也没找到一个。

"营业部主任"刮完了泥,站在离我不远的地方,和嚼冰糖一样把萝卜嚼得嘎巴嘎巴响,有意把萝卜的清脆、多汁、香甜用响亮的声音渲染得淋漓尽致。

"这萝卜好!还不糠……"他趁咽下一口时,这样赞扬。

这种萝卜只有在田被冻得裂了口的裂缝中才能抠得出来。我是有经验的。我又顺着裂缝细细地寻找了一遍,还是没有找到。那必须是裂缝中恰恰有个黄萝卜,也就是说恰恰有个遗漏下的萝卜长在裂缝中,可想而知,这样的概率非常非常之小。"营业部主任"的好运道就表现在这里!

然而我今天却毫不气恼。我站直腰,宽怀大度地带着勉强的微笑从他面前走过去,斜斜地抄条近路去追赶那辆装着我们行李的大车。

二

是的,我今天情绪很好。早晨,吃劳改农场最后一顿饭时,因为我们这些已经被释放的就业人员可以不随大队打饭了,在伙房的窗口,我碰见了在医院里结识的病友——西北一所著名大学哲学系讲师。他也被释放了,正在等农场给他联系去向。

"章永璘,你要走了吗?"

尽管他还穿着劳改农场的服装,胸前照例有一大片汤汁的污点,却用最温文尔雅的姿势祝贺我,还和我像绅士般地握了握手。这种礼节,对我来说已经是另外一个世界的事了。可奇怪的是,这种最普通的礼节又一下子把我拉回了那个我原来很熟悉的世界。于是,我也尽可能地用十足的学者风度在吵吵嚷嚷的伙房窗口与他交谈起来。

"那本书怎么办?"我问,"怎么还你呢?给你寄到……"

"不用!"他一手托着一盆稀汤,一手慷慨地摆了摆,那姿态俨如在鸡尾酒会上,"送给你吧!也许……"他用超然的眼光看了看四周,"你还能从那里面知道,我们今天怎么会成了这个样子。"

"我们,你指的是我们?还是……"我也谨慎地看了看打饭的人群。有一个犯人嫌炊事员的勺子歪了一下,正声嘶力竭地向窗口里吵着定要重舀。"还是我们……国家?"

"记住,"他的食指在我胸前(那里也有一大片汤汁的斑点)戳了一下,以教授式的庄重口吻对我说,"我们的命运是和国家的命运紧紧地连在一起的!"

对他的话和他的神态,我都很欣赏。在人身最不自由的地方,思想的翅膀却能自由地飞翔。为了延长这种精神享受,我虽然不时地偷觑着窗口(不能去得太晚,窗口一关,炊事员就不耐烦侍候你了。即使请动了他,他也要在勺子上克扣你一下:以示惩罚),但同时也以同样庄重的口吻说:

"不过,第一章很难懂。那种辩证法……用抽象的理论来阐述具体的价值形成过程……"

"读黑格尔呀!"他表情惊讶地提示我,仿佛我有个书库,要读什么书就有什么书似的,接着又皱起眉头,"要读黑格尔。一定要读黑格尔。他的学说和黑格尔有继承关系。读了黑格尔,那第一章《商品》就容易读懂了。至于第二章、第三章以及第二篇《货币到资本的转化》就不在话下了……"

"是的,是的。"我用在学院的走廊上常见的那种优雅姿态连连点头,"仅仅那篇《初版序》就吸引了我,可惜过去,我光读文学……"

我们这番高雅的谈话结束得恰到好处。他和我告别,小心翼翼地端着那盆稀汤走后,我扑到窗口伸进罐头筒,炊事员正要往下摞板子。

"你他妈的干啥去了?!"

"我帮着装行李来着。"我马上换了一副嘴脸,谦卑地、讨好地笑着,"我这是最后一顿饭啦!"

"哦——"炊事员用眼角瞟了我一下,接过我的罐头筒,舀了一瓢以后又添了大半瓢。

"谢谢!谢谢!"我忙不迭地点头。

"等等。"另一个年纪较大的炊事员擦着湿漉漉的手走到窗口,探头看看我,"你狗日的就是从死人堆里爬出来的那个吧?"

"是的,是的。"他亲昵的语气使我受宠若惊,给了我一种不敢想象的希望。

"你真他妈的不易!"果然,他从窗口旁边的笼屉里拿起一对昨天剩下的稃子面馍馍,拍在我像鸡爪般的手上,"拿去吧!"

还没等我再次道谢,他们俩就"啪"的摞下了黑叽叽的窗板。他们不稀罕别人感恩戴德,这样的话他们听得太多了,听腻了。

这才是真正的"祖宗有灵"!罐头筒里有一瓢又一大半瓢带菜叶

的稀饭,手里还有两个稗子面馍馍。两个!不是一个!这两个馍馍是平时一天的定量:早上一个,晚上一个。稀饭是什么样的稀饭啊!非常稠,简直可以说是黏饭!打稠稀饭,也是我们平时钻天觅缝地找都找不到的机会。由于加菜叶的稀饭里放了盐,这种饭会越搅和越澥。炊事员掌握了这个规律,他可以随他的兴致和需要,要么在开饭之前拼命地搅一阵,把稠的翻上来,于是排在前面的人就沾光了——"祖宗有灵"!要么稳稳地一瓢一瓢撇,那么稠的全沉了底,排在后面的人就鸿运高照!后一种情况,多半出现在炊事员因为忙而自己在开饭前没有吃上饭的时候——他们要把桶底的稠饭留给自己吃。一般情况下,炊事员们是希望我们争先恐后地跑来打饭的——早开完饭他们早休息。可是,谁也不知道炊事员在哪顿饭处于哪种情况;况且我们的人数又非常多,伙房里有十几个将近一人高的大木桶,更预测不到炊事员准备把哪一桶的稠饭留给自己吃……总而言之,打稠饭的机会比世界经济情况的变化还难以捉摸,完全要靠偶然性,靠运道。

今天我的运道就很好!

而这恰恰在我开始新的生活的第一天!

这是个好兆头!

所以我非常高兴!

三

其实,我平时也比一般犯人吃得多,只要是打稀饭,而不是稗子面馍馍,我总要比别人多100CC左右。诀窍就在于我这个罐头筒。

自一九五九年春天伙房不做干饭,只熬稀饭以后,劳改农场即刻兴起了用大盆打饭的风气,瓷碗很快就淘汰了。因为炊事员舀汤的速度相当快,如果用小口饭具,瓢底哩哩啦啦的汤汁就会滴回到桶里,这无疑是个损失。用敞口饭具,瓢底的汤汁当然会掉到盆里,归于自己了。脸盆太大,磕磕碰碰的不好往窗口里送,并且稀饭会沾得满脸盆都是,反而得不偿失。那必须是比脸盆小、而又比饭碗大的儿童洗脸用具。在困难时代,这种用具是很难买到的。然而"营业部主任"有办法。我怀疑他连百货公司的儿童用品也偷到家里囤积了起来,或是他的余党还没有抓尽。反正,他让每月都来探望他一次的那个与他同样讨厌的老婆,替组里每人都代买了一个。当然,他不会白白地效劳。他经常在我面前吹嘘,他人虽然送来里面了,而在外面却依然如何如何"有办法"。就像蜘蛛结好了网,等待小虫扑到上面去一样等待我向他求告。到时,他就会摆出各式各样的面孔,说出各式各样的话来取笑我。可是我偏偏不买他的账。我身无分文,又没有外面寄来的食品付给他这个掮客作佣金。我母亲在北京寄人篱下,靠给街道上编织塑料网袋,每月挣十来块钱生活,我没有面皮再向她老人家要求寄什么东西。但我有我的办法。我有一个从外面带来的五磅装的美国"克林"奶粉罐头筒。这是我从资产阶级家庭继承下来的一笔财产。我用铁丝牢牢地在上面绕了一圈,拧成一个手柄,把它改装成带把的搪瓷缸,却比一般搪瓷缸大得多。它的口径虽然只有饭碗那么大,饭瓢外面哩哩啦啦的汤汁虽然牺牲了,但由于它的深度,由于用同等材料做成的容器以筒状容器的容量为最大这个物理和几何原理,总使炊事员看起来给我舀的饭要比给别人的少,所以每次舀饭时都要给我添一点。而这"一点",就比洒在外面的多得多。

每次从打饭的窗口回号子,"营业部主任"都要捧着他那个印着小猫洗脸的崭新的儿童面盆,神气活现地在我面前晃一晃。这使我很容易看清楚他的稀饭打到哪里,正在小猫的腰部。有一次,趁全组的人都出工,只有我一个人留在号子里休病假时,我把我的罐头筒盛上水,水面刚好达到我平时打的稀饭的位置,然后再倒到他的面盆里。试验证明:我每顿饭都比他多 100CC!水面淹没了小猫拿着毛巾的爪子。

这 100CC 是利用人的视觉误差得到的。

我的文化知识就用在这上头!

但盆子毕竟有盆子的优越性——它可以让人把饭舔得一干二

净。"营业部主任"舔起盆子来，有种很特殊的姿势。他不是把脸埋在盆子里一下一下地舔，而是捧着盆子盖在脸上，伸出舌头，两手非常灵巧地转动着盆子。如果发挥想象的话，那既像玻璃工人在吹制圆形的玻璃器皿，又像维吾尔族歌舞中的敲击手鼓。不久，他这种姿势也随着他代买的盆子在组里推广开了。

罐头筒是没法舔的，这真是个遗憾！我只能在每次吃完饭后用水把它涮得干干净净，再把涮罐头筒的水喝掉。马口铁的罐头筒还不像搪瓷的面盆，不擦干很快就会生锈的。所以我每顿饭后都要用毛巾仔细地把它擦干，放在干燥通风的窗台上。这当然引起"营业部主任"的不快。在每周一次的"生活检讨会"上，他就此指责我"资产阶级的恶习不改""没有一点劳动人民的生活作风"。

我虽然也暗自惭愧，觉得他的批评不无道理，但想到多出来的100CC，又私下里感到宽慰。

我们两人的关系一直是这样：他总认为他不论在精神上和物质上都压倒了我，我也总认为不论在精神上和物质上都压倒了他。

现在，我就认为我在精神上和物质上都压倒了他。早饭我比他多吃了大半瓢，而且我的一瓢零大半瓢全是稠稠的粘饭，直到此刻我还感到它们在胃里尚没有完全消化掉，还在忠诚地给我提供卡路里。而他的一瓢不过是稀汤而已。尽管他把黄萝卜嚼得嘎巴嘎巴响，但他的怀里有馍馍么？没有！肯定他没有！我的怀里却有两个货真价实的稗子面馍馍。我想什么时候拿出来吃就拿出来吃。我现在不吃只是我不想吃它罢了。福气不得享得过头；乐极必然生悲。这是我劳改了四年体会到的人生哲理。

"走啰！大车走远啰！"我向大车赶去，又回头朝萝卜田里的几个人大声吆喝。

我还有比他优越的地方。我意识到了我今天可以离开那条土路，今天可以跨过那条沟、那条渠，今天可以到这田里来找黄萝卜（找没找到是另外的问题），今天可以想什么时候回到大车跟前去就什么时候回去;今天我是受我自己的意志支配的,不是被队长班长派遣的,也不必事事都要向队长班长喊报告。

"营业部主任"虽然也这样行动了,并且行动得比我还要早、还要快,但不自觉地运用这种自由和自觉地意识到自己获得了这种自由,这二者在精神上就处在不同的层次。

我觉得我比他高尚,比他有更多的精神上的享受,虽然没有找到黄萝卜,我还是心满意足的、带着一种精神胜利的自豪感追上了大车。

"走啰!大少爷在发号施令啰!"我听见"营业部主任"在后面向其他人这样喊。

不一会儿,他们也跟了上来。

四

大车照旧不紧不慢地走着。那匹枣红马的嘴唇不流血了,伤口凝着一道乌黑的血斑。任何伤口都会愈合的。它明天仍旧会像往常一样被拉来套车。

它就这样拉车,流血,拉车,流血……直到它死。

车把式还是端坐在车辕上,脸上带着一股沉思的神情。他一点也不答理我们,好像他身边压根儿就没有我们这几个人似的。他的沉默,倒使我有些不安。他是这个农场派到劳改农场来接我们的,直到现在我们还摸不清他是干部还是工人。他套车、赶车、捆绑行李的动作干净利索;他的话很少,操着河州口音,说出的话语句也很短,至多两三个词,老像是有满腹心思。他没有对我们几个人下过命令,但也没有表示过一点好感。他的表情是冷漠的、严厉的,在扬鞭的时候咬着牙,显得很残忍。他大约在四十岁左右,但也许实际年龄没有那么大,西北人的脸面看起来都显老。他身躯高大,骨骼粗壮;在褐色的宽阔的脸膛上,眼睛、鼻子、嘴唇的线条都很硬,宛如钢笔勾勒出来的一张肖像:英俊,却并不柔和。

我一面悄悄地打量他,一面在心里分析自己不安的原因。最后我发觉,原来我是被人管惯了,呵斥惯了。虽然我意识到我今天获得了自由,成了一个"自食其力的劳动者",但在潜意识下,没有管教和呵斥,对我来说倒不习惯了;我必须跟在一个管我的、领我的人后面。

我微微地感到屈辱,于是怀着一丝反抗情绪离开了他几步,靠到路边上去走。

牲口颠踬着,大车摇晃着,马蹄和车轮踏碾着寂寥的土路。我们几个就业人员跟在后面,默默无语。这时,田野上刮起了微风。山脚下,一股龙卷风高扬起黄色的沙尘,挺立在那里,一动不动,像一根顶天立地的玉柱。不知什么时候,空中飞来了两只山鹰。它们并不扇动翅膀,仅靠着气流的浮力,在我们头顶"嘹嘹"地盘旋。

兀地,像是应合饥饿的山鹰"嘹嘹"的啼鸣一般,这个如石雕似的车把式,喉咙里突然发出一声悠长而高亢的歌声:

哎——

接下来,他用极其忧伤的音调唱出了:

打马的鞭儿闪断了哟噢!
阿哥的肉呀,
走马的脚步儿乱了;
二阿哥出门三天了呀,
一天赶一天远呀——了!

他声音的高亢是一种被压抑的高亢,沉闷的高亢,像被一股强大的力量猛烈挤压出来的爆发似的高亢。在"哟噢""呀""了"这样的尾音上,又急转直下,带着呻吟似的沉痛,逐渐地消失在这无边无涯的荒凉的田野上。整个旋律富有变化,极有活力,在尾音上还颤动不已,以致在尾音逐渐消失以后,使我觉得那最后一丝歌声尚飘浮在这苍茫大地的什么地方,蜿蜒在带着毛茸茸的茬口的稻根之间;曲调是优美的。我听过不少著名歌唱家灌制的唱片,卡鲁索和夏里亚宾的已不可求了,但吉里和保尔·罗伯逊则是一九五七年以前我常听的。我可以说,没有一首歌曲使我如此感动。不仅仅是因为这种民歌的曲调糅合了中亚细亚的和东方古老音乐的某些特色,更在于它的粗犷,它的朴拙,它的苍凉,它的遒劲。这种内在的精神是不可学习到的,是训练不出来的。它全然是和这片辽阔而令人怆然的土地融合在一起的;它是这片土地,这片黄土高原的黄色土地唱出来的歌。

我十分震惊!

只听见他又用那独特的嗓音唱道:

哎——
扑灯的蛾儿上天了哟噢!
阿哥的肉呀,
蛤蟆蟆入了个地了,
前半夜想你没睡着呀!
后半夜想你个亮呀——了!

他把"了"唱成"留"音,把"没"唱成"嗨"音,只有这种纯粹在高原土地上土生土长的地方语音,才能无遗地表现这片高原土地的情趣。曲调、旋律、方音,和这片土地浑然无间,融为一体。听纳坡里民歌,脑海中会出现蓝色的海洋,听夏威夷民歌,眼前会出现迎风的棕榈,但那只是歌声引起的联想和激发的憧憬。此刻,身临此境,我感觉到的是,这田、这地、这风、这被风吹来的云、这天空、这空中的山鹰……即刻被这歌声抚摩得欢快起来,生动起来,展现出那么一种特殊的迷人的魅力……在我眼前,这片土地蓦然变得异常妩媚了,使我的心不由得整个融进了这绝妙的情景里。

重要的不是他的歌声,而是他的歌声唤起了这苍茫而美丽的土地的精灵,唤醒了在我胸中沉睡了多年的诗情。

啊,今天,我已成了自由人,我要用我干裂的、没有血色的嘴唇一千遍地吻这片土地!

我屏声静息,听他继续往下唱:

> 哎——
> 大马儿走了个口外了哟噢!
> 阿哥的肉呀,
> 马驹儿打了个场了。
> 家中的闲事不管了呀,
> 一心儿想着个你呀——了!

忧伤是歌曲的灵魂。他那歌声中的忧伤,浓烈的忧伤,沉重的忧伤,热情的忧伤,紧紧攫住了我的心。这里,歌词不是主要的,我只是凭着曲调,凭着旋律才模糊地揣摩到歌词的意义。他那对某个人、或并不是对具体人而是对某种想象的思念,引起我被饥饿折磨殆尽的情思抬了头,也试着要思念些什么……这时,我才感到一阵辛酸:人的辛酸,而不是饿兽的辛酸……"嘹嘹"的山鹰不知疲倦地跟随着我们,冬天的太阳有点偏西了。

可是,他的音调陡地一变,变得明朗而热情起来,尽管这种明朗和热情还覆盖有忧伤的阴影:

> 哎——
> 黑猫儿卧到锅台上了哟噢!
> 阿哥的肉呀,
> 尾巴儿搭到个碗上了。
> 阿哥的怀里妹躺上呀!
> 你把翘嘴嘴贴到脸上呀——了!

听到这里，我才明白这是首情歌。开始，我只是被他的歌声和旋律所震动，久废不用的想象力像一只停在枯树上的受伤的鸟儿被炸雷猛然惊起，懵头懵脑地奋力扇动着翅膀，飞到尽其可能飞到的地方。在震动过后，回首一望，才看到被闪电照亮的枯树下，绿草儿正在发芽。民歌的歌词，把我心灵里被劳改队的尘埃埋住的那最底一层拂拭了开来。因为歌词毫不掩饰，毫无文采地表现了赤裸裸的情欲。我回味地唱"阿哥的肉呀"那句热烈得颤抖的歌声，发现世界上没有哪一个民族的情歌有如此大胆、豪放、雄奇、剽悍不羁。什么"我的太阳""我的夜莺""我的小鸽子""我的玫瑰花"……统统都显得极为软弱，极为苍白，毫无男子气概。于是，我二十五岁的青春血液，虽然因为营养不足而变得非常稀薄，这时也在我的血管中激荡迸溅。它往上冲到我的头部，使我脑海里浮现出一片不成形的幻影，又使我浑身不可抑制地燠热起来……我的眼眶中不知什么时候溢出了泪水。

啊！这是我自由了的第一天。

五

然而，这对我如此重要的一天，非常值得纪念的一天——一九六一年十二月一日，在别人看来，竟和一年三百六十五天中的任何一天没有区别，毫无二致。

这使我有点失望。

当车把式海喜喜——进村的时候，我听见别人叫他"喜喜"——在日头偏西时终于把大车赶进一处居民点后，我们几个就业人员并没有看见有任何欢迎我们的表示。这里连狗也没有一条，也没有鸡鸭，只有几个衣衫褴褛的老汉懒洋洋地坐在水泥桥头，借着夕阳的余晖取暖。他们对我们眼皮也不抬。

这个村子和劳改农场房舍的格局没有两样，一律是一排排兵营式的黄色的土坯房。但比劳改农场还要破旧，许多处墙根已经被硝碱侵蚀得塌掉了泥皮——劳改农场里有的是劳动力,可以随时修修补补的。只不过这儿在每扇矮小的木板门口,有一两堆被雨雪淋得发黑的柴火,或是拉着晾衣裳的绳子,显示出那么一点农村的居家气氛。

大车经过一排排房舍前面凹凸不平的空地,除了柴火还是柴火,没有一个人。我们好像到了一处被废弃了的荒村。

"妈的!都死绝了!……往哪垯儿拉呀……"

海喜喜从优秀的民歌手又一下子恢复了车把式的本来面目,用不能形诸笔墨的语言嘟嘟哝哝地谩骂了一通。显然,他并不知道把我们几个新来的农工安顿在哪里,对这趟差使似乎也极不高兴。他已经跳下车辕,勒着马嚼子,一边催马前行,一边东张西望。从桥头那几个老汉对他的称呼,我们知道了他绝不是干部,不是书记、队长、出纳、会计之类的人物,从而大大地削弱了我们对他的敬意。我们也不答理他:你爱往哪儿拉就往哪儿拉吧!这是你的责任。

走到最后一排土坯房,再没地方可去了。在一间好似仓库的门前,他"吁、吁"地把牲口喝止住,一脚蹬起车底盘下的支架,三下五除二地把三匹马卸了套,管自牵走了马,一句话也没有给我们留下。

我们几个人都有点沮丧。对我们新来的工人——我们都是"自食其力的劳动者"了——如此简慢不说,肚子也早饿瘪了。我想把怀里的稗子面馍馍掏出来吃,但还是忍住了。吃东西是最大的享受,必须在毫无干扰的、非常宁静的氛围中咀嚼,才能品出每一个食物分子的味道。这时我们还没有安下身,说不定马上还要转移,现在吃,是最大的浪费!

"喂,伙计们!咱们大概就住在这儿。""营业部主任"在一扇破窗户前面探头探脑。他总交好运道,就在于他心里从来不承认自己是"右派分子",不老老实实,总要钻天觅缝地找点小自由。譬如现在,在我们几个人都不知所措的时候,他早已把周围的环境观察好了。

"这不是场部,"他说,"这不过是这个农场的一个队。你们看,这他妈的就是咱们的宿舍。还不如劳改队！劳改队还有火炕。"

我们从没有玻璃的窗口朝里望去：泥地上均匀地铺着刚拉来的干草，除此之外，别无他物；暗黄的土墙泥面也剥落了，露出一片片草秸。是的，这宿舍可真不怎么样！

"我一看这就是个穷地方！"从兰州来的报社编辑说，"和我过去到过的定西农村一个样！"

"好地方轮得着你我？"过去的辎重团中尉，上过朝鲜战场的英雄骂骂咧咧的。他虽然也被劳改了三年，还是认为自己应该受到特殊的礼遇。"这他妈的不过是从十八层地狱到了十七层！"

"算了吧，大家少说两句。"上海来的银行会计抱着听天由命的态度说，"既来之，则安之。反正谁也在这里待不长，能忍则忍吧……"

转而，几个人稍稍地有了兴致，谈论起各自的家属给他们联系工作的情况。是的，他们不会在这里待长的。他们的家在上海、西安、兰州……这样的大城市，他们的老婆都在活动着把他们办到那里郊区的农场去；"营业部主任"也不例外，他不久也能回到这个省城的郊区。他们有老婆孩子，他们要回去团圆，这是国家政策允许的。"和定西农村一样穷"也好，"十七层地狱"也好，对他们来说不过是个过渡，他们很快就能上天堂。只有我，是注定要在这里待到全然不可预测的未来，也许直待到老、到死的。我母亲是北京街道上一个穷老婆子，毫无办法；我那官僚兼资本家的大家庭，被日本人的炮火摧毁后即一蹶不振，树倒猢狲散，经过八年离乱，正如《红楼梦》里写的，"好一似食尽鸟投林，落了片白茫茫大地真干净"了。

我没有资格和他们一起畅谈美好的前景，独自蹲在一旁想心思。今天，我获得自由的第一天，种种好兆头（除了没有拣着黄萝卜之外）鼓舞了我。我既然从死人堆里爬出来，就一定能够活下去。死而复生的人，会把今后的日子全看作是残生。或许我还能活二十年、三十年、四十年甚至五十年、六十年，但那全是残生了——多么长的残生啊！而只要认为自己早已死去，现在肉体尚未腐烂，尚能活动，尚能看见太阳，听到歌声，不过是自己的侥幸，是自己白捡来的便宜，就什么困苦贫穷都不在话下了。家庭是"落了片白茫茫大地真干净",而我本人也成了"赤条条来去无牵挂"。所以尽管我有点失望,倒并不特别不满。我已学会了忍耐和不发牢骚。

大约过了半小时,我们看到村子外面的田野上有许多人扛着铁锹往回走,前排房子也响起了人声。收工了。一个瘸腿的中年汉子拐过房角向我们走来。

"来啦?"他并不看谁,低着头从手中的一串钥匙中挑出一把,开开门,顺口问了一句,算是跟我们打了招呼。随即转身又走了。

"喂,队长呢?"中尉在他背后叫,"咱们总得办手续、报到哇!"他一出劳改农场就续接上在部队的习惯。习惯,真是难以改变的东西。

"队长歇歇就来。"瘸子头也不回地说。

没有什么可等的。既然要活下去,就要会生活。我第一个爬上大车,把放在最上面的烂棉花网套取了下来——这就是我的全部财产。我用胳膊一夹,排闼而入,先把干草尽量往墙根踢拢,使墙根的干草堆得厚厚的,又用眼角瞟瞟旁边:也不能让旁边的干草太薄。狼孩也有狼孩的道德;我活,也要让人活。

然后,我把烂网套往墙根一摭:这个地方是我的了!

"喂,喂!你们干啥?你们干啥?队长还没有来分铺哩!……""营业部主任"气急败坏地嚷嚷。如果他占据了墙根,他是不会这样叫的。他虽然不断瞅空子搞小自由,但一旦小自由的利益被别人获取,他就宁愿舍弃自由而去找领导:我没有得到,也不能让你得到!今天早晨,他因为怕自己的行李放在大车的最上层会在路上颠下来,第一个搬出行李,放在大车的车底盘上。现在,等他搬进自己的铺盖,三面墙根都让人占了。对不起,你睡在门边上喝西北风吧!

不理他!你活,也要让我活。他被子褥子齐全,还有一件老羊皮袄,按平均主义的原则,他也应该睡在门口。我打开我的烂网套,把哲学讲师送我的《资本论》第一卷塞在网套下当枕头,旁若无人地、直挺挺地在我的"床"上躺下了。

墙根,这是多么美好的地方!"在家靠娘,出门靠墙",这句谚语真是没有一点杂质的智慧。在集体宿舍里,你占据了墙根,你就获得了一半的自由,少了一半的干扰;对我这样连纸箱子也没有的人,墙根就更为重要了。要是有点小家当,针头线脑、破鞋烂袜之类,或是"祖宗有灵",搞到了一点吃食,只有贮藏在墙根的干草下面。如果财产更多一点,还有一面墙供你利用。你可以把东西捆扎起来挂在墙上。更妙的是,你要看点书,写封家信,抑或心灵中那秘密的一角要展开活动,你就干脆面朝着墙,那么,现实世界的一切都会远远地离开你,你能够去苦思冥想。睡了四年号子,我才懂得悟道的高僧为什么都要经过一番"面壁"。是的,墙壁会用永恒的沉默告诉你很多道理。

六

我们刚把自己的铺位铺好,干草的烟尘还在土房里飞扬的时候,那个瘸子又来了,他说队长叫他领我们吃饭去。

好极了! 吃饭!

村子里有了活气。冬天的夕阳在西南方向放射着金色的光辉,黄色的土墙上和七拼八凑的玻璃窗上,都映得光灿灿的。小土房上小小的烟囱,一个个冒出袅娜的轻烟,村子里弥漫着一股苦艾和蒿草的香气。这种与劳改农场迥然不同的、如风俗小说里描写的村居情景,使我莫名地兴奋起来:贫穷也罢,困苦也罢,我毕竟又回到了正常的环境中!

伙房很小,看起来没有几个人在伙房搭伙。这使我有点担心:搭伙的人越少,每个人被炊事员剥削的量就越大。不过所幸的是,我们现在是工人了,我们可以进入伙房里面去打饭了。在瘸子——现在我知道他是队上的保管员兼管理员——向炊事员嘀嘀咕咕地交代给我们按多少定量打饭的时候,我的近视眼迅速地在伙房里梭巡了一遍:扔在案板上的笼屉布,沾着许多馍馍渣! 其实,像"营业部主任"这类人真蠢。他们不断地用最哀切的言词向家中勒索,搞得家里人惶恐不宁,扎紧裤腰带来支援他们。我呢,既然不忍心盘剥老母亲,就要发挥自己的智能。而我凭智能在目前的生活圈子里搞到的吃食,并不比从外面给他们寄来的邮包少。

每人四两:一个秕子面馍馍,再加一碗已经冷却的咸菜汤。我磨蹭着最后一个打饭。我笑着对炊事员说:"我不要秕子面馍馍,你让我刮那笼屉布吧。"

"行,"炊事员诧异地看了我一眼,递给我一把饭铲,"你要刮你就刮吧。"

我仔仔细细地把笼屉布刮得比水洗的还干净,足足刮了一罐头筒馍馍渣。按分量说,至少有一斤!

"祖宗有灵!"

虽然有股蒸锅水味,还是很好吃!

只有自由的人才能进伙房刮馍馍渣。自由真好!

吃完了饭,队长给我们提着一盏马灯来了。

"大家都来啦?来了就好,来了就好!……"

他在身上摸索着火柴。我马上走过去,帮他提着马灯,点上火,然后接过马灯挂在我的头顶上——这盏马灯有一半归我用了!没有外援的劳改生活锻炼出了我的机灵,依靠外援活下来的"营业部主任"之流只能靠他们的后盾。

"队长,咱们就这么随便睡哇?"躺在门口的"营业部主任"想改变现状。

"随便睡,随便睡,睡哪儿都行……"队长一屁股坐下来,在他的草铺上盘起腿,没有领会他的意图。

"队长,有没有好一点的房子?"上过朝鲜战场的中尉不满地说:"这房子连炕也没有。"

"凑合住吧,家嘛,在人收拾。"队长有点不悦了。他是个干瘦的中年汉子,自我介绍说姓谢。在马灯昏黄的灯光下只看见一脸胡楂,神色疲惫,穿一件补满补丁的棉干部服。他说:"想睡炕,就得脱炕面子。这大冬天的,脱下的炕面子也不结实。等开春再说吧。"

这就是说,我们要到春天才能睡上炕。而到春天,没有炕睡也行了。

几个人向谢队长打听怎么往这儿写信?场部在哪里?人保科什么时候办公?迁移户口的事应该找谁?谢队长很快就知道了这几个人是不准备在这里干长的。他把目光向我转来。我坐在马灯底座下面的阴影里。他眯缝着眼睛问:

"喂,小尕子,你叫啥名字?"

"章永璘。"我欠了欠身子,干草在我屁股下窸窣作响。

他把手中的一张纸就着灯光吃力地看了看。

"你家在北京啰?才二十五岁?"

"在北京。是的,刚满二十五岁。"

"你们几个就你年轻。咋?你也要回吗?"

"我不回。"

"好,不回就在这垯儿好好干。"谢队长高兴了,脸朝着我和蔼地说,"这垯儿也不坏,总比你们原来待的地方强。供应嘛,一个月二十五斤粮,还有两包烟。工资嘛,一级十八块,二级二十一块……你们先拿十八块,干了半年,根据你们的劳力再说话……"

"是,是……"我表示很满足地点着头。其他人靠在铺盖上冷冷地听着。呆滞的灯光把他们的脸照得像一张张没有表情的面具。

实际上,这里并没有什么值得高兴的。比劳改农场强的只是有工资。而十八块钱在这困难时期买不到十斤黄萝卜,况且这里还不发衣裳。粮食定量和劳改农场一样,七扣八扣,真正吃到嘴的至多二十斤(一月二十五斤定量在正常条件下也差不多够了,但在没有一点副食、油脂、菜蔬并且每天都要干体力活儿的情况下,你吃一个月试试!而我长年累月都是如此。一九六〇年定量还要低,每月只有十五斤)。我满足的不过是,他在说话时有意避开了"劳改队"三个字而已。

谢队长又从几个口袋里东掏西摸地拿出一堆香烟,发给每个人两包,向每人收了一角六分钱:"双鱼牌",八分钱一包。太好了! 这是真正的香烟,不是葵花叶子、白菜叶子、茄子叶子……这类代用品。香烟,对我来说几乎和粮食同等重要。但我看到不吸烟的"营业部主任"也有一份,又不禁妒火中烧。他会在你烟瘾大发时,用两毛钱一根的高价"让"给你。平均主义的原则毕竟有弊病!

"每天九点开饭,十点出工。下午四点收工。大冬天的,也没啥营生干。你们明天就出工吧,等到休息天再休息……"谢队长站起来,拍拍屁股要走。他不说星期天,却说"休息天",但不知哪天算"休息天"。

"队长,没有炕,砌个炉子行不行? 这屋子,晚上要冻死人。"中尉围在被窝里,又提出特殊要求。这个集体需要有这样一个人!

"炉子是要砌的。那有几块土坯就行。可公家只有烟煤,没有干炭。"谢队长袖着手,他也觉得冷,"还有窗子,也要糊一下,明天早上你们去办公室领点旧报纸,再到伙房打点糨子。"

"烧烟煤的炉子我会砌。"我自告奋勇地说。我有两个稗子面馍馍的贮存,还是愿意干重活的。

"哦? 那跟烧干炭的炉子可不一样哩。"谢队长用感到意外的眼光看了看我,"这样吧,明天你就留在家里,把炉子砌了,窗子糊了……哦,对了,你们还得有个组长。我看,就章永璘当上吧。"

很好! 我自由了的第一天就当上了组长。

七

晚上,我万分小心地钻进棉花网套里,就像把一件珍贵器皿放进衬着缎垫的锦匣中一样。因为我既要当心脚指头伸进破洞里去,或是勾断了线,把破洞越撕越大,又不能把被筒敞得太开,不然脊背就直接贴在稻草上挨扎了。随后,从盖在网套上的棉衣里掏出早上得到的两个稗子面馍馍,在被筒里嗅一嗅,玩味玩味,用洗脸的毛巾包好,埋在墙根下的稻草里面。

夜,寂静得使人以为世界已经离开了自己。而在劳改农场里,半夜都有值班人员的脚步声。

于是,我的另一面开始活动了。那被痛苦的、我不理解的现实所粉碎了的精神碎片,这时都聚集拢来,用如碎玻璃似的锋利的碴子碾磨着我。深夜,是我最清醒的时刻。

白天,我被求生的本能所驱使,我谄媚,我讨好,我妒忌,我耍各式各样的小聪明……但在黑夜,白天的种种卑贱和邪恶念头却使自己吃惊,就像朵连格莱看到被灵猫施了魔法的画像,看到了我灵魂被蒙上的灰尘;回忆在我的眼前默默地展开它的画卷,我审视这一天的生活,带着对自己深深的厌恶。我战栗;我诅咒自己。

可怕的不是堕落,而是堕落的时候非常清醒。

我不认为人的堕落全在于客观环境,如果是那样的话,精神力量就完全无能为力了;这个世界就纯粹是物质与力的世界,人也就降低到了禽兽的水平。宗教史上的圣徒可以为了神而献身,唯物主义的诗人把崇高的理想当作自己的神。我没有死,那就说明我还活着。而活的目的是什么?难道仅仅是为了活?如果没有比活更高的东西,活着还有什么意义?

可是,现在我是一切为了活,为了活着而活着。

我想起了普希金的诗句:

> 当阿波罗还没有向诗人
> 要求庄严的牺牲的时候,
> 诗人尽在琐事上盘算,
> 想看世俗的无谓的烦忧;
> 他的神圣的竖琴喑哑了,
> 他的灵魂浸沉于寒冷的梦;
> 在游戏世界的顽童中间,
> 也许他比谁过得都空洞。

我何止于"空洞",简直是腐烂！但怎么办？"牺牲"，必须要有一个明确的目的。过去朦胧的理想，在它还没有成形时就被批判得破灭了。尽管我也怀疑为什么把能促使人精神高尚起来的东西、把不平凡的抒情力量都否定掉，但我也不得不承认，现实的否定比一切批判都有力！那么，新的理想、新的生活目的究竟应该是什么呢？

据说，我这种家庭出身的人，一生的目的都在于改造自己，但是说"牺牲就是为了改造自己"，显然是不合理的。因为那等于说我不死便不能改造好，改造自己也就失去了意义。今天，我已成了自由人，如果说接受惩罚是为了赎罪，那么，惩罚结束了就可说是赎清了"右派"的罪行；如果说释放标志着改造告一段落，那么，对我的改造也就进行得差不多了吧。今后怎么样生活呢？这是不能不考虑的。但是，这个农场并不能使我感到乐观，并不能把我的文化知识发挥出来，以检验我改造的程度。

我虽然自由了，但我觉得我并没有落在某一处实地上，相反，更像是悬浮在四边没有着落的空中……

我脸朝着墙壁。墙角散发着潮湿的霉味和老鼠洞的气味，还有一股淡淡的、温暖的干草味。旁边，老会计在坚韧不拔地磨牙，那不把牙齿咬碎不罢休的格格声，仿佛象征着我们艰辛的未来。棉絮冷似铁，我浑身没有一点热气。"我怎么会落到这种地步"的感叹又油然而生。我经常发这样的感叹。这成了揣摩不透的谜。有时，我觉得劳改之前不过是场大梦，有时，我又觉得现在是场噩梦，第二天醒来我照旧会到课堂上去给学员们讲唐诗宋词，或是在我的书桌前读心爱的莎士比亚。但是肚皮给了我最唯物主义的教育。你不正视现实吗？那就让你挨挨饿吧？

我目前的境遇是铁的现实！

那么，这是宿命吗？但普遍性的饥饿正使千千万万人共享着同样的命运。我耳边又响起了哲学讲师的声音："个人的命运和国家的命运是连在一起的。"

我悄悄摸了摸枕在我头底下的《资本论》。"也许你还能从那里知道,我们今天怎么会成了这种样子。"现在,只有这本书作为我和理念世界的联系了,只有这本书能使我重新进入我原来很熟悉的精神生活中去,使我从馍馍渣、黄萝卜、咸菜汤和稠稀饭中升华出来,使我和饥饿的野兽区别开……

棉花网套被我微弱的体温慢慢焐暖了。我感到暖烘烘的、软绵绵的,感到了我的存在。存在是什么? 笛卡尔说,我思,故我在。活着多么好,能够思想多么好! 好得我都不想睡觉……但我还是睡着了。

八

第二天早上一起床,第一件事就令我极为懊丧,乐极果然生悲——两个稗子面馍馍都被老鼠吃光了!

是老鼠吃的,不是人偷走的,洗脸毛巾也被咬破了。我悄悄地团起烂得像渔网似的毛巾,塞进裤子口袋里。我还不能声张,"营业部主任"知道了,又会幸灾乐祸地嘲笑我。

九点钟才开饭,我靠在叠起来的棉花网套上,几乎要晕过去。如果这两个稗子面馍馍不丢,即使我不吃它也不觉着什么。而这巨大的损失加深了我的恐惧心理,竟使我觉得非常非常的饿。饥饿会变成一种有重量、有体积的实体,在胃里横冲直闯;还会发出声音,向全身的每一根神经呼喊:要吃! 要吃! 要吃! ……我没有力气动弹,更没有心思思想,只一个劲儿地转念头:必须把损失加倍地捞回来!

这时,昨夜里那些聚集拢来的精神碎片又四面进散了,我又成了生活的全部目的都是为了活着的狼孩!

从伙房打回饭,都坐在各自的草铺上默默地吃着。罐头筒的优势失去了。这儿的炊事员似乎没有视觉误差,他绝对相信自己手中的勺子,没有给我多加一点。但是没关系,我已经把门路想好了。

吃完饭,按照谢队长的安排,由一个面目阴沉的农工领着其他几个人随大队出工。那个瘸子保管员腋下夹着一卷旧报纸又来了。他放下报纸,告诉我土坯在什么地方,砖在什么地方,小车在什么地方,又领我到库房里去拿了把铁锹,一个小水桶,一把瓦刀,几根做炉箅的铁条。临走时说,糨子到伙房去打,他已经跟炊事员说好了。另外还需要什么,可以到办公室去找他。

砌炉子,至少是两个人的事:一个大工,一个小工。但我宁可不要小工。土坯和砖都近得很,就堆在我们的房头上。土嘛,院子里随便挖一点就行,这儿是碱土,不冻的。至于水,还是少用为好,不然光烤干炉子就要用很长时间。瘸子一走,我拿起一张报纸首先跑到伙房去。

"师傅,我打糨子来了。"我笑嘻嘻地和他打招呼,仿佛我经常吃得很饱似的。

"你自己去舀吧。"他坐在门口晒太阳,他是真正地吃饱了,"你可别舀得太多。"

"你看,"我把报纸一扬,"包一包就行。"

案板上放着半脸盆灰白色的稗子面,看来是事先给我准备的。我摊开报纸,把所有的稗子面都倒光,摁得实实的,捧了回来。

什么"打糨子",吃得饱饱的人永远不会注意到,稗子面是没有黏性的。即使借着潮湿糊上报纸,水分一干就会掉下来。我先不糊窗子,现在最急需的是火。我在劳改农场跟中国第一流的供暖工程师干了一个月活,专给干部砌炉子——他也是"右派",他当大工,我当小工。他曾教给我一个最简便的砌烟灶的方法;他还说,只要给他一把铁锹,其余什么也不用,他在坡地上就能挖出一个火又旺柴又省的炉灶:学问不过在进风口、深度和烟道上。我一会儿上房,一会儿挖土,干得满头冒汗,不到两小时,我就把一个最原始而又最合乎科学的取暖炉砌好了。

我一分钟也不歇息,拉上小车去伙房门口装了半车烟煤——一车我拉不动。沿途又顺手在不知谁家的柴火堆上抽了几根干柴。

我用颤抖的手划着了火柴,点燃了炉膛里的柴火。火苗和烟都朝着烟道蹿过去。一会儿,烟没有了,淡红色的火苗在烟道里呼呼地叫。又一会儿，火焰旺得像火山口喷出的岩浆，在炉膛里形成一个扇面，争先恐后地往狭窄的烟道口跑。这时候，我加上一铁锹煤，炉子里像施了魔法一般，腾起一股黑烟，但即刻被烟道吸了进去。火焰仍顽强地从煤的缝隙中往外冒。不到五分钟，火焰的颜色逐渐加深，由淡红变成深红，然后变成带青色的火红，这就是真正的煤火的颜色了。

下一步，就是不能让人家看见我在房子里干什么。我找到办公室，瘸子恰好在里面像泥人儿似的呆坐着。我无暇念及有人干得满头是汗而有人却什么都不干这种现象是多么可笑，问他要了一把小钉子、几片破纸盒上的纸板、一把剪刀——只要不领吃的东西，他都会慷慨地给我，旋即急匆匆地跑回来。我把硬纸板剪成一条条长条，压住铺在窗户上的报纸，用钉子在窗棂上钉得牢牢的。

像个宿舍样了。按谢队长的说法，这就是"家"！

我干活的步骤是符合运筹学原理的。这时，炉子已经烧得通红了：烟煤燃尽了烟，火力非常强。我先把洗得干干净净的铁锹头支在炉口上，把稗子面倒一些在罐头筒里，再加上适量的清水，用匙子搅成糊状的流汁，哧啦一声倒一撮在滚烫的铁锹上。黄土高原用的是平板铁锹，宛如一只平底锅，稗子面糊均匀地向四周摊开，边缘冒着一瞬即逝的气泡，不到一分钟就煎成了一张煎饼。

我一上午辛辛苦苦的忙碌就是为了这个美好的时刻！

我煎一张，吃一张，煎一张，吃一张……头几张我根本尝不出味道，越吃到后来越香。趁稗子面糊在铁锹上煎着的空隙，我还把我草铺下的老鼠洞堵了起来。这里有老鼠，没有料到！劳改农场是没有老鼠的——那里没有什么东西给它吃，它自己反而有被吃掉的危险。

土房里暖和了起来。我肚子里暖和了起来。我身上也暖和了起来。我坐在炉子旁边昏昏欲睡了。但现在不是睡觉的时候。我从棉花网套里掏出"双鱼牌"香烟，抽出一根，转圈捏了一遍——还好，没有烟梗子——捡起铁条上掉下的煤渣把它点燃。我不让一丝烟从我的口腔和鼻孔漏出去，屏住气息，全部吞进肚子里。一霎间，一种特别舒服的陶醉感立即传遍了我的全身。

可是,不知怎么,我心中却蹿出了一阵扎心扎肺的酸楚……

不能多想!我知道我肚子一胀,心里就会有一种比饥饿还要深刻的痛苦。饿了也苦,胀了也苦,但肉体的痛苦总比心灵的痛苦好受。我小心地掐灭香烟,把烟蒂仍装进烟盒里。我要找点事情来干。收拾好工具后,我把剩下的稃子面包上几层报纸,在墙上挂起来。把炉子加足了煤,拿起我补了又补的无指手套,拍拍身上的土,走出了我们的"家"。

九

这几天天气非常好。高原上的黄土到处泛着柠檬色的辉光。村子四周没有什么树,几株脱了叶的白杨,如银雕一般傲然耸入暖洋洋的天空,把它们瘦伶伶的影子甩在脚下。太阳偏西了。昨天这个时候,正是车把式海喜喜引吭高歌的时候。现在,我肚子胀了,回味那忧伤而开阔的歌声,竟使我联想到巴勃罗·聂鲁达的《伐木者,醒来吧》中的几个段落。

我经常有些奇异的联想,既毫不着边际,但又有某种模糊的、近乎神秘的内在联系。当然,只有在肚子胀了的情况下,脑海中才会产生种种联想。这时,我就觉得,海喜喜土生土长的民歌旋律,似乎给我注入了聂鲁达所歌颂的那种北美拓荒者的剽悍精神。那歌声、那山鹰、那广阔无垠的苍凉的田野、那静静的连绵不绝的群山、那山的绵延就是有形的旋律……整个地在我的心中翻腾。一时,我觉得我非常美而强壮了。

于是,我心情愉快地向马号方向走去。我想看看马。我很喜欢马。它们总使我联想到英雄的事业:去开拓疆土!去开拓疆土!……

可是,马号前面却有一群农工在那里翻肥。我的组员——"营业部主任"、中尉、老会计和报社编辑几个人也在其中。我想退回去已经来不及了。

"家收拾好啦?"谢队长手拿铁锹,站在高高的肥堆上,一眼就看见了我。在白天看来,他比昨天矮小得多。

"收拾好了。"

"你来干啥?"

"我……"我总不能说我来看看马。马有什么可看的?种种异想都从我脑子里飞逃了出去,只剩下一个意识:我是一个农工!我只好说:"我来干活。"

"好。"谢队长高兴地咧开满布胡楂的嘴,"你刨粪吧,刨下来她们砸。"

他给我指定一个地点。原来这里还有妇女。

我从来没有跟妇女一起劳动过。四年劳改农场的生活,我几乎没有看见过妇女。我低着头,局促不安地走到她们中间,不知道干什么好。

"你拿镐头刨吧,你刨一块咱们砸一块。"一个妇女对我说,"也别累着,看你瘦鸡猴的,刨不动大块就刨小块的。"

她的音色柔软,把本来发音很硬的方音也变得很圆润,尤其是语气中的关切之情使我特别感动。我很长时间没听过"别累着"这样的话了;我耳边响着的一直是"快!快!""别磨洋工"这类的训斥。但我没敢看她;我莫名其妙地脸红起来。我兴奋地想,我要好好替她刨,刨下来后还要替她砸碎。

我用眼睛在肥堆旁扫了一遍:这里没有镐。我忘乎所以地向谢队长喊道:"队长,没有工具呀!"

"你干球啥来的?!"出乎我意外地招来一顿训斥,"你吃席来还得带双筷子哩!"

旁边的几个妇女没有恶意地嘻嘻笑了。我脸涨得血红。我又羞愧,又痛恨这个谢队长:这是个喜怒无常的小人!

正在我手足无所措的当儿,那个妇女突然递给我一把钥匙:"给!你到我家去拿。就在门背后,有个好使的镐头。"

我窘迫地接过来,嘴里嘟嘟哝哝地也不知说了些什么。

"喏,就在西边第一排房子的第一个门。"她告诉我,"好找得很,一拐弯,头一间就是嘛。"

"就是门口挂着'美国饭店'的呀!"另一个妇女味味地笑道。

"你这婊子,你门口才挂招牌哩!"给我钥匙的妇女并不气恼,对她笑骂着。

我转身走了,她们还在嘻嘻哈哈地对骂。

这是把自制的黄铜钥匙,磨得很光滑,还留有人体的微温,大概是她装在贴身的衣兜里的。我翻来覆去地看了看,感激地抚摩着它,仿佛它是她的手。

门口并没有挂什么"美国饭店"的招牌,和别人家一样,堆着一堆发黑的柴火,拉着一根晾衣裳的绳子。我开开门。这是间比我们"家"还小的土坯房,一铺火炕就占了半间。泥地扫得很干净。我从来不知道泥地经过加工,会变得像水泥地面一样的平整。屋里没有什么木制家具,台子、凳子都是土坯砌的。靠墙的台子还用炕面子搭了两层,砌成橱柜的式样,上层拉着一块旧花布做帘子。所有的土坯"家具"都有棱有角,清扫得很光洁。土台上对称地陈列着锃亮的空酒瓶和空罐头盒作为摆设。炕上铺着一条破旧的毡子,一床有补丁的棉被和几件衣裳——还有娃娃的小衣裳——整整齐齐地叠放在上面。炕围子花花绿绿的,我匆匆浏览了一下,是整整一本《大众电影》,还有《脖子上的安娜》的彩色剧照。

炕下面有个锅台,锅圈上坐着一个盖着木盖的铁锅!

我头一次只身一个进入一个陌生人的房间,我感到了被人信任的温情,但又有这样一种本能的冲动:想揭开锅盖,掀起帘子,看看有什么吃的——凡是贮藏食物的地方对我都有难以抵挡的诱惑力。

罪孽!

我赶快把门背后的十字镐扛了出来,回到马号那里去。

"门锁上了么?"我低着头还给她钥匙,她问我。

"锁上了。"

我开始抡镐。有一个妇女在旁边哼哼唧唧地唱起来：

> 尕妹妹的个大门——就浪三趟吧，
> 不见我的尕妹子好呀模样呀！

"我把你这个……"她转过身去，用最粗俗的话骂了那妇女一句。由于这话非常形象生动，几个妇女都乐不可支地哈哈大笑了。

我不明白那妇女的歌怎么触犯了她，惊愕地抬起头，瞥了她一眼。她正和那妇女对骂，后背朝着我。我只看见系在一起的两条乌黑的辫子，搭在花布棉袄上。棉袄的背部和两肘用颜色稍深的花布补着几块补丁。

马粪尿掺上土，就是所谓的厩肥。冬天里冻得实实的。我们要把厩肥刨下来，砸碎冻块，翻捣一遍，再由马车运到田里卸下，一堆一堆地纵横成行，铲一层浮土盖上，等到开春撒开。我因吃了很多稗子面煎饼，又想帮她多干点，所以很卖力，一会儿就刨了很大一堆。

"你慢着。看你，你这个傻——瓜——瓜！"

她不说"傻瓜"，而说"傻瓜瓜"，声音悠长而婉转，我因感到亲切微微地笑了。我又瞥了她一眼，她低着头在砸粪，我没有看清她的脸。

"把稗子米先泡泡，再馇稀饭，越馇越稠……"

"要切上点黄萝卜放上就好了……"

"黄萝卜切成丁丁子，希个美！……"

"黄萝卜不抵糖萝卜；放上糖萝卜甜不丝丝的……"

"糖萝卜苦哩，得先熬……"

几个妇女笑骂完了，在肥堆旁边严肃地讨论着烹调技术，她又转过脸洒脱地朝她们说：

"干球蛋！我是宁吃仙桃一口，不吃烂梨半筐。要吃，就焖干饭！"

"嘻嘻！谁能比你呢，你开着'美国饭店'……"

"别耍你的巧嘴嘴了，"她直起腰，"你们没球本事！稗子米照样焖干饭。你们信不信？"

"信、信、信！你做顿给咱们尝尝……"

"尝尝？只怕你尝了摸不着家，跑到别人家炕头睡哩！……"她又嘻嘻地笑起来。她很喜欢笑。

接着，再次互相笑骂开了。

这时，海喜喜威武地赶着大车回来了，"啊，啊……"地用鞭杆拨着瘦瘦的马头，挺着胸脯坐在车辕上。

"你这驴日的咋这时候就收工了？咹？"谢队长停住了手中的锹，冷冷地质问海喜喜。谢队长和农工一样干着活，我注意到他比农工干得还多。

海喜喜显然和我刚才一样，没有料到谢队长在这里，赶紧跳下大车，"吁——"他把车停下了。

"牲口累了哩，队长。"

"是牲口累了不是你驴日的不想干了？咹？"谢队长眯着眼，又用嘲弄的口气。在我眼里，瘦小干枯的谢队长一下子高大起来，高大魁梧的海喜喜却干瘪了。我很同情海喜喜。现在他一副畏畏葸葸的神色，和昨日迥然不同。

"你驴日的是要我跟你算账不是？"我听出来谢队长的话里有话。果然，海喜喜比我半小时前突然见到队长时还要狼狈，进也不是，退也不是。瘦马在他背后用软塌塌的嘴唇拣食地上的草渣。

忽然，谢队长咆哮起来："你去把牲口卸了，拿把镐头来！今夜黑你驴日的不把两方粪给我砸下，我把你妈的……"

谢队长的詈骂有惊人的艺术技巧。他怒气冲冲地骂着，听的人却发出笑声，连海喜喜也抿着嘴偷笑，我当然更有点幸灾乐祸。原来谢队长对谁都这样粗俗地呵叱，刚才对我还算客气的哩。

海喜喜趁他痛骂的当儿，"驾、驾"地把大车赶进马号。一会儿，拿着一把十字镐出来了。

"哪儿刨呢？队长。"他的口气绝不是讨好，而是一副放在哪儿都能干的无畏架势。

"这垯儿来。"谢队长指了指自己面前,疲乏地说,"这垯儿有块大疙瘩,我吭哧了半天没吭哧下来。"

"啐!啐!"海喜喜响亮地朝两手啐了两口唾沫,"你闪开,看我的!"他哼的一声使劲地砸下镐头。

一转眼,两人又成了共同对付艰巨劳动的亲密伙伴,一个刨,一个砸,很是协调。

"熊,没起色的货!"我听见在我旁边的她低声骂道。不知是骂谁。

我还是埋头干我的活。我刨下的冻块,她砸不完,我就用镐头帮她捣碎,她用铁锹翻到另一边去就行了。在我们俩把面前的冻块都处理完,我转过身又去刨的时候,她闲下了。这时,她的下颌挂着铁锹把,轻轻地唱了起来:

> 我唱个花儿你不用笑,
> 我解了心上的急躁。
> 我心里急躁我胡喝呀,
> 哎!
> 你当是我高兴得唱呢!

在理论上,我知道她唱的和海喜喜昨天唱的曲调都属于所谓"河湟花儿"。这是广泛流行于甘肃、青海、宁夏黄河、湟水沿岸的一种高腔民歌。不过过去我并没有听过。她今天唱的和海喜喜昨天唱的又有所不同。旋律起伏较小,尾部结束音向上作纯四度和大六度滑近。在西北方言中,"急躁"是"烦恼"的意思;"喝"在此处当"唱"字讲。这里没有开阔的田野,四面都是肥堆,而她全然没有经过训练的、带有几分野性的嗓音,却把我领到碧空下的山坡上去了,从而使我的心也开阔了起来。然而我又有点悲哀。她的歌词中没有什么向往与追求,但声调里却有一种希望在颤抖,漫不经心地表现了凄恻动人的情懔。对的，就是漫不经心。我的悲哀还在于，给我如此美好享受的人，他们自己却没有意识到自己创造了这种美。比如说吧，海喜喜现在给我的印象就极没有光彩；而她呢，正低着头若有所思，心不在焉，没有一点自豪感。

我们一下午翻了不少肥，旁边堆了一大堆。谢队长围着粪场转了一圈，检查了所有人的成绩，对这几个妇女和我特别满意，喊了一声：

"收工吧！"

大家七零八落地往家走去。出于礼貌，我对她说："谢谢你了。让我替你把镐头扛回去吧。"

她在擦锹，掉过头很诧异地看着我，似乎不习惯这种客气的言辞。随即，她慌乱地把镐头从我肩膀上夺下来，用倔犟无礼的口气说：

"你拿来吧你！看你个瘦鸡猴，脸都发灰了。"

十

回到土房子，我的几个组员对"家"都很满意。"营业部主任"首先把自己的脸盆坐在炉口上，他说这房子热得可以擦澡。

吃饭的时候，大家都围着火炉。有了火，彼此的关系似乎亲密了一点，话也多了。报社编辑没有忘记他的本行业务，这一天，他打听到很多情况。据他说，这个农场占的面积很大，从北至南，沿着山边分散着十几个队。我们这个队是一队。队与队之间至少有十里，到场部还有二十里。最偏远的队在山脚下，离这里竟有一天的路程。场部有个商店，但现在除了盐没有别的货物，农工们都叫它"盐务所"。想买什么东西，要上三十里路以外的镇南堡去，那里有老乡的集市，好像是这一带最繁华的地方。要进城，可以坐火车，朝东去三十里有一个慢车停一分钟的乘降所，每天凌晨四点钟过一班车。这个队没有书记，副队长害了浮肿病，躺在炕上，谢队长是政治生产一把抓。他还说,农工们反映:"只要不倒着抹谢队长的毛,这还是个好人。"最可怕的是山脚下的那个队。那里管得最严,进去出不来,农工们把它叫做"鬼门关",是专治农场里调皮捣蛋的农工的。

报社编辑又说,这个队的农工绝大多数是本地人和甘肃、陕西跑来的农民。因为这个队的基础是公社的一个村子,谢队长本人原来就是公社的大队书记。别的新建队各种各样的人都有:浙江支边青年、复员转业军人、劳改劳教就业人员、工厂里精简下放的工人等等。

"啧、啧!"老会计惊叹道,"这个农场比劳改队还复杂。"

"赶快离开这穷窝窝子。""营业部主任"边洗脚边发牢骚,"劳改队还有期,待在这儿简直是无期。这儿他妈比劳改队还劳改队!"

我没有精神听他们闲聊。我全身仿佛被掏空了一般,光剩下一种感觉——累的感觉,累得都不想呼吸,但是却睡不着。有时,为了多吃一口,要付出远比这一口食物所发的热量还要多的热量。想想真不上算,但人还是要盲目地这样做,于是就越来越虚弱。今天,我干了不少活,结果累得如那妇女说的,"脸都发灰了"。

身体虚弱的折磨,在于你完全能意识、能感觉到虚弱的每一个非常细微的征象,而不在虚弱本身。因为它不是疾病,它不疼痛;它并不在身体的某一个部位刺激你,或者使你干脆昏迷;它无处不在,无所不到。实际上,要真昏迷过去倒也不错。当我意识到,我才二十五岁,又没有器官上的疾病,却如此虚弱的时候,我真有些万念俱灰。有的人万念俱灰会去皈依佛教,有的人万念俱灰会玩世不恭,有的人万念俱灰会归隐山林……这都是有主观能动性的万念俱灰,他本人还有选择的自由。已经失去主观能动性的、失去了选择的余地的万念俱灰才是最彻底的。这种万念俱灰不是外界影响和刺激的结果,是肉体质量的一种精神表现。油干灯灭,但火焰总是逐渐微弱下去的。它最后那一点萤火虫似的微光,还能照着你看着自己怎样地死去。也就是说,它要把你一直折磨到底。死,并不可怕,尤其在我这样的时候;可怕的是我能非常清醒地看见自己一步一步地走向死亡的全过程,看着生命怎样如抽丝一般从我的躯壳里抽尽……

啊,拉撒路①!拉撒路!……

十一

第二天早晨醒来,才有了饥饿和周身疼痛的感觉。根据经验,我知道现在开始好转了。能够感到饥饿和疼痛,就是还有活力的表现。

我无论如何要想个借口留在"家"里。

吃完早饭,我向组员们指出,土坯炉子上的泥缝,经过一天一夜的烘烤,已经干裂了。如果不糊上,裂缝里就会冒出煤气。"这可不是闹着玩的,别刚出劳改队,又进了阎王殿。"我叫他们跟谢队长说一声,我留在"家"里把炉子再泥一遍。

我现在是"组长"了,更主要的是,这个炉子成了大家关心的一个宝贝。中尉说:"行,你别去了,我去跟毛胡子队长打个招呼。"

我料到队长绝不会凭他们一句话就对我撒手不管。我先慢慢吞吞提来一桶水,挖了几锹土,刚把泥和好,不出所料,谢队长夹着一把锹来了。

"日怪!"他内行地把烟灶里里外外看了一遍,颇为欣赏,在炉子旁边蹲下来烤着两只手,"你还会打这样的炉子;又省料,又简便,火又旺。"

"世上无难事,只怕有心人。"我笑着把我是跟谁学的告诉了他。

"日怪!你们'右派',尽是些能人!"他朝干草上啐了一口,"咱们这垯儿的人,老八辈子咋样打炉子,这会儿还咋样打炉子。费泥费坏,厚得跟城墙一样,热气都透不出来。"

谢队长烤暖和了,眼泪鼻涕流了出来。他在脸上抓了一把,抹在自己的袄袖上。粗糙的大手上一道道很深的裂口。常年的户外

---

① 拉撒路为基督教《圣经》中一个患癞病的乞丐,死后因基督之力复活,成为病人的守护神。

劳动在他手上和脸上都印上了不可磨灭的痕迹;我突然觉得他很衰老,清癯的、布满皱褶的脸上有一种老人式的宽容神情,显得很和蔼可亲。

"谢队长,你家炉子要是不好烧,我来替你改装一下吧。"我讨好地说。

"不用。"他语气很平和,拉开了家常话,"我家烧的是柴灶。谁烧得起煤哩!你们是单身职工,按规定应该给你们烧炉子的。别的,你没见?队上家家户户都是柴灶,做了饭,又烧了炕。到夜黑,再添一把柴,一夜黑也暖和了。我的灶是喜喜子给我打的。那驴日的,也有点能!"

"海喜喜不是干部?"我勾着炉缝,问他,"昨天他接我们去,我们还当他是干部哩。"

"球干部!"谢队长淡淡地一笑,"他是今年开春从甘肃过来的。听说他小时候在寺上当过满拉①,可不好好学,一蹦子窜了好些地方。劳动嘛,还是攒劲的。身大力不亏嘛。我就看他这一点。出个远门,他也扛得住饿。嘿嘿!"

谢队长笑出了声,我却不明白这有什么可笑的。停了一会儿,他又说:

"今夜黑发工资,明天休息。你们想走个哪垯儿,也行。"

"去镇南堡也行么?"我毕竟年轻,还是想去享受一下能四处走动的自由。

"咋不行?走哪垯儿都行。"

我想他不是随口这样说的,可能是有意识地要让我知道我现在不同于过去的身份。但我又不大相信他这个外表如此粗俗的人竟会体贴别人。我瞥了他一眼。他表情不变,一门心思地烤着火。可是不论怎样,他这句话使我深受感动。

他又问了我原来在哪里工作,家里还有谁,随后,好像想起了什

---

① 满拉,是指在清真寺内学习伊斯兰教知识的学员,结业后,可当阿訇。

么事,扛起铁锹走了。

"行,你闹吧。"他说,"也别太热,小心煤烟打着,最好把报纸上掏个窟窿。"

他并没有叫我泥好了再去干活。

他一走,我三两下就勾好了炉缝,洗干净铁锹,支在炉口上,取下挂在墙上的报纸包,拿起罐头筒,倒进稗子面,像昨天那样煎起稗子面煎饼来……

稗子面都吃光了,我抖抖报纸,把它钉在我草铺旁边的墙上。这样,我就有了一圈干净的墙围。我不敢再跑出去看什么马了,点燃昨天剩下的半截香烟,舒舒服服地在围着报纸的草铺上躺了下来。

在我头旁边,卡斯特罗雄心勃勃地在鼓动世界革命,肯尼迪在发表他的"新边疆"政策,西方国家正用"福利国家"的口号来蛊惑群众,某地还选举开"牛奶皇后"……这些,都离我非常非常的遥远。那么,我现在生活于其间的这个新的生存环境是怎样的呢?我觉得,在这个如此贫穷、如此粗野、如此落后,仿佛被世界所遗忘、被文明所抛弃、为任何报纸书刊都不屑于挂齿的荒村中,却有一种非常模糊的、不能用语言来表达的东西使我感到新鲜,感到亲切,感到温暖。我小时候,教育我的高老太爷式的祖父和吴荪甫式的伯父、父亲,在我偶尔跑到佣人的下房里玩耍时,就会叱责我:"你总爱跟那些粗人在一起!"后来接触的那些知识分子们,脑子里的劳动人民全是塑造出来的艺术形象——穿着白衬衫和蓝工装裤,戴着八角帽,满面红光,肌肉饱满,气宇轩昂,永远走在一条笔直宽阔的金光大道上。给我做报告的领导号召我向之学习的"劳动人民",在我脑子里好像总是一个空泛的概念——神圣尽管神圣,我却始终不知道是什么样子。在劳改农场里是没有什么"劳动人民"的,那里不是知识分子就是狼孩。在这里,我总算置身于"劳动人民"之中了吧。首先让我感到惊奇的是,这里有一种劳改农场完全没有的乐观的、毫无顾忌的气氛。在如此贫穷、落后的荒村,竟能乐观和毫无顾忌,是多么可贵,多么不可思议啊!虽然这乐观与毫无顾忌是用粗俗的形式表现出来的,但这样更透出了朴拙与天真。回忆昨天劳动时的所见所闻,我发自内心地微笑了。

十二

镇南堡和我想象的全然不同,我懊悔一上午急急忙忙地赶了三十里路,走得我脚底板生疼。

所谓集镇,不过是过去的牧主在草场上修建的一个土寨子,坐落在山脚下的一片卵石和沙砾中间,周围稀稀落落地长着些芨芨草。用黄土夯筑的土墙里,住着十来户人家,还没有我们一队的人多。土墙的大门早被拆去了,来往的人就从一个像豁牙般难看的洞口钻进钻出。但这里有个一间土房子的邮政代办所,一间土房子的信用社,一间土房子的商店,两间土房子的派出所,所以似乎也成了个政治经济的中心。今天逢集,人比平时多一些,倒也熙熙攘攘的,使我想起好莱坞所拍的中东影片,如《碧血黄沙》中的阿拉伯小集市的场景。

我先到邮政代办所给我妈妈发信,告诉她老人家,我的处分解除了,现在已经成了名副其实的工人,成了"自食其力的劳动者";我吃得很好、长得很胖、晒得很黑,人人都说我是个标准的身强力壮的小伙子,就像苏联一幅招贴画《你为祖国贡献了什么?》上的炼钢工人。

我没有钱,但我有很多好话寄给我妈妈。

我的组员,包括"营业部主任"也托我寄信。他们的信都很厚,大概又在向家里念苦经,要家里人赶快给他们办准迁证吧,我想。

邮政代办所门口贴着一星期前的省报。省城的电影院在放映苏联影片《红帆》。我知道这是根据格林的原著改编的。啊,红帆,红帆,你也能像给阿索莉那样给我带来幸福吗?……

我走到街上。这条"街",我不到十分钟就走了两个来回。商店里只有几匹蒙着灰尘的棉布,几条棉绒毯子,当然还有盐。熏黑的土墙上,贴着"好消息新到伊拉克蜜枣两元一斤"的"露布",红纸已经变成了橘黄色。问那偎着火炉的老汉,果然是半年以前的事了。

集上有二三十个老农民摆着摊子,多半是一筐筐像老头子一样干瘪多须的土豆和黄萝卜,还有卖掺了很多高粱皮的辣面子的。有一个老乡牵来一只瘦狗似的老羊,很快被附近砂石厂的工人用一百五十元的高价买走了。我估摸了一下,它顶多能宰十来斤肉。我一直把那几个抱着羊的工人——奇怪,他们不让羊自己走——目送出洞口,咽了一口口水,才转过脸来。肉,我是不敢问津的。

我的目标是黄萝卜,土豆都属于高档食品。我向一个黄萝卜比较光鲜的摊子走去。

"老乡,多少钱一斤?"

"一块,搭六毛。"老乡边说边做手势,好像怕我听不懂,又像怕我吃惊。

我并不吃惊,沉着地指了指旁边的土豆:

"土豆呢?"

"两块。"

"哪有这么做买卖的?土豆太贵了。"我咂咂嘴。

"贵!我的好哥哥哩,叫你下地受几天苦,只怕你卖得比我还贵哩!"

"你别耍你的巧嘴嘴了!"我用上了向那女人学来的一句土话,"我受的苦你老人八辈子都没受过,你信不信?"我瞪着眼睛问他。

"嘿嘿……"他干笑着,似乎不信。

"告诉你吧,"我冷笑一声,"我是刚从劳改队出来的。"

"啊、啊!那是,那是……"老乡流露出畏惧的神色。

"怎么样,土豆贱点?"我突然故意把逻辑弄乱,话锋一转,"人家都是三斤土豆换五斤黄萝卜哩。"

"哪有这个价钱?"他的畏惧还没有到贱卖给我土豆的程度。但正因为这样,他即刻钻进了一个微妙的圈套。"你拿三斤土豆来,我换你五斤黄萝卜哩。"

"当真?"我表面上冷静,而心里惴惴不安地叮问了一句。

"当真!"老乡表现出一种很气愤的果断,"三斤土豆换五斤黄萝卜还不换?!"

"行!"我放下背篓,"你给我称三斤土豆。"

我先把钱付给他——我们昨天每人领了十八元,干了一天就领全月工资,真好!老乡取出自制的秤。我们俩又在挑拣上争了半天。称好后他倒到我的背篓里。我说:

"给,我这三斤土豆换你五斤黄萝卜。"

老乡连思素都没有思索,称了五斤黄萝卜给我。我把土豆倒回他的筐里,背起黄萝卜就走。

我得意洋洋,我的狡黠又得逞了!

在劳改农场,我就经常和来给我们做买卖的老乡打交道。我熟知他们有一种直线式的思维方法。有时候,他们会出奇的固执,拼命地钻牛角,只记一点,不计其余。这也可能使他们在争取自己的利益或创造性的劳动上,表现出一种不屈不挠的顽强精神,但更大的可能倒是被人愚弄,被人戏耍,让他们顾此失彼,大上其当。而我就是用自己的小聪明戏耍他们的人之一。

"我"啊,你究竟是怎样的一个人呢?

十 三

太阳暖融融的。卵石和沙砾在我脚下格格作响。方圆十几里阒无人迹,只有我一个人在荒滩上昂首阔步。"只、有、我、一、个!"这就是自由。在大号子里睡了四年,出工排队,收工排队,打饭排队,干了四年密集型的劳动之后,只有独自一人在一个广袤的空间行动,是多么幸福啊!

洪水从山上下来,冲出一条条深沟,又像是向山坡蜿蜒而上的卵石路。大大小小的卵石在阳光下散发着钢青色的辉光。略微向平原倾斜的荒滩,景物的色调是坚毅的、严峻的。一切都岿然不动,只有一种土色的小蜥蜴,见我过来,或是摇着小尾巴拼命地跑,沿途丢下一连串慌慌张张的小脚印;或是挑战似的扬着头,用小眼睛瞪我。那样子真可笑！在这个季节没有沙葱，也没有肉苁蓉，不然我可以爱拔多少就拔多少，大嚼一顿。我不是独自一人了吗，我不是自由了吗？现在，连空气都是属于我的！可是，这时候荒滩上只有枯干了的芨芨草和酸枣。酸枣是一种多刺的灌木，实际上就是荆棘的学名。荆棘！这个词使我怦然心动。我耸耸肩，把背篓往上捆捆，大踏步地穿过荆棘。

美丽的蔷薇脱落了花朵，
和多刺的荆棘也差不多。
我把荆棘当作铺满鲜花的原野，
人间便没有什么能把我折磨。
阴间即使派来牛头马面，
我还有五斤大黄萝卜！

"得儿蓬！得儿蓬！得儿蓬、蓬、蓬！……"我在心里敲着大鼓，背着背篓在荒原上迈着大步。

前面，是一条两米宽的排水沟。早上过来，冰还冻得很瓷实，但过了中午，冰层下出现了许多可疑的小水泡——这是冰层融化了的表象。

但是，这条排水沟长得东西两面都不见尽头，中间又没有桥。我走过来，走过去，选了一个比较窄的地方，拿起一块土坷垃往冰上砸去，冬的一声，土坷垃碎了，冰并没有破裂。我觉得可以冒险试一试。

两米宽的距离，如果我身强力壮，像给我妈妈写的信里说的那样；如果我背上没有五斤黄萝卜，我还是能一跃而过的。但这时的情况恰恰相反。我前一只脚刚跳到离岸三十公分的冰层上，咯喳一声，冰层破裂了！我连人带背篓仰天摔倒在沟里。薄冰被我砸了一个窟窿，像印模一般，正和我倒下去的身形相同。

我顾不得我自己，湿漉漉地站在没过膝盖的冰水里，看看背篓，里面只剩下两三个黄萝卜了！

反正棉袄已经湿透，我连袖子也没绾，气急败坏地在沟里乱摸。直摸到全身冻得麻木，而小腿针刺似的疼痛起来，才摸到不足一半。我只好恋恋不舍地爬到沟上，把劫后的剩余捡进背篓里。

在岸上，我如同一条落水狗似的抖擞了抖擞，背起背篓走了。一直走出很远，我还流连地回头看着，仿佛沟底的黄萝卜会像青蛙一样自己跳上岸来似的。

十四

半夜，可能是受寒以后发起烧来，我被干渴烧灼醒了。窗外，呼呼地刮起了西北风，用钉子钉着的报纸有节奏地扑扑作响，就和拉风箱一样。我感到一阵阵的晕眩。我身体虚弱以后，才发现很多小说里描写的晕眩是虚假的；那种扑通一声摔在地板上，或软软地倒在沙发上的描写，多半是主人公的装腔作势。我静静地睡在被窝里也会感到晕眩，并且，晕眩不但不会使我昏迷，反而会把我从熟睡中摇醒。这时，头颅仿佛比正常情况下大了许多，头颅里的血显得很稀少，很稀薄，就像只有一点点水在一个大坛子里晃荡一样。

当然不会有一个人给我倒一口水来喝。我必须忍耐。而我也习惯了忍耐。有时，我会被自己能如此忍耐而感动，也就是说，我自己被自己感动了。在这半夜时分，我就被自己感动了。耐力不像膂力，不能用计量器测试出来，并且它还包括了精神的和物质的两方面。有人能忍受精神的痛苦，却耐不住物质的贫困；有人能忍受物质的贫困，却耐不住精神的痛苦。我发现，我在精神和物质两方面的耐力都有相当大的潜力，只有死亡才是一个界限。

大自然赋予我这样大的耐力，难道就是要我在一种精神堕落的状态下苟且偷生？难道我就不能准备将来干些什么对社会有益的事情？

这时，我开始内疚起来，心里受到自谴自责的折磨。黄萝卜的得而复失，在我看来是冥冥中的惩罚和报应。老乡是辛苦的，这个地区从来就把农民叫"受苦人"，下地干活不叫下地干活，叫"受苦去"。一块六一斤黄萝卜，比较起来是不贵的，劳改农场附近的老乡开口至少是一块八至两块。我的一块浪琴表只换到三十斤黄萝卜和一碗发霉的高粱面。可是，我却狡黠地愚弄了那位老实的、满面皱纹的老乡，还自以为得计，结果……

头颅里的血不停地旋转回晃，一个早已沉淀了的回忆像乳白色的杯底物从我脑海深处泛起。在一间讲究的天蓝色壁纸贴面的大房间里，在凤尾草图案的绿窗帘下，在大理石镶边的法兰西式的壁炉旁边，我的一个伯父坐在棕色的皮面沙发里，我坐在放在地毯上的一只蜀锦软垫上。他晃动着自己调的加冰块的鸡尾酒，向我说摩根家族发迹的故事。据他说，老摩根从欧洲老家飘流到北美洲时，穷得只有一条裤子，后来夫妇两人开了一爿小杂货铺。他卖鸡蛋的时候从来不自己动手，而叫老婆拿给顾客看。因为老婆手小，这样就衬得鸡蛋大一点。正是由于他这样会盘算，他的后代才建立了一个摩根金融帝国。

"听到没有？做生意就要这样精，门槛不精不行！"这位证券交易所的经理端着高脚酒杯教育我，"谁倒闭了谁是戆大（念"壮"音），能赚钱才是英雄！"

……回忆的潮水又随血液的旋转退了下去。于是，我怀疑我所费的种种心机都是和出身于资产阶级家庭有关的。老摩根会利用人的视觉误差把鸡蛋变大，我会利用人的视觉误差把打的饭变少；摩根们会盘算，我的算盘也很精：用钉子代替秤子面，三斤土豆换五斤黄萝卜，和交易所的"买空卖空"一样，一倒手就赚了两块钱……固然，争取生存是人的本能，但争取的方式却由每个人的气质、教养而定；先天的遗传是自然的，而后天的获得性也能够遗传下去。当我意识到我虽然没有资产，血液中却已经融入资产阶级的种种习性时，我大吃一惊。一九五七年对我的批判，我抵制过，怀疑过，虽然以后全盘承认了，可是到了"低标准"时期又完全推翻。而现在，我又认为对我的批判是对的，甚至"营业部主任"那心怀恶意的批判也是对的。从小要饭的人,对从小就会享受的资产阶级"少爷"肯定有一种直感的敌对情绪。我虽然不自觉,但确实是个"资产阶级右派分子",其所以不自觉,正是因为这是先天就决定了的。

我口渴,我口渴得像嘴里含着一团火,但毫无办法,我把这种折磨看作对我的惩罚。我默念着但丁的《神曲》:

> 从我,是进入悲惨之城的道路;
> 从我,是进入永恒的痛苦的道路;
> 从我,是走进永劫的人群的道路。

我所属的阶级覆灭了,我不下地狱谁下地狱?

十五

第二天早晨,铅灰色的天空飘下了雪花。这个偏僻的、贫穷的、落后的荒村,大自然倒没有遗忘她,公平地给她也盖上了一层洁白的初雪。小土房上小小的烟囱,冒出的烟也是纤细的,更像童话中的一幅插图。

忍耐的好处之一,是我的感冒会不治自愈。我早已发现,疾病加重在很大成分上是个人的神经作用。如果像对情人一样念念不忘自己的病痛,病就会越来越重。干脆不理它——也没办法理它,它待在你身上也无趣,很快就会抛掉你。

那个瘸子一瘸一跛地四处吹哨,通知说不出工。他的喊声很怪。好像叫卖什么东西:"休——息!""休"字拖得很长,"息"却戛然而止,连一丝余音都没有。但在我们听来,这无疑是个可喜的消息。

棉袄棉裤在炉子上烤干了。"营业部主任"不住地埋怨我把房里熏得臭烘烘的。我不理他。要是他掉进水里,他还有新棉裤,还有老羊皮袄。在我眼里,他倒成了资产阶级——阶级关系又整个儿颠倒了。糟糕的是,湿漉漉的棉衣烤干后,硬得和盔甲一样,不保暖不说,穿在我既无衬衣、又无衬裤的身上,磨得皮肤又疼又痒。早饭后,我干脆把衣裳全部脱光,用棉花网套把自己包了起来,仅从网套的破洞里伸出两只手,捧着本书,靠在泥土剥落的墙上。

我抱着一种虔诚的忏悔来读《资本论》。

上午,我还能饶有兴味地读着。我重温了《初版序》,接下来读《第二版跋》直到《编者第四版序》。论证的逻辑理清了,也印证了我昨夜的想法:我所出身的这个阶级注定迟早要毁灭的。而我呢,不过是最后一个乌兑格人。我这样认识,心里就好受一点,并且还有一种被献在新时代的祭坛上的羔羊的悲壮感:我个人并没有错,但我身负着几代人的罪孽,就像酒精中毒者和梅毒病患者的后代,他要为他前辈人的罪过备受磨难。命运就在这里。我受苦受难的命运是不可摆脱的。

但是到了中午,我就读不下去了。对于我来说,休息最大的痛苦是没有吃的。平时干活的时候,饥饿还比较好忍受。什么活都不干,饥饿的感觉会比实际的状态更厉害。我完全相信卓别林的《淘金记》中,困在雪山上的那个饥饿的淘金者,会把人看成是火鸡的幻觉。那不是天才的想象,一定是卓别林从体验过饥饿的人嘴里得知的。当我看到"商品是当作铁、麻布、小麦等等,在使用价值或商品体的形态上,出现于世间"这样的句子,我的思想就远远地离开了这句话的意义,只反复地品味着"小麦"这个词。我的眼前会出现面包、馒头、烙饼直至奶油蛋糕,使我不住地咽唾沫。那个句子的后面,又出现了以下的列式:

$$1 \text{ 件上衣} = 20 \text{ 码麻布}$$
$$10 \text{ 磅茶叶} = 20 \text{ 码麻布}$$
$$40 \text{ 磅咖啡} = 20 \text{ 码麻布}$$
$$1 \text{ 卡德小麦} = 20 \text{ 码麻布}$$
$$\cdots\cdots$$

"上衣""茶""咖啡""小麦"，这简直是一顿丰盛的筵席！试想：穿着洁白的上衣(不是围着破网套)，面前摆着祁门红茶或巴西咖啡(不是空罐头筒)，切着奶油蛋糕(不是黄萝卜)，那真是神仙般的生活！我也有着华丽的想象力。这种想象力会把我所经过、看过、读过的全部盛大宴会场面都综合在一起，成了希腊神话中忒勒玛科斯的大宴会："安静地吃吧，我不会让任何人来妨碍你！"这时，不但各种各样食物多彩多姿的形象诱惑我离开《商品的拜物教性质及其秘密》，而且这冬日的沉寂而寒冷的空气中，不知从哪里会飘来时而浓烈时而清淡的肴馔的香气——我脑子里想到什么，就会有什么味道。这香味即刻转化成舌尖上的味觉，从而使我的胃剧烈地痉挛起来。

"营业部主任"又耍花样了。他在他的小木箱中摸索了半天，摸索出一块黑面饼子。他不让中尉吃，不让报社编辑吃，还有两个同来的就业人员他也不让，独独要请睡在我旁边的老会计与他分享。其实他明明知道老会计严格地奉守着"我不沾你一分，你也别沾我一毫"的处世原则，不会吃他的"请"的。老会计在这点上也确实迂腐得可笑。比如，他对我与他铺位之间的分界线，比两个关系紧张的毗邻国家的国界还敏感——其实我与他相处得还好。如果他的被角偶尔搭在我的草铺上，他会像被子掉到火上了似的慌忙拽过去；如果我的破网套有一团棉花沾上了他的褥子，他也会郑重其事地捧着送回来，好像那团破棉花是我丢失了的钱夹子。这种战战兢兢不敢越雷池一步的人，我想象不出怎么也成了"右派"。

"吃吧，吃吧，没关系的。""营业部主任"小心翼翼地掰了半块，从门边扔到他的褥子上。

"咦，咦！弗，弗……"老会计操着上海口音叫起来，惊慌地又扔了回去，仿佛那半块黑面饼子是个烧得火烫的煤球。

"吃吧，你看你这个人……啧，啧！""营业部主任"又慷慨地扔过来。那半块饼子已干得坚硬无比，扔来扔去都不会掉渣的。

"哎，哎！真的……侬自家吃吧。"老会计更惶惶不安地扔还给"营业部主任"。

"啧!我让你吃你就吃吧。这会儿,谁不饿?!""营业部主任"再次使劲往这边一扔。

但是,这次"营业部主任"没扔准确,更可能是他有意识的,半块黑面饼子掉到了我的草铺上,正在我的脚旁边。

老会计用一种非常恐惧的眼光斜睨了那半块饼子一眼,在他的铺位上坐卧不宁地扭动着。捡起来再扔回去?这饼子是在我的草铺上;也许他还有点怜悯我,想顺水推舟把饼子让给我吃。不捡起来往回扔?"营业部主任"明明给的是他。即使他给我吃了,人情账却是挂在他名下的,"营业部主任"可不是容易对付的债权人……

土房里的空气仿佛凝固了。其他几个人虽然表面上在各干各的事,有的在补袜子,有的在写家信,有的在被窝里想心事,但注意力无疑都盯在这半块黑面饼子上。报社编辑和中尉在自制的象棋盘上也暂时休战。这半块黑面饼子的命运牵动着所有人的心。

饼子约摸有一两重,由于放得太久,表面上竟有一层暗淡的光泽,很像一块硬巧克力。它旁若无人地,藐视一切地坐镇在我的草铺上,使我非常地困窘;我那"把荆棘当作铺花的原野"的精神也受到了挫折。剩下的黄萝卜在昨天回来后就煮着吃光了,没有一点东西可以抵挡从心底里,而不是从胃里猛然高涨起来的食欲;没有一点东西可以把我汹涌澎湃的唾液堵塞住。由于委屈,由于受到这种残酷的作弄,由于痛恨自己纯自然的生理要求,由于蔑视自己精神的低劣,由于那种"我怎么会落到这种地步"的哀叹……我眼眶里饱含着泪水。

土房里如死一般寂静,皑皑的雪光透过糊着报纸的窗户映照进来,每个人的脸都像死人似的苍白。老会计最终决定了对策:不在我的领地里,就不关我的事!闭起了眼睛,袖着两手坐在褥子上,活像个入定的老僧。"营业部主任"表面很镇静,和扔饼子之前一样,在他铺位上盘着腿,但眼睛却灼灼地盯着那块诱饵,紧张地等待着即将被夹住的猎物。

这时,窗外由远及近地响起沙沙的踏雪声,同时传来了轻松的放肆的歌声:

姐儿早上去看郎,
三尺白绫包冰糖。
送给小郎郎不用,
转过身儿好凄惶哟——呀啊!
初三早上去看郎,
小郎病在牙床上。
双手揭开红绫帐,
小郎脸上赛金黄哟——呀啊!

是个女的。我一听就是两天前给我钥匙的那个妇女。

沙沙声和歌声越走越近,径直向我们"家"门口走来。土房里所有的人都有点惊奇,目光被这突如其来的、仿佛是从另外一个世界飘来的声音吸引到门口去,连"营业部主任"的神经也暂时松弛下来,不自觉地表现出侧耳倾听的模样。

一会儿,脚步到了门口,随即,门像受到爆炸的冲击波撞击似的,"砰"一声被推开了。门大敞着,却不见人进来。

这几秒钟,屋里的人都呆呆地盯着门口,像一群傻子在盼望一个奇迹。门外的人似乎终于克服了自己的犹豫,一蹦子跳到门槛上,两手扶着门框,探头探脑地向屋里寻找着。

"嘻嘻!你们这垯儿谁是唱诗歌的'右派'?找他干活去。"

是她!

而她问的只能是我!

"喏、喏、喏,""营业部主任"转过头来用手指着我,快活地叫道:"章永璘,喂,叫你干活去哩!"

可是,从她的语气、她的神态、她的特别的嘻嘻的笑声里,我即刻敏感到她并不是叫我去干活。我很高兴她把我从这种困境中解救出来。

"是找我吗?"我还有点拿不准,因为她不是说"写诗",而是说"唱诗歌"。"干什么活?"我又问。

"嘻嘻!我一猜就是你。"她仍然手扶着门框,身子前后地摇晃,"都说你会打炉子,叫你给打个炉子去哩。"

她为什么要猜?怎么会一猜就是我?我感到了一种微妙的关切。我也愿意跟她一起干活。既然没有吃的,干点活比闲待着还好受点。我说:"那么你先去,我穿好衣裳就来。"

她注意地打量了我一下,大概觉得我那副模样很滑稽,又嘻嘻地一笑。

"那你快点,我在家等你。我家你总认得。"

她一欠身,把门"砰"的一声拉上。我匆匆地穿上棉衣棉裤,在蹬棉裤腿时,我装作无意把那半块黑面饼子踢到我和中尉之间的过道上。

十六

外面已是一片银白色的世界。初雪把广阔无垠的大地一律拉平,花园也好,荒村也罢,全都失去了各自的特色,到处美丽得耀眼炫目,使人不能想象这个世界上竟会有几分钟之前发生的那种荒诞的丑剧,不能想象人会有那种龌龊得对自己也没有什么好处的心地。

啊,大自然,你每隔一段时间就要用你的默默无言来教诲我们净化自己!

她的一串脚步印在洁白的雪地上,给人一种轻盈而又温暖的感觉。她回去也踏着来时的足迹:均匀、整齐,毫不零乱,拐弯处弧线优美,精致得像一串珍珠项链。我仔细地踩着她的脚印走,像沿途把那宝贵的东西拾起来,一粒一粒地,一粒一粒地……装在我的心里。

我敲敲门。她不说"请进""进来",而是在屋里大声喊:"推嘛,门开着的嘛!"

她斜坐在炕上逗弄孩子。这是个两岁多的孩子，穿着一身和她棉袄的花布一样花色的小棉袄，看来是个女孩，却又推了个平头，眉毛也很浓，长着一副男孩子的样子。见我进来，孩子和她都嘻嘻地笑出了声，但看见我也笑时，孩子却吓得往她怀里直躲。我有点无趣。我想，我的模样一定挺吓人，连笑脸也是可怕的吧。

"在哪儿打炉子？"我问，"有瓦刀没有？还要土坯和砖……"

"你忙啥？!"她长得很匀称的细长的手摩挲着孩子，朝我笑着说，"看你这棺材瓢子，干活倒挺积极！你先坐会儿。"

"棺材瓢子！"可怕而又可笑。我把我这副"棺材瓢子"坐在那不能移动的土坯砌的凳子上。房里没有火，却和我们"家"一样暖和。这种暖和是温和的、全面的暖，不像火炉那样只烤一面，还带着逼人的炙灼。这是农家火炕的作用。我看着那贫穷而整洁的炕，突然产生了一种对家的向往。家，不是谢队长说的"家"，而是真正的家。经过四年严酷的强制性集体劳动和濒于死亡的饥饿，种种不切实际的雄心壮志和布尔乔亚式的罗曼蒂克的幻想，全抛到了东洋大海。我心里记得《叶甫根尼·奥涅金》中的几句诗，这几句诗倒能说明我现在的理想。

　　　有个主妇，
　　　还有一罐牛肉白菜汤，
　　　一大罐牛肉白菜汤——
　　　这就是我现在的理想。

她继续安抚着孩子，没有理我。我呆呆地坐在土坯凳子上，不觉低下了头。我心里猝然涌起了一阵失望的悲哀。不知是对原先希望的失望，还是对"主妇"和"牛肉白菜汤"的失望，抑或是对所有希望都失去了希望……总之，我进到这小小的、简陋的然而又弥漫着一种不可言状的温馨的土房里，好像更清楚地看到了我目前状况的可悲……

不知她注意到我的表情没有，她哄好孩子，把孩子放在炕上，轻捷地跳下炕，掀开锅台上的锅盖，拿出一个白面馍馍，爽气地伸到我面前：

"给！"

我大吃一惊！用惶惑的眼睛看看馍馍，又看看她。她坦然地站在我面前，眼神里有掩饰不住的温柔与怜悯，但绝对没有一丝嘲笑和鄙薄。

我不敢接。因为这样的东西在这样的时候太贵重了，贵重得令人不敢相信这是能无代价地馈赠的。疑惧和望外的喜悦搅在一起，使我晕眩起来。

孩子在炕上叫唤她了："妈妈，妈妈……"小手抓挠着往炕边爬来。她一把把馍馍塞在我的怀里，转身又坐到炕沿上抱起孩子，头顶着孩子的头，边摇晃边唱：

> 打箩箩，磨面面，
> 舅舅来了做饭饭。
> 擀白面，舍不得；
> 下黑面，丢人哩！
> 给舅舅宰个大公鸡，
> 公鸡叫鸣哩！
> 宰个大母鸡，
> 母鸡下蛋哩！
> 给舅舅擀上两张齐花面，
> 舅舅喝面汤，
> 我吃一大碗！

她是唱，而不是像一般妇女念儿歌时那样朗诵，不但有节拍，并且有旋律。旋律在多变中带着单纯的稚气。她爽朗的声音，快活的曲调，诙谐的歌词，搂着孩子像玩跷跷板似的摇上摇下的天真的神态,和孩子叽叽嘎嘎的笑声融在一起,在这小土房里荡漾。只有丝毫未脱孩子气的人才能这样与孩子、与这首别致的儿歌浑然无间。任何人都不能怀疑她的纯真。她给我这个珍贵的东西在她来说是非常自然的,是没有目的的,全然出于她的好心。

不过,我还是嗫嚅地说:

"我不饿,给孩子吃吧。"我把馍馍向孩子伸过去。

"她刚吃了。"她说,"你吃吧,吃吧。"

可是孩子伸出手来嚷嚷:"我吃,我吃。"

"尔舍,听话!"她把孩子往炕里挪去,不让孩子的手够着我手中的馍馍,旋即跳下炕,又揭开锅盖,拿出一个蒸熟的土豆。

"给!尔舍,你看这是哈?你吃这个。"

孩子笑了,接过去,用小手笨拙地剥着皮。

因为她纯真的慷慨,我更不忍心吃掉她给的这样珍贵的东西了。我的饥饿感,被对这个馍馍的珍惜抑制住了。我甚至觉得有点"暴殄天物",我的肚皮,是随便什么都可以填满的,何必要吃这么贵重的食品呢?我很想把这个馍馍换两个还在笼屉上放着的土豆——我的近视眼对食物却异常敏锐,她一掀一盖锅之间,我就看见笼屉上放满了土豆。可是,我又不好意思说出口。

她见我还把馍馍拿在手里,指着我对孩子说:

"说:'叔叔,你吃,你吃吧。'说!"

孩子把塞在嘴里的土豆取出来,用沾满土豆泥的小手指着我:

"吃,你吃,你吃嘛!"

"我不吃,"我酸楚地对孩子说,"留给你爸爸吃,好不好?"

"嘻嘻!"她又笑了,"她爸爸在爪哇国哩!你吃了吧。你看,你们念过书的人尽来这个虚套套!"

我不知道她说的这个"爪哇国"是什么意思。我只知道古典小说中常把非常遥远的或根本没有的地方叫"爪哇国",而这个地区农民的许多日常用语还保留着古汉语的特色。那么,是她丈夫在很远很远的地方呢?还是孩子现在没有爸爸?

"那么……还是，你自己留着吃吧。"我眼睛看着锅，想把馍馍放进去。如果她再客气的话，我就可以说我吃两个土豆就行了。

"你看你这个没起色的货!"不料，她勃然嗔怒了，"扶不起个搊不起! 那你把馍馍给我放下，你哪儿来的还滚到哪儿去吧!"她掉转身搂着孩子，眼睛也不看我了。

我尴尬地两手捧着馍馍不知所措，和端着一盆盛得满满的热汤不知放在什么地方好似的。

"你,你不是说要打炉子么?"

"打个球!"她又忍不住嘻嘻笑了，"我的炉子是喜喜子给我打的，也好烧着哩。是这么回事:昨天休息，我把喜喜子拾来的麦子推了点白面，蒸了五个馍馍。喜喜子一个，我一个，娃娃两个，还有一个，我就想着给你。可我昨天找你找不见……没酵子，只好蒸死面的。你凑合着吃吧。白面我还有哩，酵子我也发下了，下次就能吃发面的了。"

还有下次! 我也不好问她为什么"想着"给我。这是不礼貌的。除了怜悯，还能为什么呢? 我不像"营业部主任"、中尉和老会计几个人，一出劳改农场就把那层皮扒了，换上家里寄来的干部服。我一身棉衣棉裤还是劳改农场发的。这种没有领子、三个贴兜的衣服，和脸上的金印同样是受惩罚的记号。布，近似于医用的纱布，刚穿几天就磨了几个窟窿，现在又硬得跟甲壳一样，我缩在这样一套棉衣棉裤里，如同一只蛹没有成熟就死在茧里似的。

沉默了一会儿，她见我低着头，看着手中的馍馍，有要吃的意思，就又掀开那土台子的布帘，端出一碟咸萝卜，拿出一双筷子，用手抹了抹，放在我的旁边。

"以后，你肚子饿了你就来。那天我看你，脸都发灰了，跟伊不利斯①一个样……"不知她想起了什么，突然又嘻嘻笑了。可是她马上忍住笑，抿着嘴，坐在炕上瞅着我。

---

① 伊不利斯，阿拉伯语，魔鬼。

经过这一番推让,我当然要吃了。"恭敬不如从命"。但我很不好意思在她面前吃东西。我那致命的虚荣心还没有完全丢掉。同时,我知道我现在的吃相很不好,我怕一个女人看见我狼吞虎咽的模样。

她不理解我这种心理,也不懂得不要坐在旁边看客人吃东西的社交礼貌,奇怪地问:"吃吧,还等啥?"又催促我,"快吃,一会儿说不定来人哩。"

是的,这倒有点可怕。今天农工们都休息,很可能有人来她这儿串门子。看见我在她这里吃东西,这多不好!我又不能把这珍贵的食物拿到我们"家"去享用,那里还有好几双眼睛!

我慢慢地把馍馍拿起来。

这确实是个死面馍馍,面雪白雪白,她一定箩过两道。因为是死面馍馍,所以很结实,有半斤多重,硬度和弹性如同垒球一样。我一点点地啃着、嚼着、啃着、嚼着……尽量表现得很斯文。我已经有四年没有吃过白面做的面食了——而我统共才活了二十五年。它宛如外面飘落的雪花,一进我的嘴就融化了。它没有经过发酵,还饱含着小麦花的芬芳,饱含着夏日的阳光,饱含着高原的令人心醉的泥土气,饱含着收割时的汗水,饱含着一切食物的原始的香味……

忽然,我在上面发现了一个非常清晰的指纹印!

它就印在白面馍馍的表皮上,非常非常的清晰,从它的大小,我甚至能辨认出来它是个中指的指印。从纹路来看,它是一个"罗",而不是"箕",一圈一圈的,里面小,向外渐渐地扩大,如同春日湖塘上小鱼喋起的波纹。波纹又渐渐荡漾开去,荡漾开去……

噗!我一颗清亮的泪水滴在手中的馍馍上了。

她大概看见了那颗泪水。她不笑了,也不看我了,返身躺倒在炕上,搂着孩子,长叹一声:

"唉——遭罪哩!"

她的"唉"不是直线的,而是咏叹调式的。表现力丰富,同情和爱惜多于怜悯。她的叹息,打开了我泪水的闸门,在"营业部主任"作践我时没有流下的眼泪，这时无声地向外汹涌。我的喉头哽塞住了，手中的半个馍馍，怎么也咽不下去。

土房里一时异常静谧。屋外，雪花偶尔地在纸窗上飘洒那么几片；炕上，孩子轻轻地吧唧着小嘴。而在我心底，却升起了威尔第《安魂曲》的宏大旋律，尤其是《拯救我吧》那部分更回旋不已。

啊，拯救我吧！拯救我吧！……

一会儿，她在炕上，幽幽地对孩子说：

"尔舍，你说：叔叔你放宽心，有我吃的就有你吃的。你说，你跟叔叔说：叔叔你放宽心，有我吃的就有你吃的……"

从声音上判断，孩子的脸向我转过来。

"叔叔，你放心。叔叔，你放心……"

孩子越说越来劲儿，可能她觉得这句她尚未理解的话很好玩，站起来朝炕沿边跨了跨，小手指着我：

"叔叔，你放心。叔叔，你放心……"

"还有哇！"她翻起身扶着孩子，"有我吃的就有你吃的。说呀！"

孩子愣了愣，口齿不清地学着：

"有你吃的，就有我吃的。"

她哈哈大笑了，一把搂起孩子，返身把孩子按在炕上，用手指胳肢孩子。

"没起色的货，有我吃的就有你吃的，不是'有你吃的就有我吃的'……没起色的货！没起色的货！……"

她和孩子在炕上打滚，嘻嘻哈哈地闹成一团。屋里的气氛即刻欢快起来，我的心情也开朗了。我很快把馍馍吃完，连咸萝卜也没就。

"还有土豆哩。"她等我吃完了，坐起来，拢了拢头发，把棉袄往下抻了抻，指指炕下的锅台，"土豆还有一锅哩。你自己拿。"

这时，我才有心情看清楚她。

首先让我惊奇的是她面庞上那南国女儿的特色：眼睛秀丽，眸子亮而灵活，睫毛很长，可以想象它覆盖下来时，能够摩擦到她的两颧。

鼻梁纤巧,但很挺直,肉色的鼻翼长得非常精致;嘴唇略微宽大,却极有表现力。很多小说中描写女人都把眼睛作为重点,从她脸上,我才知道嘴唇是不亚于眼睛的表现内在感情的部位。线条优美的嘴唇和她瘦削的两腮及十分秀气的鼻子,一起组成了一个迷人的、多变的三角区。她的皮肤比一般妇女黑,但很光滑,只是在鼻子两侧有些不显眼的雀斑。下眼睑也有一圈淡淡的青色。这淡淡的青色,使她美丽的黑色的眸子表现出一种令人难以忘怀的深情。她脸上各个部分配合得是那样和谐,因而总能给人以愉快与抚慰。从她和我谈的不多的话里,从她的行动举止来看,我感到她的性格是泼辣的、刚强的、爽朗的、热情的。这和她南国女儿式的面庞也极吻合。后来我才了解,这种南国女儿的特色,也是从中亚细亚迁徙过来的民族所具有的。

她的岁数在二十岁到二十五岁之间,不会比我大。

她的名字叫马缨花!

十七

我吃了她一个白面馍馍和好些土豆,我不好意思再去了,尽管我走时她一再叮咛我明天再来。

第二天吃完早饭,我还是抱着郭大力、王亚南译的一九五四年版的《资本论》躺在草铺上,不过没有像昨天那样脱掉衣裳,好像在等待着什么。

我不好意思去,但又非常想去。

雪虽然停了,但地上已经铺满一尺深的积雪。房舍中间的甬道上,尘土和积雪混在一起,被践踏成坚实的硬块。天空中仍然堆集着一层层乌云,连空气仿佛都是灰色的,不定什么时候,还会飘落下雪花。谢队长在吃完饭后,到我们"家"里来,告诉我们今天还不出工。又说,这场雪下得好,下得好;说今年大家都没力气,干不动活,该淌的冬水没有淌,这场雪,等于补上了这次冬水,明年地里的墒情一定好,夏庄稼有了指望了。但不识趣的中尉顶撞他说,庄稼长得再好,粮食定量还是那么一点点,庄稼好,跟我们有什么屁相干?! 一句话,气得谢队长拔起腿走掉了。我看他本来还想多待一会儿的,因为他发现我在看书,很想跟我聊聊似的。

中尉复员以后,在政府机关当小科长。劳改出来,他的"右派"帽子摘掉了,老战友正在北京的郊区给他安排工作,在这里不会待长的;他又年壮气盛,所以敢说出这种冒天下之大不韪的话来。

但我还是感到惊奇。我惊奇的是中尉顶撞了谢队长以后,谢队长尽管气得耷拉下眼皮,却没有布置我们批斗中尉。要是在劳改农场,你等着挨绳子吧!

我蓦地有了一种解放感。这时,我正读到注释五十一:"野蛮人和半野蛮人,以不同的方式,使用他们的舌头。据巴利上校说,巴芬湾西岸的居民,用舌舔物二次,表示他们的交易完成,东部爱斯基摩人,也以舌舔交换物品。"我想,自由人和非自由人,恐怕也要在怎样使用舌头上表现出来吧。怕什么? 没有什么可怕的!

中午,在昨天那个时分,她又来了。我一听见脚步声就知道是她。雪积厚了,她的脚步声不是沙沙的,而是咯喳咯喳的,但仍然非常轻盈。

她一下子揉开门,直接冲着我喊道:

"喂,咋哪? 你把营生干了一半,就撂下不管啦?"

"营业部主任"哧哧地偷笑:人家都休息,偏偏要我去干活,他很称心。

我装作不乐意地放下书本,慢吞吞地爬起来,跟在她的后面。

一拐弯,她便嘻嘻哈哈地笑起来,还天真无邪地用肩膀撞了我一下。她的神态,使我想起我儿时和表妹一起逃学,跑到只有我们俩知道的花园那个角落时的情景,又非常自然地仿佛和她有了某种默契。我也笑了。这种笑,不是我多吃了一口的笑;我愉快地感觉到了已经离开我非常非常遥远的盎然的生意又回来了。

可是,今天,她真的把炕拆了。

海喜喜抱着两肘蹲在门口，紧绷着薄薄的嘴唇，目光阴沉，一脸不高兴的表情。屋外，和好了一摊泥；房里，炕面子完整地掀起来了，土坯也准备好了。看样子就等着我来干。

"你光指挥就行了。"她说，"让喜喜子干，他有的是驴劲。来，你们先吃点土豆，暖和暖和，完了我蒸白面馍。"

"他——指挥我哩！"海喜喜连看都不看我一眼，朝地上啐了口唾沫，也不接她给的土豆。

"东西都准备好了，我们先干吧。"我说，"早完工早点火，不然炕烧不干。"

海喜喜还是蹲在那里不动。他的懒怠和对我的藐视，刺激起我的活力和竞争心。我跨进炕墙里面。

"我一个人来！这点活，哧！……"我好像力大无穷似的。

"你干不干?!"她向海喜喜瞪了一眼，只厉声问了一句话。

海喜喜像被踢了一脚的狗，倏地站起来，撸起棉袄袖子："球！还是我一个人来干吧！"

"你呀，你是榆木脑袋，人家是化学脑袋。"她把土豆塞在我手上，嘲笑海喜喜，"你今天还是看人家的吧，你就给他当小工。"

她经常说出些我想象不出的，为作家、诗人所叹服的生动的词汇。这儿的农民把他们从未见过的新兴塑料制品一律冠以"化学"两个字，比如"化学梳子""化学扣子""化学杯子"等等。这个"化学脑袋"和那个"棺材瓢子"一样，使我不由得叫绝。

原来，昨天我在她家吃土豆的时候，我对她说，她的炉子虽然好烧，但炕打得不科学。老乡们打炕，烟囱和灶门成对角线，大部分热气从烟囱跑掉了，仅炕头上热一点，最科学最经济的方法是火道满炕转，成"回"字形。我在地上给她画了一个图，我说："这种炕，只烧一把火，我叫它满炕热！其实改一改不费事，只要在炕里动一点小手术就行。"今天，她果真照着我这个"化学脑袋"想的做了。

我边吃土豆边干活。我很小的时候就欣赏电影上的男演员一边吃东西一边干活的做派，欣赏水兵们听到"甲板上集合！"嘴里嚼着面包就冲出舱房、爬上桅杆的神气。我觉得它表现了男子汉的忙碌、干劲、帅气和对个人饥寒饱暖全然不顾的事业心。但过去我没干过活，后来干上活却没有东西给我吃，而且干的又是什么活啊！今天，我干得很痛快。炕修改好了，肚子也被土豆填满了。

海喜喜不吃土豆，也许他不屑于吃，也许他吃饱了。他给我递坯端泥，面孔阴沉沉的，嘴里不断地嘟嘟哝哝，说这种土坯挨着土坯的实心炕要是好烧，他就跳河去。我装作没听见。放好最后一块炕面子，我跳下炕，向他一摆手：

"行了，你上泥吧！"

海喜喜蹲下来左看右看，像是想挑出哪儿有点毛病。她已经把馍馍的面剂子切好了，放到笼屉里，呵斥他说：

"还看啥?！小心绕花眼睛！齐不齐，一把泥。瓦工的活你还不知道？你先从锅台这边泥。我这就烧火。"

在这大雪天，她不知从哪里抱来一捆捆干柴，动作麻利地在灶膛里点着了火。开始，有些烟从炕面子的缝隙中蹿出来，随着海喜喜泥的面积越来越大，烟逐渐地减少，终于消失了。海喜喜泥完后跳下炕，看着灶膛里熊熊的烈火一个劲儿地往烟道口蹿去，而满炕都冉冉地蒸发出水汽，褐色的湿泥渐渐地变白，也不作声了。

"你死去！你跳河去！……"她笑着揶揄海喜喜。灶火映着她生动的脸，我很久没有看见过这种红闪闪的美丽的鲜艳的颜色了。

我坐在那不能移动的土坯凳子上悠闲地吸烟，第一次感觉到劳动会受到人的尊敬。这种感觉，扫除了昨天接受她施舍的时候多少还有一点的屈辱感，维持了我的心理平衡。我想，我现在是"自食其力的劳动者"，是农业工人了，而我才二十五岁，如果在农业劳动上我不能成为一个壮劳力，成为一个内行，今后便无法安身立命。今天，就凭我这一点从供暖工程师那里学来的小技能，马上改变了我和海喜喜两人的地位，几天以前我还看作高不可攀的车把式，也不得不给我当小工。这就充分说明了，在这里，在这个穷乡僻壤，在这个也许我会终生待下去的地方，只有体力劳动的成果才是衡量人的尺度。

而从刚才干的活来看，只要我能吃饱，我完全可能成为海喜喜那样魁梧、剽悍、粗豪、放到哪儿都能干的多面手！我有充分的信心能成为一个"自食其力的劳动者"！

四年的禁锢，四年的饥饿，处分解除后依然戴在头上的"右派"帽子，已经把我任何别的志向都摧毁了。

她蒸好两屉馍馍，又熬了一大锅白菜土豆。把寄放在别人家的尔舍叫回来，我们开始吃饭了。

这是一顿真正的饭！我多少年没有吃过了啊！多少年？……

"给，吃完再盛。"她首先给我盛了一大碗土豆熬白菜，又塞给我一个大白面馍馍，"馍馍你今天先吃两个，还给你留着哩。你来，我馏一馏给你吃。"

海喜喜铁青着脸蹲在锅台旁边，毫不掩饰妒意地盯着她端菜拿馍的两只手。

我不理睬海喜喜。今天我吃这顿饭是名正言顺的。这是这儿老乡家的规矩：替谁家打炕盖房，就要在谁家吃饭。我心安理得地拿起馍馍。

今天的馍馍是发面的，比昨天的更白。我转来转去看了看，再没有昨天那样的指纹印了。

可是，即使有昨天那样的指纹印，我会有什么样的感觉呢？如果不是昨天，而是今天的馍馍上有那样的指纹印，我又会有什么样的感觉呢？

人哪，你是多么容易受情势的摆布，多么容易忘记过去呀！

在她家吃完饭，回到"家"，又从伙房打了一份稗子面馍馍，也吃了下去。我才知道什么是"饱"！"饱"，不是"胀"！

我躺在马灯下的草铺上，乜斜着睡眼，沉醉在饱的舒适感里，晕头晕脑地计算我今天吃了多少东西，但算了半天也没算出来。因为饱，我可以想食物以外的事情了。我想到她和海喜喜。他们并非夫妻是明显的了，而交情似乎又不寻常。可是我的直觉告诉我，海喜喜又没有占有她。如果海喜喜对她已经实现了法律外的占有,他是不会像一条狗似的顺从她,领教她那有时几乎是刻薄的嘲笑的。这两个人真微妙得耐人寻味,尤其是她,那么善良又那么泼辣……

再说海喜喜,这个体力劳动者也有值得我羡慕的地方。俗话说:"外行看热闹,内行看门道。"即使他干端坯递泥这样的简单劳动,我马上知道他非常有眼色;泥炕面的时候,他的步骤也和我一样合乎劳动运筹学的原理,没有一个多余的动作。干完泥活以后,自己的身、手却很干净,几乎纤尘不染。在农村,是很讲究这点的。比如说,有的姑娘媳妇和面,和一斤面会有二两沾在手上、盆上、案板上。而受人称赞的姑娘媳妇就讲究"三光";和完了面,手光,盆光,案板光。劳动也是这样。干净、利落、迅速,是体力劳动的最高标准,正如文学中智慧的最高表现是简洁一样。这不是光靠经验能达到的。没有干过农业劳动的人,以为那只要有力气就行,熟能生巧嘛。其实不然,我见过劳动了一辈子的老农,干起活来仍是拖拖沓沓——当地人叫"猫拉稀屎",和写了一辈子文章的人还是行文啰唆相同。

简单的体力劳动,也可以表现出一个人的智慧、个性、气质与风格……

我慢慢地睡着了。在梦里,我真的变成了招贴画《你为祖国贡献了什么?》上的标准体力劳动者,但奇怪的是,我的面孔却非常像海喜喜!

十八

开始出工了,但雪并没有化。

我非常喜欢雪。我一生第一次看见雪是在重庆。那天,保姆给我穿好衣裳,我一下床,撩开窗帘,眼前就扑来耀眼的银白色的光。山坡下,昨天还很丑陋的平房,疏疏落落的小竹林,都美丽得和刚刚的梦一样;整个洁净的世界,在我幼小的心灵中唤起了一股冥想的柔情。就在那一刹那,心灵和大自然无间的交汇,纯净的心灵对于纯净的大自然的感应，使我莫名地掉下泪来，使我对大自然产生了难以言传的庄重的虔敬。可以说，是雪让我过早地成熟了，以后成了一个诗人，再以后……

黄土高原的雪绮丽无比。它比南方的雪要显得高贵、雍容、壮阔、恢宏大度；南方的雪使人感到冬天确实来临了，北方的雪却令人想到美丽的春天。雪，才是黄土高原上真正的迎春花。

今天我跟大车装肥，就是说把我们前几天砸碎的厩肥运到田里去。田野空阔，雪好似扫尽了地面上一切多余的东西。丘垅、渠坝、沟沿、高耸的树枝……所有带棱角的地方，都变得异常光洁而圆润，并且长着如天鹅绒般的茸毛，仿佛晴空下的雪原不是寒冷的，而是温暖的，总使我不由得想把自己的脸颊贴在上面。

我跟的不是海喜喜的车，赶车的是一个五十多岁的老汉。这个老汉沉默得出奇，也慢得出奇。海喜喜的大车一天拉了五趟，他只拉了两趟，而他赶的牲口却要比海喜喜赶的壮。

"傻熊！鞭打快牛。咱们慢慢来吧！"他斜睨着海喜喜耀武扬威地从他车旁超过去，用手掌焐着冻得通红的鼻子这样说。这天，他仅说了这样一句话，像是自言自语，又像是给我作解释。"鞭打快牛"的意思是：能干活、肯出力的人常得不到好报，总是受到埋怨和批评。他这倒也是一条人生哲理。

也好，他这样慢吞吞地赶车，却给了我遐想的时间。坐在他的大车上，如同在梦中轻轻地摇晃。雪，会使我联想到安徒生、普希金、莱蒙托夫……

啊，你，是你造就了普希金！
当你飘落下来，
我不能想象你来自那铅灰色的云，
一定有双纤纤的玉手将你摘下，
在那里，满园梨花春荫。
啊！给我一片，给我一片，

让你滋润我的心。

啊,你,是你拯救了章永璘!

当你伸过手来,

我不能想象你生长在荒野的寒村,

你迷人的眸子含有奇异的光焰,

在心底,南国五彩缤纷。

啊!我要记住,我要记住,

你宝石般的指纹。

　　大车车轮顶在一个小土坎上,没有过去。老汉干脆让车停在那儿,既不前进也不后退,在车辕上歪着脑袋,用手烄着鼻子呆坐着。我很熟悉这种神情,在劳改农场,管这副模样叫"死狗派儿"。"派儿",不是"派",以把它和政治上学术上的"派"区分开来。抱着这种态度的人,一切威胁、利诱、说服、动员、批评教育都把他无可奈何,只好随他去。

　　我随他去了。我在想,为什么我对她用了"迷人"这样的词?对她,我应该用"圣洁""崇高""神圣""仁慈"诸如此类的词才是。肚子吃饱了之后,我发觉有一种非常隐秘的东西在撩动我的心弦,我的心,像雷雨过后沾着水露的光闪闪的蛛网,在檐下微微地颤动。

　　我无缘无故地脸红了。

　　她和队上的妇女老弱仍在马号前面翻肥。翻出来的肥污染了白皑皑的雪地,分外扎眼,但却让领导看得很清楚:今天她们干得不错!下午,谢队长见我们大车回来了,高兴地喊了一声:"收工!"

　　农工们像往常一样,零零散散地回各自的家里去。她擦着铁锹,有意在肥堆旁边等我。

　　"歇一歇到我家来一趟。"

　　"怎么?有什么事吗?"我跳下老汉的大车,有点不好意思地问。

　　"'怎——么',"她笑着学我的话,有滋有味地咂摸着,"'怎——

么',你'怎——么'打的炕不好烧哩!"

吃完从伙房打来的稗子面馍馍,我才到她家去。现在,我们组里的几个人都各有各的事,他们管不着我,也不注意我。我这样一副尊容,在这样一种时候,谁也不会把玫瑰的颜色和我联想在一起。但走在路上,我还是止不住有些心跳。

　　当我迈着轻捷的步子走到她窗前,
　　透过绿纱窗帘,我看到她窈窕的身影,
　　和覆盖着柔情的披肩。
　　············

莫名其妙地,我脑海中会跳出不知是哪一部诗剧里的台词。

当然,她家没有绿纱窗帘。她的窗户和所有农工家的窗户没有两样,也是用零七碎八的玻璃拼镶上的——我估计在这个队搞基建的时候,农场肯定是用低价购买了一批处理玻璃。同时她也没有什么"披肩",尽管她也许有不少于玛甘泪或达姬娅娜的柔情。她端坐在炕头上,就着挂在墙上的一盏用药瓶子做的煤油灯补小衣裳。尔舍已经睡着了,盖着一床退了色的小被子。

"炕怎么不好烧?"我推门进来,问她。但我似乎也明白不是炕不好烧。

"'怎——么——',"她又笑着学我,声音夸张地拖得很长,"怎——么——,你怎——么——现时才来?"说完,她被自己学的口音逗得哈哈笑了。油灯照着她紧密细小的牙齿,她下齿中的一颗,稍微被挤出了一点。然而这并不损坏她的美,就和蒙娜丽莎的斜视一样,倒构成了她美的一个特点。她的笑声,把尔舍惊动了一下。她当即忍住笑,跳下炕,从锅里端出一碗土豆熬白菜,还有两个馏好的白面馍馍。

我也笑了,腼腆地搔搔后脑勺,轻声地说:"现在粮食这样困难,我怎么好老吃你的? 你还是留给尔舍吃吧。"

"怎——么——"她又忍不住扑哧地一笑。我在她面前不自觉地老说出"怎么"来。的确,对于她,我好似总不能理解。

"你不要废话!"她说,"你把心款款地放在肚子里面。人家不是说我开着'美国饭店'么?"

她对我的施舍表现得很自然,对我的怜悯并不使我难堪,而是带着一种孩童式的调皮和女人特有的任性。我也不好问她粮食是从哪儿来的。在这样的时候问这种话无异于盘诘人家。还能从哪儿来呢?大家心照不宣罢了。家家都是如此,唯有我们几个单身农工没有这样的条件。单身农工都在集体伙房吃饭,没有灶具,没有瓜菜调剂,没有……有的却是相互盯着的眼睛。

我吃着饭,和她聊天。她说她家是从青海过来的,只有个哥哥,现在在县里一家农具厂当铸工,娶了个本地女子。她跟那女子合不来,就到这农场来当农工,已经有两三年了。但她显然不愿提这些事,却饶有兴味地用热烈的语气回忆她的童年。她说她老家的女子都会绣花,连袜底上都要绣上花朵,等发了工资,她也要给我买双袜子绣上花送给我。我连连说不必了,袜底上绣上花,给谁看呢?她用审视的眼光上下看了看我,不言语了。我怀疑她是在猜测我身上究竟最需要什么。后来,她又说起她母亲。她母亲年轻的时候是老家有名的民歌手——当然她用的不是"民歌手"这个词,曾赶过河州的什么"太子山花儿会",人称"赛牡丹"。说着说着,她幽幽地唱起来了。

> 园子里长的是绿韭菜,
> 不要割,
> 你叫它绿绿地长着。
> 哥是阳沟(嘛)妹是水,
> 不要断,
> 你叫它清清地淌着。

"咋样?"唱完,她问我,她眼睛里熠熠地散射出愉快的光芒。

我已经吃完了,默默地坐在土坯凳子上听着。她轻悠悠的歌声,土房里温馨的宁静,尔舍沉睡的小舅,油灯昏黄而柔和的光影,饭饱后的舒适,使我像进入梦中那样,有种酩酊的感觉。现实世界在我眼前都恍惚了,模糊了,幻化成七彩的彩虹。心仿佛一团被松开的海绵,一下子又恢复了原样,并贪婪地吮吸着清新的朝露。她唱的仍是"河湟花儿"。上行乐句常大幅度地急骤上升,反复作四度跳跃,形成 $\overline{265}$ $\overline{i25}$ 的旋律线;下行乐句由高八度的 5 又急骤下降,形成 $\overline{5}\overline{2}\overline{i}$ $\overline{65}$ 的旋律线。即使她唱的声音很轻,也带着高亢悠远的格调,表现出她所属的那个民族爽朗豪壮的性格和对爱情的雄奇热火的追求。从来没有一支歌曲,甚至是大型交响乐能如此直接地渗透进我的心,像注入填充剂一样,使我的个性坚挺起来。

"你不是唱诗歌的么?你也唱个我听听。"她带着好奇的微笑要求我,像孩子似的:我唱一个,你也要唱一个!

我跟她说,我不是"唱诗歌"的,而是"写诗"的。可是,我怎么也不能让她明白什么是文学概论对"诗"的释义。在解释的过程中,我开始怀疑自己其实也不明白什么是"诗"。人民的创造一旦进入学院的殿堂,就会失去它纯真的朴拙,要想返璞归真,语言是无能为力的。我开始理解,诗人和作家为什么光到群众中去还是不够的,他必须要和群众共命运,同感情。最后,我只好说,"诗"就是歌词儿;我写出的东西,她可以唱,但我并不会唱,只会念。

"那么你念个我听听。"她说,并摆出一副准备认真倾听的神情。

我轻轻地咳了一声,却不知念什么好。念什么?我蓦然发觉我过去发表的作品只能说是打油诗,都不适于带着感情来朗诵;有的可以说是感情充沛的诗,虽然是写给群众看的,但如果念出来,她肯定会莫名其妙。并且,我也不会朗诵。诗人不会朗诵,至多只能算半个诗人,甚至连半个也算不上。我惭愧地认识到我过去的不可一世的浅薄。半响,我选了李白一首最通俗易懂的诗:

床前明月光，

疑是地上霜。

举头望明月，

低头思故乡。

她坐在炕上，似乎也为之所动，但旋即嘻嘻地笑了起来，接着又笑得前仰后合，倒在炕上。

"哎哟！笑死喽！笑死喽！……啥'地上霜''地上霜'！"她又翻身坐起，脸朝着我，嘴大张大合地，在灯下学我说"霜"字时的口形："霜——，霜——，……"

原来，她的语音受阿尔泰语系突厥语族的影响，说汉语"霜"字靠舌尖吸气，口只略微一张就行，我说"霜"时要送气，口要张开，连下颚也动弹了。

"这个不好，"她说，"念个别的。"

我念李白的诗，心情是悒郁的，声调有几分伤感。李白尚能"思故乡"，而我连故乡也没有。人事档案上的那个籍贯，不过是祖籍，我从来没有回去过；妈妈在北京也是客居在别人家里。我体会到，痛苦的不是"思故乡"，而是无故乡可思。此时此刻，我那种无家可归的飘零感和失去了根系的植物似的萎蔫状，却应该用崔颢的"日暮乡关何处是"、韩愈的"云横秦岭家何在"来表达才合适。而她嬉皮笑脸的怪模样，即刻把我的满怀愁绪一扫而空，使我破涕为笑。我看出来她是故意这样做的。这就是体贴入微的"柔情"，是什么"披肩"也"覆盖"不住的。我感激看着她，心头突然跳出来李煜的一句词："斜倚牙床娇无那，烂嚼红绒，笑向檀郎唾。"但我赶紧勒住了我的心猿意马。

因为在雪夜，我想起了卢纶的一首诗：

月黑雁飞高，

单于夜遁逃。

欲将轻骑逐,

大雪满弓刀。

在我向她一字字、一句句解释的时候,海喜喜砰地推门进来了。油灯光一闪,我眼角扫见他好像把个鼓鼓囊囊的麻袋顺手撂在门背后。由于他总对我怀有隐隐的敌意,我不理他,只顾说下去。她仿佛没瞧见他进来似的,连招呼也不打。海喜喜摆出他惯常的姿势,抱着两肘蹲在地上。我说完了,海喜喜狠狠地朝泥地上啐了一口,说:

"熊!还追哩!人要跑,他屁也闻不着!啥'轻骑',他开上飞机也不行!"

"你懂啥?!"她别过头,眼睛瞪着海喜喜,"你就懂得吃饱了不饿!"

她嘲笑海喜喜的话,却使我颇有感触:"吃饱了不饿"这个真理,我花了二十五年时间才知道。弄懂这个真理,要比弄懂亚里士多德的《诗学》困难得多,还要付出接近死亡的代价。

"嘿嘿!"海喜喜狞笑着,露出像狼一样坚实的、满是黏黏唾液的牙齿,"懂得'吃饱了不饿'也不简单,只怕有人连这个理也弄球不懂哩!"

我有点惊奇地瞥了他一眼。海喜喜的话里似乎含有深意,并且,这个人和我"英雄所见略同",我对他倒有了"惺惺惜惺惺"的好感。可是,海喜喜又把她惹恼了,她转身抓起扫炕的扫帚疙瘩,呼啦呼啦地在炕上乱扫一通。

"去去去!都走都走,我要睡了!"

十九

此后,她还是每天收工时叫我上她家去。如果不去,她会跑到我们"家"来叫。我怕她天天来"家"找我,引起"营业部主任"的怀疑,所以我每天都如约前往。去了,照例是在忸怩中先吃一顿,而且吃得很饱。她有杂七杂八的粮食：面粉、大米、黄米、玉米、高粱、黄豆、豌豆……凡是黄土高原出产的粮食都有，家里就像一个田鼠仓一样。她经常用大米、黄米、黄豆掺在一起焖干饭。这种杂合饭特别香，就是顿顿吃饱饭的人也会觉得它比纯粹的大米饭好吃。这时候，报纸上和广播里，都在大力提倡"粗粮细做"。在劳改农场，我就听过一个炊事员用一斤米做成七斤干饭的"先进事迹"，大喇叭上还说他为此出席了"先代会"，听得我直咽口涎。她从来不做这种实际上在物理学中叫"过饱和溶液"的"干饭"，而是真正的干饭，一粒一粒的，圆润透亮。当然，她焖的稗子米干饭我也吃过。焖稗子米干饭，才显示出来她比那出席"先代会"的炊事员还高超的技术。

稗子，自古以来不当作粮食，"五谷"中就没有列入稗子。一九五八年，正在水稻分蘖的时候，掀起了"全民大炼钢铁"的运动，农民、农工全上山开矿砌炉去了。山上炉火熊熊，水稻田里仿佛也被火烧了一般，一滴水也没有。到了秋天，水稻颗粒不收，稗子却如原始森林似的茂盛。比人高一头的株秆密密层层，连蚂蚱都飞不进去，穗头还特别大。这个地区的农业领导人灵机一动：干脆吃稗子！并且允许稗子可以当公粮。应该公允地说，他这一招倒是个救急的办法。于是，稗子堂而皇之地步入了供应粮的行列，还后来居上，坐了第一把交椅。最普通的吃法是把稗子连壳一起磨，这就是我们天天顿顿吃的稗子面。它没有黏性，蒸熟的馍馍不过是靠万有引力聚集在一起的颗粒。讲究一点的，和处理稻谷一样去掉皮，加工成小米般大小的稗子米。稗子米的确如那些砸粪肥的妇女说的，只能馇稀饭，然而，她却史无前例地把这种不见经传的粮食焖成了一粒粒的干饭！

我的忸怩，不是装出来的。我是真正为她心疼，为自己白吃白喝感到羞愧。可是，我又非常想去。她家里，总有一种朦胧的幸福、愉快、舒适、自由在吸引我。我几次跟她说，我不吃粮食，给我熬一碗土豆白菜就可以了，她却说：

"咋不咋！你把心放在肚子里，我有粮食，要不人家咋说我开'美国饭店'呢？你没见，尔舍不是长得很壮实么？"

是的，尔舍的确长得很壮实，很有精神，天真可爱。她不像营养不良或老吃不饱的孩子，见了别人吃东西就眼馋。我吃的时候，要是她没有睡，也一个人在炕上乖乖地玩，用海喜喜给她捏的小土灶、小土碗"过家家"。两岁多的孩子不会装模作样，更不会客气，她对别人吃东西不感兴趣，就是她吃饱了的明证。

我只好"把心款款地放在肚子里"了。

日子长了。从农工那里，我也知道了说马缨花开着"美国饭店"是什么意思。这个概念很不准确，不能照它的字面去解释。那必须先熟悉了这里的农工们对世界的理解程度，才能够透过字面洞悉到它微妙的内容。"美国饭店"，并不是指她那儿卖饭，谁都可以去吃，而是指哪个男人都可以去串门子，闲聊解闷，准确一点说应该叫"茶馆"。其所以和"饭"字联系起来，是暗示着马缨花通过给人提供这种方便而捞取到定量外的粮食。妙就妙在"饭店"之前冠以"美国"两个字。在农工们看来，美国是个荒唐的、乌七八糟的、充斥着男女暧昧之情的地方，却又是个富裕的、不愁吃不愁穿的国家。把这个国家加在马缨花头上，是完全没有恶意的，至多不过是种嘲笑而已。

谢队长对她的态度就很典型。有一次，我们大车回到马号前面装肥，正碰上马缨花和谢队长在对骂。

"你说我开着'美国饭店'，那你也来呀！"马缨花站在肥堆上，挂着铁锹憨笑着。

"球！"谢队长一边翻肥一边骂，"你当我稀罕你那垯……"

"嘻嘻！"马缨花指着他，"只怕你馋得口水流了出来，把毛胡子都打湿了哩！"

这时，谢队长恰好骂得唾沫四溅，胡子上也沾着口涎。周围的男女农工看着谢队长，哈哈大笑了起来。

马缨花占了上风，谢队长大扫了面子。但我知道，谢队长没到她家去过，并且，只要马缨花和一帮妇女一起干活，谢队长总要派个强壮的男劳力去帮助她们；对她，谢队长从来没有正儿八经地批评过，更谈不上"报复"了。

一个没有丈夫、又带着一个不知父亲是谁的孩子的单身妇女,现在家里还有男人进进出出,在农村是最容易招人非议的了。但农工们似乎认为只有马缨花可以这样做。我渐渐地理解了,她能取得农工们的好感,绝不是凭她的姿色或采取了什么方法;只有对人人都抱有善意和同情心的人,才能自然地取得人人对她的善意和同情。真诚和善良,有时能把违反习俗的事也变得极有魅力,变得具有光彩。

从农工们的话里,我还知道,近几个月来,好像海喜喜已经"独占了花魁",别的人很少去了。"美国饭店"成了一个历史的概念,一个巴比伦。可是我坚信自己的直觉,海喜喜并没有占有她,更谈不上什么"独"。他还有个情敌——如果可以这样说的话,就是那个瘸子保管员。有一次,我去她家,瘸子保管员跷着二郎腿坐在我常坐的那个土坯凳子上,她背对着他在炕前擀面。见我进来,瘸子保管员好像有点无趣地走了,临走时,操起土台上的一个空面袋揣进怀里,看样子他是带着一点什么东西来的。还有一次,在我吃完饭和她聊天的时候,外面响起了一轻一重的脚步声,马缨花急忙跳下炕,抓起顶门杠把门顶上。瘸子在外面叫门,她却喊叫道:"睡啦,都睡下啦!"搞得我十分尴尬,屏声静气,心跳不止。一会儿,保管员一轻一重的脚步声远了,她才朝我调皮地一笑,叫我接着讲故事,并不提那瘸子跑来干什么。

我和她接触的时间长了,越来越感到她并不是农工们印象中的那种跟谁都有暧昧关系的女人;她天真、坦荡、调皮、开朗……然而,我又感到她身上还有什么地方我并没有认识。

二十

对海喜喜,她倒从来没有顶过门。海喜喜总是像主人似的大模大样推门进来,见我也在这里,而且把唯一的座位占了,就阴沉着脸往地上一蹲。

我们几乎天天在马缨花家见面。他要卸套、饮马、铡草、喂马、间或还要拾掇套具，所以来得比我晚得多。等他进门，我已经吃完了。但不知怎么，我见了他总觉得自己比他矮一大截，还有一种偷了东西装在口袋里，没出门就被别人撞见了似的心虚。虽然我们两人都不动声色，但仿佛他明白、我也明白：我刚刚做了件不光彩的事。这种感觉给我很大的压力。他一推门，我就会抑制不住地脸红起来，说话的兴味也跑得无影无踪。那马缨花还没得及收拾的碗筷，也好像成了我的罪证，让我惶惶不安。

马缨花不像别的女农工，爱背地说人长短。她喜欢和现实生活完全无关的幻想，喜欢听神话和童话。在饭后到夜晚这段时间，她真有点超凡脱俗的味道，和她跟那帮妇女嘻嘻哈哈笑骂时判若两人。她缠着我给她讲故事。而我充当这种"说书人"，似乎也成了付给她饭食的报偿。马缨花会和我的故事一起幻想。幻想是人的本能，每个人都会幻想，都有自己的幻想。难能可贵的不是会幻想，有幻想，而是善于接受和理解别人的幻想。马缨花对《丑小鸭》、对《灰姑娘》、对《海的女儿》、对《青凤》、对《聂小倩》等等都非常神往。她认不了几个字，心灵却能够和外国的与古代的幻想相呼应。我没有讲故事的才能，不注意描述细节，情节也是挂三漏四，只能讲个梗概。但马缨花凭她的想象却能补充出来，她向我提出疑问并谈出她的想法，往往和安徒生与蒲松龄相合，什么海的颜色变化和喧嚣啦——她从未见过大海，海里的歌声会迷住航行的水手啦，小老鼠怎样变成骏马啦……好像她原来看过他们的书一样。这常常使我惊奇。

但海喜喜则不然，他总要和我唱反调，挑我故事的毛病。他像狼似的蹲在地上，像狐狸一样支起耳朵，在我讲得有点颠三倒四或是语句结巴的时候——因为有他在场，我的记忆常常会突然中断，他就仿佛听到小动物在林间响动似的，兴奋地舔舔嘴唇。讲完了，他就用物理的现实来击碎心灵的种种幻想，像一头大象跑进凡尔赛宫横冲直撞。

"熊！野鸭子给你孵天鹅蛋哩！"他鄙夷地说。他说话从来不看我，而是仰面看着马缨花。好像我的故事不过是广播喇叭里的声音，我的话他听见了,而人实际上并不在这房里。"野鸭子可灵性了。天鹅蛋比野鸭蛋大好几圈咧!鸭窝窝里要有个天鹅蛋,你看它趴不趴?!它早他妈飞跑了!……"

"球!用金子打马车哩!"听完了《灰姑娘》,他发表这样的评论,"谁要用金子打马车,那就倒了八辈子灶了!这事儿唬不住我,用金子打的马车,啥牲口能拉动?!嗯?啥牲口能拉动?!那么一点点金子,"他用两根手指头比画着,"就有百十斤重咧!"

对《海的女儿》,他的评论更加荒唐了。他愤愤地说:"人能长鱼尾巴哩!人长了鱼尾巴,那玩意儿长在哪垯?哪能分得出公母来?那咋生娃娃?熊!尽他妈胡卷舌头!"

他骂我"胡卷舌头",我隐忍住了。因为在他眼里根本没有我,我也只好眼睛里没有他,不跟他辩论,何况他的体重比我大将近一倍。马缨花在我说完以后,常沉浸在自己的想象里,像吃着橄榄一样有滋有味地咂着嘴:"啧!啧!"并不理会他说了些什么。但他的蛮横,他的妒忌,他对我的蔑视,却使我身体复原后而逐渐变稠的年轻血液,在我脉管里加速流动起来。我面孔涨得通红,眼眶里转动着愤懑的泪水。我原来对他尚有的一点敬意和好感早已化为乌有。然而,与此同时,他身上又有一些东西在吸引我,在向我挑战。这些东西和我现在的生活环境是那么一致,那么和谐,因而它显得更有光彩。这就是他的粗野、剽悍和对劳动的无畏。在他的光环中,我却是那么怯懦,那么孱弱,那么委靡,像个干瘪的臭虫。我的泪水不仅来自愤怒,也来自自怜的委屈感。我用拇指和食指卡量卡量了手腕,我决定要向他应战!

一个人长期生活在这样的大自然和这种乡俗中,当然会不自觉地受到影响,何况我是自觉地在追求这种东西。我认为,粗野、雄豪、剽悍和对劳动的无畏,是适应这种环境的首要条件。要做个真正的"自食其力的劳动者",就要做海喜喜这样的人。什么"文化知识",见鬼去吧!没有平庸的职业,只有平庸的人。像我跟的那辆大车的车把式,即使他有高深的文化修养,当了作家,我想也会是个毫无作为、没有独创性的"死狗派儿"作家。而海喜喜当了作家的话，倒能叱咤文坛一阵子。

我暗暗把海喜喜当成了我竞争的对手。

而这时，我的身体真的好起来了。

马缨花曾说过："要吃，就吃粮食。啥'瓜菜代'，土豆白菜只能撑肚子，不养人。肚子越撑越大，人倒成了囊膪……"

这话和"吃饱了不饿"一样具有真理的性质。我每在她那里吃一顿用真正的粮食做的饱饭，就会发现自己的身体在形式上和实质上都比前一天有长进。这不是心理作用，虽然我们"家"没有镜子，她家有镜子而我又不好意思照，但我用手摸就能知道我面颊丰满起来，两臂、胸前、腹部和大腿开始有了弹性。这表明骨头上已有了肌肉组织。最近，我分明地觉着我身体里洋溢着充沛的精力，有一种我二十多年来从未体验过的清新感。这种感觉，比我到了一个我从来没有到过的、长满奇花异草的大花园更令我惊喜。因为这个大花园不在外部，而在我身体里面。很多小说都写过夜晚能听到植物拔节、种子破土的声音，我却有夜晚睡在破网套里，能听到自己体内细胞分裂的啪啪声的独特体验。现代医学绞尽脑汁地研究怎样使人健康的方法，我遗憾专家们没有找到我的这条经验：把人先饿上三年，然后再让他吃饱。不用任何药物补品，他会像孙悟空一样说变就变，转眼之间成为一个巨人。因为他吃下去的每一个食物分子，全部会即刻被贪婪的消化器官所吞噬，迫不及待地把它转变成人体细胞。夸张点说，我吃下一斤粮食就能长一斤肉。我的胃，已经辨别不出什么是食物的渣滓，一律照收不误。

二十一

黄土高原气候特别干燥，半个多月以后，田野上的雪大部分都蒸发了。是蒸发，而不是融化。那背阴的沟坎，那潮湿的坑洼里还留有残雪,乡间的土路上却又扬起了尘土。山脚下,那高高的旋风柱又一根根地巍然挺立起来。在东边,坦荡的、一望无际的黄土,金灿灿地呈现出了一片沉寂的春意。风偶尔在田野上扫过,透明的蜃气像野马似的奔腾,我才体会到庄子《逍遥游》中的"野马也,尘埃也"的传神。

海喜喜赶着他的大车,更加威风抖擞地哐哩哐喤地跑开了。那几匹瘦马日见羸弱。可是海喜喜的技术就在这里,他能让马跑到死,除非牲口自己倒毙在路上,绝不会疲疲沓沓地拉车的。

谁使唤的牲口像谁。

没有人跟海喜喜的车能坚持到两天以上。"那驴日的使牛劲,拿咱们穷折腾!"跟过他车的人,没有不骂他的。运肥期间,他的车至少换了十个跟车的人。轮到我们组派人,中尉跟了他一天车,回来用他家乡话骂道:"那是个王八犊子! 在这时候,还想挣他妈的功劳哩! 别人拉两车、三车,那王八犊子拉了五车! 把我累歹乎了。谁爱去谁去! 我明儿要走镇南堡。"

第二天,我主动地去跟海喜喜的车。

马号里面,是个很大的四方形院子。一辆辆大车停在土墙下,那三面,是三座破旧的牲口棚,用被牲口磨蹭得摇摇欲坠的柱子支撑着。我和几个跟车的农工一起先到院子里,裹着破棉袄,蹲在朝阳的墙根下等车把式们套车。车把式把各自的牲口一匹匹从棚里牵出来。顿时,院场里"吁、吁""啊、啊""驾、驾"……响成一片。有的车把式带着宿睡未醒的沉闷,有的车把式无精打采、满面愁容。他们的牲口也是一副恋槽模样,牵出来后,懒洋洋地哪儿也不想去,像桩子似的定在院场中间。直到车把式把劲儿使完,把唾沫骂干,才带着满身鞭痕不情愿地退到车辕里面。

只有海喜喜,挺胸昂首,在好些车把式和好些牲口中间,旁若无人地用鞭梢指挥着他的牲口。那副神气,倒像一位马戏团的驯兽师,毫不费力地就把调教得乖乖的牲口领到各自的位置上,一鞭子也没抽,很快地套好了车。套完了,他并不出车,跳到土墙上一蹲,用傲慢的眼光俯视着他的同行们。那种姿势，我是熟悉的。

车把式一辆辆地把车赶出马号，跟车的农工也都爬上了自己跟的大车。整个院场上就剩下我们两个人，还有他的三匹牲口。

这时，海喜喜站起来了，在高高的院墙上手打遮阳地向场外望了一圈。马号外面，传来翻肥的妇女麻雀般的叽叽喳喳的笑骂声。他轻捷地向下一跳，直向一堆干草垛大步走去。

一会儿，他从干草垛后面出来，手里拎着一面袋东西，看来足足有四五十斤。到大车跟前，他一弯腰，把那袋东西塞进车底盘下面的底兜里，然后掸掸袄袖上的碎草，操起鞭杆"驾、驾！"把车赶出大门。

车从我旁边经过，他也不跟我打招呼。而我一纵身，手不扶栏，从车后跳上了大车。我要让他看看，我不会像鸭子似的连跌带滚地爬进他车厢里去的。

他从干草垛后面提出来的东西，我知道不外是黄豆、豌豆、高粱之类的马料。我可以和他有某种默契，不去检举他。这种事情我在劳改农场见得多了。我的浪琴表就是一个车把式换去的。我眼睁睁地看着那个车把式从车底盘下面一个用麻袋做的底兜里，倒出一大堆黄萝卜。没有秤，他还要在斤两上跟我争来争去。而那些黄萝卜能从哪儿长出来呢？绝不会长在木头做的车底盘上，只能来自他刚刚拉的那块属于农场的黄萝卜田。一倒手，他等于从我手上白捡了一块金壳的瑞士名牌表。但你还不能去告发他，要违犯交换双方达成的默契，那你就挨饿吧！

今天天气很好，不到十点，早霜已经化尽。干草上，木栏上，显现出湿润的褐色的霜痕。天蓝得透明，道路干燥而坚硬。被翻开砸碎、变得松软的肥堆，像刚刚从笼屉里拿出来的一样，冉冉地升腾着水汽。今天，我的情绪也很好，更有一种神秘的兴奋。神秘之感来自我对某种必将出现的不平常的事情的期待……

按照惯例，车把式赶车，也管装车卸车，跟车的人不过是车把式的帮手。如果两人相处得好，谁多干一点谁少干一点都无所谓，配合起来共同完成任务就行了。车把式也不是生下来就会赶车的，原先全要跟一段时间车。手脚勤快些,脑子灵活些,帮着车把式套个车、卸个车,中途接过鞭杆赶上一截,慢慢就学会了。车把式没有什么驾驶执照,不需要哪个机关来考核,队长、组长的眼睛就是标准,他们看谁能单独赶车谁就能单独赶车。赶车并不难学,比学开汽车容易得多。技术高低的区别,在于怎样调教牲口——这却比和机器打交道困难得多——以及在大车搁住的时候与危险的情况下怎样应付。这时,头脑的灵活和手脚的麻利比积累的经验更为重要。而一旦赶上了车,在没有机械化的农场,车把式就算是一个高阶层的劳动者了。

海喜喜就是一个技术高的车把式,是这个队的高阶层劳动者。

……他把车赶到肥堆跟前,圈好芨芨草编的笆子,跳下车,走到墙根底下一蹲,装着修理自己的鞭梢,却不动手装肥。他摆出这种阵势,就是要我一个人装车卸车。

我取下四齿铁叉,像他一样:"啐!啐!"响亮地朝手掌啐了两口唾沫,"刷、刷、刷"地抡起叉杆。车装满后,我把叉朝车上的肥堆一插,跳上车,坐在车辕上,掏出那宝贵的"双鱼牌",晃着腿,抽起烟来。

"坐后面!"他甩着鞭子走到车旁边,恶狠狠地说,"辕重了!"

我知道前面装得并不重,他是有意要把我赶到后梢去坐。大车上,车轴以前属于"软席"车厢,坐在车轴后面那部分,一不小心就会颠下来,比"硬席"还硬。但我装完了这一车,我对我的体力有了更充分的信心。我身上沁出了一层薄薄的汗水,全身的毛孔都张开了,我潜在的力量无阻挡地释放了出来,而且感到潜力之下还有潜力。这种发现叫我感到无比地欣慰,无比的喜悦——我是一个真正的年轻人!

我向他表示宽容和鄙视地一笑,跳下车,坐到后梢上去。

啊,我要记住,我要记住,
你宝石般的指纹!

到田里,他仍不卸车,手操着鞭杆,我卸一堆,他往前赶一截。一大车肥卸成四堆。他赶的速度比别人快，第一趟回来，我们就甩开车队，独来独往了。

现在，在肥堆前装肥的只有我们这一辆大车了。到第三趟，所有在肥堆旁边翻肥的男女农工，包括谢队长，都看出了我们两人的蹊跷。海喜喜把车停到位置上，大明大白地，毫不掩饰敌意地在车旁一蹲。他不吸烟，手不停地缠着他的鞭梢，好像不是准备打马，而是准备在我不出力时抽我一顿。农工们咪咪地笑着，轻声地指点着，评论着。我无异在作表演。而这时，我越干越有劲，倒不完全是为了向他应战，而是我欢快地感觉到了我青春的活力。我已经解开了我棉袄的扣子，在十二月的暖融融的阳光下，敞开了我像手风琴键似的胸膛。在一叉一叉中间短暂的间歇里，我偶尔也摸摸这两排琴键。它是湿漉漉的，热滚滚的，然而又是有弹性的。它竟会使我联想到苏联红军歌舞团访华演出时演奏过的《马刀舞》。这两排琴键正奏着一曲带有哥萨克风格的凯歌。

马厩肥多半是草末，并不重，一叉下去能挑起一大团，用四齿铁叉挑百十下就是一车。所有的劳动全是因为饥饿才变得沉重的。现在，我越装越熟练，越不慌不忙。我开始用劳动生理学的方法，来寻找拿叉装肥时腰、臂、腿在每一个动作中的最佳角度和着力点。我把从叉齿叉进肥堆到撂进笆子这一过程分解成几段，很快，我就确定了每一段里腰、臂、腿相配合的最佳角度和最佳着力点。一经确定下来，动作就程式化了，不但不费力气，并且姿势优美。

装完第四趟，我明白无误地知道我顶住了，我胜利了！我几乎还和装第二趟时那么有力。旁边看的女农工有的在嘲笑海喜喜，说他是"哈熊"——这个词是无法翻译的；谢队长态度莫测，不时地"熊！熊！"不知是骂海喜喜，还是在骂我。海喜喜不好意思再蹲在车旁边了，他不是上厕所，就是站得远远的。而此刻，我内心却遵循着一种普遍的心理规律，越过了我既定的目标，向新的目标发展了去。这个目标其实和原来的目标方向是一致的：我顶住了，我胜利地应付了这场挑战，即刻就想到要由我来向他挑战。现在想的不是不被他压倒，而是要压倒他！

我们拉了第五趟回来，别的车只拉了三趟，那个"死狗派儿"车把式只拉了两趟，谢队长抬头看看太阳，喊了一声："收工了！"但我却喊道：

"不行！我还没过瘾哩，我们再拉一趟！"

第六趟回来，冬天的太阳快落山了。山顶没有云，没有晚霞，裸露的山峦披着一片沉郁的黛青色。一群群昏鸦麻雀，从已经没有一颗谷粒，只剩下几垛干草的场院那边，从马号那边呼呼地飞过乡间的土路，落到像荆棘一样干枯的小树林中雀噪不停。空气有点湿润了。轮下的尘土向上翻腾一阵，很快就倦倦地沉落下去。阵阵凄凉的寒意迎面扑来。我裹紧破棉袄，坐在车栏上。前面，是海喜喜有点伛偻的背脊。那脊背上一览无余地呈现出他闷闷不乐、甚至是苦恼的心情。兀地，不知怎么，我也和他一样，感到闷闷不乐，感到苦恼，感到无趣，感到抑郁……胜利的喜悦消失得无影无踪，我像掉进一个冰凉的深井里。

田野上阒无人迹，淡紫色的暮霭向我们合围过来。一条孤寂的忧郁的土路上，只有我们两个人……

二十二

吃完伙房打来的稗子面馍馍，报社编辑把他的洗脸水分了一半给我。我在烧得通红的炉子旁边脱了棉袄，洗着脸，擦着身子。原来很松弛的皮肤下，已明显地鼓起了一缕缕肌肉。肌肉像腹中的胎儿，现在还很小，很嫩弱，但它会成为巨人的。我突然想起政治经济学著作最早的译本，常常把"体力劳动者"译成"筋肉劳动者"。这么说来，有了"筋肉"就有了本钱，有了立身处世的力量了。生理上的发现，使我产生了一种感伤的激动，激起我更迅猛地、更彻底地向我认识到的"筋肉劳动者"的方向跑去。

过去的是不会再来了，我要和诗神永远地告别了。这里是不需要文化的，知识不会给我现在的生活带来什么益处，只能徒然地不时使我感到忧伤。我怀着既是与最亲爱的人分离，又是去和最亲爱的人相会时的那种悲怆与欢欣，到马缨花家去。

我不能准确地描述我现在的心情，我整个人好像蹒跚在一个非常荒诞而又非常合理的梦中。

今天我在"家"擦洗了一番，海喜喜已经来了。奇怪，他没有坐在那唯一可坐的土坯凳子上，还是蹲在老地方，搂着尔舍，神情有点恍惚地逗她玩。

挂在墙上的油灯一明一灭，屋子里弥漫着做饭的水蒸气和柴烟。在锅台旁的马缨花隐在烟雾水汽之间，更像一个模糊的梦境。生活的节奏疯狂得像路易斯·阿姆斯特朗的《令人头晕的舞会》。看着那个土坯凳子，那张垂着花布帘子的土台子，那《脖子上的安娜》……仅仅二十多天前，我还是一个惴惴不安的不速之客，还想偷偷地掀开那锅盖和布帘子哩，而现在，我却大模大样地、像个主人似的坐在这里。我似乎理解了海喜喜的恍惚，我甚至比他还恍惚。那空着的、好像有意留给我坐的土坯凳子，突然改变了我的心理。我对海喜喜又有了点尊敬和同情。

马缨花很快给我端来冒尖的一碗大米、黄米、黄豆焖的杂合饭，还有一碟咸菜。这是我最喜欢吃的。她仍像往常一样，用手掌抹了抹筷子。这个动作也是我熟悉的，我没敢看她；也没敢看海喜喜和尔舍。原来我以为我战胜了这场挑战后，在海喜喜面前能理直气壮，挺起腰杆，但这时我似乎比过去更为羞愧，并且还意识不到羞愧的缘由。心情和情绪，是在意识之下潜行着的，它们丝毫不受意识的支配却支配着我。

我一粒粒地挑着饭。我很饿，却吃不下去，我嚼着饭粒，无意识地盯着《脖子上的安娜》。我感到，任何文学艺术作品都很难表达生活本身所包含的戏剧性情节和复杂多变的感情。生活里有一种气氛,一种看不见、嗅不着、触不到、只是徘徊在心中的阴影,就很难用文字描写、线条绘画、舞台表演出来。比如现在,我听见身背后海喜喜低声地跟尔舍闹着玩,那嬉笑的声音也是沉闷的,仿佛受了什么影响的压抑。这种不情愿的、敷衍的笑声特别令人难受。马缨花在洗锅抹碗,叮叮当当的音响既谨小慎微,又分外刺耳,好像是烦闷不安中的骚动。一会儿,大概是应尔舍的要求,海喜喜用百无聊赖的、无可奈何的音调小声唱起来:

> 羊肚子(的个)手巾(哟)水上漂,
> 唱上(那个)小曲子解心焦。

> 一根子干草顶不上(个)门,
> 我拿个好心思维不下个人。

> 大红的果子(呀)香(哟)水的梨。
> 我不晓得那垯儿难为过你。

唱到最后两节,他的声调好像又变得年轻了,恢复了元气。尔舍直拍小手:"好听!好听!"还叫他唱。在我意识之下潜行的心情,又兀地滋生出对他的妒忌。他不但有种俯拾即得的灵感,有非常善于用歌咏来表达自己情绪的智慧,而且,也因为尔舍从来没有这样和我亲热过。在我一本正经地说别人编的故事的时候,尔舍听着听着就睡着了。我是不是已经失去了和儿童交流情感的童心呢?

我又听见海喜喜在尔舍耳朵旁边嘀嘀咕咕,像是教唆她些什么。果然,尔舍大声喊道:

"妈,你唱、你唱……"

我没有朝后看。她这时大概已经洗完了锅碗,靠在炕沿上。我听见她扑哧一笑——不论什么时候,什么情况下,她都能够笑出来,这使我的心头掠过一丝无名的恼恨。她爽快地说:"好,我唱。"

接着，她用她特有的轻快、柔润，而又带几分野性的嗓音唱道：

羊肚子(的个)手巾水上漂，
你不会唱曲子奴给你教。

三十三颗荞麦(呀)九十九道棱，
二妹妹再好是人家的人。

芝麻的胡麻出个好油，
嫁不下个好汉子我要维朋友。

他俩唱的调子是"信天游"，或说是"爬山调"。一唱一和的唱词有不尽的弦外之音。我非常模糊、朦胧的想象里，好像有两只山鹰一上一下地在薄薄的、如丝棉一般的云层中盘旋。我吃着，想着，听着……蓦地，很清醒地意识到他俩是非常合适的一对！我还意识到，在这座荒村中的这间简陋的小土房里，在这昏黄的、被雾气和柴烟弄得闪烁不定的油灯光下，我完全是个多余的人！是不知从哪儿飞来的一只苍蝇。吃完了，蹬蹬腿，抹抹嘴，又飞走了。哪儿也不属于我，我哪儿也不属于，在整个世界上我都是个多余的人；和亚哈逊鲁一样，被开除出人民行列的人，就成了永世漂流的犹太人……现在，我像被人随意钉上的一个楔子，打入了他们的生活。我自以为找到了自己的位置，却使他们本来的生活分裂了，破碎了。

肚子吃饱以后，应该舒服了，高兴了，而此时相反，心情却更加沉重。我似乎看透了自己一生的命运，还是饿着肚子好；如果不饿肚子，就会给人家带来祸害。

吃完饭，我推开饭碗，眼睛没有看他们，只说组里的人还等我回去商量事情哩，抬起腿就走了。外面，半轮冷月裹在像我的棉絮一样破烂的云朵里。西边的山峦呈现着威严而阴森的黑色，像披着法衣的法官。没有一丝风，空气凛冽而干燥。村子里有的人家虽然还亮着暗淡的灯光,但十分沉寂,只有我脚下碎柴碎草的沙沙声。我感到悲怆,却又有点不甘心。我停下来解手。还没解完手,海喜喜也从她家出来了。他轻轻地咳了一声,模糊的背影很快地无声地在黑黝黝的马号那边消失了。

我好像甘心了,但又觉得更加悲怆。

二十三

第二天,我坐在他的大车上,心里感到十分内疚,好像不是坐在车底盘上,而是坐在他的身上似的。但是,我又羞愧地意识到这种内疚的伪善:我已经不能说是不自觉地卷进了一个说不明白的关系中,而是怀着迟来的青春期的颤动和竞争心,有意地要楔进去的。

但是,海喜喜对我的态度更恶劣了。他的内心没有我这样的复杂。他就像高悬在我们头顶上的天空一样,只要有一丝云彩就会向地面投下一片阴影。而他今天的脸色,就预示着有一场暴风雨。

头一趟车装好——当然还是我一个人装的,我仍像昨天那样,坐在车后梢上。车摇摇晃晃地出了村子,走上土路。

"啪!"

我脸上响亮地挨了一鞭梢!我捂着火辣辣的脸颊,掉头看看海喜喜。他背对着我,坐在车辕上,一如往常地赶着牲口,仿佛没有觉察鞭梢抽着了人。这种事也常有:西北地区赶大车的鞭子,皮绳要比鞭杆长一倍半,如垂钓用的渔竿。赶车的人甩起鞭子来,一不小心,鞭梢也会扫在坐车人的身上。劳改农场里的一个车把式,就因为抽了搭车的管教干部一鞭子,被延长劳改一年。事后他编到大队来,哭哭啼啼地说他是无意的,他的老婆养了一只兔子,还等着他回去过春节哩……

也许他无意,也许他故意,不管怎么样,我抽出插在肥堆上的四齿铁叉,支在面前护住自己。

海喜喜打鞭子的技术很娴熟,抽身背后的东西也极准确。一会儿,他的鞭梢又呼地甩了过来。我举起铁叉一挡,抽得铁叉铮铮作响。这一鞭更有力,如果我不挡,就正抽在我脸上。

一路上,他这样连连抽了几鞭,都被我挡了回去,我被这种可笑的局面激怒了。他略微伛偻的后背不再表现为烦闷的、苦恼的模样,在我的眼睛里,是一种令人厌恶的、可憎的、隐藏着杀机的沉默!我觉得我做的一切都是对的!我无愧于谁,尤其是对这个海喜喜。命运给我们做了这样的安排;红兵在黑卒前面有什么可内疚的?!

我装着第三车,其他大车第一趟刚回来。所有的大车,除那"死狗派儿"赶的之外,又集合在马号前面的肥堆旁边。吆喝声、鞭声、马蹄声、翻肥的妇女的大呼小叫……响成一片,煞是热闹。这时,海喜喜铁青着脸,眼睛里闪动着挑衅的目光,从他蹲的墙角向我走来。

"快装!你这驴日的!"他晃着鞭子,头上粗硬的短发像灌木丛似的虯参着,太阳穴上凸暴出明显的青筋,"你别腰来腿不来,跌倒不起来的!快,快!"

所有的声音全停止了,像一块石子投到蛙声鼓噪的池塘里。我感觉到人们的目光一下子都聚集到了我俩的身上。在最初的一霎间,我还很恐惧:也许……说不定,会闹出什么事来,会挨一顿毒打……但我意识到那些目光里有马缨花的似乎是在考验我的目光,自尊心就压倒了恐惧。我把铁叉朝他面前一扔,做出要靠边休息的样子,其实是想远远地离开他。

"嫌慢?"我愤愤地说,"你驴日的也该干两下了。你来装吧……"

"啥?你驴日的还犟?……"他几大步跨到我跟前,"你干!你这卡费勒不干谁干?!"

肥堆旁边的人哄笑起来。我不知道他说的"卡费勒"是什么意思,以为是句非常肮脏的骂人话。同时,他气势汹汹的架势又使我害怕起来,我想用一句话来压倒他,叫他再不敢吱声,于是我不管事实是不是如此,大声地喊道:

"我知道你为什么像条疯狗,不过是因为昨天你偷东西让我碰见了！"

出乎我意料，他不但没被压倒，反而愤怒得直发颤，手指着我，嘴唇抽搐着，像在默念一段什么神秘的文字。这样有两三秒钟，他才仿佛缓过气来，破口大骂：

"熊！卡费勒、杜斯曼①！卡费勒、杜斯曼！你驴日的没少吃！我今天要放了你的血！……"

他的嗓音顿时变得异常尖利，好像音带劈了一般。他一边骂着，一边撂掉鞭子，猛扑过来，两手一把揪住我棉袄的两襟，毫不费力地一抡，竟使我脚离开地面做三百六十度的大旋转。也不知旋转了几圈，又突地一揉，把我像只死鸡似的摔在肥堆上。

我没料到他会用手抡我。在他痛骂的时候，我以为他还是要用鞭子来抽。而在大庭广众之中，不会没人来干涉的，至少谢队长要站出来，这样倒使我可以揭发他在路上要的把戏。现在，我变得非常狼狈，浑身是黄土马粪，像在地上打了一个滚的毛驴。有几秒钟，我趴在肥堆上喘息。悬空的旋转已使我丧失了理智，我只看见海喜喜眼睛里狞恶的暴躁的闪光，只听见肥堆旁男男女女的一片哗笑。但是，我的怒火突然使我变得异常兴奋，这种兴奋是一种面临从未经历过的事情的兴奋，就像一个人终于见到了从未见过的而又渴望已久的大海，要张开两臂纵身跳进去畅游一番。"来吧！"我反复地在心里这样念叨，"来吧！……"

我索性就地一滚，滚到我刚刚撂下的铁叉旁边，拾起铁叉，站起来。跳进大海！跳进大海！我借站立起的蹲力，顺势一掷，铁叉嗖的一声像标枪一样向他飞去。

"啊！"男女农工发出一片赞赏的惊叫。海喜喜略一躲闪，铁叉扎在马号的土墙上，戳了四个白点，哐嘡一声掉在地下。

我从男女农工的惊叫声里听到了赞赏的意味，更从海喜喜躲闪

<hr>

① 卡费勒：阿拉伯语，异教徒。杜斯曼：波斯语，仇人。皆为宁夏农村骂人的口语，现在在一些地区仍然使用。

时的眼睛里看到一丝张皇。没有扎着他,反而鼓起了我的勇气。跳进大海! 跳进大海! 我三两步跳到土墙下,又拾起铁叉去扎他。

海喜喜显然没有想到我会发疯了似的反抗。在我跑过去的当儿,他惊愕地站在土墙前面,好像等着我去扎他一样。我一叉朝他大腿扎去,他一把抓住叉杆,仍然迟疑着,不知怎么办。而我却尥起左脚,踢在他的腹股沟上。

"哎哟!"他疼痛地弯下腰,低了低头,仿佛要寻找我踢的地方。随即,他倏地抬起头,眼睛里又闪出狞恶的暴躁的光,两腮颤动着,一手拽着我的叉杆,张开另一手的五指,宛如一只鹰要起飞时似的。面对这样魁梧的巨人,我又和他刚刚一样,开始张皇了。我呆呆地等着他的巴掌。

但这时,肥堆旁边的男女农工已经围了上来。

"行啦,行啦! 喜喜子,你抢了他一下,他踢了你一脚,两顶啦!"

"哈熊! 人家是念书人,识得字,你人老八辈子也认不下哩! 你欺负人家干啥?!"

"操! 狗急跳墙,人急叫娘。你这哈熊连车也不装,还……没见他要跟你拼命啦!"

"玩两下子就行啦! 你们是吃饱了咋的?!"

"……"

最有权威的还是谢队长。他一手背在身后,一手指着海喜喜,仿佛他背手的手握着一件什么有力的武器,又有点像冬烘先生训顽童似的:

"我看你驴日的今天敢咋样! 我看你驴日的今天敢咋样! ……"

海喜喜怒气冲冲地看看谢队长,又用冒火的眼睛看看我,使劲把叉杆往怀里一拉,我趁还没被他拉倒时赶快松开手。他咬着牙,把叉"呼"地一下抢到半天空上。铁叉滴溜溜地旋转着,划了一个跨度很大的抛物线,掉在远远的干沟里。

大家的情绪都松弛下来。不知是谁拾来了我的棉帽子。棉帽的护耳撕破了,像一只死乌鸦一样耷拉着无力的翅膀。一个年轻的农工从我脑后嘻嘻哈哈地把这只死乌鸦扣在我的头上,还似乎是鼓励地拍了拍我的脑袋。我这才有心思看看周围。不知道马缨花在整个过程中持什么态度,这时她正背向着人群,朝那条干沟走去。我的组员们还站在肥堆旁边,用中立的姿态饶有兴味地观望。

当然,我再不能和海喜喜同一辆车了。谢队长调整了一下,叫"营业部主任"跟海喜喜,我还回到"死狗派儿"车把式的车上去。"营业部主任"说死也不干。海喜喜"啐!啐!"地朝手掌上吐了两口唾沫,操起他自己的铁叉:

"熊!我谁也不要,我一个人干!"

他像狂人一样飞舞着铁叉,把车装满,扬起鞭杆,一个人赶着车跑了。

马缨花把我的铁叉找来了。她像授予凯旋的旗帜似的把叉交到我手上。

"给!"她又低声地说,"看你,扣子都没了,待会儿我给你钉上。"

我低下头,才发现我敞着胸露着怀,扣子都被海喜喜拽掉了。

二十四

晚上,我照例到马缨花家去。生活中任何一个举动如果经常反复,都会成为一种习惯;人不由自主地要受这种习惯支配,何况我去马缨花家,不但有肚子的需要,还有心灵的渴望。在那里,和她在一起,即使中间有个海喜喜——人啊!应该说海喜喜和她中间有个我,但这时我却不这样想了——我也能得到作为一个人的心必须要有的东西。这东西是什么?一点温存,一点怜悯,一点同情,一点敬意,一点……那么模糊的爱情。

我小时候,家附近有个寺院。它坐落在半山坡上,红墙隐没在一片翠竹当中。每天清晨,从它那里响起一阵沉重、缓慢、而又悠远的钟声。它沉重、缓慢而又悠远,于是我的思绪能跟得上它的余音,随着它一直消失在那多雾的嘉陵江中。接着,下一响钟声又带去我另一部分思绪……直到把整个的我带离开这个尘世，进到一个虚无缥缈、无我、无你、无他的境界中去。到马缨花家，不知怎么总使我想到那种钟声。也许是因为我正在那么尴尬、那么困窘、受人捉弄的时候，是她来把我带出铺满干草的单身宿舍，领到她那充溢着温馨的小屋里去的缘故。并且，她又是一个异性，一个如此美丽可爱的女人，因而我离开那铺着干草的尘世，到她灯光明灭的小屋里，更有一种异样的充实，不是无我、无你、无他，而是整个世界对我来说，都具有一种新的特定的意义。

这种意义只有我能体味得到。这就是人的正常生活的恢复；不是出世，而是又回到人的世界中来。本来，对过去的记忆已经淹没在沉重的阴影当中，就像月亮被急驰的乌云所吞噬。但是在马缨花那里，总有这样那样的东西，包括她幼稚而又洋溢着智慧的幻想，使我把中断了的记忆联系起来，知道自己是个人，是个正常的人。我以为，即使今天我和海喜喜打架，也是在这种生活环境中的正常人的表现，甚至可以说是我已经成为正常人的重要标志。农工们赞赏的笑声和谢队长开始放任、终而叱责海喜喜的态度，再好不过地说明了他们全体都认为结果应该如此。我通过了这个环境对我的考核；他们，这种环境中成长起来的正常人，接纳了我成为他们行列中的一员。

马缨花在拍尔舍睡觉——在农村，孩子们都睡得早，见我进来，一骨碌爬起，跳下炕。她先顶上门，然后转过身，两手在袄襟上抹了抹。

"来，我看看，这驴日的把你抽成啥样子了？"

我这时才感觉到脸上火辣辣地疼。后来一打架，我把挨了一鞭子的事情也忘掉了。

她把我的脸扳向灯光，美丽的眼睛一闪一闪地在我脸上审视着，一边看，一边"啧、啧"个不停。我低下头，任她的手抚摩我的脸。当她颤抖的手指轻柔得像一阵微风掠过我鞭伤的时候，我觉得全世界的抚慰都在这里面了，同时心头响起了勃拉姆斯为法柏夫人作的那支《摇篮曲》。

啊！命运没有亏待我。

她的动作和表情，已经无疑地表露出了她对我怜悯和施舍下更深的那个层次。发现了这点，我倒心安理得了。被人爱，似乎就获得了某种权利。我大大方方地在土坯凳子上坐下来，等她给我盛饭。

今天，她特别容光焕发。她流连的目光比往常更为炽热，那迅捷眨动的长睫毛有一种爱娇的意味。她线条秀丽的嘴唇不说话时也微张着，仿佛表示着某种惊奇与渴望。

我一面吃饭，一面把今天事情的经过告诉她。我知道她顶了门，二十多天来，她还是第一次要把海喜喜关在门外。但我仍然警觉着房门口。可是直到我离开她家，门口也没有响起海喜喜的脚步声。

她毫不在乎门外的动静，说起今天的事，对我表现出雌兽护仔的偏袒，毫无道理的溺爱，用粗野的话把海喜喜骂个狗血淋头。这反倒使我不安，觉得不公道。

"你们原来不是挺好的吗？"我问，"我还当作你们是好朋友哩。"

"啥'朋友'！"她蓦地满面绯红，怒气冲冲地说，"那驴日的是个没起色的货，有一天他……"

说到这里，她突然停住了，像急刹车似的，身体还往前倾了一下。随后，她又往炕上蹭了蹭，坐端正，把手里补的衣服朝怀里一拉，继续补下去，不说话了。

我很快就意识到我说错了。我所说的"朋友"，是一般意义上的"朋友"，和她理解的"朋友"完全是两回事。她脑子里的"朋友"，是"嫁不下个好汉子也要维朋友"的那种"朋友"，也就是我们通常说的情人。

这证实了我的直觉。

人有着很微妙的心理，总觉着爱情和字画不同，在字画上盖的铃印越多，字画越值钱，而在爱情上仿佛就容不得别人先占有过。殊不知只有成熟了的爱情才最可贵。

马缨花的爱情就是成熟了的爱情。

沉默了一会儿，她又抬起头，脸上的红晕已经退了下去，两只瞳仁一闪一闪地发光，轻轻地娇笑一声，没头没脑地说道：

"你，倒挺像咱们的人！"

我向她表示理解地一笑。"咱们的人"包括许多含义：劳动人民——这点对我非常重要，体力劳动者，农工，甚至还指从中亚细亚迁徙过来的撒马尔罕人的后裔。她这句话，也使我明白了，为什么她独独会在今天这样明白无误地表现出她内心的感情。对她来说，仅仅是个"念书人"，仅仅会说几个故事，至多只能引起她的怜悯和同情；那还必须能劳动，会劳动，并且能以暴抗暴，用暴力手段来维护自己的尊严，才能赢得她的爱情。啊！我撒马尔罕人的后裔。

她又跟我说，今天她没找齐制服上的黑胶木扣子——在这时候，扣子也是紧俏商品，等明天把扣子找齐了，再给我钉。她从枕头下抽出一根用废布头搓成辫子的布带给我，让我扎在腰上。

"你呀，"她笑着说，"我知道，连绳子也没有一根。"

是的，我的确连绳子也没有一根。

"你知道我的事情可不少。"既然我知道她爱我，我也不用为自己的贫穷感到羞愧。我接着用轻松的口气问她："可是你的事我还不知道哩。哎，我问你，尔舍的爸爸究竟是谁？"

她埋下头，微笑地沉吟着，一会儿在一串轻声的娇笑中说：

"我不能沾男人，一沾男人就怀……"

她的回答使我惊愕不已。她根本没有正面回答我。我原以为这会引出她一个故事，一个或许是哀婉、或许是悲愤的遗恨，然而，她却轻轻地一抹，把有关这一段的回忆都抹进了时光的垃圾桶里去，毫不吝惜地把它掩埋了。听那口气，她好像觉得这种事对任何人都没有伤害，对她自己也没有什么伤害……

真要命！她既使我恢复成为正常人，把我过去的回忆和我现在的感受连接了起来，也从而使我对她产生了惶惑、迷惘和新奇感。她身上有许多我不理解的东西，还有和我过去的道德观相悖的东西。然而这些东西在她身上表现出来时，又如此真实，如此善良,也显得十分的美,竟动摇了我的道德观念,觉得她总是对的,是无可指责的。

她和海喜喜,把荒原人的那种粗犷不羁不知不觉地注入了我的心里。而正在我恢复成为正常人的时刻,这种影响就更为强烈。

二十五

我第一次体会到健康给人的幸福感。我觉得我力大无穷,正如惠特曼歌颂的:

> 啊,脊力强壮的斗士是多么欢乐呀!
> 他神采奕奕地兀立在竞技场上,
> 精力充沛,渴望着和他的对手相见。

而在竞技场上,我至少和这里的高阶层劳动者、令人畏惧的巨人斗了个平手——"两顶啦"! 于是,我感到一种旺盛的活力,一种男性的激情也在我体内暗暗地涌动,我甚至能听得见它像海潮般的音响……

第二天,海喜喜仍然一个人既赶车又装车。我还是跟"死狗派儿"车把式。在我们错车的时候,他一眼也不看我,但脸上有股掩饰不住的懊丧。仇恨已经过去,他只是沉浸在自己灰色的情绪里。一个威武有力、生气勃勃的人,一下子变得像被霜打倒了的芦苇。当然这并不是因为被我一脚踢的,而是内心里受到了更大的打击。

我很小的时候,就有一种容易被别人的痛苦所感染的脆弱性。是脆弱,不全然是同情。同情会使人积极起来,而脆弱只能产生畏惧。看了一本描写瘫子的小说,自己下身会麻木好几天;看了一篇写瞎子的故事,我会害怕失去眼睛。对会降临到自己头上的灾祸的恐惧,多于对瘫子和瞎子的怜悯。这种脆弱性,更可能产生一种邪恶的趋利避害的念头,从根本上消除自我牺牲的精神。所以,现在对海喜喜，我已经没有了同情，而是害怕落到他那样失恋的地步。

这种邪恶的劣根性，加上对所谓"体力劳动者"的不正确的观念，催着我向一个深渊坠落下去。

收工时，我从"死狗派儿"的车上跳下来。她在马号前面，手里攥着一把什么东西，向我一扬，又努努嘴。我知道她手里一定是几粒扣子。吃完从伙房打来的稗子面馍馍，我就上她家去了。

现在，我们组里八个人，几乎一半不出工。今天这几个去场部，明天那几个去场部，要么就是去镇南堡看有没有挂号信——取挂号信和寄挂号信，都要来回跑六十里路，可见我们的文化生活了。反正自我们来这个队，就没有看过一张当月的报纸，没有听过一声广播，真像"营业部主任"说的，这里还不如劳改农场哩——他们这样忙忙碌碌，无非是在跑户口，谁都想早点离开这里。这样，对我每天晚上跑出去，他们丝毫不注意。这间铺着干草的"家"，不过是几个人临时栖身的旅店，谁也不去管过路的旅客干什么去。

今天，我特别兴奋，有几分迷迷糊糊，但又似乎非常明确地感到，今天晚上将要发生什么事情。我怀着一种来自想象的醉意，既甜蜜，又有几分忧伤。这种醉意使我的意识像暮霭一样在田野上飘散了。

我进了门。一定是我脸上焕发着特别的光彩，一定是我目光中有奇异的神色，因而，她也用一种异乎寻常的、闪烁着灼热的光的眼神凝视着我。她的睫毛很长，眼睑下又有一圈淡青色，因而她的眼睛就显得特别深邃，瞳仁的闪光就像暗夜中的星星。她还和昨天一样，斜躺在炕上拍尔舍睡觉。她诡谲地一笑，朝土台上努了努嘴。随后，她机械地拍着尔舍，同时用一种痴呆的、固定不变的姿势看着我，仿佛在想什么心思。

土台上放着一盆用碗扣着的杂合饭。我盛了一碗慢慢地吃着，借着吃饭来拼命抑制自己，迫使自己冷静下来。这时，只听见她在炕上，边拍着尔舍，边轻声唱道：

金山（么）银山（的）山对（哟）山，
层层（哟）叠叠的宝山。
望（么）别人成双（是）我孤单，
阿哥（么哟）活下的可怜。

白崖（么）头上的鸽子（哟）窝，
你看是（呀）公鸽嘛母鸽。
我一晚上想你（是）睡不（呀）着，
天上的星星（哈）数着。

　　我过去全部教养教给我关于爱情的观念，和我现在沉浸于其中的爱情是那么不同，甚至截然相反。那种爱情是温柔缱绻的，含蓄隽永的，美妙的情趣带有几分伤感的忧郁，就像一朵带露珠的嫩弱的康乃馨。而她歌声里表达的爱情，却是直率的、明朗的、粗犷的，盛满了浓得化不开的激情。其中的情意有如旷野的风，叫人难以抵挡。

　　尔舍在她的歌声中睡着了。她轻手轻脚地爬下炕，抻了抻棉袄，两手在脑后拢了拢头发，向我嫣然一笑。我觉得她脸上第一次出现了娇羞的表情，两颊红扑扑的。她的皮肤较黑，红得就更加浓烈。在她两手顺向脑后的时候，腰肢略向后倾，整个神态在我眼里是被爱情摧残的慵倦。

　　"咋？是你脱了呢，还是咋钉？"她笑着问我。

　　她手拿着穿好的针线，站在我身边，那南国女儿脸颊上的大红大紫使我心慌意乱。我支吾着说："哦，哦……还是穿在身上钉吧，我里面没有衣服，没法脱……"

　　"你哟！"她哧哧地笑着，把我从土坯凳子上拉起来，"真是遭罪哩。以后得给你缝件汗褡儿……那你就把带子解开吧，还等啥？"

　　她用命令式的语气跟我说话，语调里饱含着妻子般的深切的关心。我非常自然的、毫无惭愧之感地解开腰带，站在她面前。我感到我能把自己交给她是我的幸福，心中充溢着对她的信赖和对她的温情。

　　她不用低头，刚好在我颌下一针针地钉着扣子。她的黑发十分浓密，几根没有编进辫子里去的发丝自然地卷曲着，在黄色的灯光下散射着蓝幽幽的光彩。她的耳朵很纤巧，耳轮分明，外圈和里圈配合得很匀称，像是刻刀雕出的艺术品。我从她微微凸出的额头看到她的眉毛，一根一根地几乎是等距离地排列着，沿着非常优美的弧形弯成一条迷人的曲线。她敞着棉袄领口，我能看到她脖子和肩胛交接的地方。她的脖子颀长，圆滚滚的，没有一条皱褶，像大理石般光洁；脖根和肩胛之间的弯度，让我联想到天鹅……此时，那种强烈的、长期被压抑的情欲再也抑制不住了，以致使我失去了理性，就和海喜喜把我悬空抢起来的时候一样，于是，我突然地张开两臂把她搂进怀里。

　　我听见她轻轻地呻吟了一声，同时抬起头，用一种迷乱的眼光寻找着我的眼睛。但是我没有敢让她看，低下头，把脸深深地埋在她脖子和肩胛的弯曲处。而她也没有挣扎，顺从地依偎着我，呼吸急促而且错乱。但这样不到一分钟，她似乎觉得给我这些爱抚已经够了，陡然果断地挣脱了我的手臂，一只手还像掸灰尘一般在胸前一拂，红着脸，乜斜着惺忪迷离的眼睛看着我，用深情的语气结结巴巴地说：

　　"行了，行了……你别干这个……干这个伤身子骨，你还是好好地念你的书吧！"

二十六

　　啊！……

　　我踉踉跄跄地跑回"家"。我头晕得厉害，天旋地转。我摸到墙边，没有脱棉袄，也不顾会把棉花网套扯坏，拉开网套往头上一蒙，倒头便睡。

　　不久，小土房里其他人也睡下了。老会计在我头顶上灭了灯，吸吸溜溜地钻进被窝。万籁俱寂。我想我大概已经死了！

死,多么诱惑人啊!生与死的界限是非常容易逾越的。跨进一步,那便是死。所有的事,羞耻、惭愧、悔恨、痛苦……都一死了之。

我此刻才回忆起来,在此之前,我什么都设想过,甚至想到她会拒绝,打我一耳光,但绝没有想到她会说出那样一句话把我带有邪气的意念扑灭。

"你还是好好地念你的书吧!"这比一记耳光更使我震撼。灵魂里的震撼,这种震撼叫我浑身发抖。

死了吧!死了吧!……

我真的像死了一般,刚才那如爆炸似的激情的拥抱,仿佛已耗去了我全部的生命。但是,我的灵魂还在太阳穴与太阳穴之间的那一片狭窄的空间里横冲直撞,似乎是满怀着憎恨地要撕裂自己的躯壳。我不敢回顾过去二十多天里我的行为举止,然而像是有意惩罚我似的,有一张银幕在我眼帘内部显示出我的种种劣迹,我眼睛闭得越紧,银幕上的影子却越清晰。海喜喜愤怒地指着我的鼻子尖:"你驴日的没少吃!"像闪电之前的雷声叫我战栗。我是靠谁的施舍恢复健康的啊!在那段时间,我就像《梨俱吠陀》里说的,"木匠等待车子坏,医生盼人腿跌断,婆罗门希望施主来",心怀恶意地扮演着乞讨者的角色。我出主意给她修炕,我跑去给她说故事,我……目的只是在那一碗杂合饭。我清楚地认识到了,我表面上看来像个苦修苦练的托钵僧,骨子里却是贵公子落魄时所表现出来的依赖性。歌德曾把"不知感激"称为德性:"不愿意表示感激的脾气是难得的,只有一般出众的人物才会有。他们出身于最贫寒的阶级,到处不得不接受人家的帮助;而那些恩德差不多老是被施恩者的鄙俗毒害了。"但在我却是相反,是我的鄙俗把施恩者毒害了。在我逐渐强壮起来的身体里钻出来一个妖魔,和从海滩的瓶子中钻出来的那个魔鬼一样,要把从瓶子里放出他的施恩者吃掉。这原因在哪里呢?这原因就在于我不是"出身于最贫寒的阶级";公子落难,下层妇女搭救了他,他只要一脱险,马上就想着占有这个妇女,并把这种举动当成一种报答,这不是一种千篇一律的古老的故事吗?

这时，昨天夜里在我脑子里幻想出来的种种欲念，成了佛教密宗里的毗那夜迦，兽头人身的怪物，而马缨花就在这个邪恶的、面目狰狞的怪物手中挣扎！

是的，她最后的那句话，将她给我的食物中注入了仁爱，注入了精神力量。这样，就更叫我无地自容了。

我想忏悔，我想祈祷，但我才发觉，对一个唯物主义者来说，对一个无神论者来说，对现在的我来说，最大的悲哀莫过于忏悔和祈祷都找不到对象。我不信神，所有的神我都不信！我经历过一次"死"以后，全部宗教都在我眼前失去了它们的神圣性质！那么，我能向谁来忏悔，来祈祷呢？人民吗？人民早已把我开除出他们的行列——"你活该吧！你现在的行为正证明了我们把你开除出去是对的！那不是某个领导的意志，而是我们全体人民的意志！你已经永远被钉在耻辱柱上了！"

"嘘嘘嘘……嘘嘘嘘……"墙角响起了一阵阵可疑的声音，好像是从一个极其阴暗的世界传来的。但我知道，那不是上帝，也不是魔鬼，那是死的召唤。我很早就对死有一种莫名的迷恋，和酷爱生一样酷爱死。因为那是一个我活着永远不能知道，并且也是一个任何人都不知道的东西。永恒的谜就是永恒的诱惑。很多人都忽视了，死其实是生活的一个重要内容；热爱生活的人最不怕死。尤其，对一个无神论者来说，对现在的我来说，死是最轻松的解脱。一切都会随生命的停止而告终。那么，我就制造了一个永恒的秘密。明天早晨，太阳照样地升起，风照样地刮，云儿照样地飘，农工们照样地出工，而我却变成了一堆没有生气的骨头和肉，就像一只死羊，一条死狗。我的悔恨，我的羞愧，我良心的责备，在这世界上留不下一点痕迹。我死了，我带走了一个秘密，我销毁了我制造的秘密，难道这个秘密还不是永恒的吗？

我在死亡的边缘时极力要活、要活、要活下去，我肚子吃饱了却想死。过去，在没有灵感的时候，在创作苦闷的时候，毒药、绳子、利器、高度和深度都曾对我有过吸引力。现在，我在黑暗中摸索着她给我的那根用布头编的带子。布带柔软而有弹性，它的长度、宽度、耐拉强度都会使我的脖子感到非常舒适。世界上的事是多么奇妙，多么不可思议啊！昨天晚上她给我带子的情景历历在目，她是为了我暖和，为了我活得好，可恰恰我要在这根带子上结束我罪孽深重的一生；她说我连根绳子也没有，是出于对我的同情和爱怜，可恰恰似乎是有意地要送我一个结束生命的工具，我想象我拥抱着她时是多么美好，可恰恰是我拥抱了她以后却悔恨欲死……于是，一种对自己命运的奇怪的念头在脑子里产生出来：我这个没落的阶级家庭出生的最后一代，永远不能享受美好的东西；一切美好的东西在我身上都会起到相反的作用……那么，只有死，才能是最后的解脱了。

　　于是，我死了！
　　我全身只剩下头颅，在一片黑茫茫、莽苍苍的大森林里游荡。因为失去了身躯，失去了四肢，头颅只能在空间飞翔。我飘呀、飘呀……飞呀、飞呀……四周是像墙一般密密层层的巨树，高不见顶，遮天蔽日，但茂密的枝叶从不会刷我的脸上。我的头游在哪里，它们就会像水草似的荡开。我不知道我要往哪里飞，我只觉得有一股力量在托浮着我，推动着我，或是吸引着我，一会儿向这儿，一会儿向那儿飞去……黑暗是透明的，发出蓝幽幽的光；巨树不是立体的，全像舞台上的道具，是一片片的平面竖在四面八方。大森林没有尽头，没有边缘。在这大森林里，所有的树木都是静止的，只是因为我头颅的位移才使它们不断地移动，时而向我逼近，时而远离开我……它们并不特别阴森可怖，阴森可怖是从我自己的脑子里喷射出来的，于是蓝色的黑暗和巨大的树木之间都弥漫着阴森可怖的浓雾。这里绝对没有音响，但我头颅上毕竟有耳朵。这时，有一种雷鸣般洪亮的声音在大森林里庄严地响起来：
　　"你为什么要死——死——死——死——"
　　"死"的余音不绝如缕，在巨树之间缭绕，发出"咝咝"的金属声。
　　我冷笑了。我谁也不怕，既然连死也不怕，还怕什么?！

"这正是我要问你的!"我的头颅大张开嘴,翻起眼睛向四面八方搜寻。但那声音不是发自哪一方,而是在整个森林中回荡。我大声地问那声音:

"我为什么要活——活——活——活——"

"活"的余音也不绝如缕,在巨树之间缭绕,发出"花花"的金属音。

沉默了!那个声音沉默了,像被狂风噎住了嗓子。哈哈!我的问题"你"能回答吗?

我继续在大森林里横冲直撞。我享受到了死的乐趣。

可是,那一株株阴森的巨树越来越稠密,枝丫纵横,像张在我上上下下的一面没有缝隙的巨网。并且,它们从周遭逐渐逐渐地收拢来,我头颅的天地越来越小了。最后,我头颅只能不动地悬浮在空中,两眼不住地轱辘轱辘乱转;我大张着嘴,喘着粗气。我没有胳膊,我不能抵挡;我没有腿脚,我不能蹬踢。我等待着:难道死了还会遇到什么鬼花样!

那个声音又像山间的回声似的响了起来,带着鬼魂特殊的嗓音,瓮声瓮气地:

"到天堂去吧!到天堂去吧——去吧——去吧——"

"天堂在哪里?"我头颅上淌着冷汗,但我脑子里并没有一丝恐惧,"天堂在哪里?"我用责问的语气大声地喊,"哪里有什么天堂?我不信什么鬼上帝!"难道我死了还要受欺骗!

"超越自己吧——超越自己吧——超越自己吧……对你来说,超越自己就是你的天堂——天堂——天堂——超越自己吧——超越自己吧——超越自己吧——"

这一句话,突然使我流泪了。混浊的泪水滴滴答答地滚落到我头颅下的浓雾中。是的,"超越自己吧!"这声音不是什么鬼魂的声音,好像是我失落了的那颗心发出的声音。

"超越自己吧!超越自己吧!超越自己就是天堂——天堂——天堂——"

"啊! 我怎么样才能超越自己呢?"我绝望地哭叫,"在这穷乡僻野,这个地方和我一样,好像也被世界抛弃了! 我怎么样才能超越自己呢?"

"要和人类的智慧联系起来——要和人类的智慧联系起来——联系起来——联系起来——那个女人是怎么说的——怎么说的——怎么说的——"

那个声音越来越小,好像离我越来越远,最终完全消失了。我的头颅大汗淋漓,像一颗成熟的果子似的力不可支地坠入到浓雾下面,仿佛刚才是那个声音使我的头颅悬浮在空中一样。我觉得我的头颅掉在一片潮湿的泥地上,柔软的、毛茸茸的苔藓贴着我的面颊;还有清露像泪水似的在我脸上流淌。那冰凉的湿润的空气顿时令我十分舒畅。

而这时,巨大的森林里重归宁静,浓雾也逐渐消散,树冠的缝隙开始透下一道阳光,像一把金光灿灿的利剑,从天空直插到地上。与此同时,大森林里不知从什么方向,轻轻地响起了 $\underline{03}$ $\underline{33}$ | $\hat{1}$ — $\underline{02}$ $\underline{22}$ | $\widehat{\hat{7}}$ — $\widehat{\hat{7}}$ — | ……的钢琴声。啊! 那是命运的敲门声! 好像是惊惶不安,又好像异常坚定。一会儿,圆号吹出了命运的变化,一股强大的、明朗的、如阳光下的海涛般的乐声朝我汹涌而来,我耳边还响起了贝多芬的话:"我要扼住命运的咽喉,他不能使我完全屈服……啊! 能把生命活上几千次该有多美啊!"

……我完全清醒了。我发觉我泪流满面,泪水浸湿了我头下的棉网套。在棉网套下,我摸到了一本精装的坚硬的书——《资本论》。

二十七

第二天,果然太阳照样地升起,风照样地刮,云儿照样地飘……

黄色的耀眼的阳光透过窗户上的旧报纸,给小土房里的墙壁和干草上更增添了许多排列成行的斑点。有那么一会儿,我想着我昨天好像做了一件非常丢人的事,犯了非常大的错误,因而有一种不愉快的、烦恼的情绪。但很快就被另一个念头代替了:如果房子里的人一早起来发现我死了,他们除了惊奇和忙乱一阵外,还有什么呢?也许他们上午会不出工,张罗着埋我。可是埋完了,他们照样还是要去出工的。我的死,除了使遥远的母亲悲痛,大概再不会给其他人一丝震动;死,对我是一件大事,而对别人不过是小事一桩,至多编出几个鬼故事来打发漫漫的冬夜。这样的死,有什么价值呢?

"营业部主任"先打了饭回来,一个人用两肘霸占着炉子,还不住地朝手上呵气:"真冷,真冷!这狗日的天真冷!"老会计两手小心翼翼地捧着饭盒,踏着悄无声息的步子,走到自己铺位上盘腿坐下。先脱下手套,再摘去帽子,像做祷告一般全神贯注地端详饭盒里的稗子米汤,然后才不声不响地吃起来。他绝对不到炉子旁边去沾火的光,连自己吃饭的声响也怕打扰人家,或者说是连一点吃饭的声响也不愿给人家。看着他作茧自缚和与世无争的模样,我都不忍心在死后给他添麻烦。

中尉前两天去镇南堡恰好碰上邮政代办所休息,这时正骂骂咧咧地做着再一次远行的准备。"那些王八犊子,他们坐着办公还要休息!"他忘记了他过去坐着办公也是要休假的。报社编辑和其他几个人的神态、动作都一如往常,和一幅木刻印在一本日历上一样,天天都没有一丝变化。我非常奇怪:他们竟然对我昨夜的内心风暴没有一点觉察。可见,不管是我的死也好,我的内心风暴也好,我成为死人也好,我成为新人也好,对一些只关心着自己的人的影响其实是非常微弱的。这里的人们的神经似乎被一种停滞不动的生活磨钝了。在一堆麻木的神经中间,我要悄悄地开始另一种生活是非常容易的。这种想法蓦地使我振奋起来。我把棉花网套一掀,一骨碌爬起,用湿毛巾擦了擦脸就去打饭……

莽荡苍凉的田野,以它毫无粉饰的雄浑气概,又使我感动得热泪盈眶:把你严峻雄伟的气魄给我一点吧!哪怕我有那一块泥土疙瘩的淳朴性,我就能够站起来,并超越自己!"死狗派儿"车把式慢慢地赶着车,随牲口的意逍逍遥遥地向田里走去。到处沐浴着冬日的阳光。白脯子喜鹊喳喳地欢叫,跟在大车后面啄着马粪。谷场上的草垛黄得炫目,垛顶上,散射着一种金属般的流动的光。向东极目望去,三十里路外的火车徐徐地吐着青烟,在天际布下一条带状的雾霭,久久不散。在翻滚着的雾霭的边缘,青色逐渐转为紫色,在蓝天下变得异常绚丽。没有风,空气中飘浮着干枯的冰草、芨芨草和马莲草的气味,又掺杂着飞扬起来的干燥的尘土味。太阳的热力沉沉地罩在我身上,使我昏昏欲睡。活着的幸福感不在人完全清醒的时刻,恰恰在似睡非睡之间。

内心的风暴平静下去,从心底开始升起一片颂歌:和谐、明朗、纯朴、愉快,好像置身在鸟语花香的田野里,呼吸着清新的空气。死固然诱惑人,但生的诱惑力更强;能感觉本身就是幸福,痛苦也是一种感觉,悔恨也是一种感觉,痛苦和悔恨都是生的经历,所以痛苦和悔恨也都是生的幸福。"叽喳、叽喳",麻雀从我头顶上飞过去,一边扇动着小小的翅膀,一边还东张西望,向那更高处飞去。啊!这样一个小生命也在想超越自己。

超越自己吧!超越自己吧!……

这天吃完晚饭,我没有去马缨花家,在自己的草铺上坐下来。靠在卷起的棉花网套上,拿出我二十多天没有翻、一直当作枕头用的《资本论》。

中尉研究完了家里寄来的挂号信,信上一定有叫他高兴的消息,他很客气地把马灯送回来,还替我拧大了一点。我没有敢当即翻开,默默地、有点惶恐地摸着淡黄色的硬纸面,现在,这本书就是我能"超越自己"的唯一凭借了;如果说"超越自己就是天堂",那么我面前只有这样一条通向"天堂"的道路。它是不是真正能教给我一点什么?是不是真正能使我"超越自己"?我的艺术的细胞是不是能吸收这些用抽象的概念构成的营养？……过去我虽然没有读过《资本论》，但在例行的政治学习中学过"干部必读"的苏联人列昂节夫的《政治经济学》。那时候，我认为那书里都是些枯燥的、和现实无关的教条和概念，读起来特别乏味。

现在，当我重又翻开《资本论》时，至少，我的肚子不会干扰我的脑子了。我怀着困惑和虔敬的心情，翻到第三章《货币或商品流通》，也就是二十多天前中断了的"注51"的地方。组里几个人用一种沉闷的、勉强的声调在聊天。"营业部主任"给老会计提供了一个"偏方"，说治睡觉磨牙最好的方法是把牙全部拔掉。即使这个残酷的笑话也没有引起人们一点笑声。但不久，房里所有的声音我都听不见了，因为我开始发现，马克思在阐述深奥的经济学问题时，使用的是一种非常形象、非常生动、非常漂亮的文体。我还没有完全弄懂他说的意义，但他那明快流畅的文学性的美就紧紧地攫住了我：每一页都有令我叫绝的句子。他的思维逻辑是严密的，而阐述时采用的却是写诗的大跳手法和意指手法。比如，他说："一个商品如要实际发生交换价值的作用，它就必须先放弃它的自然形体，由想象的金，转化为现实的金——虽然这种变质作用之于商品，比由必然到自由的推移之于黑格尔哲学，比甲壳的脱弃之于蟹，比旧亚当的脱离之于教父喜埃洛尼玛斯，还要难。"下面，他又极有风趣地这样说："假令铁的所有者，竟向某一个俗气的商品所有者，把铁的价格当作货币形态来说明，这个俗气的商品所有者，就会像圣彼得答复那个向他背诵使徒信条的但丁一样，答复他说：'这个铸币的重量成色，已经十二分合格，但告诉我，你钱袋中有没有它？'"

只有横溢的才华加革命领袖的雄伟气魄，文风才会如此流宕、潇洒，不受任何抽象概念的内涵的拘束。一个人具有艺术上的通感，在我看来就是天才了。我发现马克思竟具有一种思想上的"通知"——我一时想不出确切的词来表达这个意思。也就是说，他具有一种能够把人类各个不同的知识领域相互沟通起来，并融汇为一体的奇妙的本领。我越往下读，越深切地感到马克思的书是浓缩了的人类智慧:政治的、经济的、历史的、艺术的、文学的,甚至还包括诗! 有许多地方,凭我脑子里的溶剂还不能把这种浓缩的知识结晶溶解。但它并不使我困惑;它是一个迷人的谜,解开它就能得到一笔财富。

他还引证了大量的材料,书页下的注解与正文的印证妙趣横生。我前面看过的"舌头"不必说了,他还把莎士比亚和梭福可士的戏剧与诗来作商品向货币转化的旁证,于是,这一抽象的命题即刻以一种戏剧性的具体过程跃然纸上。我睡的这间充满着干草味、老鼠味和煤烟味的小土房,顿时变成了一座历史剧的舞台,商品所有者与货币所有者都以鲜明的面目生动地表演起来。读到这里,我已经完全忘记了我现在在什么地方。

在论述每一个问题时,他也一条条地举出资产阶级经济学家对这一问题的看法,有的地方指出继承和发展的关系,表现了他绝不掠人之美的大师风度。在另一些地方,却用极其幽默和尖刻的语言毫不留情地、一针见血把那些资产阶级的伪科学驳得体无完肤,又显示出一个思想斗士的面貌。这样,他书里的每一页都闪烁着历史的精华。透过每一页的字里行间,都可以看到人类历史和思想史的演进过程。啊,当我看到马克思居然还引用了咸丰年间任户部侍郎的王茂荫向皇帝上的条陈时,一阵亲切之感油然而生。马克思的目光注意到了我们;他写这部巨著的时候,他创立马克思主义的时候,就有意识地把我们这个东方的古老国度包容进去了!

"家"里的人都睡着了。灯光很昏暗,我并不妨碍谁。老会计仍在拼命地磨牙,中尉打着响亮的呼噜,报社编辑在说梦话……而我被巨大的逻辑力量和广博深刻的智慧弄得醉醺醺的。能艺术地、形象地、从具体生活出发来表达理性思维的结果,是思想家艺术家难能可贵的本领,而马克思在这方面达到了顶峰。我这时开始认真读马克思的书,倒多半是把它当作艺术的珍品;它里面的每一句话都值得我玩味。语言文字是能够创造奇迹的。它们创造的奇迹是在人的心灵里。它们能把读者固有的思想击碎、分裂,然后再重新排列组合。

艺术会使人陶醉,思想也会使人陶醉。如果艺术和思想都是上品,那么这就是双料的醇酒。尽管我一时还不能完全品尝出这酒的妙处,但醇酒自然会发挥作用。那瘸子保管员养的公鸡叫头遍时——其他人家的公鸡早被吃掉了,我把《第二篇》全部读完了。那最后一页的文字,再没有那样清楚地说明了资产阶级人文主义理性王国的全部动听的观念是怎么一回事!马克思这样说:

> 劳动力的买卖,是在流通领域或商品交换领域的限界内进行的。这个领域,实际是天赋人权之真正的乐园。在那里行使支配的,是自由、平等、所有权和边沁。自由!因为一种商品(如劳动力)的买者和卖者,只是由他们的自由意志决定。他们是以自由人,权利平等者的资格,订结契约的。契约是最后结果,他们的意志就在此取得共同的法律表现。平等!因为他们彼此都以商品所有者的资格发生关系,以等价物交换等价物。所有权!因为他们都只处分自己的东西。边沁!因为双方都只顾自己的利益。使他们联合并发生关系的唯一的力,是他们的利己心,他们的特殊利益,他们的私利。正因为每一个人都只顾自己,不顾别人,所以每一个人都由事物之预定的调和,或在什么都照顾到的神的指导下,只做那种相互有益,共同有用,或全体有利的工作。

马克思已经剖析得如此明明白白,我真恨相见太晚,同时奇怪后人还要不厌其烦地连篇累牍地写出那么多文章来揭露资产阶级理性王国的虚伪性。这些文章加起来可以塞满一个庞大的书库,却抵不上马克思这段不足三百字的文字。并且,一九五七年对我进行的批判,竟也没有一个人使用这段文字来把我从所谓人道主义文学的睡梦中唤醒。我有点愤慨了,我愤慨的不是他们对我的批判,而是对我没有做像样的批判,把批判变成了一场大喊大叫的可笑的闹剧,从而使我莫名其妙,也只好变得可笑地玩世不恭起来。

那最后一段话，更使我在这荒村的小土房里一个人忍俊不禁。马克思是那么妙不可言地用几笔就勾画出资本家与工资劳动者的关系：

> 离开简单流通或商品交换的领域……剧中人的形象似乎就有些改变了。原来的货币所有者，现今变成了资本家，他昂首走在前面；劳动力的所有者，就变成他们的劳动者，跟在他后头。一个是笑眯眯，雄赳赳，专心于事业；另一个却是畏缩不前，好像是把自己的皮运到市场去，没有什么期待，只期待着剥似的。

在睡下以后，这一幅生动的画面还在我脑海中萦绕，不过它变成了这副样子：走在前面的，是我的伯父、父亲，和他们崇拜的"专心于事业"的摩根们；跟在他们后面的，是一大群他们所雇佣的工人。但这幅画一瞬间又变成了另一副样子：现在，工人走在前面了，"笑眯眯，雄赳赳，专心于事业"，而原来走在前面的却跟在后面，"畏缩不前，好像是把自己的皮运到市场去，没有什么期待，只期待着剥似的"。而我呢，一个穿着烂棉袄、蓬头垢面的乞丐似的人物，既无法和走在前面的工人一样"笑眯眯，雄赳赳，专心于事业"；也没有什么再可"剥"的了，所以只得踟蹰在二者之间，进退不得……

二十八

经历了强烈的激动之后，我睡得特别香甜。第二天早晨醒来，我神清气爽，好像服了一剂什么兴奋剂一样。并且，在这样一群人中间，我突然有了一种带有优越感的宽容精神。

大家打完饭回来，"营业部主任"因为炊事员给他的种子面馍馍缺了一个角，情绪很不好，组里的人都在各自的铺位上埋头吃饭的时候，他趴在炉子旁边，一边翻来覆去地观察他的馍馍，一边骂炊事员。

又说，以后要早点熄灯睡觉，不然影响别人休息。他嘟哝着："那损失的精神头儿，半个稗子面馍馍都补不过来……"人们抬头看看我，我知道这是不点名地批评我了。这里的人就是这样，哪怕你深更半夜跑出去放火他都不管，可你别妨碍他的利益。

他的批评并没惹恼我。今天我虽然也在这间土屋里，也坐在一堆干草上，也和大家一样吃着土黄色的稗子面馍馍，然而我仿佛觉得，有一种深奥的、超脱这种尘世的思想，使我的心从我借以寄托的躯体中游离了出来。好像外界对我施加的侮辱、嘲笑、蔑视，只不过是针对我的躯体的，与"我"无关。

去马号等车把式套车的时候，听大车组长向谢队长报告说，海喜喜请了几天假，"逛城里去了"。谢队长沉着脸，薄薄的嘴唇在浓密的胡楂里撇了撇，对大车组长的报告不置可否。海喜喜的大车停在那里，他的几匹牲口有滋有味地在槽头嚼着干草。有个车把式想让自己的牲口歇歇，去牵海喜喜的牲口来套车。谢队长瞪着眼睛喊道："你驴日的干啥？干啥？照拴上！也该让它缓缓了。"汉语语音里的"他""它"不分，我想，可能是谢队长也认为海喜喜该"缓缓"了吧。海喜喜走了，"逛城里去了"，他为什么会突然想去"逛"呢？原来，他不是每天晚上到马缨花家去"逛"的么？我蓦地有点怅惘。不论是什么形式的爱情，是什么样人的爱情，得到爱情和失去爱情，全是人的命运，都不能漠然置之。海喜喜这个有独特性格的人，归根到底不由得引起我的关心和同情。我隐隐地感觉到，即使他和我现在处于这样一个对立的状态，我还是不能摆脱他对我的吸引力。

可是，在马缨花看来，世界上的事却要简单得多。

下午，我们大车回来，她还是等在马号的肥堆前面，做手势叫我去。我的近视眼只看见她带着笑脸，但看不清那究竟是嘲笑、讪笑、顽皮的笑还是善意的笑。

我阅世不深，年纪又轻，总是根据自己所读的书本来推测别人，想象爱情。我以为，经过那天我失礼的举动以后，我们再在一起，一定会非常尴尬。吃完晚饭,我又看了一会儿书,但已开始心不在焉:去,还是不去?我一直犹豫到天黑沉沉了以后,才到她家去。

今夜没有月亮,走出房门就投入深不见底的黑暗,寒气藏在暗夜之中,砭人肌骨。然而天上却星光璀璨。这是冬夜的特色:天上亮,脚下黑,仿佛寒气把光也阻隔了似的。

我缩着脖子,心里有一丝不快,好像要去挨打的样子。

她仍像往常一样,在炕头上坐着补衣服——她有补不完的衣服。后来我才知道,她是帮着娃娃多的妇女补她们男人的衣服——见我进来,轻盈地跳下炕,掸掸衣裳,笑着问:

"你'怎——么'昨夜黑不来?"

奇怪!她一句戏谑的话,就把我内心的一切矛盾、犹豫、惶惑吹得烟消云散。看着她轻松的、尤其是在学我说"么"字时如荷叶边撅起的嘴唇,我不禁啼笑皆非。我可以向她道歉,我可以向她忏悔,我可以向她袒露心曲,但一看到她毫不在乎的模样,我又觉得一切都是不必要的。我开始轻松下来。

"你不是要我好好念书吗?"我说,"我就在屋里念书哪!"

"傻——瓜——瓜!你要念书,不会在这垯儿念?"她亲昵地在我脸上拧了一下,"我昨夜黑趴在你们门缝里看你来着。"她哧哧地笑着,两手合十,往下一蹲,"就跟一个菩萨一样!"

我脸红起来。她亲昵的动作,热情的语气,似乎又将引起我内心汹涌的浪潮。但她整个的神态,又毫无挑逗意味,而是孩子般的无忌的天真。于是转念一想,我为自己的心思而羞愧得更加脸红了。我过去接受的教育,读的书,总是指导我把人分成各种类型,即使是纯客观的心理学,对人也有所谓黏液质、胆汁质、多血质等等之分;至于文艺作品,那更不用说了,那里面有形形色色的人:稳重的、轻狂的、放荡的、严肃的……现在我才明白,人,除了马克思指出的按经济地位来划分成为阶级的人之外,世界上没有绝对的关于人的类型的概念。比如她吧,她就是她,一个活生生的人!一会儿稳重,一会儿轻狂,一会儿开怀大笑,一会儿又严肃认真——而上次的严肃认真,差点使我羞愧地自尽。理解人和理解事物好像不同,不能用理性去分析,只能用感情去感觉。我从这里,开始理解马克思在《初版序》中说的:"我决非要用玫瑰的颜色来描写资本家和地主的姿态。这里被考察的一切人,都不过是经济范畴的人格化,是一定的阶级关系和利益的负担者。"在同一个经济范畴,同一个阶级之中的每一个具体的人,都是活生生的人,那可以用"玫瑰的颜色来描写";而作为一个经济范畴,作为"一定阶级关系和利益的负担者",那就是一个事物了,那就要用理性去分析。这里,就是文学和经济学的不同点。

这个念头只是一霎间产生出来的。这种联想好像很可笑,但我自己认为我仿佛从生活中获得了某种"通知"。于是,我不仅轻松,而且有点兴奋了。

我吃着杂合饭。她从炕里边拉出一条崭新的棉绒毯,跟我说,今天,她托去镇南堡的人买来这条毯子,七块多钱,准备给我做条绒裤,剩下的,还可以给尔舍做一套绒裤褂。她拍拍毯子,洋洋得意地说:"咱们也跟城里人一样了,要穿绒衣裳!"她絮絮叨叨地跟我讲,他们那个地方的人,只穿毛褐衣。就是用极为原始的方法,在骨制的捻锤上把生羊毛一点点地捻成毛线,再织成毛衣。她给我看了她的一件这种毛褐衣,灰白色的,没有线条,像一个毛口袋。没有经过熟制的生羊毛,会穿透衬衫扎到皮肤上去的。我想象一根根粗糙的生羊毛扎着她细嫩的皮肤,又不禁脸红了。同时,还有一种近乎悲哀的同情从心底涌来:她把绒衣都当作城里人穿的奢侈品,毛线衣就更不必说了。恐怕她活了二十多年也没有见一件真正的毛线衣,而她又是这样一个美丽的、善良的女人!我儿时的生活,她是不能够想象的。也许正因为这点,她才在开始时对我产生了同情和怜悯吧;她不可能和我一样,看到一个历史的因果关系。

她抖开棉绒毯。我看到,这就是镇南堡那个小商店的货架上堆着的那种带红条的灰色绒毯。她用拇指和中指拃量着,嘴唇翕动着,在无声地计算。灯光照着她如鸟翼一般扇动着的睫毛,以及她明亮的、凝神于内心计算的眼睛。由于这对眼睛,她整个面庞散射着一种迷人的、令人心旷神怡的光辉。而她又是一个连毛衣也没穿过、把绒衣也当作奢侈品的女人！在我拘于过去的习惯和见识的狭隘心里，怎么也无法把我观念中的美和她这个现实中的美调和起来，就像无法把一株桃金娘移植到这干旱寒冷的沙漠边缘里来一样。

吃完饭，我想起了海喜喜，我说："我听说，海喜喜请假了，到城里逛去了。"

"谁希待他！"她还在计算着，头也不抬，"他爱上哪垯儿逛就上哪垯儿逛去！"

一切都是这样的简单！我暗暗地想，这两天我的自我折磨好像都是多余的。她对人和生活显然有另一种虽然粗糙却是非常现实的态度。旷野的风要往这儿刮，那儿刮，你能命令风四面八方全刮一点吗？

知识分子对人和生活的那种虽然纤细却是柔弱的与不切实际的态度，是无法适应如狂飙般的历史进程的。在以后的一生中，我都常常抱着感激的心情，来回忆她在潜移默化间灌输给我的如旷野的风的气质。

二十九

此后，我每晚吃完伙房打来的饭，就夹着《资本论》到她那里去读——"营业部主任"总该满意了吧。她把油灯从墙上取下来，放在土台子的罐头筒上。"高灯远照。"她说。房里果然显得明亮许多。尔舍是个很乖的女孩子，除了有时缠着她，要她唱个歌，一点也不吵闹。她从没有问过我看的是本什么书，为什么要念书，也没有跟我说那天晚上从我手臂中挣脱出来时，劝我"好好地念你的书吧"的道理。她似乎只觉得念书是好事，是男人应该做的事，是一种高尚的行为，但脑子里却没有什么目的性。这方面，和那哲学讲师给我的教导就不完全相同了。

"我爷爷也是念书人。"她说，"我记性里，我小时候老见他念书，跟你一样,这么捧着,也是这么老厚老厚的一本。"过了一会儿,她又说,"喜喜子这个没起色的货,放着书不念,倒喜欢满世界乱跑。我就不希待他!……"

这里,我仿佛窥见到她不"希待"海喜喜而"希待"我的秘密。从她比画她爷爷念的书本的版式,我猜测是一部宗教经典。可是在她的思想里,却没有一点宗教的观念;一个乐观的、开朗的、活泼的、热情的人被生活磨炼了以后,就不会对生活本身再有什么神秘的看法了。

在灯光下,我抱着头读书。她和尔舍唧唧哝哝地在炕上说话。灯光把我头颅的影子投射到她们身上。尔舍好像也受到一种庄重的气氛的感染,嬉笑的声音也是悄悄的。我有时停下来,谛听着她们的笑声,完全能体味到她们给我的亲切的温暖。这间奇妙的小屋,几乎盛不下我们之间的绵绵的温情。它常常使我联想到航行在静静的海面上的一条精致的小船,联想到一个童话。

尔舍睡觉以后,她就跪在炕上剪裁我那条"跟城里人一样"的绒裤。剪子沙沙地在绒毯上剪着。那沙沙声也是奇妙的、轻柔的,像一阵阵温暖的细雨飘洒在绿色的灌木丛里。她缝纫的时候,也不跟我说话。我偶尔侧过头去,她会抬起美丽的眼睛给我一个会意的、娇媚的微笑。那容光焕发的脸,表明了她在这种气氛里得到了一种精神上的享受;她享受着一个女人的权利。后来,我才渐渐感觉到,她把有一个男人在她旁边正正经经地念书,当作由童年时的印象形成的一个憧憬,一个美丽的梦,也是中国妇女的一个古老的传统的幻想。

一天工夫,绒裤就缝好了。这条灰色的棉绒毯,两头有三条红道。现在,那一头的三条红道正横在我两条大腿上。穿着这种"跟城里人一样"的绒裤,活像马戏团里的小丑。尔舍见了我这副模样,拍着小手笑起来:

"布娃娃!布娃娃!……"

"不许这么叫!叫'爸爸'!"她在尔舍头上轻轻地拍了一下,又蹲下去,给我抻展裤腿,捋平针脚。我看不见她的脸。她这一句使我怦然心动的话,在她匆匆忙忙的动作中,像一阵轻风,嗖地就飘忽过去了,我捉摸不定她的含义。

"好,好! 正合适!"随后她站起来,捂着嘴笑着说,"我还给你缝了顶帽子哩!"

她告诉我,这是她照着跟我睡在一起的老汉——老会计的帽子,用剩下的棉绒毯缝的。我一看,原来是一顶上海人冬天戴的那种"罗宋帽"。帽顶上,还剪下一块红道团成球,栽了一个大红缨子。

"也难为你想得出来。"我笑着戴在头上,"我小时候就戴这种帽子上学的。"

晚上,我就穿着这条"布娃娃"式的绒裤——她把我的棉裤拆洗了,戴着她手缝的"罗宋帽",开始读第三篇《绝对剩余价值的生产》。我从头到脚都是暖和的,肚子也很饱。我依稀记起恩格斯这样说过,人们首先必须吃、喝、住、穿,然后才能从事政治、科学、艺术、宗教等等;马克思就是从这一简单的事实发现了历史的发展规律的。这话的确在宏观和微观上都具有不可颠扑的真理性。现在,我真正地感觉到有一种渴求探索奥秘的精神力量,在我脑海里跃跃欲试了。当我读到马克思这段话时,我更无比的兴奋起来,因为我此刻的精神状态,使我的思想如闪电一般快地从这段似乎与我的现实无关的话中,理解了我应该怎样来看待目前的生活以及怎么确立今后的生活目标。

马克思是这样说的:

> 人以一种自然力的资格,与自然物质相对立。他因为要在一种对于他自己的生活有用的形态上占有自然物质,才推动各种属于人身体的自然力,推动臂膀和腿,头和手。但当他由这种运动,加作用于他以外的自然,并且变化它时,他也就变化了他自己的自然。他会展开各种睡眠在他本性内的潜能,使它们的力的作用,受他自己统制。

那么，所谓人的改造，首先倒是这个人要改造自然，改造他的外在存在；人的改造不过是在人对自然与社会环境的改造过程中，自然与社会环境对于人的反作用。人只有在改造自然与社会环境的同时，自身才能受到改造；人不发出对外界的行动，不先改造自然和社会环境，自身便不能受到改造。过去的四年多里，因为我在不断地改造着自然，所以我也在被改造着。但那是不自觉的，甚至可以说是荒唐的改造；强制着我用原始的、粗蛮的方法来改造自然，因而我也几乎被改造成原始的、粗蛮的人。只有自觉地、用合乎规律的方法来改造自然和社会环境，自身的改造才能达到具有自觉的目的性。要自觉，要能够使用合乎规律的方法，只有通过学习，"和人类的智慧联系起来"。一个人改造得完美的程度，就取决于他对自然与社会环境改造的深度与广度。从这里，我联想到浮士德"智慧的最后结论"：

　　要每天每日去开拓生活和自由，然后才能够作自由与
生活的享受。

　　这样，我大可不必为自己的命运悲叹了，不必感叹"我怎么会落到这步田地"了。因为生活中的痛苦和欢乐，竟然到处可以随时转换。我记得但丁说过："一件事物愈是完整，它所感到的欢乐和痛苦也愈多。"如果具有自觉性，人越是在艰苦的环境，释放出来的能力也越大。我的经验已经证明，人的潜力是惊人的，只有死才是它的极限。遗憾的是，在我没有自觉性的时候，释放出来的只是一种求生的本能。而一旦具有了自觉性，我相信，当人为了应付各种各样艰苦的条件，"展开各种睡眠在他本性内的潜能"时，他就会发展了自己，"超越自己"！欢乐也从此而来，自己的人生也就"完整"了！
　　我的神思飞快地运转着。我还不能明确地说出我在这一刹那间的想法，但思想上像电击一般感受到了一道灵光。我相信"顿悟"说有一定的科学道理。它指的是思维过程中由量变到质变的飞跃。我因为感受到了这道灵光而战栗起来。我的眼眶里又充溢着泪水。我

几乎要像浮士德临终认识到"智慧的最后结论"时一样喊道：

　　　　你真美呀，请停留一下！

　　这时，她悄悄地走过来，伏在我背后，一只手放在我头上，目光越过我的肩膀，仿佛要探究一下是什么神奇的文字使我如此激动。可是，我不愿意她从书本上意识到我与她之间有一种她很难拉齐的差距。不知怎么，我觉得那会破坏她，也会破坏我此时这种令人微醉的快感。我蓦地感觉到我这时正处在一个一生中难得的如幻觉般奇妙的境界：经济学概念和人生，理性与感性，智慧的结晶和激情的冲动，严酷的现实和超时空的梦境，赤贫的生活和华丽的想象，一连串抽象的范畴和一个活生生的美丽的女友……统统搅和在一起，因而一切都变得模模糊糊，朦胧不清，闪烁不定，飘忽无形。但一切又都是实实在在的，如同一块流水下的卵石，一轮游云中的圆月，一座晨雾里的小桥。

　　我把她的手从我头上慢慢拿下来。她的手刚在碱水里浸过，手掌通红，茧子发白，与其说劳动使她的手变得粗糙，不如说是厚实、有力、温暖而有光泽。掌中的纹路清晰简单，和她的人一样展示了一种乐观主义者的明朗。我一一地谛视她的指纹，果然，她的中指是一个"罗"！我心头一颤，理性的激情即刻化成了一股爱的柔情，脑海里蓦然响起了拜伦这样的诗句：

　　　　我要凭那松开的鬈发，
　　　　每阵爱琴海的风都追逐它，
　　　　我要凭那长睫毛的眼睛，
　　　　睫毛直吻着你桃红的面颊，
　　　　我要凭那野鹿似的眼睛誓语，
　　　　你是我的生命，我爱你。

这种柔情是超脱了骚动不宁的情欲的。像喧闹奔腾的溪流汇入了大河，我超越了自己一步，胸中就有更大的容积来盛青春的情欲。这时的爱情是平静的，然而更为深刻，宛如河湾中的回流。我怀着轻柔如水、飘忽如梦的欢悦之情，把她的手贴在我的嘴唇上。我一一地轻吻着她的拇指、食指、中指、无名指和小指尖。然后，握着她的手捂住我的脸。当我把她的手放开时，一颗泪珠也滚落下来。我心中充溢着一种静默的感动：为她感动，为爱情感动，为"超越"了的"自己"感动。我情不自禁地说：

"亲爱的，我爱你！"

她一直立在我的身后，丰腴的、富有弹性的腹部靠在我的背脊上。她的手始终温情脉脉地、顺从地让我把握着，另一只手不停地抚摩着我的肩膀。在我吻她指尖的时候，她两手的手指都突然变得怯生生的、迟迟疑疑的、小心翼翼的。那种颤抖，既表现了惊愕不已，又不胜娇羞。我感觉到她同样也以一种静默的然而又觉得十分陌生的心情，在享受爱情的幸福。我说了那句话后，她忽然抽出了她的手，整个上身扑在我的肩膀上，脸贴着我的脸，不胜惊喜地问：

"你刚才叫我啥？"

"叫你……叫你'亲爱的'呀。"

"不，不好听！"她搂着我的头，嘻嘻地痴笑着。

"那叫你什么呢？"我诧异地问。

"你要叫我'肉肉'！"她用手指戳着我的太阳穴教导我。

我想起了海喜喜唱的民歌，不禁微笑了。

"那你叫我什么呢？"我用戏谑的口吻又问道。

"我叫你'狗狗'！"

"狗狗"这个表示疼爱的称谓，虽然也令我叹服，使我叫绝，但立刻也使我感到与我一贯所向往的那种"优雅的柔情"迥然相异。我既然已经成为正常人，既然已经续接上了过去的回忆，她这种爱情的方式和爱情的语言，就隐隐地令我觉得别扭，觉得可笑。我虽然不愿意

114

她发现我与她之间,有着她不可能拉齐的差距,但我却开始清醒地意识到了这种差距。

三十

表面看来,《资本论》里所阐述的一切,都和我目前所处的现实毫不相关。马克思开宗明义就说,资本主义生产方式,表现为"一个惊人庞大的商品堆积",而在这个沙漠的边缘,却是惊人的商品匮乏,连一条绒裤都买不到。在书本上,货币的形式已发展到了世界货币,"还原为贵金属原来的条块形态",而在此时此地,土豆和黄萝卜,黄萝卜和浪琴表还做着以物易物的交换,货币作为价值记号是极不可靠的……但是,恰恰因为如此,我便无法把她当作教条来看待。我越往下读,越感到马克思的书在训练着我一种思想方法,一种世界观的方法。我可以把"商品""货币""资本"等等概念都当作 x、y、z 等代数字母,随着马克思对各个概念的分析和运用,我脑子里自然而然地会形成一种思维的方程式,一种思想的格局。这种思维的方程式或思想的格局,可以套用在对任何外在事物的分析上。把握这种世界观的方法并不困难。这里需要的是信仰,就是坚定不移地相信这种世界观的方法是符合事物发展的规律的。

同时,《资本论》里所有的概念对我来说并不陌生。我出生在一个资产阶级家庭,在交易所经纪人和工厂资本家的抚养下长大,现在倒有助于我理解马克思的理论。有许多概念,我甚至还有感性知识,比如使用价值与交换价值的区别,金银相对价值的变动,货币流通以及商品的形态变化,货币之作为流通手段、贮藏、支付手段、世界货币的各种机能等等,这都是我在儿时,常听我那些崇拜摩根的父辈们说过的。我记得,我第一次知道有《资本论》这部书,还是我在十岁的时候,在那间绿色的客厅里,偶尔听四川大学的一位老教授向我父亲介绍的。他说,要办好工厂,会当资本家,非读《资本论》不行。可见,只要是客观真理,它对任何人都有用。正如肯尼迪会研究"毛泽东的游击战术"一样——这是不久前我从一个去镇南堡买盐的农工那里知道的。那包盐的包装纸是《参考消息》,而在报头上赫然地印着"注意保存"的字样。

这样,马克思的书在我眼里就没有一点枯燥的晦涩的地方,我读着它,种种抽象的概念都会还原为具体的形象,每一页书都是鲜明而生动的世界的一个片段。每天晚上我都在马缨花家里如饥似渴地汲取着这种精神的享受。然而,随着我"超越自己",我也就超越了我现在生存的这个几乎是蛮荒的沙漠边缘。有时,在我眼睛看累了的时候——在昏暗的油灯下看书,眼睛是容易疲乏的,我常常抬起头来看着她。我渐渐地觉得她变得陌生起来。她虽然美丽、善良、纯真,但终究还是一个未脱粗俗的女人。她坐在炕上,也带着惊异的、调皮的、笑意的眼光看着我。那笑意在眼角和嘴角的细纹中荡漾,似乎马上会泛滥成一场大笑。这说明我的目光和表情这时一定是很可笑的。但是,我知道她根本不会看出此刻我对她的心理状态。这种心理状态连我自己都有点害怕。既然她还是一个未脱粗俗的女人,既然我又恢复了过去的记忆,而成为一个"知识分子",可是我现在又还受着她的恩惠,那么,我和她,目前是一种什么关系呢?

每一个人都只能从回忆中,搜罗出来种种经验和知识,与眼前的事物相比较,相对照,从比较和对照中认识眼前的事物。她,当然不能说是芳汀、玛格丽特、艾丝梅哈尔达这类我所熟悉的沦落风尘的女子的艺术形象,但是,那"美国饭店"一词总使我耿耿于怀,总使我联想到杜牧、柳永一类仕途失意而寄迹青楼的"风流韵事"。在她把热腾腾的杂合饭端到土台子上,放在我的书旁边的时候,在她对着尔舍轻轻地唱那虽然粗犷却十分动听的"花儿"的时候,我会很自然地联想到称道"维扬自古多佳丽"的无聊文人所写的诗,什么"红袖添香夜读书""小红低唱我吹箫"之类的意境。

我开始"超越自己"了,然而对她的感情也开始变化了。这时,如歌德在《浮士德》里说的:"两个灵魂,唉!寓于我的胸中。"一方面,我在看马克思的书,她要把我的思想观点转化到劳动者那方面去;一

116

方面,过去的经历和知识总使我感到劳动者和我有差距,我在精神境界上要比他(她)们优越,属于一个较高的层次。

三十一

我们没有日历牌——这个队家家都没有日历牌。据说原来队部办公室有一份,但在我们没有来时就被偷跑了。后来想买也买不到,因为日历牌是六月份丢的——六月里,哪家商店还有日历卖呢?谢队长跟我们说:"那驴日的会偷,把一百八十天光阴都偷跑了。再没比他更厉害的贼娃子了!"大家估计,那个贼娃子也不是为了看日子,而是偷去卷烟抽了。谢队长办事,会计记账,就靠三两天到队上来一趟的场部通讯员"捎日子"。有时,谁要上场部办事,去镇南堡买东西,或是走别的队串亲戚,谢队长碰见了就会朝他喊:"喂,把日子捎来呀!""捎日子",成了每个外出农工的义务:看看今天阳历是几月几号,阴历是几月几号,是什么"节气",离重大节日还有多少天。星期几是不用看的,我们从来没有在星期天休息过;发工资的第二天准休息。因为没有星期的概念,所以去镇南堡办事的人经常白跑——人家可是按星期休息的。

去年没有日历牌,过了元旦仍然没有日历牌。大概不照日历过日子已经习惯了,瘸子保管员年前去城里采购工具和办公用品,独独忘了买这样东西。谢队长骂他:"你驴日的怕见老哩,总想过去年的皇历是不是?你他妈买本皇历来,也能挑个你娶媳妇的好日子哪!"骂得他脸一红一白的。他老婆死了好几年,至今没有续上弦,人却快四十岁了。

这样也好,日子不知不觉地就过去了。直到有人"捎日子"来,我们才惊喜地发现:"哟!又要过春节了。"

其实,春节和元旦一样,在这困难的年代里,农场并没有什么特殊供应。但人们体内那只生物钟,总使人到这时候就不由自主地兴奋起来,农工们脸上都洋溢着节日的喜气。并且,农村人看重春节,每个队私下里都有所表示。能给农工们多少东西，那要看这个队有什么可以拿出来的和这个队领导的为人了。这几天干活的时候，男女农工们议论的话题就是羊圈要宰几只羊，一家能分多少肉，下水轮着谁家了。因为羊下水没办法按斤论两地分，只好当作额外供应，三家给一副羊下水——包括肠、肚、心、肝、肺和头、蹄，让他们拿回家去自己分。但一次一次宰羊的间隔时间太长，谁也记不准确这次轮到谁家了，额外供应又无账可查。于是，一场比联合国大会的辩论还要激烈、还要复杂、还要冗长的辩论就在马号、羊圈、田头上展开了。不过，气氛还是活泼愉快的。

羊肉也好，羊下水也好，是没有我们单身职工的份的。如有，也要由伙房的炊事员做熟了给我们分，顶多有指头大的三两块肉。所以我们对此漠不关心。况且，组里大部分人的户口、工作、粮食关系都有了着落：中尉已经和我们告别了，这时候大概正在自己家里准备过节哩；"营业部主任"家在省城，那边郊区农场的准迁证前些日子就开出来了，只等着这个农场批准，他早宣称要回家去过春节的。

还有三天就是春节。下午，阴霾的天空下起了小雪。冰凉的雪花飘进我们的脖领里，落在我们的铁锹把上。一会儿，锹把湿漉漉的，握着它的棉手套也浸透了。谢队长习惯地抬头看看天，无可奈何地骂了声"驴日的"，喊叫道："收工吧！"今天我们在田里铲土盖肥，工地离村子比较远，谢队长一声令下，都拔起腿往家里跑。

雪越下越大。我不紧不慢地走着。土路上转眼就均匀地铺上了一层干燥的雪花；鸟雀们费力地扇动着淋湿的翅膀，急急忙忙投进落光了叶的小树林里，然后用喙慢条斯理地梳理着羽毛，一边梳理，一边也和谢队长似的，抬起小脑袋无可奈何地看看阴沉沉的天。

西北的雪落地也不化，即使落在手背上，也能看到它从云端上带来的那种只有天工才会绣出的花纹。它在手背上化成水，也顽强地保持着花纹的图形。

乌云冻结住了，天却更亮了。天地之间漾着黄昏的回光。地平线大大地开阔了。在遥远的天幕下，火车的青烟在纷纷扬扬的雪片中黑得耀眼夺目。它在天边透迤着，像是一支神奇的画笔在地平线上加了一条平行线，会把人的情思引到虚渺的远方。

我回到村子，马号前面已经没有人了，马缨花当然也早跑回家去了。整个村子沉寂在深邃的严冬当中。我们的土房里非常暖和，没有出工的报社编辑把炉子捅得通红，火苗乱窜。还有一件高兴的事：在伙房吃饭的单身职工受到破格优待，年前每人就发了半斤真正的小麦面。炊事员剁了一些黄萝卜，调了葱和盐，给我们包了一顿饺子！

大家快分别了，即将天南海北，各奔前程，今生恐怕是再难得见面了。所以这几天组里的人都很和气，老会计特别照顾我，把我的一份饺子打了回来，放在炉子旁边热着。

大家吃着饺子，欢欢喜喜地谈论着回到家第一件事干什么。"营业部主任"最大的愿望是"美美地吃一顿羊肉揪面片"；老会计计算回到上海，大约要在正月十五了，那是吃元宵——上海人叫"汤团"——的时候；报社编辑的家在兰州，亲戚已经给他在一家街道工厂联系好了工作，现在正兴高采烈地给我们介绍兰州小吃的风味……

"每逢佳节倍思亲。"我既回不了家——其实也无家可归，去看一趟妈妈也不可能。从省城到北京，慢车的硬席票也要二十多块钱。可是我这里，那条做绒裤的棉绒毯的钱，还没有还给马缨花哩；现在，她手头上又在给我做鞋子。虽然我知道我即使有钱还她，她也不会要，但正因为如此，我就面临着一种抉择：我们这样的关系，往什么方向发展呢？

和马缨花结婚，在农村成立个小家庭，这个念头曾经是那样强烈地诱惑过我，一度在我眼里，还仿佛是我的一个不可攀及的目标。可是现在，在我清醒地意识到的差距面前，我已经退缩了。

当然，我还是天天到她家去，几乎把那里当作自己的家。尔舍已经和我很熟了。我也不再说那些只有成人才能听得懂的童话故事，读《资本论》读累了，也逗着她玩一会儿。她白天在寒风黄沙、冰天雪地里玩耍，营养比一般孩子好，所以看起来像个男孩子，而又没有男孩子那种莽撞的调皮劲儿，还保持着女孩子文文静静的天性。她喜欢我拉下"罗宋帽"，光露出一对眼睛来吓唬她。这样，她就格格地笑个不停。

但是，马缨花仍一如既往，从来没有明确地表示过要和我或是和其他人结婚的意愿。后来，尔舍又一次笑着叫我"布娃娃"，她还像上次一样骂尔舍，叫她喊我"爸爸"。我注意看了一下，她脸上并没有什么意味深长的表情，仍是带着她那特有的、开朗的、佯怒的微笑。她是有意识地用微妙的方式来调情？还是遵循着一种什么粗鄙的乡俗？抑或是她本性就是爱自由的鸟儿？我搞不清楚。有时，她对我的感情使我很困惑。

在深夜，我从睡梦中醒来的时候，她和我的关系，常是我考虑的内容。当我意识到我已经成了正常人，已经开始"超越自己"，我就不能再继续作为一个被怜悯者、被施恩者的角色来生活。我可以住在这间简陋不堪的土屋里，我可以睡在这一堆干草上，我可以耐着性子听老会计磨牙……我觉得这些我都可以忍受。因为我一旦"和人类的智慧联系起来"，从马克思的书中得到了"顿悟"，我生命中就仿佛孕育出了一个新的生命。这个生命顽强地要去追求一个愿望。愿望还不太明确，因为任何人，包括马克思，也没有把共产主义社会描绘得很具体周详。这个愿望还只是要去追求光辉的那种愿望，要追求充实的生活以致去受更大的苦难的愿望。

可是，我在她的施恩下生活，我却不能忍受了，我开始觉得这是我的耻辱，我甚至隐隐地觉得她的施舍玷污了我为了一个光辉的愿望而受的苦行。于是，事情就到了这一步：不是断绝我和她这样的交往，就是结合成为夫妻。

但是，我能娶她作为妻子吗？我爱她不爱她？在万籁俱寂的深夜，我冷静地分析着自己的情感，在那轻柔似水、飘忽如梦的柔情下，原来不过是一种感恩，一种感激之情。我对她的爱情，其实只是我过去读过的爱情小说，或艺术作品中关于爱情的描写的反光。我感到她完全不习惯我那表达爱情的方式，从而我也认为她不可能理解我的爱情，不可能理解我。我和她在文化素养上的差距是不可能弥补的……总而言之，尽管我心里也暗自感到不安，但我仍然觉得：她和我两人是不相配的！

不过，吃完了饺子，我还是到马缨花家去了。

天昏暗下来了。雪花比下午时分更加稠密。在灰乎乎的天空、灰乎乎的田野、灰乎乎的村庄上，到处飞着洁白、闪亮的雪花。雪花不像雨点，它不是直落向下的，而是像小虫虫一样，上下左右地乱飞，弄得我更加心烦意乱。

她家门大开着。她站在门口围头巾，好像要出门；尔舍也穿得厚厚的，手里拿着一块饼子，呆呆地站在旁边等她。她见了我，笑着往门边让了让，示意我进去。我进了门，一眼就看见那土台子上放着一大盘生饺子，绝不是我们三个人能吃得完的！我认识那盘子，它经常放在我们伙房的案板上。

我心里本来就思虑重重，现在更增添了一丝不知是冲着谁的愤懑。我阴沉着脸问："这饺子是哪儿来的？"

"哪垯儿来的？人家给的呀。"她匆匆地系着头巾，漫不经心地回答。

"谁？是谁给的？"我在土坯凳子上坐下来，一手把那盘饺子推得远远的。

"谁？谁爱给我谁就给。"她的眼睛在头巾下斜睨着我，鼻翼翕动着，满不在乎地笑道。

"好吧。"我冷冷地一笑，"我可不吃！"话一出口，我就觉得我的火气很可笑。我怎么能干预她的生活方式呢？我究竟是她的什么人？什么也不是！同时，我心里也在暗暗地说："完了！我们只能到此为止了！"

"好好好！不吃不吃，咱们拿它喂狗去！"她用哄孩子的语气嘻嘻地笑道。在她的脑子里,好像从来就没有什么严重的、大不了的事情。有许多次,我的思虑、顾忌、犹豫,都在她这种嘻嘻哈哈的神态面前冰释了。我拿她毫无办法。

"嘿,好事来了!"她又向我眨眨眼睛,嬉笑着说,"队上要宰羊,宰十只哩!白天宰怕人去接羊血,那羊圈就该挤破啦;场部知道了也要找谢胡子的不是。谢胡子叫连夜宰,接下的羊血给伙房——便宜了你们!瘸子叫我帮忙去哩。你看这还不是好事?你等着,回来我给你煮羊头羊杂碎吃……饭在锅里哩,你先吃点饭。十只老乏羊,又要宰,又要剥,又要剁开,一家一家地分成份儿,我怕是要干到天亮才回来,尔舍我带到羊圈去睡,那垯儿也有热炕。"

我呆呆地坐着。那盘饺子肯定是瘸子保管员从我们嘴上刮下来送给她的了!"美国饭店哟!美国饭店哟!……"我心里愤愤地反复这样念叨。尽管我知道马缨花在剥羊、做饭上都是一把快手,队上有这类事,总是派她去,但我仍然怀疑她和保管员有某种"交易",不然为什么会把这种"好事"给她?"真是个不可救药的风尘女子啊!"我心里又念叨了一句。

"那你干活去吧,"我站起来,不悦地说,"我回组里去了。"

"你这是干啥?"她睁着美丽的大眼睛,不解地问,"你先吃点饭,念会儿书。等不及我了,就回去睡。走时候把门锁上……我的傻狗狗哟!"

她撅起下嘴唇,用疼爱而又带几分揶揄的神情在我脸上拧了一下,旋即一把把我揉到炕上,抱起尔舍跨出房门,像一阵风似的跑了。

三十二

我坐在炕上发愣。炕墙上,富翁阿尔狄诺夫向漂亮的安娜飞着愚蠢的媚眼,可是那模样却仿佛在嘲笑我。房里十分冷清,甚至可以说是一种凄凉。马缨花母女俩都不在,我才感到她们已成了我生活中不可缺少的一部分;没有她们在这里,这房子顿时就失去了温暖。

我究竟该怎么办呢？……唉，她又是这样一种女人……我茫无头绪地思忖了一会儿，无精打采地站起来，点燃灯，掀开锅盖，笼屉上果然放着一盆杂合饭，还冒着热气。我快快地吃完饭，翻开书本。这时，羊圈方向传来了咩咩的羊叫声，大概他们开始宰羊了。

当我读到第九百页，马克思摘引贺拉斯的一句诗"辛酸的命运，使罗马人漂浪着"的时候，门陡然像被一股狂风刮开了似的，"砰"的一声大敞开了。油灯光倏地一闪，进来了一条大汉。

来的人竟是海喜喜！

我大吃一惊，本能地猛地站起来，摆出一副迎战的姿态，不出声地盯着他。

"我知道马缨花去羊圈了。我以为你在家哩，我去家找过你。"海喜喜和谢队长一样，脑子里没有"宿舍"的概念，谁睡在哪儿，哪儿就是谁的"家"。"小章，我找你有点事。这事儿只能跟你说。"

他异常温和的语气使我镇定下来。他的神情没有一丝敌意。他好久没有到马缨花家来过了，像我头一次到这间土房里来时一样，四处看了看。在昏暗的灯光下，我也能发现他眼睛里有股怅惘的神色。

"那就坐下来说吧。"我像主人似的，指了指炕。

"到我家去吧。我屋门没锁，屋里还有东西。"他没向我解释前嫌，也没跟我说什么"你别怕"之类的话，好像我们一直是朋友一样，可正是这种不记夙怨的男子汉作风得到了我的信任。

"好吧。"我夹上书本，"咱们走。"

海喜喜和我打完架，去省城逛了好几天，元旦过后才回来。回到队上，和从前一样埋头赶车，神情蔫蔫的，一句话也不说。在路上碰见我或是马缨花，眼睛也不抬，仿佛从来不认识似的。而我对他却一直怀着一种歉意，这大概是在情场上的得胜者的普遍心理吧；在马缨花面前，我也不好意思提起海喜喜。马缨花有时倒说起他，但语气则是平淡的，不带感情的。今天，他不找马缨花，却单单要找我说话，会说什么话呢？从他低着头，迈着沉重的步子来看，一定是件很严重的事情。我既紧张又好奇地跟在他后面。

雪一直下着,凛冽的冷空气搅动着白色的雪,在漆黑的暗夜,使人眼花缭乱。我们高一脚低一脚地走到马号,肩膀上和帽子上已落满一层白雪了。

"进来吧。"他推开马号旁边的一个小门。我们一前一后地跨进去。房子很矮,也很小,大约只有六七平方米。房中间还支着一根柱子,柱子上挂着一盏明亮的马灯。

我们两人拍打着帽子和衣裳。他自己先脱掉沾满泥雪的鞋,蹬上炕,盘腿坐下。"上炕,上炕。"他一边招呼我,一边伸手拎过一只在炕炉上吱吱作响的大黑铁壶,冲了两杯茶。茶杯显然是他早准备好的。

"尝尝,这他妈是真正的茶叶,我还放了红糖哩。"

我也跟他一样上了炕,和他面对面地坐下。炕上有一张破旧的但擦得很光洁的红漆炕桌,地下虽然没有一件家具,只堆放着笼头、缰绳、鞭杆、皮条,但收拾得也十分干净。

他不说话,皱着眉头,撅着嘴,在杯子边缘咝咝地吸茶,仿佛全神贯注地要品尝出茶的味道。我也端起杯子喝了一口,当真很甜。一时,土房里非常安静,只听见隔墙咚咚地响着牲口的刨蹄声。他咝咝地吸了半杯茶,才放下杯子。看上去他心情激动,而又竭力自持。他用巴掌抹了抹嘴唇,眼睛瞅着一个角落,说:

"小章,我要走了哩。"

"走?到哪儿去?"他把我当作很知心的朋友,使我不由得要担心他的命运,"为什么要走呢?"

"妈的!这穷窝窝子没待头!"他沮丧地摆摆手,"我有技术,有气力,到哪垯儿挣不了这三十块钱?!跟你说实话,我一来这垯儿就没想待久,只是后来认识了……认识了马缨花……"

他停住了。提起马缨花,我也不便说什么。我红着脸看着他。隔墙的马儿又咚咚地刨起蹄子来。他两手撑在膝盖上,肘子像鹰的瘦削的翅膀似的夅着,目光凝然不动。一个粗豪的、暴躁的人一下子变得如此严肃和深沉，我看了很感动。我心里蓦地起了一个念头：干脆把马缨花让给他吧；他们倒是挺合适的一对！但我又很快地意识到，在这伪善的谦让下面，实际上隐藏着一种卑劣的心地，一种对马缨花的感情的背叛，于是我只好默不作声了。

沉默了一会儿，他的痛苦似乎平静了下去。他掉过脸看着我说："我有一麻袋黄豆，有一百多斤，留给你跟马缨花吃去。还有这张炕桌，也是我的，你明天早上来拿。麻袋我照旧塞在那垛干草后面，就是你上次看见的地方。白天别拿，到夜黑去背，小心别让人看见，懂不懂？"

"这，这……"我不知道是接受好，还是不接受好。我理解他的好意，理解他的豪侠气概，理解他的男子汉的宽怀大度，但这却使我非常羞愧。我再也不愿做受人恩惠的人了。

"你放心，这不是偷来的。"他误会了我犹豫的原因，说，"我知道你们念书人不吃偷来的东西。你不知道，我跟你实说了吧：我一来这垯儿，就在西边荒地上种了一大片豆子。熊！这垯儿荒地多得很。到秋上，我足足收了三四百斤哩。这事儿谢胡子知道，可他没跟场部说。这熊，还是个好人！所以我服他。"

他们总是把我看得很高尚——"不吃偷来的东西"——只有我自己知道我并不像他们想象的那样。我想起我怎么骗老乡的黄萝卜，怎么去搞伙房的秤子面，怎么去蹭马缨花的白食……我情愿去骗，去蹭，而海喜喜却是凭自己的力气去开荒，这里面存在着多么大的差别啊？我和他，究竟谁高尚呢？我皱着眉头这样想。

"那么，你带走不好么？"我诚心诚意地为他着想。

"我不带！我走到哪垯儿都短不了吃的。不像你们，一个女子，一个念书人……"他又指了指炕角，"你看，我还有这么一大堆铺盖哩。"

我才发现，我们俩现在是坐在光光的炕席上，炕里面的一角，摞着一卷打好的行李，跟一个白木箱子捆在一起。两头扎的是西北人常用的背绳结，弯下腰一背就能走的。

"怎么?"我诧异地问,"你现在就要走吗?"

"现时不走啥时辰走?"他鼻孔里嗤笑一声,"你当是我能大天白日里走啊?!我告诉你,我不比你们,你们有户口、粮食关系。你们要走,办好手续就行。我他妈是个盲流,又有点本事,这个穷窝窝子抓还抓不来哩。他们就想着我留下给他们使力气。我大摇大摆走,他们非派人拦我不行,弄不好还要捆我一绳子。去年……现时说是前年的话了,好些个跑的人都挨过他们的绳子……"

"那么,你到哪儿去呢?"

"到哪垯儿去?中国大得很!我跑了不少地界。我告诉你,"他啪啪地拍了两下胸脯,自豪地说,"我喜喜子有技术,有力气,哪个地界都欢迎我。我这先到山根下我姑妈家去,过了年,翻过山就到内蒙古了。那个地界也有农场,工资还高哩!这话,你跟谁也别说。"

我点点头:"你放心,我不会跟人说的。不过,你老这样下去也不是个长久之计呀。我听谢队长说过,你过去就跑过很多地方……"

他突然又垂下头,目光阴沉而呆滞地盯着炕桌,表现出不愿再听我说下去的模样。我知道,他这样粗犷而自信的人,一旦做出了自己的决定,是没有什么人能劝止他的。

大铁壶吱吱地叫着;牲口在隔壁悲愁地叹着鼻息。我们不说话,小屋里顿时充塞着沉闷的空气。他又端起杯子嘬嘬地吸茶,一直吮到茶底。然后,他啪地放下杯子。仿佛他刚才喝的不是茶水,而是酒,醉醺醺似的晃了晃脑袋,眨巴眨巴眼睛,用大巴掌抹了抹脸。接着,一种压抑的、苍凉的歌声从他胸腔中徐徐地响了起来:

> 甘肃嘛凉州的好吃(呀)喝,
> 为什么嘴脸儿坏了?
> 嘴脸儿坏了我知(呀)道:
> 尕妹妹把我害了!

唱完,他使劲地一拍大腿,沉重地叹息一声:"唉!女子爱的是年

126

轻人!"

我懂得歌里所唱的"嘴脸儿"是"面子""名誉"的意思,更深一层说,还有男子汉的自尊心。他的表情和歌声,带有一种在命运面前无能为力的悲剧色彩,使我的心紧缩成一团。他本来是可以在这里定居的,成家立业,娶妻生子,然而他现在又要去漂泊了。而他这次去漂泊,却和我有极大关系;我成了他命运中的一个破坏因素。我也沉痛地低着头,好像有一条鞭子在我头上晃悠。

沉默了好大一会儿,他又深深地叹了口气,摆了摆手,像赶蚊子一样想把所有的苦恼都赶走。随后,很快就从那种醉意中清醒过来,振作起精神,拎起大铁壶给两个杯子都续上水,挪了挪屁股,靠近我说:

"喂,小章,你跟我说实话,你念的是啥书?我看那像一本经哩。我告诉你,我趴在她家后窗户上看了好几次,都看见你在念书。实话跟你说,我小时候也念过经。"

马缨花没有问过我的问题,他倒注意到了。我很高兴有这样一个机会使我们都轻松下来。我拍拍《资本论》对他说,这不是"经",是马克思写的书。他又问我,念这本书有啥用呢?我说,念了这本书可以知道社会发展的自然法则;我们虽然不能越过社会发展的自然法则,但知道了,就能够把我们必然要经受的痛苦缩短并且缓和;像知道了春天以后就是夏天,夏天以后就是秋天,秋天以后就是冬天一样,我们就能按这种自然的法则来决定自己该干什么。我说:"社会的发展和天气一样,都是可以事先知道的,都有它们的必然性。"

"必——然——性。"他侧着头,用方音念叨着,眯缝的眼睛里跳动着思索的光芒,"必——然——性。我懂。咱们也有这个说法,咱们叫'特克底勒尔',就是真主的定夺。世上万事万物该是啥样子,都是'特克底勒尔'……"

"哦,那是不一样的……"我准备向他解释。

"一样,一样!"他执拗地摆摆手,用不容置辩的口气武断地说,"有'特克底勒尔',那是真主的定夺,就是你说的'必——然——

性'。可还有'依赫梯亚尔',这是,这是……我闹不清你们叫啥,反正就是'依赫梯亚尔'。比方说吧,我本来是满拉,学成了能当阿訇的,可我不好好学,满世里跑,这就是我的'依赫梯亚尔'。要是我干了坏事,不做好人,受了刑罚,那跟真主的定夺没关系,跟'特克底勒尔'没关系,那是我自己'依赫梯亚尔'的。要不的话,那真主对我的惩罚就没道理了。我不能把罪过推到真主身上,说是真主让我去干的。'特克底勒尔'是真主的决定,'依赫梯亚尔'是自己的决定……"

他这番表述得并不很清楚的话,不知怎么,在一瞬间却使我的思想受到一种冲击。这使我大为惊奇。"芝麻开门",本来是句毫无意义的咒语,却也能打开一扇沉重的石门。唯心主义哲学和唯物主义哲学对同一事物分别使用的不同的概念,总有可以沟通的共同因素。我明白他说的"依赫梯亚尔",在唯物主义者说来,应该是"人的选择"的意思。那么,我虽然出身在一个命定要灭亡的阶级,"特克底勒尔"要灭亡的阶级,可是这里面还有我的"依赫梯亚尔",还有我个人选择的余地!与此同时,他的话,也启发了我应该怎样去理解最近以来一直令我困惑的问题:马克思主义指出了社会发展的自然法则,它的科学性和真理性质是我深信不疑的,但另一方面,我们现在怎么又会搞得挨饿呢?原来这里面还有个"依赫梯亚尔",如果人犯了错误,不按社会的客观规律办事而受到挫折,是与马克思主义无关的!人的暂时的错误和暂时的挫折,绝对无损于马克思主义的正确性……

我沉浸在自己的思索里。他还在饶有兴味地说着。但下面的话全是他当满拉时学的宗教词语了。也许他是要排遣心中的苦闷,暂时摆脱尘世的烦恼,想到他想象的天国里去遨游一番吧。他越说越兴奋,然而也越说越荒诞了。

羊圈那边又传来咩咩的惨叫声。这不知是宰第几只羊了。马号离羊圈不远,咩咩的叫声更为凄厉。听到羊叫声,他不知想起了什么,陡然失去了说话的兴致,垂头不语了。

马灯的光焰跳了两下,骤然暗淡下去。"熊!快没油了。"他跳起来骂了一句,把灯芯拧长了点。擦得干干净净的玻璃罩里顿时冒出一股黑烟,即刻把灯罩熏出一道污黑的花纹。他欠过身去想把它拧小点,但大概又想起很快就要走了,于是又缩回手去,仍在我对面坐下。

"哎,小章,你跟马缨花成家吧!"他忽然没头没脑地跟我这样说。

"哦,我……"我没想到他会提出这个建议,愣了一愣。

"我跟你说,马缨花是个好女子。"他说,"啥'美国饭店',那都是人胡谝哩!我知道,那鬼女子机灵很,人家送的东西要哩,可不让人沾她身。真的,你跟她成家吧。你跟她过,是你尕娃的福气。"

"我……"我支支吾吾地说,"我还没想过这件事……"

"啥没想过!"他气恼地一拍膝盖,瞪起眼睛,"你尕娃别人模狗样的!你以为你是个念书人,人家配不上你是不是?我跟你说实话,有一次,我趴在她后窗户上看她洗澡,吓吓!她那个奶子,还有那个腰……嘿嘿……"

他总有叫我意想不到的言谈举止。我情不自禁地失声笑了起来。不过,我还是感到了他的真挚、诚恳和关心;从他的话里也证明了马缨花至少在这个队上是清白的。同时我也明白了,有一次马缨花说到他时,陡然停住了话题是什么意思;她肯定发现了他的这种荒唐行径。此后尽管他对马缨花很好,关怀备至,而她却总说他是个"没起色的货",原因就在这里!

"咋样?"他最后问我,"你还想咋样?现时又不考秀才,你就是满肚子书,人不用你还是白搭!那女子可是针线锅灶都拿得起、放得下,田里的活也能干。跟了你,只怕还亏了她哩!……"

羊圈又响起咩咩的羊叫声时,他说他要走了。他一口气喝干了茶,把大铁壶从炉台上提开,让我帮他背起那一大摞行李。

"背得动么?"我担心地问他。

"背得动!到山根下三十里路,抬脚就到。"他掂了掂沉甸甸的铺盖,没跟我道别,没跟我握手,只嘱咐我把灯吹灭,把房门锁上,再去槽头添一抱草。然后他转过身,左一蹭,右一蹭,挤出了狭窄的房门,投进外面风雪茫茫的黑夜之中。

我从马号出来,只看见整个世界是浓密的、飞舞着的雪花……

马缨花还在羊圈。我回"家"去睡觉了。

三十三

……我钻进破棉花网套,还没睡着,谢队长就在窗户外面叫我:"章永璘,章永璘,小章,小章……"

他急促的叫声使我心头一沉,立刻想到是海喜喜出事了!我没有应声,装着已经熟睡了,脑子里却在思忖应该怎样回答领导的盘问。谢队长还一个劲儿地叫:"小章,章永璘……"

老会计用肘子捅捅我:"小章,叫你哩!"

我慢吞吞地爬起来,用带着睡意的腔调问:"什么事啊?"

"快,快,到队部办公室开会去。"

我想,不会这么快就发现海喜喜跑了吧;"开会",大概是商量分羊肉的事,可能我们这几个单身农工也有一份。我赶紧穿上衣裳,跑到队部办公室。

各组的组长都在办公室里。每个人手上都有一支自卷的烟卷,满屋子烟雾腾腾。原来,办公桌上有一笸箩烟叶子,这是队部免费供给组长们开会时吸的自种烟叶。"劳驾,给我一张纸。"我也挤进去卷了一根,和别人一样,话也顾不上说就呼呼抽了起来。

一会儿,谢队长提着一个面口袋回来了,气咻咻地一屁股坐在办公桌前。办公桌上有盏马灯,照着他满手血迹。我吃了一惊,烟卷差点从嘴上掉下来。这种场景使我联想到福尔摩斯探案里的描写,我想到海喜喜,想到马缨花……身子几乎僵直了。

幸好,谢队长只是说,海喜喜那"驴日的"跑了。是喂牲口的老汉——就是那"死狗派儿"车把式——发现的。老汉去马号添草,看见他的门锁着——我真不该锁门!——拿马灯隔着玻璃窗一照,"炕上啥也没有,比水洗的还干净",就去羊圈报告了谢队长。谢队长说,一定要把那"驴日的"追回来,眼看要春播了,没人摆楼哪行?!"那驴日的哪怕过了春播再跑哩!"他叫我们几个组长分头去追。他像运筹帷幄的将军似的调兵遣将:谁谁谁去北边那条路,谁谁谁去南边那条路,谁谁谁去镇南堡,谁谁谁朝东北方向追。他说我穿得单薄,叫我沿着东边的大路走,到三十里外的小火车站去挡海喜喜。他特地跟我讲:"那站上有个炉子,你烤着火,我去羊圈安顿一下,随后就来。"

我才想起来谢队长手上的血是羊血,并且,他单单没有注意到去山根的那条羊群踏出来的小路。我浑身轻松下来。尤其是,他解开面口袋,又发给每人两个冻得瓷瓷实实的种子面馍馍。"大家都辛苦点,这算是加班粮。"他这样说,我更高兴了。

会散了,组长们出了办公室。"熊!这大雪天的,哪垯儿追去哩,回家睡去吧!"他们悄悄地议论着,也果真朝各自家门的方向散开了。

我不能不到火车站去,谢队长一会儿还要来和我会合哩。

雪下得更大了。东边、西边、北边、南边,到处是白茫茫、灰乎乎的一片。雪花打得眼睛都难以睁开。这种鬼天气,不迷路才怪哩!我有点为海喜喜担心起来:他何必选在这样的夜晚跑呢?可是转念一想,这也正是他的聪明所在,那几个组长不是回家睡觉去了吗?

我只能朝着那条大路走。幸亏大路两边栽着一株株柳树,走在两行柳树中间总不会迷路的。我把棉绒毯子缝的"罗宋帽"从头上拉下来,我的鼻子、脸颊都立即感到了马缨花的温暖。我又想起海喜喜临走时的建议,心里虽然还在矛盾着,但也感受到海喜喜的无私的友情。我觉悟到:善良、同情、怜悯……人的美好的感情,本不是像我原来认识的那样,被饥饿和艰辛的鞭子驱赶得一干二净了,而恰恰是越在这种条件下,越显现出它的光辉。命运啊命运,既然把我从象牙塔里拽出来,难道就对我没有一点好处吗?我所享受到的最深切的温情,人生遭遇中最难得到的东西,不正是在这种时刻、这种条件下吗?……

一时，我感到我是十分幸福的。现在不知是几点钟，总该是半夜了吧！我只听见雪花柔和的沙沙声和自己呼哧呼哧的鼻息。雪夜静谧得令人的魂魄似乎都会脱离自己的躯体。前面，在两行柳树中间，蓦地出现了一座小桥，弓着背，一副忍辱负重的驯顺的样子。我陡然想起来，两个多月前，仅仅六十多天前，海喜喜赶着大车和我们几个就业人员曾经经过这里。那时，我还满田里找黄萝卜吃，而他，却威风凛凛地坐在大车上，唱着那动听的深情的民歌。脑子里，肯定萦绕着马缨花的影子，一心想早点赶回去跟她见面。可是，转眼之间，起了多么大的变化啊！现在他成了一个失恋者，一个逃亡者，而我，这个得胜的情敌却厚颜无耻地扮演着追捕者的角色。我想象海喜喜在这茫茫的雪夜中，背着沉甸甸的行李，一步一步艰难地向山根下跋涉的情景，幸福感顿时消失得无踪无影。因为这种情景使我非常清晰地看见，我的幸福是建立在他的痛苦之上的。我又不禁回忆起海喜喜对"月黑雁飞高，单于夜遁逃，欲将轻骑逐，大雪满弓刀"的评论，才悟到卢纶的妙处：他的这幅画面在描绘唐将浑城的英雄气概之下，透露出单于的悲壮色彩。怪不得海喜喜会从这首诗里得出与一般评论全然不同的看法。在一千多年以后，在我们已经组成了一个民族的大家庭以后，难道我们还不允许他这样地想吗？是的，他本人就是个外表看起来粗豪不羁、暴躁蛮横而心地却是纯朴的、多情的、具有悲壮性格的少数民族兄弟！

我得到了纯朴的劳动者的同情、友情和无私的关心，他们总把我想象得很好、很高尚，而我又奉献给他们些什么呢？什么也没有，除了痛苦之外！

我呆呆地在小桥上停了片刻，垂着头，俯视着片片雪花坠入桥下的黑暗里。深刻的忏悔，固然是由于自己造成了别人的不幸，而被害者不但宽容了自己，还尽其最后的可能，再次施与了他的恩惠，那自己就不仅是忏悔，而是一种镂心的痛苦了。啊！海喜喜，海喜喜，亲爱的朋友，我怎样才能报偿你呢？

三十四

　　火车站的确非常小,我是看见铁路边的一盏红灯才摸索到的。车站没有站台,在两条铁轨旁边盖了一间比警察的岗亭大不了多少的土房子。房顶上积满厚厚的白雪,在寥廓的雪原上像一个孤独的大蘑菇。房子里没有灯,漆黑一团。我推开用板条钉成的门,走了进去。里面,果然如谢队长说的,有一个用大汽油桶改装的火炉,煤已经快燃尽。我抖净身上的雪,借着炉箅下透出的一点微弱的红光,找到一根铁通条。我拿起铁通条在地上横扫着,终于在墙角碰到一小堆煤。我加足了煤,把炉子捅好,在一张木条凳上坐下来。然后脱下破棉鞋,刮掉泥雪,用鞋面扫干净炉面,把两个稗子面馍馍和棉鞋一起放在炉子上烤着。

　　炉子很快就旺起来,火苗蹿出了炉口,小屋里一闪一闪地亮着红光。我的脚底板像手掌一样抱着热烘烘的铁皮炉底,不一会儿,全身都暖和了。我一边翻动着稗子面馍馍,一边打量四周。四面墙上都涂抹着乱七八糟的壁画,全是候车旅客的即兴创作,我如同到了在非洲某处发现的一个原始狩猎部落居住过的洞穴。奇怪的是这里没有卖票的窗口,啊,我才想起报社编辑曾经告诉我们:这不是个车站,而是个乘降点,只有逢站必停的慢车才在这里停一分钟。慢车要在凌晨四点开来,那么,我至少要在这里等到四点钟。

　　等就等吧。我吃着稗子面馍馍,想着海喜喜,如果路上顺利,他现在也该到他姑妈家了。我真诚地祝他过好春节,真诚地祝他以后生活幸福!

　　我在暖烘烘的火炉前打起盹来了。不知迷糊了多长时间,板条门外响起了喳喳的踏雪声。随着,谢队长哐地一下推开门进来。

　　"驴日的,好大雪!"他跺着脚,拍打着衣裳帽子,龟缩的脖子伸了出来,连声地咳嗽着说,"咳! ……你还在这垯儿,咋样? 这垯儿到底好一点,咳……那些人在雪地里搽,一夜里可遭罪哩！咳……"

他还不知道"那些人"并没有在雪地上搽,早跑回家睡觉去了。我有点可怜他,同时也有点敬佩他。他对我毕竟是关怀照顾的;他自己也是负责的。

我让他坐在我旁边,把剩下的一个烤好的稗子面馍馍给他吃。他拿起来看了看,说我会烤,烤得好,但他没有吃,又放在炉子上。他说羊圈熬了一大锅羊骨肉汤,撒上稗子面,做了顿"羊汤糊糊",去羊圈加班的人都喝了两碗。我想,马缨花和尔舍也吃上了吧,身上更加感到暖和了。

"谢队长,"我问他,"能抓到海喜喜吗?"

"抓个熊！那驴日的可能哩,他要跑,谁能抓得住他！"他抹抹鼻子,眼睛瞅着炉火说。

"既然知道抓不住他,怎么还要叫我们追呢?"我诧异了。

"唉！"他叹了口气,"不追追他,场部知道了不行:'人跑了,你老谢也不管,是干啥吃的?！'又该挨头儿的剋了。我到车站来,就等着搭四点钟那趟车去场部报告哩。"

他告诉我,咱们队朝东三十里是这个车站,朝南二十里是场部,铁路是条斜线,下一站离场部不远,下了车走两里路就到了,看来他的安排还挺巧妙,既装装样子追了海喜喜,又趁便搭上火车去场部。

"他是不是犯了什么错误,怎么场部非要抓他呢?"我不解地问。

"他犯个熊错误！那驴日的就是太能了,谁都不愿意放他。你不知道,你光看见他赶车,其实那熊耕耙犁锄,扬场赶滚,砌砖盖房,样样都能。现时哪垯儿去找这样的劳力?！"

哦——海喜喜果真说得不错。我又问:"那么,要是抓住他,会怎么处理呢?"

"啥'处理',保证下次不跑了就行了呗！还咋'处理'? 人家又没偷没抢！"

他两肘撑在火炉边上,脸映得通红。脸上的皮肤松弛下来,火光照着他满面的皱纹，这是常年在户外劳动的痕迹。他一定害着严重的沙眼，眼睛里不断淌出混浊的泪水。我估计他的实际年龄，要比他外表年轻得多，但这时，他整个面孔上，又像第一次和我单独谈话时一样，显出了老人那种特有的宽容的神情。我很受感动，并且也因为想和海喜喜在一起劳动，差点要告诉他海喜喜就在山根下他姑妈家里，去把他找回来吧。但又一想，还是不要自作聪明，失信于海喜喜的好。我问：

"你想他能跑到哪儿去呢？"

"哪垯儿去？准跑内蒙古了。山根下，他还有个姑妈在那垯儿，保准他跑去过年了。"

我暗暗一惊。他不派人往那去山根下的羊道上追，看来似乎是有意的。

"唉！"他抹了抹眼泪，虽然他并不是伤心，可是好像一副伤心的表情，"就是把他抓回来，拴得住他的身子，拴不住他的心。那驴日的，我知道，没个好女子，没个家，他哪垯儿都待不长。今天把他抓回来，明天他还得跑。腿长在他身上，谁能看得住他?! ……原先，他在咱们队上待着，是有想头的哩。"

我不敢多嘴了，我怀疑他洞察所有的事情。我低下头，局促地翻动着烤得焦黄的稗子面馍馍。

雪大概停了，听不到外面的沙沙声。世界一下子陷入了一种紧张的沉默，炉膛里劣质煤的哔剥声更增添了不安的气氛。

"哎，"他忽然侧过脸跟我说："小章，说真的，你跟马缨花结婚吧。"

这是我今晚上听到的第二次建议，而且出自两个人的嘴里。我明白他是怎样从海喜喜身上联想到这件事的。我惶惶然地不置可否。

"马缨花是个能干的女子，"他说，"有时候和男人胡调哩，可那有啥？一个女子领着个娃娃，一个月十八块钱，又碰上这个饥荒的年

135

景,你叫她咋整?你们结了婚,她就收心了。"

我想朝他喊:马缨花并没有跟"男人胡调"!可是,四年的劳改生活和至今仍被专政的身份,使我鼓不起勇气跟谢队长争辩。我仍然低着头沉默不语。

"你别嫌弃她。"停了一会儿,他又说:"好些女子在年轻的时候都上过当哩,后来正正经经嫁了人,都是好样的。你也别听啥'美国饭店'的话,我知道,那几个月她就跟海喜喜一个人好,可不知为啥,她不希待海喜喜……我看你们俩倒是挺合适,你劳动好,年龄也相当。她还能给你生娃娃。以后,就在农场里拉扯着过吧。两个人过日子总比一个人过日子轻省。这饥荒眼看就快过去了,日子总会一天天地好起来。听说,就在这个月,中央在北京要开啥大会哩①,前几年的政策看来要变一变。日子好了,在哪垯儿过不一样呀?非得像你们组那几个一样,跑回城里去?……说实话,干啥都是一辈子,过去的事,就拉倒吧!"

他没有跟我说大道理,同时谨慎地避开我特别敏感的出身、错误、身份这些问题,还把在我这时看来是非常机密的党内消息告诉给我。他的语气非常温和,我很久没有听过一个党员干部用这种语气跟我说话了。他的年龄比我大得多,通红的炉火照着他疲乏的、早衰的脸,使他的面部显现出一种父辈般的慈祥。一个人不论如何粗俗,没有文化,只要他有真挚的感情,能洞达事理,他自然而然就会显得高大和庄严。在这静悄悄的夜里,在热烘烘的火炉旁,在洞穴一般的小屋中,我与他之间的隔膜,被他的抚慰和关切之情融化了,我的泪水止不住地流出眼眶,在通红通红的火光映照下,像一滴一滴鲜红的血滴在炉台上。

他看了看我,再没有说什么,袖着手,稍往后仰了一点,侧身靠在炉台上打开了瞌睡。

---

① 指一九六二年一月召开的有七千人参加的扩大的中央工作会议。

三十五

这是一列客货混装的列车，暗绿色的客车厢里没有一盏灯，黑黝黝的；平板货车上不知装的什么，巨大的篷布上覆盖着污秽的积雪。老式的机车头好像害了哮喘病，吭哧吭哧地停下来。谢队长乘上了客车厢，火车又吭哧吭哧地走了，慢慢地隐没在一团白雾当中。白雾散尽，四周又归于沉寂；雪停了，连雪花飞舞的喧闹声也消失了，整个世界仿佛凝固了一般：上面是青蓝色的天，下面是白茫茫的地。我离开蘑菇似的小土屋，跨过铁轨，向那条两边有柳树的大路走去。

咔嚓、咔嚓、咔嚓……我踽踽而行，心里怀着一种宁静的温情。这一夜，人，"筋肉劳动者"和世界，一下子在我眼前展现出那么美好、那么富有诗意的一面。现实，竟会超过幻想；人心里，竟有那么绚丽的光彩！他们鲁莽的举止，粗鄙的谈吐，破烂的衣衫，都毫不能使他们内心的异彩减色。

我一路走，一路沉思。我又发现，在我们的文学中，在哺育我的中国文学和欧洲文学中，这样鄙俗的粗犷的、似乎遵循着一种特殊的道德规范但却是机智的、智慧的、怀着最美好的感情的体力劳动者，好像还没有占上一席之地。命运给了我这样的机缘发现了他们，我要把他们如金刚钻一般，一颗一颗地记在心里。

天蒙蒙亮了，天地间呈现出一片凝重的银色的光辉。路边一根柳树枝咔嚓一声被雪压断了，空中飞舞着水晶似的粉末，又如一树梨花落英缤纷，四周，还仿佛响起了银铃敲击的乐声，我像是穿行在一个童话的境界里。我被这种美的想象噎得透不过气来，同时感应到一种自然的冲击力。这种冲击力激发起我大脑的功能，在一瞬间产生了难得的灵感。我突然领悟到：即使一个人把马克思的书读得滚瓜烂熟，能倒背如流，但他并不爱劳动人民，总以为自己比那些粗俗的、没有文化素养的体力劳动者高明，那这个人连马克思主义者的一根指头也不是！资本家不是也学《资本论》吗？肯尼迪不是也研究

"毛泽东的游击战术"吗?是的,"劳动人民"绝不是抽象的,他们就是马缨花、谢队长、海喜喜……这样的人!尽管他们和那些文学艺术作品中的劳动者的庄严高大形象相差甚远。

我怀着顿然窥见了人生的底蕴的那种狂喜,向隐没在雪原那边的、小得叫人心疼的村庄大步赶去。我并不冷,我感到热乎乎的。那里,有一个我所亲、所爱、可以与之相依为命的人在等着我。我还这样想,我和她结婚,还能改变资产者的血统,让体力劳动者的新鲜血液输在我的下一代身上。

赶到村子,天已经大亮了。但雪地上还没有一个足迹,农工们都没有起床。我径直向马缨花家走去。

她大概也是从羊圈回来不久,刚收拾完羊头羊下水。地上放着瓦盆瓦罐,锅里冒着腾腾的水蒸气,房子里郁积着一股浓烈的羊膻味。尔舍沉沉地睡在炕上。她蓬着头发,一脸倦容,还在瓦盆瓦罐之间忙碌着。但见我进来,顿时精神一振,两眼闪着喜悦的光芒,却用埋怨的口气说:

"你咋傻乎乎地真跑去追?那几个熊都回家睡觉去了哩。"

她已经知道了这件事,但对海喜喜又去漂泊却无动于衷,这使我有点恼火:我不喜欢我的妻子没有同情心。我说:"我怎么能不去追?是谢队长派去的。"

"'怎——么''怎——么'!"她用嘲讽的声调学我,"要是真追上了,你还把他拽回来?"

"当然要把他拽回来。"我生气地说,"你知不知道,海喜喜是个好人哩!"

"我也没说他坏呀!"停了停,她脸上泛起不悦的表情,"你呀,你眼里就没有我……"

"哎呀,这说得上吗?"我焦躁起来,"你知道海喜喜临走的时候跟我说了些什么?"

"跟你说了些啥我咋知道?"她收拾着地上的盆盆罐罐,带着几分警惕的神情反问我,但一瞬间,又嘻嘻地笑起来,"我'怎——么'知道?"

我怎么求婚?在她眼里好像从来就没有庄严的事情,神圣的事情。我可能不懂得女人的复杂的微妙的心理。我总感到,她,比海喜喜和谢队长难理解得多。

"他,他劝我……跟你结婚。"

我只好嗫嚅地说出来。但一经说出口,我才发觉,这句话完全不像我在路上想象的那样充满激情,那样富于诗意,那样罗曼蒂克,而是和一团豆腐渣一样,嚼在嘴里干巴无味,不但打动不了她,连我自己也没有被感动。

"他操的心还怪多的!"她虽不再像小猫似的警惕了,却换上了一副装模作样的冷淡。这使我惊愕不已:难道我想错了,难道她并不爱我?

既然话已经出口,只能继续说下去。我又说:"在火车站上,谢队长也是这样说的。他说,两个人过日子总比一个人好……"

"他也是咸吃萝卜淡操心!"她倏地从地上站起来,腰肢挺得直直的,把洗干净的盆子往土台上一蹾,决断地说,"咱们的事,不要人多嘴!我有我的主意。"

这场可笑的求婚是彻底地失败了。生活刚刚展示出另外一面,但倏忽即逝,一下子又翻转过来,仍然是严酷的、没有诗意的现实。我怎么也搞不清楚:她对我无微不至的关怀和热情是出自爱情,还是风尘女子的那种轻狂的逢场作戏?我愣愣地站在门旁边:究竟是拂袖而去好?还是留在这里把她的"主意"搞明白?

这时,门外又响起瘸子走路的那种一轻一重的脚步声。她急忙把我拨开,从我身后拿起顶门棍顶上门,随即偎在我的胸前,缩了缩脖子,伸了伸舌头,一脸调皮的微笑,和孩子捉迷藏一般静等着保管员来叫门。

"马缨花,马缨花,"保管员推了推门,接着压低嗓子又叫,"马缨花,马缨花……"

她没有立即回答，停了一会儿，才用懒洋洋的腔调问："谁呀？"问完了，昂起脸朝我皱起鼻子笑了笑。

"我呀，马缨花，是我。"

"睡下啦！"她拖长声音说，她的声调和她的表情恰恰相反，"我困得很，要是还有营生，等我睡起来再干。"

"哎，不是叫你干活。你起来，羊圈靠西第三根柱子上头，我还给你藏着一副羊下水哩，你起去拿。"他给她东西，可那语气，倒仿佛是求她施舍给他一些东西似的。

"那好呀，"她又朝我做了个鬼脸，"等会儿我起去拿。"

保管员仍舍不得走，左右地捯着脚，在门外磨蹭着。在他们隔着门对话的那一刻，我比上一次更加紧张。上次我和她之间还有一截距离，现在，她紧紧地贴在我的怀里，一面调侃保管员，一面用手指头玩我棉袄上的扣子。虽然我为了要弄点吃的，曾经冒过许多次险，被人发现的可能性要比这次大得多，但这种充满暧昧意味的尴尬我还是第一次碰到。我不安得有点发冷。她朝我笑，朝我做鬼脸，我却笑不起来，一点也不觉得好玩。恍恍惚惚地不知有多长时间，保管员才拖着一轻一重的步子快快地走了，门外再没有一点声息。

"嘻嘻！"她在我怀里扭了一下，把正面向着我，"那个傻熊还想打我主意哩！待会儿我去拿，不吃白不吃。"

"唉！"我说不出什么话，叹了一口气。生活的美丽的色彩又渐渐退色，而退了颜色的生活是十分难看的。

"你看你，冷成这熊样子。"她摸摸我的手，把我的一双手分开，围在她的腰间，撩起棉袄下襟，将我的手插在里面。"来，让我给你焐一焐。"

隔着薄薄的布衫，我能感到她肉体的温暖，甚至是灼热。那柔软的富有弹性的腰肢，就在我两手之间，然而这却激不起我的一点情欲。我怀疑我把人、把生活又整个地看错了。她刚才的冷淡和现在的爱抚，到底哪个更为可信？

"傻狗狗，你咋这么傻吵！"她仰着脸跟我说，"啥'两个人过日子总比一个人好'！你不想想,咱们成了家,你就得砍柴火,你就得挑水,家里啥活你不得干? 有了娃娃,你还得洗尿褯子,一天烟熏火燎的,苦得你头上都长草咧! 你十八块钱,连自己都顾不住哩,还能再添半个人的吃穿? 你还能像现时这样,来了就吃,吃完嘴一抹就念书? 你呀,你这狗狗真傻!"

我这才恍然大悟。她说她自有主意,原来就是这种为了爱情、为了我的献身精神。而我在她面前究竟有什么价值,值得她做这样的牺牲呢? 世界和人、和没有文化素养的体力劳动者,又在我眼前恢复了绚丽的色彩。我想,我之所以难于理解她,恐怕就是因为在我身上,从来没有过为了别人、为了所爱的人而献身的精神,从来没有!

我的心里只有我自己,即使想"超越自己"也是为了自己。这就是我和她之间最大的差距。

我把她搂进怀里,我现在才觉得我是真正地爱她,不是感恩,不是感激之情。我热情地喃喃地说:"马缨花,我们还是结婚吧! 别人怎么过,我们也怎么过;让我来分担你的负担不好吗?"

"'怎——么''怎——么'!"她略略推开我,深情地凝视着我的眼睛,而用嗔怒的口气说,"我不能让你跟别人家男人一样'老婆孩子热炕头',那最是个没起色的货! 你是念书人,就得念书。只要你念书,哪怕我苦得头上长草也心甘情愿。我要你'分担'啥? 你能'分担'啥? 咱们一结了婚,那些傻熊还会给我送东西来么? 你看,我不出手,羊下水就给我搁在那儿了。你呀,傻狗狗,你就等着吃吧,这还不好么?……"

她还是要我念书,而为什么要我念书,她始终也没有说出个所以然来。在她脑子里,似乎认为念书就是我的本分,我的天职,像养着猫一定要它捉老鼠一样。我心里蓦然有种幽默感,同时,也不得不承认她的这种想法倒很现实。"女人的心计啊,女人的心计啊……"我默默地念叨着。

可是,这无疑又是我的耻辱。难道我能靠一个女人的姿色来过比较温饱的生活? 来"念书"? 这样做,我就更降低了我自己。

"不!"我重复地说,"不!我们还是结婚吧,我不能让你那样做!我们还是结婚吧……"

"哎,傻狗狗。"她说,"我又没有说不跟你结婚,我早就想着哩,要不,我这是干啥呢?等这'低标准'一过,日子过好了点,咱们就去登记,让那些傻熊看了干瞪眼……"

"不,不……"我执拗地说,"我不能让你那样做,那你不等于骗了人家?"

"谁骗谁呀?傻狗狗。"她安抚我,"你不想想,他们给我的吃食,哪些是他们自己腰包里掏出来的?我不要,他们拿回去自己吃了,还不如咱们吃掉哩。告诉你,这个队上,管事的就谢胡子一个人是好人,连那个烧饭的伙夫都不是好熊!"

我被她独具匠心的、现实的、冷静的盘算弄得晕晕乎乎的:我究竟应该遵循哪种道德规范来生活?她并没有考虑到这一点:我们要照她那样的安排来渡过困难,我就失去了一个男人的尊严。在她认为,这是非常时期可以采取的一种权宜之计,而我,身体恢复了健康——正是在她权宜之计的安排下恢复的健康,并且重新"念书"之后,我的羞耻心和道德观都强烈地阻止我这样做。

"不!"我仍然固执地说,"不!你别那样做。我们还是结婚吧。谢队长也同意了,我们马上就登记去。"

"你是不是不相信我,怕我跟了别人?"她说,口气和神色都带着少有的严肃。显然,她把我今天迫不及待地要求结婚领会错了。于是她又钻进我怀里,踮起脚尖,用脸颊摩擦着我的脸,柔声地说:"要不,你现时就把它拿去吧,嗯,你要的话,现时就把它拿去吧。"

她忙碌了一夜,现在脸色还是疲倦的。美丽的大眼睛下那一圈淡青色更深重了,她这种行动,纯粹是女人为了爱情的一种献身的热忱,一点也没有个人的欲念。我感受到了一种令人心酸的、致命的幸福。是的,是致命的幸福!我胸中陡然涌出了这种情感,像一首弦乐合奏的无词歌从心里汩汩地流淌出来:不是情欲,甚至也不是一般的爱情,而是一种纯洁的、神圣的感情。有限的爱情要求占有对方,无限的爱情则只要求爱的本身。神是人创造的,在人创造神的过程中,一定曾经怀有过这种感情因素吧。我谦恭地吻了她一下,然后轻轻推开她。

"不,"我说,"我们还是等结婚以后吧。"

"那好。"她即刻从我的怀中离开,仰起脸,用清醒的、决断的语气说:"你放心吧! 就是钢刀把我头砍断,我血身子还陪着你哩!"

"就是钢刀把我头砍断,我血身子还陪着你。"有什么优雅的海誓山盟比这句带着荒原气息的、血淋淋的语言更能表达真挚的、永久的爱情呢?

啊,生活啊生活,艰辛得和美丽得都使我战栗!

三十六

睡到中午,我被一个组长叫醒了。这个组长就是头一天领我们出工的那个面目阴沉、总像是郁郁寡欢的农工。他简单地告诉我,谢队长叫他套上毛驴车送我到场部去,带上自己的铺盖,大概是春节期间场部忙,要我去干几天活。

我匆匆爬起来。铺盖没有什么难收拾的,一卷就行了。我去马缨花家拿她给我做好的鞋,推推门,她还睡着哩。没关系,回来再穿吧,我脚上这双棉鞋还能凑合穿几天。那个组长又给了我四个稗子面馍馍,说是谢队长叫他去伙房领的,让我带着路上吃。我和他坐上毛驴车,颠颠着向场部跑去。

我还是头一次到场部。场部不过比我们一队大一点,有几幢砖瓦房,还有一个粮食加工厂,一个比较大的商店。我还看到一个拖拉机站。车库外面有两个银色的油罐,横卧在雪地上。那个组长赶着车,把我送到一间办公室前面。"吁——"他吆喝毛驴停下来,回过头对我说,"就这垯儿,你把铺盖拿进去吧。"

屋里已经有了五个人,看样子全是各个队抽调来的农工,有的坐在椅子上,有的蹲在地上,身旁都放着自己的行李。见我进来,也不跟我搭话,各自埋头想自己的心思。不知怎么,我突然感觉到室内有一种不祥的气氛,我不安地望望窗外,那个组长早把毛驴车赶走了。

一会儿,一个场部干部拿着一张纸走进屋来,后面还跟着一个驾驶员模样的小伙子,干部皱起眉头看着单子把名字点了一遍,对小伙子说:

"好,都齐了,你送他们去吧。"

我们夹着行李随小伙子走到车库前面,在一辆"德特——24"轮式拖拉机旁边站住。小伙子拍着沾满油污的无指手套,挨个儿打量着我们,最后朝我问道:

"喂,你们谁是在省干校教书的那个'右派'?"

我向前跨了一步:"我,不过那是好多年以前的事了。"

"我知道。"小伙子会意地笑笑,头一摆,"你坐在驾驶室里边。其余的,喂!听着没有?统统上车,都给我坐在斗子里!"

那五个人纷乱地爬上车斗,骂骂咧咧地用芨芨草把子扫下盈尺厚的积雪。我坐进铁皮焊成的驾驶室里,把一卷棉花网套塞在座位后面。小伙子等他们安顿好,检查完挂钩,在车头用一根油腻腻的皮绳拉燃发动机,爬上车来,突突突地开着车走了。

拖拉机走上向西去的一条乡间土路。到处是皑皑的冰雪,路边的树枝垂下来,像一根根水晶制的流苏。太阳光冲破密集的云层,在银色的雪原上投下一块块金色的斑点。喜鹊和乌鸦哇哇地飞着,徒然地四处觅食。路很难走,车轮经常打滑。小伙子聚精会神地开着车。他年龄大约跟我相仿,嘴唇上已有了淡淡的胡髭,鼻梁稍嫌矮些,眼睛却炯炯有神。

车到了比较平坦的路面,他略向后靠了些,瞥了我一眼,说:"我爸爸认识你。他在干校念过书,你教过他。"

"哦。"我应了一声,但没有问他爸爸是谁,现在问这些还有什么意义呢?过去的已经过去了。而今天,拖拉机载着我,在这一片茫茫的雪原上向隐没在云雾中的、仿佛神秘莫测的山根下开去,又会有什么样的命运呢?

"你知道咱们到哪垯儿去不?"他转动着方向盘问我。

"不知道。"我说,"我刚想问问你。"

"唉!"小伙子叹息了一声,用同情的口吻说,"场里叫我把你们送到山根下那个队去。那个队,你大概听说过,是专门整治人的窝窝子……你们这几个,全是场里认为调皮捣蛋的。本来,没你的事儿的,今天一大早,你们队来了个办户口的——一个瘦老汉,迁到省城去的,你肯定认识,跟你住一个屋的——他跟人保科干部说,你们队昨夜黑跑了一个人,这个人跟你关系挺好,你每天夜黑都跑到这个人家去,他临跑以前,还来宿舍找过你,肯定你们俩在搞啥阴谋。人保科一查,你出身不好,帽子还没有摘,几个干部一商量,临时把你的名字给添上了。这我亲眼见的。你们那个胡子队长还跑到人保科吵了半天,他保证你没事,说你是好人,可让人家剋了一顿,说他没一点儿警惕性,把一个好劳力放跑了,这会儿又护着一个报纸上都批判过的有名的'右派'!还要叫他回去写检讨哩……咱们这个农场,过年过节都要整顿一次,好像坏人专拣着过年过节的日子捣乱一样。这不是?元旦前我送去四个人,今天,又送去你们六个……到了那垯儿,你得多加小心,那可是个叫你掉几层皮的地方……"

奇怪,他这番话并没有使我感到意外。我并不惊愕,更不惶然失措,甚至我还认为,我跟马缨花还在一个农场,这就很好,不久以后总能见面的。我只是感到愤恨——"营业部主任"临走时还不放过我。人是非常美好的,但也有的人非常狞恶。如果不是这样,人便不会在创造神祇的同时创造出鬼怪来。这种愤恨压倒了我对马缨花的留恋,还鼓起了我一种抵抗压力的激情。我凝神望着前方,那是广袤的白茫茫的雪原,一道阳光终于冲破了山顶的浓云,宛如一把利剑插到山脚下,迸出一片耀眼的亮光。这种情景我好像很熟悉,仿佛在一个梦中见到过。现在,我健康了,我觉得能够理解马克思的书了,我相信我不论走到哪里,我都有一种新的力量来对付险恶的命运。

拖拉机颠簸着,小伙子一心又放在开车上了。我突然想起来,我还没有告诉马缨花,海喜喜留下了一张炕桌和一麻袋黄豆。炕桌不知会被谁抄走;那埋麻袋的地点只有我知道,这场雪一化,气温再一转暖,黄豆就会浸得发芽了吧。

　　果然如那小伙子说的,我到山根下这个队,连请假出来的权利和与外面的非直系亲属见面的权利也被剥夺了。两个月以后,一个留在队上的病号悄悄告诉我,这天有个"挺标致的小娘们儿"夹着一个小包来找我,让队上的干部盘问了半天,结果还是被训了回去,小包也不许留下。这天,我在渠口上抬了十小时石头,累得筋疲力尽,我只可怜她走了这么远的路,还没来得及思念她就沉沉入睡了。不久,提出了"阶级斗争要年年讲,月月讲,天天讲",我以"书写反动笔记"的罪名被判三年管制。"社教运动"中,我又以"右派翻案"的罪名被判三年劳教。劳教期满,回到农场,正遇上"文化大革命",我升级成为"反革命修正主义分子",被群专起来。一九七〇年,我被投进农场私设的监狱。那种监狱,不属于公安机关管辖,没有一条现代监狱的规章,纯粹是中文版的罗马宗教裁判所。

　　一九六八年,我劳教期满回到农场,才得知在我前面那段被管制期间,马缨花一直没有结婚。我被送去劳教后,她就带着尔舍到县城找她哥哥去了,没有多长时间,她和她哥哥全家都回到了青海。据说她哥哥也犯了什么错误。

　　一九七一年,在那座农场私设的监狱里,连《毛泽东选集》也不让我们"犯人"看,说是我们的主要任务就是劳动改造,看了《毛泽东选集》会学到和农场当局斗争的策略。有一天,我被派到农场子弟学校的教研室砌炉子。教员们上课去了,我如饥似渴地到处翻找有什么可看的书,但办公桌上全是学生的作业簿,只有一本《辞海》放在案头上。我翻到"马缨花"这一条。这一条是这样解释的:

　　　　植物名。学名 Albizzia julibrissin。一名"合欢"。豆科。
　　落叶乔木。二回偶数羽状复叶,小叶甚多,呈镰状,夜间成
　　对相合。夏季开花,头状花序,合瓣花冠,雄蕊多条,淡红

色。荚果条形,扁平,不裂。主要产于我国中部。喜光,耐干旱瘠薄。木材红褐色,纹理直,结构细,干燥时易裂,可制家具、枕木等。树皮可提制栲胶。中医学上以干燥树皮入药,性平、味甘,功能安神、解郁、活血,主治气郁胸闷、失眠、跌打损伤、肺痈等症。花称"合欢花",功用相似。又为绿化树。

啊!这条目下所有解释的文字,没有一点不和她相似的:"喜光,耐干旱瘠薄",不就是她的性格吗?

可是,这一晚上我却失眠了——她作为药物的功能没有起到作用。"绿化树!绿化树!……"我眼前总是一株株绿化树,最后变成了一片绿色的海洋……

三十七

整整二十年过去了。二十年,五分之一世纪!我们国家和我都摆脱了厄运,付清了历史必须要我们付的代价。还是在那种多雪的春天,我和省文化厅的负责人及制片厂的同志,分乘两辆"丰田"小轿车,带着一部根据我写的长篇小说拍摄的彩色宽银幕影片,到这个农场来举行答谢演出。电影放映完了,场长、书记们把我们送回招待所。我问场长,谢队长在哪里,他甚至不知道有谢队长这个干部;他是一九七八年调来的,大概谢队长早就离开这个农场了吧。

但是,在深夜,我还是从设备很好的招待所里悄悄走出来。月色朦胧,夜凉如冰。我没有惊动司机,独自一人踏上了通往一队的大路。

白皑皑的雪,还是那种白皑皑的雪,把我居住过的一队整个罩住,羊圈那边传来阵阵狗吠,除此之外,夜静得像梦幻一般。我伫立在桥头,往事如烟如雾,从小桥那边漫卷而来。我耳边分明响起了她的歌声,她的"花儿",那么清晰,那么悠扬,那么婉转,那么情深:

金山银山八宝山，

檀香木刻下的地板；

若要咱俩的姻缘散，

十二道黄河的水干！

我清清楚楚地看见她向我笑盈盈地迎过来。她飘飞着，雪地上没有留下一点足迹。她仍然是那样美丽，那样健康，那样开朗，那样容光焕发。到我面前，她嘻嘻一笑——啊，那种笑我是多么熟悉！——说：

"就是钢刀把我头砍断，我血身子还陪着你哩！"

……可是，还是静悄悄的夜，还是白茫茫、灰乎乎的雪。除了我，四周没有一个人，没有一点声息……我发觉，一颗清凉的泪水，在我久已干涸的眼眶中流了出来。它是从记忆的深处渗出来的，冰得真如古井中渗出的水滴。是的，人不应该失去记忆，失去了记忆也就失去了自己。我虽然在这里度过了那么艰辛的生活，但也就是在这里开始认识到生活的美丽。马缨花、谢队长、海喜喜……虽然都和我失去了联系，但这些普通的体力劳动者心灵中的闪光点，和那宝石般的中指纹，已经融进了我的血液中，成了我变为一种新的人的因素。

一九八三年六月，我出席在首都北京召开的一次共和国重要会议。军乐队奏起庄严的国歌，我同国家和党的领导人，同来自全国各地各界有影响的人士一齐肃然起立，这时，我脑海里蓦然掠过了一个个我熟悉的形象。我想，这庄严的国歌不只是为近百年来为民族生存、国家兴盛而奋斗的仁人志士演奏的，不只是为缔造共和国而奋斗的革命先辈演奏的，不只是为保卫国家领土和尊严而牺牲的烈士演奏的……这庄严的乐曲，还为了在共和国成立以后，始终自觉和不自觉地紧紧地和我们共和国、我们党在一起，用自己的耐力和刻苦精神支持我们党，终于探索到这样一条正确道路的普通劳动者而演奏的吧！他们，正是在祖国遍地生长着的"绿化树"呀！那树皮虽然粗糙、枝叶却郁郁葱葱的"绿化树"，才把祖国点缀得更加美丽！

啊，我的遍布于大江南北的、美丽而圣洁的"绿化树"啊！

一九八三年九月至十一月于银川西桥

男人的一半是女人

　　我多少次想把这一段经历记录下来，但不是为这段经历感到愧悔，便是为觉察到自己要隐瞒这段经历中的某些事情而感到羞耻，终于搁笔。自己常常是自己的对立面。阳光穿窗而入，斜晖在东墙上涂满灿烂的金黄。停留在山水轴上的蛾子蓦地飞起来，无声地在屋里旋转。太阳即将走完自己的路，但她明日还会升起，依旧沿着那条亘古不变的途径周而复始；蛾子却也许等不到明天便会死亡，变成一撮尘埃。世上万千生物活过又死去，有的自觉，有的不自觉，但都追求着可笑的长生或永恒。而实际上，所有的生物都获得了永恒，哪怕它只在世上存在过一秒钟。那一秒钟里便有永恒。我并不想去追求虚无缥缈的永恒。永恒，已经存在于我的生命中了！

　　永恒是什么？那其实是感觉，是生命的波动。

　　稍纵即逝的、把握不住的感觉，无可名状的、不能用任何概念去表达的感觉，在时间的流程中，终于会沉淀下来，凝成一个化不开的内核，深深地埋藏在人的心底。而人却无法去解释它，因为人不能认识自己。不能认识的东西，就有了永恒的意义；永恒，是寓在瞬息中的。我知道，我一刹那间的感觉之中，压缩了人类亘古以来的经验。

　　太阳即将沉落，黑夜即将来临。即将来临的还有那个梦。那个梦也许是那个内核的外形。

　　……芦苇在路边沙沙作响。路边的排水沟里潺潺地流淌着清水，一碧到底，如山泉，如小溪。两三寸长的小鲫鱼一群群地聚在沟边绿茸茸的水草底下，时不时露出它们黑色的小脊背，或如点点光斑那样闪现出它们银色的小肚皮。四处是黄色的阳光，空间既广袤又沉寂。温顺的土路上印着深深的车辙，像两条凹下去的铁轨。我在路当中走着，脚步既滞重又轻盈。一会儿，脚下的浮尘缓缓地腾空而起，宛如清晨的雾气，使一切都变得迷蒙而柔软。我仍然沿着车辙朝前走。我觉得我有奇异的视力，能透过浓密的黄尘看到我意识下面的东西。我似乎看到了一只猫：灰色的，夹着白色的条纹。它弓着背警惕地站在前面，前腿和后腿分别跨在车辙两边，目光炯炯地盯着我，好像随时都想逃跑。

那是"我们"丢失的猫，我知道。

忽然，猫不见了，像影子一般消失了。

梦是一个无声的世界……

但我又看见了排水沟里游着四只鸭子。从它们的脖项和撅起的尾巴上，我能断定其中有两只母鸭。它们和猫一样，也是灰色的，翅膀中杂着白色的羽毛。它们静悄悄地游着，沿排水沟溯流而上，似乎有意要把我引到感觉记忆的深处。

我不由自主地尾随在它们后面。但它们在一片芦苇茂密的水洼中，摆了摆屁股，兜了一个圈子，却顺着回流钻入了草丛。

我仍然在如雾似的黄尘中向前走。我吃力地拔着滞重的两腿，却又走得非常轻盈，如一只顶着风飞翔的鸟儿。

走过了水洼，鸭子又从芦苇丛里钻出来了。但那不是四只大鸭，而是四只小鸭。通体金色的绒毛，在黄色的尘雾中它们好似会渐渐地溶化，会渐渐消失在空气之中。然而，它们确实在欢快地游着，一面游还一面歪着小脑袋傻乎乎地看着我。那向上弯曲的嘴角好像表现出一种嘲讽的笑容。

我忽然意识到，刚刚见到的四只大鸭就是"我们"原来丢失掉的鸭子。这四只小鸭正是它们雏期的模样。

时期在向回倒流。那么我会不会恢复到那个时期呢，即使是在梦中？

于是，我在时间中振臂向回游去，想去追寻那失去的影子……

可是，我的梦每次都到此中断，接下去便是一片混沌的迷离恍惚的感觉，是一种梦中之梦。但我又清醒地意识到，那一片混沌的、迷离恍惚的感觉才是真正的生命的波动。生命的意义、永恒，都寓于那迷离恍惚之间了。

太阳重又升了起来，蛾子却不知飞到哪里去了，不知是否还活着。这时，我想，我为什么不把那个梦用笔来补充、续接出来？真实地、坦率地、有条理地、清晰地记录下那失去的过去？没有什么可感到愧悔，没有什么可感到羞耻，怎么能用观念中的道德来判断和评价生命的感觉？至于理智嘛，亚里斯多德早就说过："凡是感觉中未曾有过的东西，即不存在于理智中。"蛾子死去了，谁也不会为它生命如此短促负责，那么，谁又有权利指责它飞旋的弧度和途径？

阳光直射着我，光芒好似穿进了我的肺腑，又好像是我在金色的光中浮起，离开了这喧闹的尘世。我趁我获得了这种心境，一种坦然的出世的心境，赶紧一跃而起，奋笔疾书。我知道，如果再过一会儿，说不定我又会改变我这个主意。

第 一 部

第一章

也许我过去见到过她而没有留意，也许我从来没有见到过她。总之，这一次，她却给我留下了一个非常深刻的印象。

两个月前，我从大组被抽调出来，去管水稻田。在劳改队里，我是大组长，调到田管组，我仍然是田管组组长。调我出来的王队长，一个本地干部，农民出身的小老头，吸着自卷的喇叭筒对我说："调你出来当组长，是领导对你的信任。熊！那十二个人可难管！人人都能干，人人都一身毛病。你婊子儿要能把那十二个家伙管好，出去就能当管千儿八百人的厂长了。"

当时，他蹲在高高的斗渠①坝上，我刚从灌满一农渠水的渠口中上来，光着脚站在他面前。他似乎还想说什么，然而终于没有说，只是一门心思地吸烟。布满皱褶的干瘦的小脸上，显出一副沉思的神情。我当然不知道他在想什么，但是知道这是任何一个劳改干部在单独对某一个劳改犯人布置特殊任务时，都必须显露的神情。沉思的神情表示着严肃，而严肃又表示了他与你之间那不可逾越的界线。这种神情还表示了他的布置是慎重的、是经过反复掂量的，甚至是翻着你的档案材料由更高一层的集体讨论所决定的，同时，也说明了这个任务的重要。文化程度不高的、不善于言辞的干部，常常用沉默来引起你对他只言片语的重视。默默无言，倒会使你意识到：从此，由于这种"信任"，你肩上的担子就更重了。并且，又由于这不仅仅是对你的一般性改造，而是加倍的改造，所以往往能使你获得立功受奖以至提前释放的机会。因而，这又往往是你一生命运的关键。

他装模作样的沉默中藏有他所能表示的善意，我理解。

他蹲在渠坝上面吸烟，我站在渠坝下面交替地捯着脚，用脚底板搓着光光的脚背。水稻刚播下地的时候，蚊子还没有出世，但成群的"小咬"集结成团，一拥而上，会叮得人心烦意躁。这种比一粒沙尘还微小的飞虫，能钻到人的耳朵里、眼皮里、脖颈里、腋窝里、头发根里、裤裆里……简直是无孔不入。让它叮一下，皮肤上即刻就会肿起一个比它大几百倍的包。我一面搓着脚，一面挥着臂，手舞足蹈地仰面看着这位队长。

然而他还不说话。他穿着线袜，戴着帽子，手里又拿着烟，他有一整套防备"小咬"的设施，因此他并不着急走。大队已经走得很远

---

① 　斗渠：引黄灌区的灌溉系统一般分总干渠、干渠、支渠或斗渠、农渠，配在一起组成灌溉网络。支渠或斗渠是农场中最主要的灌溉渠道。书中说的大渠指干渠，斗渠指农场中最大的渠。

了。高高的斗渠坝的尽头,就是那渠水拐弯的地方,几株粗大的柳树下面,金色的夕阳映照着他们黑色的囚服。他们列着队,扛着锹,甩着手臂。看着他们远去的背影,颇觉得他们精神抖擞得可爱。在渠水拐弯的那里,正经过有姑娘媳妇的村庄。当然,对他们的亲切感,主要还是因为我就是他们中的一员。在这个世界上,我是属于劳改队的,而不是属于其他什么地方。况且,那边还隐隐约约传来如此熟悉的歌声,合着渠水潺潺的节拍在刚播下种的田野上荡漾:

………………

改造,改造,改那么个造呀!

晚上回来,——大瓢呀!

嘿嘿!呀嗬嘿嘿!呀——嗬嘿!

尽管我被"小咬"叮着,也不由得展开一丝调皮的、会意的微笑。这是我们犯人自编的"劳改队队歌"的最后一句。"劳改队队歌"以诙谐的西北俚语叙述了劳改犯人一天的生活,用轻松滑稽的"宁夏道情"的调子谱成曲,主旋律表现出了铁丝网里的乐观。"改造,改造,改那么个造!"用本地口音唱出来,极像正在推广的普通话"倒灶,倒灶,倒那么个灶"。而"晚上回来一大瓢",那是多么喷香诱人的一大瓢啊!葱花撒得很多,大米面条是稠稠的。"呱唧""呱唧""呱唧"……炊事员不停地奋力挥动着粗壮的手臂,俯在热气腾腾的大桶上,以机械式的迅捷和准确,用海碗那么大的短柄铁瓢,一大瓢一大瓢地把"米面调和"打到劳改犯人的饭盆里。这"米面调和"里还洒有炊事员的汗珠,因而那机械式的音响——"呱唧呱唧"和机械式的动作,都实实在在地洋溢着人情味。

我想赶快回到那行列中去,赶快回到号子里去,赶快去享受那"一大瓢"。那号子里的一片"吸溜吸溜"的吃饭声,是多么美妙啊!

但是,王队长不发话,我便不能走。这是劳改队里的规矩。我是熟知全套规矩的,因为我已经劳改了两次了。正因为我劳改了两次,是"二进宫",正因为我熟知全套规矩,所以我才能荣幸地一被押进劳改队即当上管四个组、六十四个犯人的大组长。今非昔比,这次劳改比上次劳改可风光多了。劳改队里奉守的是完全不同于外部世界的那一套观念和价值标准。这说来奇怪但又不奇怪。在外面,政治上有问题的人是被歧视的,不能重用的,道德败坏的人倒常常当作"人民内部矛盾"看待,认为是生活作风上犯了错误,是"小节",被列为团结和教育的对象。在劳改队,政治犯却几乎都能得到劳改干部的信任,虽然这种信任只表现在极为狭窄的方面,但毕竟与他们对刑事犯的态度不同。并且,劳改队里还能够做到"人尽其才",谁能干什么,就把谁安排在能发挥他专长的地方。劳改队本身就是个独立王国,农、工、商百业俱全,包容了所有不同的劳动种类。有一个在外面成天打扫厕所的医生,进了劳改队倒当上了内科主治大夫。啊,在这个混乱的年代里,劳改队是天堂!

尽管我这个劳改犯并不是毕恭毕敬地站在他面前,不停地手舞足蹈,不停地扭动身子,不停地抓耳搔腮,不停地摇头晃脑,但劳改队长并不怪罪,仍是沉思地吸着那支粗大而颀长的卷烟。我不走开,还有一层意思,就是以为他还会给我透出什么外面的信息。和我曾经认识的谢队长相似,这个干瘦的劳改干部其实是个心地善良、爱说爱笑的好人。从小和高原上的黄土打交道的人,心地很自然地和黄土一样的单纯;传统的手工农业劳动,使他们的头脑总保持着传统的观念,当猛地提出"阶级斗争要天天讲、月月讲"的时候,他们根本难以理解。譬如,当我们这些劳改犯人在田里一边干活,一边唱那"劳改队队歌"或是说些猥亵得露骨的笑话时,在这大唱"语录歌"的年代,他蹲在田埂上只是听着,并不呵斥我们,而且摘下帽子,拍着推得光光的脑袋,咧开嘴笑着叹息:"哎呀,你们这些婊子儿!唉,你们这些婊子儿!……"发出他由衷的赞赏。他听到越南军民又打下了若干若干架美国飞机,也是用"这些婊子儿"来赞扬越南军民的。我们还注意到,他抚弄他的孙子——有一次,他竟把他三岁的孙子抱到劳改犯人干活的田里来,也用的是"婊子儿"!所以,每当劳改犯人听到他

155

用"婊子儿"来称呼自己，都会感到一种家庭式的温暖。

去年夏天，"文化大革命"刚开始的那个月份，我们劳改大队在水稻田里薅草。王队长随公安干警去城里集体参观了本省的"文化大革命成果展览会"回场，没有进家，就扣着他那像张烙饼似的单布帽，撒开大步，急急忙忙跑到田里来。他站在田埂上用眼睛搜寻着，看见了我，于是几步跨过两条沟渠，兴奋地朝我喊：

"哎呀！章永璘，你这婊子儿！你在五七年做的那个啥诗，用核桃大的字写着，挂在展览馆里哩！"他边说边用手比画：一个核桃是多大。他褐色的粗糙的拇指和食指箍成一个圆圈。那个圆圈刚劲有力，没有一点诗的高雅悠远的意境，却又形象地把诗变成了一种实在的物质力量。"哎呀，你这婊子儿！哎呀，你这婊子儿！字好大好大咧！你他妈真能写……"

这时，人们的理解是：文字的意义是和文字的大小成正比的，已经开始把任何一句"毛主席语录"在任何文章里都用大一号的黑体字印刷了。这样，他就认为我一九五七年写的那首诗一定是非常重要、非常有意义的，不然，为什么要用"核桃大"的字来写？尽管那是一份"罪证"，是供批判用的，可是在他心目中却获得了特殊的地位。听了他的大喊大叫，别的劳改犯人都对我侧目而视，目光里含着隐隐的惊诧和尊敬。我没有动声色，仍弯着腰低头薅草，而心里不禁又感到悲哀，又觉得自豪。整整九年过去了，可是外面的人还揪住我不放，还要把我的诗拿出来"示众"。但另一方面，这不也说明了我已经成了一个历史人物了嘛！历史人物实际上是群众造就的，不完全取决于他本人功过的大小，只要在任何"群众运动"中都忘不了他，他便会不由自主地取得一定的历史地位。而历史人物的命运却是由历史支配的，也不由他本人的意志为转移。我直起腰，把手中的杂草缩成捆，抛到田埂上。我看到远方的群山，沉默而庄严。我弯下腰，拨开稻苗寻找杂草，混浊的泥水表面上闪着粼粼的光斑，喋喋而多变。啊！这两幅画面便是历史：既稳定又不稳定；作为人，就既要以不变应万变，又要力求多变以适应历史！

当我再次直起腰,把另一捆杂草抛到田边,我突然觉得我高大了,似乎是一个悲剧式的英雄。我环顾周围弯着腰薅草的犯人们,就像耶稣在各各他①的十字架上看着他左右两边两个强盗,还自认为"我是神的儿子"一样,涌起了一阵由精神上的优越感而产生的怜悯。

感谢他给我传来的信息! 人在困境和屈辱中需要自以为是和自高自大来支持自己。

果然,历史的变化快速得令人吃惊。秋天,割完了水稻,劳改犯人开始把一捆捆割下的稻子背运到路边,再由大车拉到谷场上。被刈光的田野,在密密麻麻的黄色的稻茬下面,潮湿的褐色的原始土地裸露了出来。从高高的斗渠坝上望去,大地蒸发出冉冉的水汽;由纵横的沟、渠、田埂切割成像棋盘格似的稻田里,来往奔忙着无数像蚂蚁一般的穿黑色囚衣的劳改犯人。我们把一捆捆沉甸甸的、用草要子捆绑好的稻子提到田边,在铺在田埂上的长绳上码好,然后用背绳结勒紧,坐下来,将两肩用力地挤进交叉成人字形的背绳里去,再使劲向前一拱腰,一摞稻子就紧贴着背背了起来。我这个大组长当然要起带头作用,通常,我都比别人背得多。在这里,没有别的,没有什么家庭出身、文化程度、历史清白不清白之分,"劳改"是我们固定的职业,于是,只有劳动好,会劳动,才能取得特殊的待遇。我劳动好,会劳动,我便能管理别人,斥责别人,我便能获得"信任",成为一个自由犯,我便能回号子以后不但有那"一大瓢",而且"一大瓢"之外还会给我加"一大瓢"。劳动创造了人,因而人的原始本性天生地倾向于体力劳动;紧张的体力劳动会激发起已被文明湮没了的、早已经变为人的潜在意识的本性,突然使人又倒退回若干万年,感受到一种自身正在发展,自身正在变化,自身的品质正在丰富的心理上的快感。

回到若干万年以前去再现进步的过程,在这个过程中去享受满足与愉快吧!

从我和海喜喜比试体力劳动以后,从我被马缨花喂养成一个有

---

① 各各他:耶稣殉难的地方。

正常体力的劳动者以后,五年过去了,我无数次地在劳动中享受过这种返祖的满足与愉快。

我只要一投入劳动,锹一拿到我的手,麻袋一沾上我的肩,稻捆一贴在我的背,我就会入迷,就会发疯,如同《红菱艳》中那位可爱的女主人公一穿上那双魔鞋便会不停地跳啊,跳啊,直跳到死一样。

我背起稻子来,常有一种贪婪的、总是试图测量自己究竟能承受多大压力的心理。没有什么再比背上的重量更能证明世界是由物质构成的这个哲学的根本命题了。一捆稻子有牛腰那么粗,一般劳改犯人只背两捆到三捆,但是我背五捆还不够,要背六捆;六捆还不够,要背七捆……经过王队长身边,王队长会发出他这样地赞叹:"哎呀,你这婊子儿,比驴还能驮!"

> 嘿! 驴算什么?!
> 我是我!
> 且把柔弱的自怜自爱收拾起来,
> 打点出另一副精神跟命运拼搏!

因为我背得多,便经常得到王队长的帮助。当我勒好稻捆,坐在地上,塞进肩膀,准备弯腰拱背的时候,王队长就主动跑来替我在后面往上捅。有这一臂之力和无这一臂之力大不一样。在弯腰拱背的一刹那,正如举重运动员在抓举沉重的杠铃时的那一刹那,只要两腿能站立起来,多重的东西压在背上都能迈步。

"别努着了,别努着了!"他说,"一努着,吐了血,那可是一辈子的事。"

有一天,我把两肩在背绳里塞妥,他又跑过来,但却不捅我,趴在我捆好的稻子上,叹了口气说:

"唉! 你这婊子儿,还是待在劳改队好。"我听见他在我背后咂着嘴。"你当是咋着? 前天我进城,一看,省委书记跟省主席都让人拉着去游街喽! 戴着老高老高的纸帽子,手里还敲着破脸盆:'我是走资派——我是走资派——'你当是咋着？上次我们参观的那个啥'文化大革命成果展览会'，红卫兵说是走资派为了掩盖自己罪行耍的花招，说是咱们省根本就没搞过'文化大革命'，现时要把省委书记跟省主席和地富反坏右一道，都重新过一遍箩。怪不得在大街上，省委书记后面排着一长串你们这号人，男男女女，数也数不清。都戴着纸糊的帽子，还有推了半拉头的，还有画了花脸的……唉，你这婊子儿，把你送到劳改队是你的造化！要不，现时你在外边，还不跟那些人一样，让人往死里整呀！"

稗子的毛穗穗擦着我的脸，痒痒的。他嘴里老烟叶的气味呛鼻，在想抽口烟而没工夫抽的时候，这股气味却也能过瘾。听到他告诉我的消息，我忽然感到通体舒坦：历史就照这样的速度变化下去，整个国家和个人命运转折的契机还会远吗？

于是，我更犯了傻劲，七捆还不够，我要背八捆！王队长吃了一惊："你这婊子儿，不要命了是咋着？你还要待两年才出得去哩，活儿有的是你干的。"

"没关系，你来吧！"我反过身，解开背绳，又加上一捆。被压在底层的鬼魂，即使头上十七层地狱的重量没有减轻，但只要上面来回晃荡几下，也会觉得轻松。更何况我有这样好的"造化"：在当今世界，谁能想到"公安六条"上明文规定"不准冲击"的劳改队，恰恰是世外的桃源呢？

……然而，这一次，他却没有透露什么消息给我，他只是一个劲儿地默默抽烟。我很失望，也被"小咬"叮得难受。拖拉机牵引的二十四行播种机停在路边，被阳光烤灼了一天，散发出一股机油味。这种机油味和泥土的气味很不调和。仿佛古朴的土地从来就拒绝钢铁制造的现代化工具，并排斥它的一切味道，因而这股刺鼻的机油味特别难闻。我终于忍不住了，问他：

"王队长，还有事吗？"

"嗯，"他掉过头，好像才发觉我还站在他蹲着的渠坝下面，"没有了。"他说着,向前探出身子,把他还剩下半截的自卷烟递给我,"你回吧。"

"你回吧。"是叫我回劳改队的号子里去,而不是回到别的什么地方。这点我知道。我捏着他的自卷烟,掐掉他衔湿的尾巴。但我一掐,整支烟卷都散了。妈的,他卷烟的技术还不如我。不过现在无所谓了,我自己有纸烟。劳改队每月发几个零花钱,也有烟买,和一九六〇年不可同日而语了。我掏出从医务所旁边的垃圾堆上拾来的一个铝制针盒,把他的烟叶仔细地倒进去,又从这个颇像银质烟盒的针盒里取出一支完整的香烟,点着了火:"回!"

他长长的沉默所透给我的信息,我以为比他跟我说了什么还要多。外面的混乱,历史的急遽变化,大概连他也说不明白了。他不说,证明乱得他没法儿说了;他不说,证明变化得他目瞪口呆了。这没什么,我可以想象。劳改犯人个个是黑格尔主义者:能从"无"生出"有"来。世界上根本没有空无一物的空间和时间,在那看起来是空白的地方,实际上充满着最活跃的希望。

他的这个安排,使我看见了她!

第二章

其实,从各组抽调来的十二个犯人并不像王队长说的那么难管。王队长说"难管",是从劳改干部的角度上来看的,是把我还当作与那十二个人不同的人。自监狱制度发明以来,最英明的一项措施莫过于用犯人来管犯人。一种民主的平等的气氛,很快就会调动起被管的犯人的积极性和自觉性。尤其,我们这个田管组住在远离号子七八里的大面积稻田中间,土坯房盖在斗渠旁边一个地势较高的土丘上;公社的生产队与我们隔渠相望。这里没有岗楼,没有电网,没有扛枪的"班长"。我们又听见了鸡啼狗吠。我们渠这边沙枣花盛开之际,生产队的蜜蜂嘤嘤地成群飞来,似乎已经抹掉了横在人与人之间

160

的森严壁垒。有家的犯人仿佛又回到了家，无家的犯人也获得了些许的自由感。更何况，抽调来的自由犯，全都是短刑期的或刑期即将结束的犯人，在这样的年代里，有这样一处美好的田园，又何必逃跑呢？

水稻生芽的时节，渠坝上满树的沙枣花开始凋谢。点点金黄色的小花落到水里，有的顺水流去，有的被垂在水面的柳枝留住。依附在柳枝上的沙枣花又吸引来无数的沙枣花和柳絮，在渠水上织成金色的和银色的花絮的涟漪。我们在稻田里劳动了一天回来，就蹲在这渠边吃晚饭。而在渠坝那边的柳树下，却坐着、站着一排排农民的娃娃，呆呆地盯着我们这些穿黑衣裳的人，仿佛这些人的一举一动都非常奇异。黑色的衣服和教士的长袍一样，笼罩着一种神秘的色彩：他们干了什么事？是什么命运驱使他们集中到这里来？……幼小的心灵从此潜入了对世界、对未来的恐惧。

如果大队在警卫的押送下，排着队从渠坝上走来，到稻田地里去干活，来看的农民就更多了。甚至还有从远地来庄子上串亲戚的老乡，也要把"看劳改犯"当作精彩的节目。

"哟！看那个……还戴着眼镜哩！"

"咦！那个，那个……模样还长得挺俊哩！"

"咋样？给你当个女婿……"

"你死去，我撕烂你的×嘴！"

说这样话的当然是女人。很快，她们自己一伙里就打闹开了。这是一个开放性的剧场，观众席上同样演着热闹的戏。久而久之，如果我们出工收工没有老乡，特别是穿花褂的姑娘媳妇站在渠那边看，我们反而会感到寂寞，年轻的小伙子在队列里走着也是无精打采的，即使今天干的活并不重。要是来看的人多，绝大部分劳改犯人都会抖擞起精神来，王队长没有下命令唱歌（唱歌也是在命令之下），也要唱。

在所有的"革命歌曲"里，我们最爱唱这两支歌：

日落西山红霞飞，

战士打靶把营归，把营归。

还有：

我们——共产党人，

好比种——子！

唱到"种子"这个词，年轻的劳改犯就会向站在渠那边的姑娘媳妇挤眉弄眼。王队长对犯人唱什么歌是不管的，只要唱得整齐，唱得响亮，他便会骂一句"婊子儿"，表示赞赏。直到后来警卫人员通过警卫部队的渠道向劳改当局提出了意见，劳改当局才下达规定：在这个非常的革命时期，劳改犯人只许唱"凡是反动的东西，你不打，他就不倒"了。可是，到了一九六七年，连公安局、检察院、法院也被"砸烂"，这些机关一律实行了军事管制，"高贵"的军代表却比"卑贱"的农民出身的劳改干部"聪明"——应该是"高贵者最愚蠢，卑贱者最聪明"，"语录"是这样教导的——直觉地感到所有的"语录歌"都具有方法论的性质，不论哪个阶级哪个派别全能利用，全会从中受到启发。比如，你所指的"反动的东西"，在他那里偏偏另有所指，你怎么办？对这群心怀叵测的人，你怎么知道他们心里指的是谁？于是，干脆命令劳改犯人一律不许唱"语录歌"。但除了"语录歌"之外这时又没有别的歌可唱，这样，在一次劳改队春节联欢会上由犯人自编自演的"宁夏道情"，便成了劳改队的流行歌曲。

…………

改造，改造，改那么个造呀！

晚上回来，一——大瓢呀！

嘿嘿！呀嗬嘿嘿！呀——嗬嘿！

在我们田管组，"一大瓢"是由我们派回去的值日犯人挑来的。我们有两个大铝桶，不管是什么饭，值日犯人每顿都能挑回满满的两大桶来。在外面被批判得体无完肤的"多劳多得"，在劳改队里始终奉行不渝。这时，黄瓜成熟了，西红柿开始泛红。路过菜地，挑饭的值日员还要捞来许多刚下架的新鲜蔬菜。经管菜地的也是自由犯，而所有的自由犯全属于一个阶层，都互通声气，互通有无。我们能比"班长"们和劳改干部及其家属更早地吃上西红柿和黄瓜。自由的相对性，在这里体现无遗：不管在什么地方，你只要比别人稍微自由一点，你就能得到较多的利益；而利益的多少，恰恰和当时当地不自由的程度成反比，在最不自由的地方你得到一点自由，所获得的利益却最大。

两大瓢——不是"一大瓢"——下了肚，又大嚼了一堆西红柿、黄瓜，我们全被撑得不能动了。我们仰面躺在渠坝的坡上，头枕着自己的胳膊。大队收工回去了，周围陡然异常地静谧。归鸦在老柳树上拉屎，稀粪穿过枝叶掉在积满黄土的渠坝上，砸出"扑、扑"的声音。太阳落在群山之巅，灌满了水的大面积稻田，蓦地变得清凉起来。青蛙和癞蛤蟆先是试探性的，此起彼伏地叫那么两三声。声调悠长而懒散，仿佛它们是刚醒过来打的哈欠似的。接着，它们便鼓噪开了，整个田野猝然响成一片："咯咯咕"！"咯咯咕"！欢快而又愤怒。它们要把世界从人的手中夺回来，并充满着必胜的信念。

同时，习习的晚风从一眼望不到头的稻田那边吹拂过来，并且送来无数跳跃的、闪烁不定的点点金光。我闭上眼睛，进入一种忘我的恬静。这种忘我的恬静是在等待中的最佳情绪状态，也是在漫长的等待中不自觉地锻炼出来的。在历史的转折到来之前，人根本无能为力，与其动辄得咎，不如潜心于思索。

但我思索些什么呢？我什么也没有思索。外面的世界已经完全逸出了马克思所探索出的规律，书本已经被抛到一边，据说这才是真正遵循了马克思所说的"批判的武器不如武器的批判"。因此，不但使王队长目瞪口呆，也使自以为比他高明的我惘然失措。王队长的沉默给我留下的那个空白，尽管填满了渺茫的，但又必不可少的希望，却也没有给我对社会的思考提供任何线索。斯宾诺莎是这样说的："无知并不是论据。"

管他妈的！当个纯粹的劳改犯吧。王队长还把我看作与其他劳改犯不同，说来惭愧，实际上我从骨子里已成了一个劳改犯，因为我在社会上所从事的职业，就数当劳改犯当的时间最长。

在渠坝下躺够了，劳改犯们舒臂伸腿地活动起来。

"操！夜黑里来个女鬼就好了。"

"来的女鬼可别是披头散发的，最好是涂脂抹粉的。"

"熊！吊死鬼都伸着舌头，老长老长，通红通红，在你脸上舔一下，可够你呛！"

"一个女鬼不够分，最好来一帮，十三个，咱们一人搂一个。"

"咱们组长不要呀，咱们组长是个读书人。"

"读书人咋啦？读书人也长着一个……"

我仍闭着眼睛，但不禁也和大家一同"扑哧"地笑了。我感觉得到这时大伙儿的眼睛都在看着我。我受着一种独立于他们之外的尊敬，但我的内心却倾向于他们。自一九五八年"公社化"以后，法律之外又加上种种规章制度，空前的严厉渗透到农村生活的每条缝隙。每一个农民都像古希腊传说中叙拉古国王的宠信，头上悬着一柄达摩克利斯剑，不知什么时候它会突然掉下来，砍着自己的脑袋。归我率领的十二个田管组员，全是精于农活的强壮小伙子。听着他们平静地叙说自己的案情，就像煦煦的微风穿过林间。

"苦啊，不偷咋办呢？肚子饿着哩……"

一个塌鼻子小伙子盗卖了生产队的化肥，判了五年，而谈起来却怀着一种幸运感。

"值！我给我老妈治病哩。判我五年，就不让我退赔了……"

"嘿嘿！我也运气。"另一个把生产队的牛喂得撑死的劳改犯这样说，"法院问我，你愿意劳改还是愿意赔钱？我琢磨着：劳改队还管饭吃，我就愿了。来了一看，还真不赖！就是没有娘儿们。唉，熬着点吧……"

有时,他们也问我:"章组长,你是为啥进来的?"

"我么?"我说,"我什么也不为。"

他们咧开嘴理解地笑了。"什么也不为"就进了劳改队似乎已经成了司空见惯的事情,就好像吃饱了会打嗝,着了凉会生病一样,但却没有一个人去探究底蕴:为什么"什么也不为"就把人送进劳改队?他们那种毫无抱怨的,任凭自己的生命和命运像流水上的浮叶,漂到哪儿是哪儿的态度,表现了我们这个民族灵魂深处的温顺、达观和乐天知命。我在他们中间,竟有时会怀疑起自己:为什么要思考?在宿命的面前,思考又有什么用?

啊,宿命!

我知道他们为什么会想到女鬼,想到吊死鬼。我们住的这幢远离劳改大队的土坯房——照日本战术教科书上的术语说,是"独立家屋",是自五十年代初期建立劳改农场以来就耸立在这广袤的、平整的田野上的,年年岁岁,饱经风霜。据传说,五十年代中期,渠那边庄子上有一个黄花闺女,为了抗拒父母包办的婚姻,大白天就跑过斗渠到这屋子里来上了吊。这是个上吊的好地方,屋顶上没有顶棚,弯弯扭扭的木头椽子露在外面,随便哪根椽子上都可以搭上绳子。而且,有谁会到农闲时空无一人的这幢属于"严禁入内"的劳改农场的"独立家屋"中来,阻碍她自己结束自己的生命呢?刑期在十年以上的老劳改犯说起来,至今还津津有味:

"咦!俊着哩!还穿着红鞋,两条大辫子,吸溜个光!脸白森森的,眼睛毛毛长刷刷的。咱们给她抬下来的时候,身子骨还软软的……"

有的老劳改犯说她尿湿了裤子,说她舌头伸得老长老长,据说吊死的人都是这副模样。可是大多数老劳改犯都认为这是对她的亵渎,坚持把她描绘成一个仙女。我们这些后来的劳改犯,不曾亲睹,对她当然不具有那种崇敬的情感,只是一个劲儿地想把她还原为活生生的肉体。"熬着点吧",在受煎熬的时候,不由自主地会把她当作精神上的慰藉。

啊,贞洁的、勇敢的、不知姓名的姑娘,原谅我们吧!

有时,场部晚上放电影,王队长通知我们去看——看电影是"受教育"——留下一个人看管夜水就行了。每次我都让他们十二个人去,我独自坐在"独立家屋"里。当领导,即使是当个犯人头,也必须公允,能自我牺牲,这才会取得被领导者的尊重和服从。蛙声格格,渠水淙淙,稻苗上的清风如泣如诉,恰似时隐时现的和弦。窗外,漆黑的一片,玻璃上涂满污浊的泥痕。豆大的油灯伴着我夜读。当我只见我一个人的身影,模糊地印在泥皮斑驳的土墙上的时候,我就会想到"十三"。"十三"!这是个极不吉利的数字。这个数字会把她召唤出来。

果然,她从梁上飘落下来了。先是一团不成形的彩色的雾气,落到地面上,便立刻凝聚成了一个活生生的美丽的姑娘。和老劳改犯说的一样,两条大辫子油光水滑的,长长的睫毛,水灵灵的眼睛,皮肤即使在昏黄的油灯下也显出白中透红的光彩。她还穿着冬天的红棉袄,脚上果真穿的是红鞋。简陋的小土坯房因为她的到来而变得喜气洋洋了。

她轻轻地掸拂着衣衫,怯怯地向我靠近,并发出一声暖人心意的深深的叹息:

"唉,苦啊——"

"来吧,"我向她伸出手去,"你苦,我也苦,让我们俩人在一块儿吧……"

"我说的就是你呀。"她将手搭在我的肩上,弱不禁风的、但又很温暖的身躯紧贴着我,眼睛看着摊在我面前的书,"你苦,我不苦。人死了,什么苦恼也没有了。每天晚上,我都看着你等人睡下了,又爬起来看书。何必呢? 别把身体搞坏了。"

她的声调是幽怨的。我搂着她那娇小的腰肢。我被她不自以为苦却关怀着我的精神感动了。我含着辛酸说：

"你也苦呀。为什么年纪轻轻地就寻死呢？活着总比死了好吧？你要是活着多好！"

"活不下去呀，"她微微地晃动着身子，使我有一种进入梦幻般的感觉。"人要把我嫁给我不愿嫁的人，你说还能活吗？"她又低声地说，"当初，要是你在这儿就好了。我正是要出嫁的那天跑到这儿来上吊的。那天你要在这儿，我就不上吊了。"

我把她揽进我的怀里，让她坐在我的大腿上，抚摸着她光滑的发辫。"这都是社会的原因呀，"我说，"我们还没有达到真正的男女平等，还没有真正的婚姻自由。我看书，就是要探索怎样才能建设一个人与人之间真正平等的社会。"

她似乎不理会我的说教，扭动着身躯说："那是哪辈子的事呀！想也不敢想。我们的区委书记也这么说，广播喇叭也这么喊，可是一点不管用！不过，死了也好。你要是当作我是活人，我就活过来了。"她又扬起脸，深情地说，"你是我的好人人！你别学广播喇叭说大话。我给你唱个歌吧。我好久没唱了。我一直憋着哩，我要唱给我喜欢的人听。"

于是，她轻声地唱起来。歌声仍然是幽怨的，但却娇嫩柔婉，在我眼前展开春天里一片无人注意，任人践踏的黄色的蒲公英：

> 清水水玻璃隔着窗子照，
> 满口口白牙对着哥哥笑。
> 双扇子门来单扇子开，
> 叫一声哥哥你进来。
> 眉对眉来眼对眼，
> 眼睫毛动弹把言传。
> 一对对母鸽朝南飞，
> 泼上奴命跟你睡。
> …………

167

然而,劳改犯人们回来了!

还离着很远,就听见他们嘻嘻哈哈的吵闹声。姑娘倏然又化作一团彩色的雾气。歌声、肉体、温暖的气息,全消失了。我的组员们一进门,先把一捧捧黄瓜、西红柿堆在我的面前。

"贼不走空趟!"劳改犯人们说。"吃吧,吃吧。这根黄瓜是刺儿皮,可脆哩!"塌鼻子用比黄瓜还脏的手在黄瓜上捋几下,算是擦干净了,递给我。你既然把他当作贼,他也就以贼自居了。并且,在农民们都做贼的时候,不做贼倒是反常,做贼当然不会觉得可耻。

接着,他们便在土炕上打开铺盖,劈劈扑扑地抻褥子,抖被子。一股汗臭味顿时弥漫了全屋。躺在被窝里,他们还要聊一会儿。

"咦,那个吴琼花八成儿跟洪常青搞上关系了哩! 都在一个部队里,抬头不见低头见,没睡过觉,我才不信!"

"南方人都喜欢搞那玩意儿,那地方热……"

"我听说,南方人上厕所男女不分哩!"

"在日本国,男男女女还在一个澡堂子里洗澡哩!"

"日本国啥! 那年我盲流到上海,也是个大热天,我亲眼瞧见一伙男的女的,全在一个大池子里扑腾!"

"没穿衣服?"

"穿衣服啥! 穿着衣服能在水里扑腾? 都他妈的光着身子!"

"啧,啧……"

而我,却搂着我的姑娘入睡了。我把被窝留出一个空当,这里睡着她柔软的、但却是虚空的身子。

有一次,劳改队不知从哪里弄来了一部《列宁在十月》。劳改犯人看了,对华西里和他老婆吻别那场戏大感兴趣。

"咦! 了不得! 电影影子里还吃老虎哩!"

"嘿,抱着脸就那么啃!"

"你跟你婆姨也啃过。嘻嘻! 啃过没有? 你说,你说! '坦白从

168

宽，抗拒从严！'"

侦讯的术语，劳改犯人可是记得牢牢的，随时挂在嘴边。

"啃啥哩，脸怪脏的！我一撒腿上马，一蹦子就到河西了……"

接吻"怪脏的"，而身体其他部位的接触却不"脏"！爱情其实是文化的一种表现。在缺乏文化的地方，在缺乏文化的人身上，全然没有爱情的一切温文尔雅，没有那一套温文尔雅的繁文缛节，只有那最原始的、也是最基本的情欲。

进得门来就吹灯，
抱着我的小亲亲。
嗯咦哟——嗯咦哟——

豆大的灯光熄灭了，姑娘上过吊的屋子里黑暗如漆。劳改犯们都入睡了，打鼾的打鼾，锉牙的锉牙，呻吟的呻吟；那个把牛喂死的劳改犯哼哼唧唧地这样唱了几句，最后吧咂吧咂几下嘴，也甜甜地进入了梦乡。而在这幢土坯房里，所有的梦中都有女人，如静电的火花，在这些男人的脑海中荧荧地闪烁。

啊，魔障啊，魔障！

我不能说那是淫荡的、下流的。在我体内，在我刚过三十岁的强壮的肉体里，也蠢蠢欲动着这个魔障。佛教经典《大智度论》中这样写道："问曰：何以名魔？答曰：夺慧命，坏道法功德善本。"也就是说，她能把人的智慧、道德、教养、善良的天性全部毁掉，荡然无存。可是，去他妈的吧！既然早已把我当成"阶级敌人"一次劳改，两次劳改，"反右"过去了十年还拿我写的诗"示众"，死死地揪住我不放；佛教尚讲"六道轮回，生死相继"，而我却总没有再次投胎的机会，又要那些智慧、道德、教养何益？

我们劳改犯人睡觉时全身脱得精光，一是为了省衣裳（除了那一张黑皮，衬衣衬裤可是要自己花钱买，或是由家里寄来），二是为了不生虱子。我在被窝里用粗糙的手掌抚摸着我肌肉饱满结实的胸脯，很是惴惴不安,就像抚摸着随时会咆哮起来的野兽。爱情,早已在我心中熄灭;我的爱情和我曾经爱过的人一起消失得无影无踪。而正因为我爱她,我便不能让她与我共担险恶的命运,对她弃之不顾倒是还给她自由;正是因为我爱她,我便不能多想她,想她反而是虚伪,这等于把感情的债务强加在她身上。并且,如果心灵被思念、被爱情所软化,便不能以一种硬汉子的刚劲来对付严峻的现实。我见得太多了:被严峻的现实摧毁磨垮的人,大半是多愁善感,恋于儿女私情的人。

纯洁的如白色百合花似的爱情,战战怯怯的初恋,玫瑰色的晚霞映红的小脸,还有那轻盈的、飘浮的、把握不住的幽香等等法国式罗曼蒂克的幻想,以及柏拉图式的爱情理想主义,全部被黑衣、排队、出工、报数、点名、苦战、大干磨损殆尽。所剩下来的,只是动物的生理性要求。可怕的不是周围没有可爱的女人,而是自身的感情中压根儿没有爱情这根弦。于是,对异性的爱只专注于异性的肉体;爱情还原为本能。感情和皮肤一同变得粗糙起来,目光中已没有一丝温柔,变得像鹰眼似的阴沉。我抚摸得到我的胸腔和我的腹腔里有一种尖锐不安的东西撞击着我。我听得见它阴险的咻咻的鼻息,感觉得到一股如火焰般灼热的暗流,在我周身的脉络中肆无忌惮地乱窜。那不是我,或是我的另外一面。可是它很可能猛地冲出来将我撕得粉碎,然后舔舔它的血唇,扑向它所能看见的第一个异性。

我睡着了。我梦中出现了女人。但女人即使在我潜意识中也是不可把握的,模糊不清的。这年我三十一岁了,从我发育成熟直到现在,我从来没有和女人的肉体有过实实在在的接触。我羡慕跟我睡在一间土坯房里的农民们,这个地区有早婚的习惯。在他们的梦中,他们还能重温和异性接触的全过程。这种囹圄之梦,摆脱了脚镣手铐,能达到极乐的境地。而在我,梦中的女人是非常抽象的:一条不成形的、如蚯蚓般蠕动着的软体,一片毕加索晚期风格的色彩,一团流动不定的白云或轻烟。可是我要拼命地告诉我,说服我:这就是女人!

有时,女人又和能使我愉悦的其他东西融为一体:她是一支窈窕的、富有曲线美的香烟,一个酸得恰到好处的、具有弹性的白暄暄的馒头,一本哗哗作响的、纸张白得像皮肤一般的书籍,一把用得顺手的、木柄有一种肉质感的铁锹……我就和所有这样的东西一齐坠入深渊,在无边的黑暗中享受到生理上的快感。

第三章

水稻的田间管理,最辛苦的是从下种灌水到稻苗在水面挺立起来的四十天中。这四十天叫做"保苗期"。"保苗期"过后,十三个人全部轻松了。我们每个人管的二百多亩稻田的苗完全出齐;三千多亩水田一片碧绿。但是劳改队并不把我们中的一些人抽调回去,熟悉手工农业劳动的王队长知道,后期田管人员的清闲,正是对前期四十天中没日没夜的辛劳的补偿。何况,这时外面正源源不断地往劳改队里送人,简直使劳改队应接不暇。"文化大革命"创造了破世界纪录的犯罪率,劳改当局天天要为成批送来的罪犯的食宿问题发愁,又何必急于把我们田管人员调回号子里去呢?

回去挑饭的塌鼻子说,他在菜地碰见一个刚押来的犯人,告诉他:"外面墙上贴的法院判决布告,把街面都遮严了!"

我的天!幸亏早进来了,不然这时候也得被抓进来。早进来能早出去!我们十三个人都非常高兴,以为这是命运对我们的恩典。

"保苗期"以后,整个黄土高原陡然涂上了一层嫩绿的色彩。到处都是绿的:绿的山、绿的水、绿的田野,连空中也好像畅流着某种馨香醉人的野生汁液。鹬鸟不顾"严禁入内"的木牌,不顾带刺的铁丝网翩翩飞来,在绿色的水面上展开它们银灰色的翅膀。长脚鹭鸶在水田里漫步,那副沉思默想的模样,倒很像我们的王队长。野鸭在排水沟边丛生的芦苇中筑起了自己的巢,辛苦地经营着它们的小家庭。灿烂的阳光映照着水禽翻飞的花翎,寥廓的田野上回荡着它们欢快的鸣叫。野风在稻苗上翻滚,稻苗静静地吮吸着土地的营养。大自然充实得什么都不需要了,而人却渴望着爱情。

王队长经常到稻田区来,独自一人背着手,在田埂上转来转去,检查我们的工作。他松松垮垮地披着一件军绿色制服,一颠一颠地,忽闪忽闪地,和一个安着弹簧的玩具一般。苗出齐了以后,我们不怕他检查,也不跟在他屁股后面。我们照常干我们的活,抓我们的鱼,捉我们的野鸭,或是躺在柳荫下补那件永远补不好的囚衣。直到有一次他满田看完了,走到我跟前吩咐我:"告诉那些婊子儿,都拾掇一下:进水口、排水口打结实,田埂细的地方加一加。大队这一两天要来薅草了。"我们这才忙碌起来。

第三天早晨,我们吃完值日员回去挑来的饭,洗涮着饭盆,一个出去倒水的田管组员兴奋地跑进土坯房里来,喊了一声:

"大队来了!"

每个人似乎都很激动,连我在内。大队里并没有我的亲人,没有我的朋友,但那群穿黑色囚衣的团体仿佛对我有一股强烈的吸引力。调到田管组之前,我每日每夜都生活在那里,刻板的规章制度养成了这群人有共同的习惯,共同的生活规律,以及只有我们之间才能懂得的俚语。我也莫名其妙地放下碗筷,和大家一起跑出门外。

久违了,大队!

清晨的雾气还没有完全消散。太阳刚出来,橙黄色的阳光只能照到柳树和白杨树最高的枝丫;黑夜还残留在地面。从我们站的土丘上向斗渠坝北边望去,一片像幽灵似的灰色的人影很快地向我们这边移动过来。随后,他们渐渐地走近了。灰色转为黑色,他们的面目也清晰起来。一张张严肃的、轻佻的、克己的、放荡的、开朗的、阴沉的、善良的、邪恶的、英俊的、丑陋的面孔,随着杂沓的脚步声,从渠坝上闪过。使人们惊奇的是什么法术居然能把各式各样绝对不同的人都搜罗到这里来,同时把所有的面孔都打上一个印记——"劳改纹",不能说他们的脸色不好,因为在农忙的时候伙食不错,但是每张脸都带着苦行僧的萧索和老讼师的多疑;尤其是鼻翼两边的法令纹和嘴角的皱褶连在一起,构成相术上说的一个大忌,所谓"螣蛇纹入口"。这条痛苦的、在普通公民脸上找不到的"劳改纹",不仅揭示了他们现在的境遇,还注定了他们一辈子也摆脱不了阴暗的心理。

田管组员们肃穆地站在土丘上,没有嘲笑,没有优越感,个个神色默然地瞧着走过去的队伍。不是在队伍里,而是在队伍外,我们才感到压抑,感到自己命运的凄惨。这是怎么搞的?我们不是个个争先恐后地跑出屋来看"大队"的吗?是的。但是我们却体会不到庄子上的老乡来看劳改犯的心情。他们在旁边看到的是另外一个世界,我们在旁边看到的却是我们自己。而这个黑色的团体还有这样一个功能,就是它一旦吞噬了你你就会完全融于其中,失去你自己。

要想看清自己的面目必须和镜子拉开一定距离。

"操!接着。"

土丘上有人向渠坝上扔去一支点燃的烟卷。警卫人员向我们瞥了一眼,并没有干涉。渠坝上走着的一个劳改犯急忙拣起来,对着嘴贪婪地呼呼吸了两口,又像接力棒似的传给其他人。虽然都发给我们零花钱,但大队的人买东西没有自由犯方便。

随后,田管人员又纷纷把昨天没吃完的西红柿、黄瓜扔到渠上。扔的人和接的人都兴高采烈的,像美国橄榄球队的队员。逐渐消散的晨雾中荡漾着一片富有感染力的笑声。有人以为劳改犯人一天到晚垂头丧气。不!那样子怎么能熬过漫长的刑期?总得找点什么事来乐一下。队伍有点乱起来,而警卫人员只是喊:"快点!快跟上!"对笑着的人,他们怎么能用枪托去捣?或许,他们也怀疑这些人是真正有罪的吧。

多么像一个部队的战友啊,我想。但这支部队的敌人是谁?不知道!没有一个人能回答得出,尽管这些人早被判定为"阶级敌人"。

队伍过完了。渠坝上的轻尘缓缓落下来。走在队伍最前面的小组已经到了田边,在王队长的催促下准备脱鞋下田。田管组员扔完了黄瓜、西红柿,似乎尚未尽兴,脸上还挂着顽皮的笑容。本来应该哭的,然而却是笑,这究竟是人性的弱点还是人性的坚强?忽然,一

个田管组员又指着北边,回头高兴地喊道:

"还有!"

把牛喂得撑死的犯人伸长脖子看了看,狡黠地笑着说:

"是女队!"

是的,是女队。

但是,在远处,你根本看不出她们是女人。把牛喂得撑死的犯人大概是凭嗅觉闻出来的吧。她们的囚衣也是黑色的,头发一律剪得很短。一九六六年以前,我刚被押进劳改队的时候,在谷场上劳动,远远地我还能分得清男女,因为那时候还允许女犯扎辫子。一九六六年以后,外面的"破四旧"风也突然刮进了劳改队,一夜之间,不管老少,女犯的辫子全部刮得精光。菜地有个女自由犯,是个六十多岁的跳大神的神婆,也被铰去了只剩几根白发的发髻。判她七年她没有怨言,还感谢政府给她的恩典:"出去我要给毛主席老人家烧香哩!"但铰她发髻的时候却号啕大哭,声嘶力竭地喊:"造孽啊!造孽啊!革命革到我的焦毛毛子上来啰!"还用跳大神时哼的调子唱着一种稀奇古怪的歌,谁也听不懂她唱的是什么。一个月后她死了。是我这个大组长带着四个男犯去给她入殓的。那天,我们跟在面孔阴沉的王队长后面跨进女犯的号子,在一群索索发抖的女犯面前抬起了这个神婆。那四个男犯没有抬稳,门板一摇晃,盖在她脸上的一张报纸忽闪忽闪地飘落在泥地上。我看见她干瘪的失神的眼睛朝着天怒目而视。我用食指和中指去摩挲她的眼睑,但想不到这个已经变成一根枯朽的木柴棍的神婆子,眼皮居然还保持着弹性。我把她眼皮摩挲下来,它又像蜗牛的软体一样慢慢地收缩进去:"你干啥?为啥叫我闭着眼睛?我就要睁得大大的!"在死人旁边,严酷的死亡,人人都猜不透的永恒的谜,抑制了我的好奇,我没有敢斜眼去看女犯和女犯的号子,虽说这是一个极其难得的参观的机会。只是在神婆子又睁开眼睛时听见一群女人的惊叫和女人的抽泣,还有几下叮叮咣咣的金属磕碰声,不知是哪个女犯吓得打翻了饭盆。

我们就这样把一个半睁着眼的老太婆放进了白杨木钉的"脆儿皮"里。"脆儿皮",这是劳改犯人的俚语,要比文人所创造的"薄板棺材"形象得多了。不过,这个神婆子还算幸运,一九六○年死的犯人连"脆儿皮"也没有,只有一张芦苇编的炕席。那时,我就差点被炕席卷了出去。

女犯和男犯是绝对隔离的。隔离得我们这些男犯几乎忘了旁边还有女犯的存在。然而,毕竟农场是一个农场,劳动是一种劳动,道路是一条道路,她们确确实实就在我们身边。有的年轻的刑事犯,凭着公狗般的鼻子,能嗅出来女犯今天在哪里干活,经过了哪条道路,甚至今天她们女队发生了什么事。掉在土路上的一根橡皮筋,这是女犯们用来当作银镯子戴在手腕上的,是被剥夺了一切人间享乐的女犯的装饰品,于是成了劳改队女性的标记。这根橡皮筋就能引起男犯的遐想,编造出一个故事。还有,小号的劳改鞋,几乎像儿童般的瘦小的足迹,那压在泥土上的浅浅的小脚印,以及扔在草丛里的馒头渣和土豆皮(女犯们一般都比男犯饭量小),都会像花园里幽雅的林间小径,成为一条通往两性结合的道路。当然,这种结合只能是在精神上的,就和暗夜中的梦一样,除非双方都是自由犯,那永远也不会变成现实。

晚点名以后回到号子,大伙儿还没入睡的时候,老劳改犯偎在火炉旁会给新来的人说许多黑色囚衣下的风流韵事。老劳改犯人是劳改队里的荷马,农场的历史就是靠他们的嘴流传下来的。据他们说,女人在劳改队里比男人难熬,她们脆弱的神经忍受不了孤独,她们总要寻求爱抚、支持和保护。有的女犯隔着铁窗向警卫人员调情:"班长,你的小老鼠要唼水水子吗?"只要有机会——而机会总是要人去寻找的,它不会从天上掉下来,直径五毫米的铁丝也拦不住她们的冲动,她们中有的人会猛地扑进男自由犯的怀抱。

现在,她们过来了。

晨雾已经完全消散。橙黄色的阳光下移到渠坝上,尘土上杂乱的足迹仿佛是无数奇异的花纹。这真是一条荒唐而充满苦难的道路。有雾的天气是不会有风的,柳枝低垂着一动不动;渠边的芦苇和冰草傲然地戳向天空,似乎对这些女犯不屑一顾。女犯们踏着轻捷的步子走过我们的小丘,以挑战的姿态接受我们的检阅。是的,她们的脚步还算是轻捷的,还可看出有的女犯故意扭捏作态,因为下大田的女犯全是年轻人。

但是,如果不看她们的步态,如果她们也像芦苇和冰草那样傲然不动,谁能够相信她们是女人?《复活》里描绘踏上去西伯利亚的弗拉基米尔大道的玛丝洛娃,仿佛穿的还是裙子;我记不清那是白色的还是灰色的,总之是裙子,头上还扎着头巾。而这里的女犯们穿的却是和男犯式样完全相同的黑色囚服。宽大的、像布袋一样的上衣和裤子,一股脑儿地掩盖了她们女性的特征。她们成了男不男、女不女的动物,于是比男犯还要丑陋。她们是什么? 她们是女人吗? "女人"只不过是习惯加在她们身上的一个概念。她们没有腰、没有胸脯、没有臀部;一张张黑红的、臃肿的面孔上虽然没有"劳改纹",但表现出一种雌兽般的粗野。很多女犯边走边嗑还没有成熟的葵花子,用死鱼似的白眼斜视我们,似乎还很洋洋自得,又仿佛这就是她们卖弄风情的一种方式。葵花子皮沾在嘴的四周,像吐出的一圈白沫。我的胃突然痉挛起来,泛上一股酸水。我掉过脸去。我不能再看。她们会败坏我对女性的向往,对女人的兴趣,甚至败坏掉我对生活的希望。如果想到我曾经爱过的女人,我曾经欣赏过的女性的艺术形象被抓到这里来也会成为这副模样,那么这个世界还有什么可值得留恋?

我背对着渠坝咳嗽起来。

我的天! 我的母亲! ……

我忽然想到,那第一个用树叶或兽皮遮住自己下部的猿人,一定是只母猿……

第四章

大片的水稻田,在没有一丝云彩遮掩的烈日下蒸腾着燠热的暑气。今天是个好天。肥大的、中间有一条白茎的稗子的叶片，挺拔的、油光水滑的三棱草的叶片，尖利的、边缘像刀锋一般的芦苇的叶片，千千万万、无数的叶片，一齐欢欣地伸向湛蓝湛蓝的天空，从这里到山脚下，大地葱茏苍翠，强烈的绿光很快就会使人的眼睛疲倦。

而那纤细的、蒙着一层绒毛的稻苗的叶片却藏在稗草、三棱草、芦苇草的底下，你就用疲倦的眼睛去辨别吧。我们管的这三千多亩稻田在很早以前是一片沼泽，滋生着杂草和蚊蚋，原是大雁和野鸭的世界。从五十年代初开始，年复一年，劳改犯们把这片沼泽填平了。但是这种低洼盐碱地只能种水稻，而且水永远排不出去。斩草没有除根，荒滩虽然变成了熟地，各种各样水生植物，却因为给田地所施的肥料长得更旺、更茂密了。靠人的手一根一根地拔，别想拔干净！

但是，只能用人的手来拔。

这没什么，劳改队有的是人手。

拔呀，拔呀！在一窝窝乱草里把稻苗解放出来。有的地方，草拔光了以后，光剩下一片泥浆，一棵稻苗也看不见。

"要把三棱子的核核子抠出来！

要把芦苇子的根拽出来！"

王队长戴着大草帽，来回地在田埂上喊。

怎么能把芦苇草的根拽出来？它在地底下盘结交错，好像整个沼泽地的芦苇都是从一条巨蟒似的根上生出来的。怎么能把三棱草的块根抠出来？这种块根药名叫香附子，深深地埋在黑滓泥里面。况且，每个劳改犯的薅草定额是五分地，在这样茂盛的草丛里，你撅着屁股拔一分地试试看！

劳改犯们悄悄地把没有拔出根的草揉成一团，踏在泥水下面。扔到田埂上，队长看见可是要骂的。而如果不把芦苇的根拽出来，只从半截上拔断，芦苇中空的根一灌进水，就会一面冒泡一面发出沉闷的扑扑声，像是告发那个劳改犯一般。

"我当是谁没拔出芦苇根哩，原来是我放了个屁。"没拔出芦苇根的犯人狡黠地笑着。

"好响的屁！可是没有臭味，倒有股子生草气，别是驴放的屁吧！"旁边的犯人拿他打趣。于是，一块田里就嘻嘻地发出笑声。

是的，是得找点什么事来乐一下，不然这日子怎么过？有人捏着细嗓子唱起来：

> 二哥哥到农场去劳改
> 撇下我三妹子守空房
> 三妹子三妹子你莫心慌
> 劳改农场有口粮呃——
> 嗯哎哟！呀得儿哟——

正午，阳光更加强烈，浓重的绿色沉重地压在地面上。野鸭、青蛙、癞蛤蟆都懒得叫唤，空气仿佛也凝结成了胶质状态。偶尔，一股热风从山口扑向这里，裹着山那边沙漠上的焦灼之气，芦苇叶沙沙地响起金属般的摩擦声，混浊的泥水热得烫脚。劳改犯们没精神说话了，只顾埋着头薅草。要为那一天五分地的定额而奋斗。渠坝上不是竖着横幅标语吗："改恶从善，前途光明。"我扛着铁锹，在我管的田区走来走去。从前面看，稻田里是一团团被太阳炙烤得干枯焦黄的头发，这里那里闪烁着污浊的汗珠，蒸发出一股比腐殖质还浓烈的气味。从后面看，水面上撅着一个个屁股。屁股上补满补丁，补丁上沾满黄色的烂泥。

上面，是湛蓝湛蓝的天；下面，是墨绿墨绿的地。透明，深邃，美丽。可是，中间有一片被挤扁了的黑色的人群。

蓦地，水田里爆发出一片欢呼声。原来是拉"口粮"的车辆在高高的斗渠坝上出现了。

四套牲口拉着几管箩饭走在前面，一头毛驴拉着一大箱水跟在后面，在柳荫下踽踽而行。妈的！瞧它们那不紧不忙的德行！你们吃饱了是咋的，是啥菜？好像闻着了白菜熬萝卜的香气。但愿中午领的馍馍大一点："祖宗有灵！"吃这份口粮可不容易！不过总算顿顿都有饭吃。

王队长吹响了哨子。犯人们如同暴动了似的，纷纷向停在斗渠坝上的饭车跑去。

赶快跑！前头领的馍馍大，后来领的馍都在笸箩下面，不是掉了渣就是压扁的！

吃饭，对犯人来说，就像教徒的祈祷，那必定要全心全意地投入进去的。谁要是在吃饭的时候打扰了犯人，他就会像叼着兔子的狼一样，龇出牙，胸腔里发出愤怒的呼呼声，用布满血丝的眼睛斜视着谁。王队长知道，所以不论有多紧张的活，他都不催犯人快点往肚子里塞。他常说："雷都不打吃饭的人。"如果上午完成的定额情况好，他还会让犯人中午多休息一会儿。

今天刚开始薅草，一冬一春蹲在号子里和在旱田干活的犯人，头一天见了水格外地兴奋，所以上午薅草的进度挺快。王队长高兴了，吃完了饭他还让犯人在渠坝上躺着。尽管头上毫无遮掩，一个个被太阳烤得像油腻腻的麻花似的，但躺着总比干活舒坦。王队长一个人坐在一棵小树下，用芨芨草棍剔着牙，满意地乜斜着脚下的犯人，宛如牧人看着他喂饱了的羊群。

我们田管人员要趁犯人吃午饭的时候检查田埂和田口。犯人不珍惜自己的劳动，更不珍惜别人的劳动。稍不注意，有的犯人还故意把进水口、排水口扒开，或是把田埂踩烂。田管人员辛辛苦苦灌满的稻田不是水一下子排得精光，便是被新涌进来的渠水涨破田埂。你收拾去吧！你有的是时间！

大队里的犯人以为田里长这么多草全是田管人员的罪过。

完不成定额的犯人便把气撒在田管人员头上。拔过草的田里草和稻苗全乱糟糟的，就像被一群牛践踏过的一样……

我管的二百多亩稻田分成四档田，整整齐齐排列在两条笔直的农渠两边。一条农渠灌一百多亩地。农渠成九十度角地连结在斗渠上；一条宽阔的斗渠连结着几十条这样的农渠。稻田一边靠着农渠，另一边是深深的排水沟。由于地势低洼,排水沟里常年积存着清水,冬天则冻结成冰块,所以沟里的水其冷彻骨。排水沟两旁耸立着高大的芦苇。那是古老的沼泽地的遗孽。春天,这片稻田上最早生出来的就是芦苇,和箭一样的尖,和箭一样的直。它们靠着永不枯竭的排水沟提供营养,发疯似的往上长。等稻种播下地,稻田灌上水,它们已经长得比人还高了。现在,芦苇茂密得透不进风去,如同一堵绿色的高墙。

我听见这堵绿色高墙的那边有女人的嬉笑声和吵闹声,是女犯们在我旁边那档田里薅草。她们不和男犯一起在斗渠坝上吃饭。她们的午饭由她们的"值日"抬到农渠上来单另吃。

管我旁边那档田的是一个五十多岁的男犯,在我们田管组就数他年纪大。王队长真会安排!况且他八年的刑期到年底就满了,他是不会闹出什么花样来的。

有个女犯粗喉咙大嗓子地唱起来:"临行喝妈一碗酒,浑身是胆雄赳赳……"声音嘶哑而干涩,像一团灰蒙蒙的浓雾翻过了绿色的屏障,不安地滚动着。但转瞬之间歌声又戛然而止。在我前方,在静悄悄的芦苇丛中,却清晰地传来泼剌泼剌的划水声,像野鸭子在水面上欢快地扇动翅膀。

是野鸭子!那种花翎扁嘴的水禽,常常是我们田管人员的美餐。劳改队的"口粮"虽然可以吃饱,但还是难得有肉吃。逮野鸭和抓鱼,成了我们田管人员的副业。在外面,盘中的野鸭都是用猎枪射下的或用网扣住的,而人一进了劳改队却会发挥出空前的聪明才智,我们光凭两只手就能抓住活生生的野鸭。这些傻家伙们把窝筑在高大茂密的芦苇丛里,进进出出当然不能像直升机那样直起直落,它们必须在排水沟边的稻田中辟出一条小径,先落在稻田里,然后顺着这条小径游到排水沟,再爬上岸,蹒跚地回家。出窝时也是这样。我们经常看见野鸭子在排水沟边探头探脑地向天上张望,俨然是一位出门的绅士在观察天气。我们只要事前看出哪块田里的草和稻苗被分开了一路缝隙,随着这条蜿蜒伸展的缝隙查到排水沟边,野鸭的足迹就清晰可辨了。黑夜,我们拿上劳改队发给的手电筒,沿着白天探明的踪迹,肯定能找到用麦草和干柴枝筑成的窝巢。一个窝里至少有两只大野鸭,还有蛋或鸭雏。野鸭在电筒的照射下,会使劲地伸长脖子,歪着脑袋,用一只眼睛呆呆地盯着光源,一动不动。傻乎乎的、如墨玉般亮晶晶的眼珠,闪耀着人类早已失去了的天真无邪和坦然不备。那是什么光? 是太阳出来了吗? 而趁它愣神的当儿,我们用手一提它的长脖子,就轻轻松松地抓到了。有的夜晚,我们能抓到十几只。

于是,我悄悄地向泼剌泼剌响着的地方走去。

我赤着脚,用铁锹小心翼翼地拨开芦苇,一直蹚到芦苇丛的深处。幸好,正午起了一阵风,芦苇丛像森林一般发出哗哗的喧嚣声;修长的苇叶在我四周,在我头顶摇曳,把投在清凌凌水面的阳光扰成一片碎影。凉水已经没过了我的脚踝。再往前去,水就深可没顶了,排水沟的坡度是非常陡的。

现在,泼剌泼剌的水声更清亮了。泼剌泼剌之后,是淅淅沥沥的细流声,宛如水滴和野草之间在悄悄地细语。这不像是野鸭弄出的声音。

那么,是什么呢?

我好奇地拨开芦苇秆,向排水沟对面偷觑。我猛地一惊:我看到了一个人!

一个女人!

一个赤裸裸的女人!

第五章

她在洗澡。

她也不敢到排水沟中间去,两脚踩着岸边的一团水草,挥动着滚圆的胳臂,用窝成勺子状的手掌撩起水洒在自己的脖子上、肩膀上、胸脯上、腰上、小腹上……她整个身躯丰满圆润,每一个部位都显示出有韧性、有力度的柔软。阳光从两堵绿色的高墙中间直射下来,她的肌肤像绷紧的绸缎似的给人一种舒适的滑爽感和半透明的丝质感。尤其是她不停地抖动着的两肩和不停地颤动着的乳房,更闪耀着晶莹而温暖的光泽。而在高耸的乳房下面,是两弯迷人的阴影。

她的皮肤并不太白,而是一种偏白的乳黄色,因此却更显得具有张力和毫无矫饰的自然美。为了撩水,她上身有力地一起一伏,宛如一只嬉戏着的海豚,凌空勾出一个个舒展优美的动作。水浇在她身上任何一个部位时,她就用手掌使劲地在那个部位揉搓,于是,她全身的活力都洋溢了出来。同时,在被凉水突然一激之下,又在面庞上荡漾出孩子般的欢欣。

她的脸也很好看。在她扬起脖子、抬起头的当儿,那绿色的芦苇上立刻现出了一张讨人喜欢的面孔。眼睛、鼻子、嘴都不大,但配合得异常精巧,有一种女性特有的灵气。她的一头湿漉漉的短发妩媚地抿在脑后,使一张女性十足的脸平添了几分男孩子的英武气概。她那眉毛更增加了整个面部的风韵,细细的、长长的,平直地覆在她的眼睑上,但在她被凉水一激的时候,眉毛两端又高高地挑起和急遽地下垂。生动得无可名状。

看起来她忘记了一切。忘记了这里是劳改队,忘记了有人可能跑来斥责她,忘记了她的过去和现在,忘记了她旁边晾着一套黑衣裳,这套衣裳像黑色的烙铁一样烙出了她的身份。她全神贯注地在享受洗澡的快乐,她在一心一意地洗涤着自己,好像要把五脏六腑、把灵魂都翻出来洗似的。

她忘记了自己,我也忘记了自己。开始,我的眼睛总不自觉地朝她那个最隐秘的部位看。但一会儿,那整幅画面上仿佛升华出了一种什么东西打动了我。这里有一种超脱了令人厌恶的生活、甚至超脱了整个尘世的神话般的气氛。世界因为她而光彩起来;我的劳改生活因为见着了这幅生动的画面而有了一种戏剧性的幸运,一种辛酸的幽默感。我非常想去和她做友好的谈话,想笑谑她一番,但我又怕打扰了她,使她吓得逃跑,从而使梦境般的奇遇、幻觉般的画面全部被破坏掉。

我只是呆呆地看着。

她洗完澡,用一块破毛巾把身体仔仔细细地擦干。风不停地刮着,天空开始出现急遽飘飞的一丝丝白云。她好像才觉得有点凉,反身捡起撂在黑色囚衣上的内裤。在她又转过身来的时候,一抬头,突然发现了我。

她没有惊呼,也没有吓得四处躲藏,而是眯起眼睛迟迟疑疑地望着我。眼神里有几分愤怒、几分挑战、几分游移:她要决定她究竟干什么?

我也没有跑,也没有和她打招呼,然而我全身的神经都紧绷着……

终于,她露出洁白的牙齿朝我莞尔一笑。随即,又抿上嘴,侧耳听了一下。只有呼呼的风声,芦苇和芦苇说着情话。于是,她并不急于穿衣服,却撂下手中的内裤,像是畏凉一样,两臂交叉地将两手搭在两肩上,正面向着我。

在风中的阳光泛着淡淡的黄色。黄色的阳光照着她青春的前额。

她没有任何一点引诱的动作,更没有一句挑逗的话语,她的脸上也没有一丝笑容。她是在用眼睛、用她身上每一处微微哆嗦的肌肤、用她毫不准备防御的姿态呼唤着我。

这时,我眼前出现了一片红雾;我觉得口干舌燥;有一股力在我身体里剧烈地翻腾,促使我不是向前扑去,便是要往回跑。但是,身体外面似乎也有股力量钳制着我,使我既不能扑上去也不能往回跑。我不断地咽唾沫;恐惧、希冀、畏怯、侈望、突然来临的灾祸感和突然来临的幸运感使我不自禁地颤抖,牙齿不住地打战,头也有点晕眩起来。这是一块肉?还是一个陷阱?是实实在在的?还是一个幻觉?如果我扑上前去,那么是理所当然?还是一次堕落?……一只黑色的狐狸,竖起颈毛,垂着舌头,流着口涎,在苇荡中半蹲着后腿,盯着可疑的猎物……

芦苇、芦苇荡、天空,颜色都忽然转暗了。我们俩人就这样僵持着。

一阵强烈得使我晕眩的冲动过去,习惯性的克制逐渐占了上风。这时,我在她的眼睛里,在她微微哆嗦的肌肤上,蓦然看到了一种可怕的痛苦,看到了笼罩在我们头上的凄惨的命运。她的饥渴也是我的饥渴;她是我的一面镜子。我心中涌起了一阵温柔的怜悯,想占有她的情欲渗进了企图保护她的男性的激情。她那毫不准备防御的姿势,使我的心似乎收缩了起来;生理上的要求不知怎么消失了,替代它的是精神上的忧伤。而恰恰在此刻,从高高的斗渠坝上传来了尖利的哨音。它像鞭子似的在我身上抽了一下,我觉得我还呻吟了一声,便拔腿反身跑掉了。

我踉跄地跑出苇荡,才发觉我的脸、手、小腿上被锐利的芦苇叶划开了无数道血口,脚底板也被芦苇根扎破了。

下午,我魂不守舍地扛着锹在田埂上乱转,低着脑袋,仿佛在四处寻找丢失在哪里的什么东西。

管我旁边那档田的老犯人过来向我讨火柴,说:"章组长,你的脸色不对哩。是不是病了?"我摸摸自己的额头,手掌和脸都冰凉。我怏怏地说:"是的,是不舒服。"我借此向王队长去请假,要回土坯房休息。王队长看了看我的脸,"嗯"了一声,算是准许了。我拖着疲倦的腿回到住地,一下子扑倒在炕上。

就在这孤零零的土屋里,就在这张散发着霉味和汗臭味的炕上,我展开过各式各样有关女人和爱情的幻想。所以,我非常地懊悔,我失去了一个极为难得的机会;可是,我又很感自豪,觉得自己经受住了一次严峻的考验。但究竟是什么?我也说不清。啊,魔障啊,魔障!是什么阻止了我扑上前去?既然那种精神上和肉体上的饥渴同时折磨着我和她,既然我们身上都烙着苦难的印记,为什么我们不能在苦难中偷得片刻的欢愉?

我开始蔑视我过去所受到的全部教育。文明,不过是约束人的绳索,使一切归于人,发自人本性的要求都变得那么复杂,那么可望而不可即。如果我像那些普通的农民劳改犯就好了。但我又庆幸自己过去受了教育,是文明使我区别于动物,使我能克制自己,在关键时刻表现出了人,也只有人才能表现出的高尚行为;我有自由意志,我可以选择,因而我要对自己的行为负责。然而,倘若我迎了上去,世界也并不会因此更坏些;我转身逃了开去,世界也没有因此变得更好。我,一个劳改犯,一只黑蚂蚁,还谈得上用什么道德规范这点来自宽自慰?何况,如果我认为自己是道德的,就必定认为她是不道德的,而我又有什么权利在心里指责她?那不正是曾在自己的幻想中出现过的场景吗?我为自己的行为负责,那么谁又曾对我负过责任?社会的责任似乎就全在于折磨我和迫害我。可是,既然说,今天一只蝴蝶在北京振动一下翅膀,下个月纽约的天气就可能受到影响,那么,刚刚我要是与她媾和了,我就将不成其为我,我今后的命运就可能大大改观——据说,人一生的命运就是一连串一环套一环的因果关系。不过,我又怎能知道改观以后的命运必然更糟?说不定我还能从此割断束缚我的精神绳索,还原成一个人,一个原始的人,在这个野蛮荒唐的年代,用野蛮人的方式去荒唐地生活……

各种观念在我的头脑中搅成一团,扰得我头疼欲裂。最后,搅成一团的观念全部消失,疲乏使我的头脑、我的眼前成了一片空白。没有了什么道德的、政治的、伦理的观念,没有了什么“犯人守则”,没有了什么“劳改条例”;我也不存在了。只有她那美丽的、诱人的、丰腴滚圆的身体,她那两臂交叉地将两手搭在两肩的形象,耸立在一片空白当中。

世界上只剩下了她!

第六章

我一夜没睡。

半夜,窗外响起滴滴答答的雨点声。一会儿,雨点越来越密。田野上、屋顶上,发出哗哗的巨响,土坯房的屋檐像瀑布一样,把宁静的黑暗震动起来。黑暗飞扬得到处都是,仿佛有一个极其威严的神物

185

鼓起黑色的翅膀降临到这世界上来。我静悄悄地感到了恐惧,习惯性的灾祸感使我以为又会受到什么惩罚。于是,我抛开了在心中混乱的念头,不去想……她。雨下到清晨,又骤然而止。来得匆忙,去得突兀。一只孤零零的公鸡在渠那边凄凄然地啼叫,檐前的水滴寂寞地敲打着水洼。

在不安的情欲熄灭了以后,我开始在道德上的自满自足中,在精神上去寻求在肉体上没有获得的东西。女人,她的帷幕是在我面前一层一层地揭开的。现在揭到了最后一层。倘若把这最后的帷幕揭开,女人也就不神秘了。而没有神秘色彩的事物却是平淡乏味的事物。于是,可以这样说,这时,我对女人的感知可说是恰到好处。朦胧的状态可以使我展开想象,还可以就此编出富有浪漫气息的故事……

我发觉,我其实只不过是个沉于幻想,善于编故事的人,尽管我能够应付现实对我的种种磨难,却缺少主动的进取精神。

我还发觉,文明的功能主要不在于指导自己的行为而在于解释自己的行为。我没有做那件事,我能够很合理地把自己的形象想象得很高大。可是我如果做了那件事。我也同样能够合理地解释它,不但会原谅自己,简直还会认为那是强者的行为。

天亮了。灰色的晨光从污浊的玻璃渗透进来。劳改犯人还睡得正浓。我深深地叹息了一声:有思考能力的人靠思考生活,没有思考能力的人靠本能生活,但本能使人坚强,思考却使人软弱。

其实,在这个世界上,思考与不思考全是一样的!我想翻身坐起来,而这时却睡着了。

第二天,大队照常出工。一夜的暴雨,在黄土高原的沙质土壤上竟没有留下多少痕迹,除了坝坡上有一道道被雨水冲刷出的自然径流之外。当然,稻田、苇荡和沼泽成了汪洋,在绿得发黑的水生植物随风摇曳的时候,透过晃动的枝叶,可以看见到处都是白花花的水沫。这种水沫只有急风骤雨才掀得起来。空气异常潮湿,风里似乎还带有一丝丝雨丝。褐色的柳树干、沙枣树干的颜色更深沉了,而白杨树干却像银子铸成的一般通体发光。田埂上、土路上蹲着许多癞蛤蟆,草丛里躲着许多青蛙,像洪水过后的灾民,茫然失措。但是土路上毫无泥泞,田埂上也坚实可行。劳改大队仍然沿着这条土路来了。

天一大亮,我们田管人员就爬起来,扛着锹下地去检查自己所管的田。大雨有没有把排水口、进水口冲开?田埂有没有被冲垮?而我却昏头昏脑地在我管的田区转悠,不知道应该干什么。嘴里又苦又涩,肚子也不觉得饿了。看到我昨天从那里进去,又从那里出来的地方,芦苇被分向两边,好像是高墙中的一个豁口。这个豁口在我心中引起一阵欣喜、一阵忧伤、一阵混乱不堪的情绪。

当我糊弄地检查完了以后回土坯房吃早饭时,在半道上正碰见下田薅草的大队人马。

“夜里下雨白天晴,气得劳改犯人肚子疼!”

一个尖鼻子犯人经过我身边,用押韵的顺口溜发牢骚。是的,要是白天接着下就好了,这样犯人可以在号子里蒙头睡上一天。

可是白天虽然还阴沉沉的,却并没有雨。劳改队里尽管经常出现意外,而从来没有过侥幸。当一个劳改犯,最好是对生活不要抱任何幻想;我幻想了,所以我就有了苦恼。

这里没有爱情,只有生理上的情欲……

男队走过去了。后面远远的地方跟着来了女队。我现在才知道我在等谁;我突然又体验到了多年未曾体验过的激动。

空气灰蒙蒙的,渠边青草上的水珠也呆滞无光。但是,这一切都因为能够见着她而具有了光彩。

走在前面的女犯都好奇地盯着我,直到从我旁边走过去才把头扭开。她走在最后。她的后面是扛枪的“班长”。她手里拿着一把镰刀,这是用来割草的。在草太密的田边上,干脆就用镰刀来割,反正那里也不会有稻苗。

我凝视着她的眼睛。她眼睛里跳跃着一种嘲讽的笑意,但也含有仿佛跟我已经很熟悉了的、很亲切的目光。我们互相用眼色打着招呼:"你早!""你好!""你早晨吃饱了吗?""还凑合!"……

她有着一张容光焕发的脸,在那张脸上找不出来一点羞愧,于是我反而脸红了。她虽然也穿着和别人完全相同的黑色囚衣,没有领子,没有贴兜,跟一条直筒筒的面粉口袋一样;肥大的衣袖随着女人细小的胳臂来回忽悠,但在我的眼里她似乎还是赤裸裸的,还和昨天一样美丽。

然而,在她走到我旁边,要和我擦身而过的那一刹那,她却突然举起手中的镰刀,在我脸前晃了一下,同时用只有我能听清的语声,迸出这样狠狠的一句话:

"我恨不得宰了你!"

我还没有反应过来,她头也不回地走掉了。跟在她后面的"班长"嘴里不知咕哝了一句什么,也从我身边走了过去。

一支枪筒发出蓝幽幽的光。

我等了半天,等的是这样一句话。我们用目光交流的那些无声的话语,全是我自己的想象!

吃完早饭,我在渠坝上呆呆地坐着。风撕裂了铅灰色的云,在远方,在天边,出现了橙黄色的阳光。老乡的庄子开始活动了起来,响起懒洋洋的赶牲口的吆喝声。一匹瘦骨嶙峋的枣红马跑出了圈,在黄萝卜田中又陡然站住,昂起头,用鼻子在风中嗅着什么。渠水浸到我的小腿。水流响着细微的潺潺声,含有一种忧郁而爱恋的调子。我忽然委屈地流出了眼泪。我觉得我受了伤害,她也受了伤害,但又说不出究竟什么地方受了伤害。

此后,在劳改队我再也没有见到过她。三千多亩水稻田,一千多人薅两天也就薅完了。第三天,大队转移到场部北边的稻田去了。等稻子黄熟,我们田管组都抽调回大队时,女队已经搬迁到别的站去,我们连在路边见面的机会也没有了。我只打听到她的名字。

她的名字叫黄香久。

第 二 部

第一章

我们再次相遇,已是八年之后了。

也是一个刮风的天气。但不是那种湿润的风,而是砾石上干燥的热风;砾石上只能长耐旱的针茅草、芨芨草、沙葱和酸枣刺。这里不是劳改队的水稻田,而是农场的羊圈,在春天的空气中,散发出一股发酵的羊粪味和熏人的羊膻味。时间流逝了,场景变换了,但我们的身份似乎并没有怎么变。

我用四齿耙搂着撒在羊粪上的干草。干草四处飞扬,草秸在阳光下翻滚,像铺天盖地而来的蝗虫。远方,山腰上弥漫着明晃晃的岚气,使重叠的群山失去了层次,失去了立体感,宛如镶在玻璃框中的一幅风景画。山脚下,有一条发光的小路蜿蜒而下,直达到这个羊圈,又从这个羊圈延伸到居民点。在那里,和一条通向场部的土路汇合。

她就是从这条小路来到羊圈的。

前天,我把羊从山上赶回来,羊圈已经颓败得一塌糊涂。没有羊蹲的羊圈,和没有人住的房子一样,会很快地坍塌掉。所有的柱子都歪歪斜斜,哪个旮旯里全结着蜘蛛网,喂羊的槽也不知让谁偷跑了。槽是木板做的,拖回家去可以打一个柜子。在农场,除了野地里的石头没人偷,凡是生活中能利用一下的东西,一撂下转眼就不见了。到快入冬的时候,连建筑用的青石片也有人偷——家家的咸菜缸上盖的都是青石片。

槽不见了,羊棚上的椽子也丢了好些根,怪不得羊棚塌下来了一个角。我要我们生产队的书记派人来帮我收拾。"这个圈连羊都不敢蹲,砸死了羊可别说是我搞破坏!"羊比人重要。如果说人住的房子坏了,对不起,你想也别想生产队会派人来给你修。可是羊,那就不同了,尽管现在正是农忙季节,书记还是答应派一个女的来。

"是刚来咱们连队的。原来在白银滩农场。她不愿在那儿待,我就把她要来了。"书记说着,露齿一笑,"她过去也劳改过,是跟你在一个劳改农场哩。"

"哦?叫什么名字?"我心中一动。

"叫黄香久。"

果然!

和我同期劳改的女犯人有一百多名,我劳改过的那个农场,前前后后总共关过上千人次女犯,但我还是一下子想到了她。我再一次坚信自己有一种神秘的预感,过去,现在,无不应验。可是,好的预感从来没有应验过。也许是我命中根本就不可能有丝毫的幸运。

但愿这次能出现奇迹。

我看着她从生产队的居民点慢慢地爬上坡来才转过身去。她扛着两根细木棍和一把铁锹。风使劲地掀动她蛋青色的头巾,把一身军绿色的衣裳——这是最时髦的颜色——紧紧地裹住她的身躯。她低着头,迎着风走到羊圈,哗啦一声撂下她肩上的东西,靠在栏杆上喊道:

"喂,我是在这儿干活吗?"

我耳边又响起"我恨不得宰了你!"那是一个遥远的声音,可是现在一下子变得这样贴近。是的,就是这种语气:任性而又有撒娇的意味。我微微一笑,迎上前去。

"你没走错。可是你带来的椽子太细了,"我踢了踢她脚下的木棍,"这样的火柴棍能支得起棚子?"

"管它呢!扛细的轻松点。"她撇撇嘴。接着,眯起眼睛看着我的脸。我紧张地等待着。几秒钟后她吸了一口气：

"啊，是你？"

"是我。"我很高兴她还能认出我来。

"你咋也在这里？前些天你在哪儿干活？怎么没见你？"她一边从栏杆上爬进羊圈，一边问我。我手插在她腋下帮她翻过栏杆。在无边的干燥的空气中，只有她腋下有一点温暖的湿润。

"我怎么来的？像我们这种'打了号的羊'，除了这样的农场还能分配到哪儿去？"我抑制着突然迸发的喜悦和兴奋，但禁不住变得饶舌起来，"劳改队不是实行'从哪来回哪里去'的原则吗，我是这个农场送去劳改的，所以一释放就回来了。一冬天我都在山上放羊，前天刚回来。你是怎么来的？"

"哟，你还会放羊，真不简单！"她在羊圈里站定，抻了抻衣服，把沾在衣裳上的干草秸一根根地拈掉。这种仔仔细细的爱整洁的动作是十足女性的动作，我的眼睛里一定放出了奇异的光彩。但是，我却用无所谓的语气说：

"嘿嘿！我什么不会干？从一九五七年到现在，十八年过去了，要是上大学，都毕业五次了。农活里，我就是不会开拖拉机。他们不让我开，要让我开我也学会了。"

她再次上上下下地打量我，嘻嘻地笑着说："真是巧！想不到咱们又在这儿碰见了。"

"巧什么？我一点也不觉得奇怪。"我说，"像我们这号人，迟早会又凑到一块儿的。世界非常非常大，可是对咱们来说，可非常非常小。这些年，我磕头碰脑地总遇见过去一起劳改过的。比如说吧，这次在山上放羊的五个羊倌，是从各连队调上去的，可除了那个啥也不会干的班长是复员军人，四个人全是从我们原先的那个农场出来的，有一个还跟我蹲过一个号子。你说怪不怪？来吧，把锹拿着，咱们开始干活吧。"

岁月好像在她身上并没有留下多少痕迹，也许是过去我并没有把她看得很清楚。她现在总有三十多岁了吧，和我记忆中的她比较，她似乎胖了一点,脸色比过去好得多,黄白但有光泽,过去,她不可避免地和大家一样,脸上有一股晦气色;眼角和鼻梁间虽然出现了一些细小的皱纹,但却比我印象中的脸更为生动,表情更为丰富。因而,在我看起来,她仿佛比过去更年轻了。

"从那时候算起,有八年了吧。"她替我扶着羊棚的柱子,"这八年,你都在这个农场?"

"可不是。"我用铁锹埋着土,我们要把塌下的棚子支起来,"不过这八年可真不容易过。先是群专了一年,以后又蹲了两年监狱。头一次是刚释放,就被'文化大革命'裹了进去;后一次在一九七〇年'一打三反'里头。你呢? 这八年你是怎么过来的?"

"'八年啦,别提它啦!'"她笑着,学了一句革命样板戏《智取威虎山》里的唱词。随后,两脚倒着把我埋下的土踩瓷实,眼睛看着地面说,"这八年,结了两次婚,离了两次婚,就这些。幸亏没生娃娃。"

我不停地干着活,一点也不惊奇。我看见、听见的出乎意料的事太多了,到后来,竟没有一件事能出乎我的意料。她不那样生活还能怎样生活? 幸福是一种奇迹,不幸才是常规。她对我的坎坷也没有感到惊奇。这样,我们倒是真正地相互理解了。她不说那些安慰的话语也好,这些年,我最怕那种老太婆式的絮絮叨叨的同情。

"你别笑话,"她接着说,"你蹲了两次监狱,我结了两次婚,其实结婚跟蹲监狱一样,有的时候比蹲监狱还要难受。前一次,我没告诉他我劳改过,成天提心吊胆的,怕他知道了。可他还是知道了,跟我打了离婚。后一次,在白银滩农场,我一开始就跟他说清楚了。可他老把这事拿捏我,我受不了,跟他打了离婚。前一次是人不要我,后一次是我不要人,一比一,平了! 唉,人一辈子就是这么回事。我以后再不结婚了!"

"你打定主意再不结婚容易办到,我打定主意再不蹲监狱可不容易。"我笑着打趣她,"结不结婚由你,蹲不蹲监狱可不由我。这么说来,你还是比我强。"

我们一见面就像老朋友似的嘻嘻哈哈,无拘无束。友谊的关系有各种各样的格局,有的格局是一见面就自然地很亲切,有的是必须在一段时间里逐渐啮合好齿轮,如果啮合不到一起便不能运转。我们都无视对方的痛苦,因为我们各自的遭遇就够自己心烦的了。(但我们却能真正地同情对方,因为我们都亲身经历过那种痛苦,虽然在形式上不同——有着蹲监狱和结婚二者的区别,但感觉的实质和程度是一样的。)

干草秸飞扬了一会儿,飘落在地上,羊圈里满地闪闪发光。风吹着吊杆吱吱嘎嘎地响,水桶乒乒乓乓地磕碰着井沿。我从井里提了几桶水,和了一摊泥,跟她慢慢地修补围墙。其实,书记不派人来我也能把羊圈收拾好。但多年当农工的经验告诉我,给你派一个任务之前你先得喊叫,派一个人来你自己就省一分力。在劳动中入迷,和在接受劳动任务时的狡猾,二者并不矛盾:劳动,是自己的生活,而任务却是属于别人的。只有雇佣工人才能分得清它们之间的差别。现在,我们俩人干着一个人的活,干得很轻松,很默契。这突然使我想到:小农经济给人最大的享受,就在于夫妻俩一块儿干活!中国古典文学对农村的全部审美内容,只不过在这样一个基点上——"男耕女织"!

我们谈着各自认识的熟人。所谓熟人,绝不是失去的那一个、已经成为梦幻般的世界中的熟人,而是曾经一块儿劳改过的人。因为我们俩人的生活只在这一点上有过交叉。他们中,有的又一次折腾进去了,有的丈夫跟她离了婚,有的妻子跟他离了婚,有的自杀了,有的被杀了……谈来谈去,我们发觉我们俩的遭遇还是比较好的;命运特别宠爱我们俩人。我们虽然感叹着、惋惜着,但我们还是更高兴了。

"那么,你为什么不待在白银滩农场,要调到这个农场来?"我问她,"是不是白银滩农场活苦?"

"所有的农场都一个样。活嘛,看人怎么去干了。"她说着,有意地把额前的一绺头发从廉价的尼龙纱巾中扯下来,并翻起眼睛看了看那绺头发。这里没有镜子,要有镜子她就会走到它跟前去的。而在这一瞬间,她的脸上的确有一种照镜子时的很蠢、很俏皮的表情。但她的头发真的是很亮、很黑的。"既然离了婚,再待在一个农场有啥意思? 还是离得远远的好。你们的书记跟我们那书记是战友,常去我们那儿。是你们的书记把我要来的。"

停了一会儿,她又说:"你们这个书记不是个好东西!"

"你怎么知道? 在我看来,他还算比较好的。"

"哼哼!"她鼻孔里冷冷一笑,"男人嘛,我见得多了,一看他眼睛就知道。"

我想了想,这位书记的眼睛好像和别人并没有什么不同。也许是我一直没有注意他的眼睛? 但我立刻想到自己的眼睛。是不是她也从我的眼睛里看到了什么? 我想起八年前所看到的情景,一切还都很清晰生动,犹如昨天发生的事情。不过我不能知道那时我的眼睛是什么样的。在一个自信很会观察男人的女人面前,我得小心一点。我赶忙把眼睛移向别处,拿起她扛来的木棍思忖着,好像想把它派个什么用场。

这时,书记也爬上坡来,到了羊圈。幸好我们刚中断了谈话,她满不在乎地站着,我在装模作样地干活。

"嗨,你们干了不少嘛!"书记的情绪今天出奇的好。其实我们并没有干多少。书记从我旁边走过,瞥了我一眼。我也瞥了他一眼。我没有发现他的眼睛有什么异常。他笑眯眯的,眼角放射出几条饱经风霜的鱼尾纹。这是个很机灵的人。在旁边没有人的时候,他对我的态度很好。这个队原来号称"鬼门关",是全农场管得最严的一个队,"文化大革命"后期又改作武装连,负责看管农建师设在这里的监狱。"九一三"林彪事件以后,是由他来解散这所监狱的。但是,和社会上一样,所谓解散,只不过像一撮盐溶化在一缸水里,最后,盐消失了,而整缸水都含有稀释了的监狱的苦咸味。我听人说,他常告诫那些爱用拳头棍棒敲人的群众:"你们别把狗逼到墙根上了!"虽然他还是把我们这种人比作狗,但在号召"痛打落水狗"的年代,这样的话已经够有人情味了。自他来了之后，"鬼门关"的制度的确宽了许多，农工们假日出门，甚至不打招呼也可以；"鬼门关"不怎么像"鬼门关"了。

他把笑眯眯的眼睛转向她，走到她跟前，接过她手中的铁锹，掂了掂，说：

"刚领的？口还没有开哩。"

说完，就将锹口搭在垫木槽的粗石上，手腕使劲地压住锹把，哗哗地磨起来。他披着退色的绿军服，两只袖子像拨浪鼓锤般摇来摆去，但姿势很有力，矮墩墩的身躯半蹲着，更显得结实粗壮。磨了好半天，他站起来，用拇指试了试锹锋，交给她：

"看，这就好使了。你铲几下，利不利？"

她照他说的在羊粪上铲了几下，满意地笑了。

"嗯，真的，好使多了！"

书记很快就改变了她原来对他的印象。这个书记真有办法！我就没有想到替她磨锹，光会磨嘴皮子。

我背对着他们，用铅丝把一根根栏杆拧紧。现在是书记代替了我，和她埋柱子。风一阵阵传来他们的说话声。

"曹书记，来这儿以前你在哪儿啦？"

"哦，那时我在大草原上，锡林郭勒大草原，你知道吗？我在那儿当骑兵。"

"嗬，那真是个好地方。"

"你去过？"

"没去过。我在电影上看的。那草原真漂亮……"

"是呀，草原是块宝地，尤其到了夏天。可是一出几百里不见人烟，更别说女人了。当兵的全是小伙子，有时候，真孤单呀……"

他也感到过孤单？

"那你为啥不把老婆带上？"

"那时候我还没娶老婆哩。再说，我还不够资格，我才是个排长。在部队，营长才许带家属。"

"你们那口子挺漂亮的,是不是在学校教书的那一个?"

"唉,啥漂亮不漂亮!俗话说:'当了三年兵,见了母猪都是双眼皮的,'何况我当了八年兵?!我一复员回到老家就结婚了,管她漂亮不漂亮!"

曹书记的语气有几分懊丧。放在现在,他就不会娶这样的女人吧?他女人突出的特点是嘴大,满口黄牙,两腮红得发紫,并且皮肤粗糙,据说这是因为他们家乡的水土不好。黄香久夸她漂亮,是在恭维她。是的,不恭维她恭维谁呢?她是连队书记的老婆,虽然小学还没有毕业,写自己的名字也缺笔少画,却能在农场学校教小学。

她跟书记也能找得出话来。曹书记平常就没有什么架子,这时更说了些心里话。他说这里没有他们老家好,风沙大,交通不方便,可是来这里能当国营企业的干部,比在老家当公社干部好,二则他老婆和姻娌又闹不到一块儿去,所以就来了。要是有机会转到家乡的国营单位去,他还是要回去的。她对书记不愿在这儿长久待下去表示惋惜,说咱们农工就仗着一个好领导。"火车跑得快,就靠车头带。"又叹息说,"当干部就是好,能满世里调,农场不愿待了到工厂,工厂不愿待了到政府。咱们当农工的调来调去还是在农场。"曹书记叫她也活动着调回老家去,说是只要她家乡有个接收单位,这里他一批就放走了。我眼角瞥见他还抖了抖手腕,做出了一个签字的手势。她说:"谢谢你啦。可我不愿意回去,在外边犯了事儿,回老家丢人败姓的。"曹书记说:"你那又不算什么大不了的事,纯粹是人民内部矛盾!那是在'文化大革命'以前,要放在'文化大革命'里面,哪能给你判三年劳改?你没看大字报上揭发的,好些高干都搞这事哩!"我还不知道她犯的什么案子,书记是抓政治的,有权翻每个人的档案,当然知道。听曹书记的口气,她肯定犯的是所谓"男女关系"。只有这种罪过,不分高干、基干、平民百姓都能够犯。如果说是"走资本主义道路",她还没有这个资格。

他们两个聊着天,我心不在焉地干着活。不知怎么,我的情绪陡然低落下来。看看太阳,有点偏西了。明晃晃的山岚聚合成飘动的灰雾,缭绕在光秃秃的山间。风也减弱了,在去冬的枯草和今春的绿叶上疲倦地徜徉着。眺望南方,黄色的地平线上有一小片白色的尘埃。"哑巴"快把羊赶回来了。放羊的把势出工比大队晚,收工比大队早。他们回来,还得饮羊,还得给乏羊喂料,活多得是。

我不客气地一把把栏栅门拉开,门像一把散了骨撑的扇子,摇晃个不停。那意思是说:"你们走吧,羊快回圈了!"

曹书记掉过头来看看我,又抬起腕子看看表,说:"今天就干到这儿吧。"他把锹还给黄香久,向我走来。

"给,抽支烟吧。《参考消息》上说,抽一支烟要少活五分钟,我就不信。一个人咋能知道自己活多长?那五分钟又从啥时候扣起?"

我说:"抽就抽。反正多活五分钟少活五分钟,对我来说无所谓。"

我把烟先点着,然后把火凑到他面前。他在我手上对着烟,喷了一口,意味深长地说:

"对谁来说都无所谓。这会儿,谁还怕死?"

是的,中国人连死都不怕;特别是现在,活着并无趣。不过跟他说话要适可而止,我问:

"我这趟回来,是住在羊圈呢?还是回大队去住?"

"随你。"他爽快地说,"放不放羊也随你。你在山上苦了一冬天,想歇歇的话,就回大队。想放羊自在,就还是放羊。还有,你刚回来,给你三天假,咋样?"

"行。那我就回队上干活去。"

在农场,大队上最好混日子,按时出工,按时收工,按时休假,不管干得怎么样,工资一分钱也不少。这里不是劳改队,单独工作并不体现自由,反而会被牢牢地钉在岗位上,没有人愿意放弃假日来替换你。尤其是我们这种人,还要冒风险。比如,羊只的成活率高,成绩不会归于你,倘若死亡率高了,倒会找到你的头上。

书记搓搓手,掸掸裤腿,走了,沿着他上来的那条小路向居民点走去。她抱着锹过来。

"书记开恩,放了我三天假。"我说,"奇怪,书记今天好像对人特别好,我看跟你聊得也挺热闹。"

"哼!"她哼了一声,"现在跟过去不一样了。这些人可鬼着哩!"

"怎么不一样了?"我敏感起来。我在山上一个冬天,看不到一张报纸,听不到一句广播,难道这期间世界有了什么变化?

"我也说不清楚,反正我觉着不一样了。"她望了望地平线上逐渐变大的白色的尘埃,说,"你要是没事,到咱们房子来聊聊。我那儿挺清静,就两个人,那一个是个老婆子……"

第二章

"哑巴"把羊赶回来了。入圈、点数、饮水、分栏。冷清的羊圈一下子热闹非凡。但是没有人,只是羊在这儿闹——羊挤羊,羊顶羊,小羊找母羊,只有老乏羊用悲观主义者的眼光瞅着同类,冷漠地一声不响。好了!一共二百七十五只,没有少,当然也不会多起来。

羊赶回圈,就没有"哑巴"的事了。不是没有他的事,而是他除了放羊,便不干别的事,连羊只的数目也不数,他光起个牧羊犬的作用。这时,他一动不动地蹲在墙根下,垂着脑袋,瞅着他脚下那双用汽车轮胎做的爬山鞋。我一边轰羊,一边喊他:

"喂,你回去吧!"

"回去吧?"

"我叫你吃饭去哩!"

"吃饭去!"

真没办法!他所有的话都和回声似的,你说什么,他说什么。我干脆不理他,一个人忙活起来。

一会儿,"哑巴"的老婆来了。这是个内蒙古的大脚女人,一张焦黄的扁脸;在这都穿绿军装的时候,独有她还穿着老式的大襟衣裳。还没走到羊圈,在那条小路上就扯开嗓子骂起来:

"我说你咋不死哩?啊!我说你咋不死哩?啊!你这没命的灰

熊！每天都要老娘来领你，不领你，你连家门在哪里都摸不着！你要死了，老娘也轻省了……"

我说："你别骂了，大嫂。他活着，每月还能给你挣三十三块钱哩。别看他摸不着家门，放羊还是比条狗强……"

"我稀罕那三十三块钱哩！"大脚女人吧嗒吧嗒地走进羊圈，"这灰熊不是没命嘛？谁叫他把那一万多块钱交上去？交了就交了呗，自己又想不开，落了这身病。唉！老章，我总思谋不开，这人是怎么回事。啊？你说说，这人是怎么回事？你这么大学问，你能把人思谋得透吗……"

她把重音放在"人"字上。这表明她"思谋"的不是她丈夫。她是在"思谋"人的本质、人的本性、人的意义。在只注意人的阶级属性的今天，这个生活于荒漠上的大脚女人，居然比写大块文章的批判家想得还要深刻。

不幸的女哲学家用她丈夫赶羊的鞭子抽了她丈夫几下。"哑巴"清醒了，默默地跟在她后面，顺着那条小路回家了。

羊咩咩地叫着。居民点的房顶上有的冒出了青烟。很多人家烧的是蓬蒿，那烟就像魔鬼施的魔法，呼的一下子猛往上冒。

"哑巴"其实不是哑巴。前些年，在大兴背诵"老三篇"的时候，他虽然不认识几个字，用这儿老乡的话说，却也能背得"淌淌流水"。他出身贫农，往上查五代找不出一点瑕疵。从部队复员来到这个农场，因为没有文化，不能像曹学义那样当连队领导，只捞到了一个班长，而且是谁也不愿意当的放羊班长。他一向乐呵呵的，脾气很随和，扛了八年枪也没有改变他庄户人的习性。但在武斗的时候，他却会唾沫横飞地跳到台上来大打出手。他痛恨那些牛鬼蛇神完全出于对革命的一片虔诚：领导上说是坏人肯定是坏人！前一方面的表现，他获得了群众的好感；后一方面的表现，他赢得了领导的宠爱，所以年年都把他评为学习"毛著"的积极分子。

三年前的秋天，全场的羊照例要赶到山坡草场去放牧，他带着各连队集合来的四个牧工去了。石头砌的羊圈坐落在通向内蒙古的隘口路边，就是我不久前从那里回来的地方。那里满山坡是砾石，洪水冲出的自然泄洪沟中也全是青灰色的石头。但是草长得很旺。据说羊吃了从石头缝里长出的草会特别壮实，因为草的顽强坚韧的灵魂会转移到羊的身上。这就是我们每年都必须把羊赶到石头山上去一次的原因。有一天，这位还没有变成"哑巴"的班长，赶着二百多只羊在荒山坡放牧，走着走着，忽然在砾石上发现一个鼓鼓囊囊的军绿色帆布包。打开一看，竟是一大沓一大沓人民币。在这么一块和月球上同样荒凉的地方，这包钱只能是从天上掉下来的。他在山坡上蹲了一下午，哆哆嗦嗦地也没把钱数清楚。反正是很多很多！回到羊圈把钱藏好，从此就病了，不停地自言自语，或是嘴唇不出声地颤动，好似在心里计算一连串天文数字。羊，当然是放不成了，但他是班长，别人只好替他放。不久，县公安局来了人，四处查访，终于查到这个羊圈。原来，钱是蒙古人丢的。他们赶了一群马到黄河沿岸去卖，总共卖了一万多块钱。大草原上没有邮局，他们把一包现款绑在马鞍后面就往家走。可是这伙蒙古人个个喝得醉醺醺的，经过隘口时，帆布包掉了也不知道。县公安局根据他们回去的路线，一段一段地调查，最后推定在这个周围几十里不见人烟的羊圈住着的人最可疑。

这座孤零零的羊圈从来没有来过这么多人。穿制服的警察把一个个牧工叫到吉普车旁边审问。"哑巴"是班长，响当当的贫农，又害着奇怪的病，谁也没有怀疑到他。可是他一见到带枪的人就大惊失色，浑身筛糠似的哆嗦，还没有问到他，他就主动说了。几个警察从羊粪堆里挖出了蒙古人的帆布包，点过数，一分钱也不少。

"哑巴"一夜之间出了名。除了学习"毛著"积极分子的头衔外，又成了全省农垦系统的标兵，劳动模范，优秀共产党员。当宣传干事替他整理材料时，他嘻嘻地笑着说："钱太多了！要是只有几百块钱，我就留着自己花。"他没有了钱，病也没有了，说出了实话。宣传干事当然不能照他说的写，反而用报纸上现成的言词给他编了一套天花乱坠的讲用稿。这样，"哑巴"就上了北京，出席了全国农垦系统召开的一次先进人物代表大会，还见到了中央的大首长。

从北京回来,他逢人便说,过去他傻着哩,不知有了钱咋花,去了北京,才知道钱能买东西;王府井百货大楼里,要啥有啥。有了钱才能过好日子。话传到团场领导耳朵里,把他叫去训了一顿,说是他如果再到处乱说,就要把他当成"阶级敌人"。从场部灰溜溜地回来,第二天,他就变成这副模样。

开始,人们给他起的外号是"傻子",但这时"傻子"正是一个带荣誉性质的褒扬词,譬如说,场部那个每天清晨起来打扫厕所的、比谁都机灵的水利技术员,好不容易才脱掉"知识分子"的皮,取得"傻子"的光荣称号,入了党。于是大家都觉得管他也叫"傻子"不妥当,后来根据他病情的特点改称他为"哑巴"了。

他顽固地沉默着,谁知道他心里是怎样想的? 而人们一见着他,心里也一下子罩上了浓黑的阴影。别人的悲剧是政治运动造成的,他的悲剧却完全与政治运动无关。使人们觉察到,在政治口号的表层下,在过着最普通生活的最平凡的人的心中,有一种不能被政治征服的、想过好日子的、可怕的利己欲望。这种欲望像鬼似的藏在每一颗心的死角,不管什么政治运动都冲击不到它。相反,它还会叫人冷不防地钻出来,把政治给人的影响化为乌有;人们从他身上反省到自己,觉得自己的心里除了"不断革命"的斗争性之外,仿佛也有个什么说不出的名堂,只不过是"哑巴"把它公开化了。这种沉重的鬼胎,像坚冰下面的涓涓细流,一点一点地啃啮着上面的冻层。

大脚的女哲学家"思谋"的大概就是这个吧?

"哑巴"惯常地垂着头,跟在拿着鞭子的大脚女人后面,隐没在居民点的淡青色的暮霭中了。魔鬼施放的烟雾笼罩了整个村庄。羊安静下来。悲观主义的老乏羊卧在畜圈里,深深地叹着气,长长的胡须耷拉着,一副悲天悯人的神情。我干完了应该干的活,在曹书记刚刚磨铁锹的大粗石上坐下,点着一支烟。一股莫名的悲哀和烦恼照例地涌上心头。这种情绪来得和时钟一样准。日落、黄昏、归羊、飘零的晚霞、沉淀下来的风、沉静下来的荒原、被流动的空气刻蚀的沙丘、孤傲挺拔的芨芨草和枝丫虬结的荆棘,都渐渐地模糊了、淡化了,于是从心底里渐渐地显现出孤独与寂寞。每日每夜,伴随我的不是羊便是"哑巴"这样的人,广阔的空间,除季节变化就无变化的自然空间,找不到一点点实例来印证我从书中得出的思想。这里仿佛不是人类社会,但又似乎是从飞速旋转的人类社会上甩出来的一个小小的泥团。它和人类社会失去了联系却又带着人类社会的原质。这种停滞状态常常激励我要行动,也常常使我灰心丧气,而更多的倒是使我害怕:岁月和智力,就这样无声无息地被风化掉了;我终将变成一个无用的人,不知不觉地归了"哑巴"一类人当中去。

你能说"哑巴"的脑袋里什么都不想吗?然而"哑巴"终归是"哑巴"。世界是铁铸成的,没有感情,没有知觉,不会和你做无声的交流。你要影响它,推动它,至少要大喊大叫,哪怕仅仅是一声在压抑下的呼喊。

然而,今天,在我眺望着黄色的落日慢慢地降到黛青色的山巅时,在寂寞和孤独的感觉中间,似乎另有一丝思绪,像羽毛一样撩拨得我心发痒。我终于又见到你了!这莫非是天意?这么多年来,过去结识过的女人都逐渐地淡忘了。韩月屏、马缨花,知道那是不可能再次得到的便不去多想。在我,在她,都成了永久的回忆。而在我,有时回忆起来还会怀疑:那是真的吗?我曾经有过那样美妙的时刻吗?于是,心肠由于缺乏爱情的滋润而变得硬起来。但是,她那强有力的一划,却在坚石上刻下了很难磨灭的痕迹。至今还很生动、清晰的画面,那线条优美的赤裸裸的肉体,多少次激起我男性的情欲和激情,使我知道我虽然是个披着黑色的、蓝色的、或者如现在这样是披着绿色外壳的"劳动力",但毕竟是个男人,在扼杀个性的一般性中至少还保持有性别的特征。她那强有力的一划,那无声而又大胆的呼唤,对此我虽然没有如她那样勇敢地做出反应,却像是我被她奸污了似的。从此失去了我的童贞,尽管我现在三十九岁了还是童男子。

过去的一次次温柔的拥抱,多情的接吻,全被她沉甸甸的周身都能颤动的肉体撞得粉碎;彤红的霞光扰散了桃红色的晨雾。从那时以后,我知道,只要我一想到女人,我马上会想到她,而不是别人。我的童贞是在她身上丧失的呀！我不相信她只会在我的面前一闪，再也见不到她的踪影。我完全没有根据地盼望，她还会在我的生活中出现。而现在，她果然又出现在我面前！凡是出现过两次的事物，肯定具有某种意义。那就是命运！

我也知道，已经不习惯温情脉脉的我，早已被野性的情欲所俘获；生活方式的改变会改变爱情的方式，爱情的意向，爱情的审美观念。我也和"哑巴"一样了，总是处在不间断的矛盾之中，一面是理性的思索，忠于一个信仰，被文明约束和管制；一面是非理性的本能，渴求和一个活生生的、实实在在的肉体结合，不管她是谁，只要是我亲眼看到并刺激起我情欲的异性。

飘零的晚霞破碎了……

抽完一支烟，居民点房顶上的广播喇叭响了。这个灰色的铁玩意儿，张着黑洞洞的大口，是我们农工和世界唯一的联系。但它每天重复的都是同一个调子，更证明世界是完全停滞的。流动的只有时间，于是它只起了个报时的作用：该去食堂打饭了。我站起身，卷起铺盖往肩上一扛，关上羊栏，也不等值夜班的人，一溜烟地跑下坡去。

管他娘的！吃完饭去找她！

第三章

蹲在食堂门口吃完饭，我一只胳膊夹着饭盆，另一个肩膀扛着铺盖，回到我原来住的集体宿舍，呼地把铺盖摔在床板上。

"咦！那两个人呢？"看着空出了两张床板，我问盘腿坐在床上的周瑞成。

周瑞成有着一张尖尖的嘴，但面目还是很清秀的。他从他正拉着的二胡上抬起头来：

"都结婚了，光棍汉就剩下你一个了。"

他露出一副讨好的、又是降尊纡贵的笑容。这种笑只有嘴尖的人才能做出来。我回敬了他一句：

"总比你强吧,我是没有老婆,你却是有老婆回不去!"

他不作声了,低下头仍拉他的《浏阳河》。他拉二胡拉得相当好,琴声幽幽地带着很深的情感。但是他只拉《浏阳河》,从不拉别的曲子。

他是监狱里的"剩余物资",原来是农建师的供应科长。那年,为了填满监狱,从农建师师部和下面的各团场凑集来许多牛鬼蛇神。我们曾在一起关押过。后来,监狱撤销了,所有的牛鬼蛇神都回了自己的单位,有的还官复原职,唯有他没有被释放,以不明不白的身份和我们几个光棍农工住在这个连队的单身宿舍,已经有好几年了。

琴声在四面土墙中回旋荡漾。我铺好床仰面躺下,看着周瑞成尖尖的嘴和尖尖的胡须。天渐渐地暗了,苍老的周瑞成越缩越小,最后成了一个黑影。只有浏阳河水涓涓的清流,极力想从窗户、从门缝泻出这间四壁萧条的小屋,潺潺地淌到外面去。房子是寂寞的,空气是寂寞的,连音乐也感到寂寞。我忽然领悟到他的琴声。《浏阳河》只是配上了词才成为歌颂伟大领袖的歌曲,而那谱子,纯粹是湖南的民歌调。那不太宽的音域和跳动较小的音程,平稳地表现出了忧郁和哀思的抒情性。

我从床上坐起来,带着歉意问他:

"是想家了不是?"

在昏暗中,只见他两只眼睛呆呆地盯着前面那张我不能看见的乐谱或是别的什么人、什么东西。过了一会儿,他才小心翼翼地放下琴,长长地叹息一声,但却这样回答:

"哪里是想家哟,是干活干乏了!"

他只敢在"革命歌曲"中偷偷地寄上一点自己的感情,像走私犯一样,用光明正大的运载工具捎上自己的私货,托运到他想要去的地方。如果他能向人吐露肺腑之言,我们倒能谈谈天。他是国民党哪个军事学院的毕业生,旧学底子很厚的。但他从来不说心里话,平时也不说笑。有一次,我把我们的集体宿舍称作"光棍委员会",他听了竟非常害怕,在僻静的角落郑重其事地对我说:"哎呀! 老章,你怎么能说什么'委员会'呢?领导上最注意有什么组织了,给人听见是不得了的呀!"而他并不像患有被虐性的精神病,他经常脸朝着墙用一笔端正娟秀的字体写申诉书。

"怎么样?还没有答复?"寂寞的音乐使我同情起他来,我又问,"我在山上待了一冬天,我还以为你早就回家了哩。结果你写了那么多,还是不管用。"

"不是不管用,"他认真地说,"是上面没有见到。准是让什么人在中间卡了。要知道,我是立过功的呀。"

"你立过功?"我好奇地问,"立过什么功?难道你起义以后还在解放军里打过仗?"

"唉!你不知道。"他颓然躺下了,仿佛在追忆往事,"'文化大革命'一开始,那时候我们在师部集中学习,我们原来起义部队里好些人的历史材料,都是我提供的……"

我一听就明白了:被他"提供"过"历史材料"的原国民党起义人员,这时不知道是谁平了反,又在农垦系统中恢复了职务,于是"在中间卡了"他的申诉书。

正是他立的功害了他!

而他自己却当局者迷。

"好吧,那你就好好地写,多多地写,总有一天上面能见到的。你总有一天会回家的。"我安慰他说。

哼哼!你等着吧!

我赶快从床上爬起来,走到外面。我碰见过很多爱告密的人,"营业部主任"只是其中之一,这儿又是一个!但他现在好像已经放弃了告密,专门拼命地写申诉了。先是诬陷别人,后是为自己辩护,这也是人的一种命运!

暗夜中弥漫着一股臭烘烘的粪池味。

是不是天气要变?

但也有一股沁人心脾的沙枣花的清香。

毕竟春深了!

她们的房间里点着一个超过规定的大灯泡。我一进门就眯缝起眼睛。

"嗬,你们在干什么?在下棋?"

她抬起头,哧哧地笑着。

"谁在下棋?这不,马老婆子叫我替她写申诉书哩。"

她们俩面对面地低着头俯在一只旧木箱上。木箱上摊着一张白纸。这时,我才看清楚她手里捏着一支笔。

马老婆子说:"老章,你回来了,我看还是请你写。你文化深。"

"对不起,我从来不替人写申诉。"我说,"要是你申请登记结婚,我就替你写。保证上面批准。"

马老婆子骂道:"死鬼!我结婚?我跟谁结婚?怕发昏去吧?"

我嘻嘻地笑道:"跟周瑞成吧。他老婆跟人跑了恐怕他还不知道哩。你们两个正好是一对,他也在写申诉书。"

马老婆子也笑起来:"你呀,从来就没个正经。我的小兄弟,你这辈子就是这张嘴害了你!"

"你才说错了!"我随随便便地在马老婆子的床上坐下来,这张床正在她的对面,"我这人从来就是正正经经的。只是现在人把正经话当成了玩笑,倒把荒唐事当成正经。再说,我前后五次的罪状上都不是我说了什么,而是我写了什么什么。你看,我这样的人你还请我来替你写申诉书?只怕越写越糟,再把你关进去!"

马老婆子八岁就给山东的一家小地主当童养媳,当了八年老家才解放。丈夫比她大十岁,战乱中不知跑到什么地方去了。她老家的贫农团长看上了她,但这个十六岁的小媳妇却糊糊涂涂地拒绝了幸福。这位团长恼羞成怒,一直等到一九五八年"大跃进"才找到机会,给她戴了顶"地主分子"的帽子。她含悲忍泪逃到偏远省份的这个农场当农工。而紧跟在她后面的那张"通缉令"终于在一九六三年"社教"运动时找到了她,于是农场把她当成"逃亡地主"判了三年刑。虽然她早就刑满释放,但至今仍然是"地主分子"。她写申诉书,是要求摘掉她头上的这顶不合适的帽子。可是她曾亲口告诉过我，那位贫农团长现在已经当了她老家的公社书记。地主的甄别是必须通过当地政府的,这不等于把申诉书往字纸篓里送吗？

人活着必须有希望。我不忍心灭绝她的希望,只好跟她开玩笑。

"老章,你也申诉申诉吧。看你,都快四十岁了。你要是平反了,还能到学校教书去哩。"马老婆子望着我,诚恳地说。

人都以为自己喜欢吃的东西就是世界上最好吃的东西,希望别人也来尝一尝。

我从口袋里掏着烟,眼睛看着马老婆子的脸。这是一张什么样的脸啊！她只比我大四岁,却好像她活过的每一天都在这张脸上划下了一道皱纹。怪不得连七十岁的老汉也叫她"老婆子"。

你回家去吧！我想,回到你的老家去！你这张脸就是最好的申诉书！让那位过去的贫农团长,现在的公社书记瞧瞧："你还认得出你追求过的漂亮小媳妇吗?!"如果他还有一点心肝,他肯定会给你平反的！

但这种人恐怕连一毫克的良心也没有！

然而,她还在希望着。不但自己抱有希望,还要把希望与别人分享。隐藏在纵横交错的皱纹下的善良,使她的脸上还经常会放出一点十六岁的光彩。

"我跟你不一样。"我点着烟说,"我先是右派,后来又成了反革命,我都不知道应该申诉哪一件事好了。你把你的地主帽子摘掉了,就万事大吉！你写吧,总有一天会给你搞清楚的！"

我这是真心祝愿她。

"唉!"马老婆子笑着叹了口气,"能搞清楚就好。戴着帽子的日子真难过！"又转向她问道,"咱们写到哪儿啦？一九六三年……"

"等会儿写吧。"她放下笔,向墙上一靠,"有人来了,还不聊一会儿。"

"是呀,是呀。"马老婆子慌忙道歉,"你看,我为了自己的事都晕了头了。你们坐着,我去找点墨水去。"

马老婆子有意避开了。

是个有眼色的老婆子。

但她却不识贫农团长的抬举。

结果……

沙枣花的香味更浓郁了，像雷雨之前那样，从窗户中、从门缝里飘逸进来。在那间小屋，里面的一切都想出去，在这间小屋，外面的一切都想进来。

我问："你怎么不自己也写个申诉？"

"嘿，无聊！"她落寞地笑笑，"感情上的事，谁能说得清楚？不是我错，就是他错。既然我已经劳改过了，还提它干啥！再说，就是给我平反了，那三年时间能给我找补得回来吗？"

我无话可说了。她比我还看得透。

她穿着一件白衬衫。衬衫领口的纽扣敞开着，露出一个三角形的前胸。皮肤仍然是黄白的，不用抚摸就感到它温暖而光滑……我微笑了。

"你应该写申诉。"她说，"你就从右派问题上捯腾起。后面的事，其实都是从第一件事上闹起的。你平反了，没准真跟马老婆子说的那样还能去教书哩……"

"算了吧，"我摆摆手，"就是因为要从根子上捯腾起，所以现在我才不捯腾。"

"那要等到啥时候呢？"

我把眼睛从那三角形的胸脯上移开，想了想应该怎样回答她。

"你不知道？"她坐起来，"邓小平都平反了哩。"

"哦？"这倒是个让我惊奇而兴奋的消息，怪不得现在写申诉书成风，"是真的吗？"

"当然，人家都出来工作了。"

她白天想告诉我的大概就是这个！

这本来应该是从报纸上、广播上宣传的人人皆知的事情；报纸广播的背后，肯定还有一份份从一位数直到三位数的"红头文件"。但在荒僻的居民点,在一个由风景无意识地抛来的杂物凑合起来的小村庄,在住在这个小村庄的我眼里,从传播媒介中传来的国家大事,都像一连串象形文字,一连串符号,那是它,而又不是它。需要从那些曲里拐弯的笔画中找到通向它的途径。可是那曲里拐弯的笔画构成了一座真正的米诺斯迷宫,局外人注定是不可理解的。最高层的、庞大的国家机器,把它的力经过无数传动杆传递到下面,到此地,好像要经过月球把太阳的光反射到地球上来的相同里程,我们的神经末梢只能感觉到一点点轻微的颤动。在这里,大至粮食定量的增减,小到今天书记主动"请"我抽一支香烟,你就在这里面去捕获微妙的信息吧。理解是不可能的,完全是凭感觉,于是一切都神秘化了:陨石、地震、母鸡司晨、怪胎、毛孩以及各种稀奇古怪的自然现象,和越南停战、西哈努克访华、姚文元的大块文章、国宴上姓名的排列以及在曲径小道旁开出的新闻之花,对社会的影响仿佛都具有同等重要的意义。这是"天人合一"学说盛行的时代;我们又返回中世纪。我努力从哲学、政治经济学中理解规律,书上的东西全是明明白白的,我大致知道社会要往什么方向去。这种理解不但是支持我生存的梁柱,并且化为我灵魂中直觉的触须。但一接触实际,一切都紊乱了:那些传来的信息呈非线性排列,而是带有极大的随意性。它们逸出了常规,并且干扰了直觉,就和飞机施放的金属雨干扰着雷达波一样。

但是,这个信息非同一般。直觉告诉我外面是真正要起变化。一股火焰穿过烟囱,一股热流贯穿我周身的血脉。同一条船上翻下来的,不管是先翻下来的或是后翻下来的,现在终于有一个人爬上了那条大船,并担任了船长,他当然首先要指挥营救。至于那条船在茫茫的大海上以后会向哪儿开,得等到把所有的落水者捞上来再说。

她的眼睛带着询问的神情望着我。一对女人的眼睛,不是羊的眼睛,但却像羊的眼睛一样温顺、怀疑、警惕、游移。而这时我能向她说什么?一种朦胧的感觉不能算是理解,即使理解了也难以进入那座迷宫。我并不想把那条大船击沉:既然我已经落水了,大家都下来吧！这条船应该有我的一份！我只想回到大船上去，晾干我的衣衫，舐净我的伤痕，在阳光下舒展四肢，并在心灵深处怀着一个隐秘的愿望：参与制定船的航向。十几年来的经验已经说明了：可以由一个人掌舵，但不能由着一个人把船爱向哪儿开就向哪儿开。但我能把这些说给她听吗？

　　电灯泡雪亮。我已经不习惯这种光明了。羊圈里几个月来点的都是上一个世纪的煤油灯。我喜欢那种黑暗中的温暖。在黑暗中想象着呢喃的细语，轻柔地抚慰我寂寞的神经……而现在我面前竟坐着一个活生生的女人，而且是她！她在劝我，用那款款的动听的声音。但这个声音又言不及义，仿佛有弦外之音。我忽然悟到了她目光中询问的意义：这间房里只有我们两个人，一个没有女人的男人和一个没有男人的女人，难道除了"申诉""平反"，就没有别的话说吗？

　　她的目光中不仅有询问和游移，那闪闪烁烁的光波里还有期待、盼望和默许。仿佛她已支好了一种架势，只等待我猛地一击。但她又决不会进行抵抗，她准备好了在我的一击之下全面瓦解。我坐在这边床上，她坐在那边床上，中间是一条褐色的泥地，不足两米。这真正是一条棋盘上的楚河汉界，你把它当成森严壁垒就是森严壁垒，你不把它当回事它便会化为乌有，弹指一挥就能抹去。时间在默默地流淌。她脸上出现了一丝笑意，诡谲而神秘。那大胆而又无声的呼唤在岑寂中频频作响；虽然她穿着衣服，但薄薄的衬衫下有鲜明的轮廓。一个赤裸裸的肉体又在我眼前呈现了出来，政治的激情和情欲的冲动很相似，都是体内的内分泌。它刺激起人投身进去：勇敢、坚定、进取、占有，在献身中获得满足与愉快。今天是个好日子。好事怎么都挤到今天一块儿来了？这是值得庆祝的！我好像已经半解放了！我脸上泛起了诡谲而神秘的微笑。我想她能理解；我想她能知道我在想什么，既然她能识别男人不同的眼睛。那黄色的内分泌不断地增加；我醉醺醺的。我体会到一种惶惶不宁的幸福，一种极为快乐的紧张。我又觉得口干舌燥，像在芦苇荡中一样……

　　但正在我想说点什么或做点什么的时候，马老婆子却推门进来了。

"唉！四处找不到墨水。"马老婆子向我和她的脸上搜索似的各瞥了一眼，"真命苦，写个申诉书都这么困难。"

"你到办公室找去，"她怂恿她，"会计那儿有。"

"嗬！那可了不得！"马老婆子佯装惊吓地说，"那曹书记又要问了：你写啥？你又没亲没故，难道是写信？肯定是写告状信！"

我们都轻松地笑起来。马老婆子满布皱纹的脸上又露出十六岁的天真。

"还是你们好，"马老婆子说，"要不在乎它，也就不愁了。"她又在木箱前坐下来，操起一件缝了一半的衣裳，头埋在衣裳上，单刀直入地说，"真的，我不是说笑，你们俩正好是一对！"

她没有说什么，只是抿着嘴笑。

马老婆子是好心，可是太急切了。

我说："你大概是指我不写申诉，她也不写申诉吧。那么，你写申诉，周瑞成也写申诉，你们不也正好是一对吗？"

"你又没正经了！"马老婆子把针在头皮上一刮，"我说的是真格的！你们俩都劳改过，谁也别嫌弃谁；年龄也相当；你有文化，人家文化也不低，上过初中哩！黄香久一搬进来，我就想到了，就等你回来呀。"

"去、去、去！"她笑道，"我再不结婚了。这辈子结婚结够了！"

"咦！"马老婆子教训她，"咋能不结婚呢？女人天生下来就是跟男人配对儿的。"又说，"我是没人要我，有人要我也结婚！"马老婆子的决心倒挺大。

"怎么没人要？"我说，"原先那个贫农团长就要，可是你不跟。"

"那不行！"马老婆子正色地说，"他有妻有子的。他要是没家，我也跟他了。他人还挺不错哩，长得人高马大的，能踢能打，是块当官的材料。他给我戴上帽子，本想压我的骄气，没有别的。"

看来她还恋着他。可是他却把她逼得离乡背井，劳改三年。

"那你当初为什么要逃出来呢？"我不满地问。

211

"那其实也不是他闹得我受不了,是老家吃不饱。逃出来的又不是我一个人,咱们是成帮成伙地逃的⋯⋯可就是我倒霉!"

"可是你要想想,那张通缉令还是你那位团长发的呀!"我想说,你别这样痴情了!

"唉!他只是想把我抓回去,放在他的跟前。谁想碰在这运动上⋯⋯"

没有办法!这真如黄香久说的:感情上的事,谁能说得清楚?我看看黄香久,她只是瞅着马老婆子笑。这种笑意味深长,是同情她?是鄙视她?是讥讪她?抑或是鼓励她再提我们俩人的事?⋯⋯

从她们房里出来,满天星斗,黑暗中,从北京上山下乡来到这儿的女知识青年何丽芳,用哈萨克民歌《给我一支玫瑰花》的调子轻轻地唱道:

我的价钱并不高
尼龙袜子两麻包
要是你觉得过意不去
再加一块罗马表

"哥儿们,"她走到我身边悄悄地说,"到我那儿去坐一会儿咋样?你这一冬天在山上捞足了,'大团结'总存下七八张吧?"

"这么晚了干什么去?"我说,"明天去吧。"

"晚了才好办事呀。我们那口子回北京探亲了。"

"你也不怕黑子回来撸你!"

"哼哼!他在外面也是这样,靠两根手指头挣钱。"她的眼睛在墨似的暗夜中像猫眼一样闪光,"这会儿,谁管谁呀?!"

"回去睡吧,"我劝她,"黑子跟我是朋友,我怎么干得出来?⋯⋯"

涓涓的细流在一点一点地啃啮上面的冻层⋯⋯

我仰天叹了口气:我怎么能把人"思谋"得透?

第四章

罗宗祺两脚悬空地骑在大梁上。所谓大梁,不过是根胳膊粗的木头。他在盖他家的小厨房。

"整了你十几年,你还这样天真。我劝你不要抱多大希望。"他把钉子对好了部位,挥动起钉锤,"这不,我也平了反,我也主持了工作——当然要比他官小得多,可也是一方之主。但我这就告诉你,我能不能扭转乾坤。"

咚、咚、咚!他好像很气愤,又似乎要叫我清醒。我走了一上午,从我们团场到他的团场足足有四十里路。阳光明净极了,使我想起大海。我要到他这里来求教那些象形文字。他能把我领进迷宫。但他刚把我领到第一道走廊,阳光就昏暗了。

我不停地喝着茶。茶很酽,我好久没有喝过这样的茶了。它会把带血的肉食化得精光。一杯茶就能把我从食肉动物变成人。文明真是奇妙!垂着竹帘的房子里还响着砰砰的声响,那是朱蜀君在为我剁饺子馅。有肉有面就行,为什么非要用面包着肉才好吃?这一切我都不太习惯了。还有这小院:蜀葵虽然没有开花,但已经长得很高。一小方平整的土地上,栽着西红柿、辣椒、茄子的绿苗。黄土用耙搂得茸茸的,仿佛一条地毯。两只灰蝴蝶在漫无目的地翩飞。靠墙还有一棵小杏树。

这就是正常人的生活!我有一种回到家来的感觉,尽管这一切对我来说都非常陌生。我躺在帆布椅上,昏昏欲睡了,但又酝酿着要讲话的冲动。

罗宗祺继续说:

"我是这里的团场长,可是给我配的搭档是个什么样的人呢?……我说一件事情你就知道。这个老太婆原先是秦渠农场的党委书记,'文化大革命'当然一笸子全搂了进去。她女儿往牛棚里给她写信:妈,他们不让我加入红卫兵,咱们断绝关系吧,哪怕暂时假装一下也行。可她是怎么回信的呢？她承认自己是彻头彻尾的'三反分子'，要女儿真正地——注意，不是假装的——跟她断绝关系，在思想上彻底划清界限，不要'温情主义'，要她坚决革命到底。结果，一个十七岁的丫头成了一个凶得叫人害怕的打手，据说打断了两个老地主的骨头。你想想，一个连妈都不认的人还认得谁？只有这样中了邪的妈才会教育出这样中了邪的女儿！

"好。就是这样一个老太婆，现在当了我的党委书记。我说，让农工们自己种点菜吧，这儿荒地多的是，业余开点荒，调剂调剂生活也好。菜刚长出苗，她就派拖拉机去全犁掉了。我说，在中国九百六十万平方公里土地上长的一个茄子、一根黄瓜、一个西红柿都是社会主义的财富，为什么不让他们种？她说，社会主义财富只能是在国营企业里生产的，个人生产的一律是资本主义。她还背了一大套语录，我当然说不过她。从此，我们两个见了面都不说话，她走东，我走西。老章，你想想，一个团场长，一个党委书记，是这样的关系，工作能搞好嘛？连在二者之间取个平均数都不行，双方的力量都抵消掉了，最终等于零。

"从这点，我就推想小平。那老太婆至少还不是过去整过我的人，而小平偏偏跟整他的人在中南海里划一条船。你想想，把一群惊魂未定的人跟一群饿狼放在一条船上，会有什么结果？而且，周总理还病着。哼哼！……据我看，这只能是悲剧的继续！"

他停下手中的锤子，居高临下地瞅着我。那眼睛使我想起悲观主义的老乏羊。我也悲哀地微笑了。

"唉！"我伸了个懒腰，"'大梦谁先觉，平生我自知'……喂，老罗，我总觉得这场悲剧太长了，演了十几年。不知道观众是什么感觉，我这个演员是演乏了。"

"在中国，没有观众，都是演员！"他断然地说，"一部分演整人的人，另一部分演挨整的人，到了一定时候，又互相对换一下。你不过是演挨整的人演乏了而已。怎么样？你也想演演整人的人吗？"

罗宗祺高高的个子，瘦削的身材，瘦削的长脸，如果他那对炯炯的眼睛再深一点，挺直的鼻梁再高一点，活脱是一个英国的福尔摩斯。一九七〇年，我们一起蹲过两年监狱，共盖我的一床棉被，共用我的一个饭盆，因为曹学义以前的那位连队书记，连朱蜀君送来的一双筷子也要没收。在一个被窝里冻得索索发抖的时候，我曾向他说，林彪肯定不得好死！他问我有什么根据。我说什么根据也没有，只觉得他像我认识的一个被枪毙的劳改犯。这个劳改犯外号叫"四百瓦灯泡"，也是个秃头，两个人脸上的"法令纹"和下巴都很相似。开心地笑了一阵，便不感到那么冷了。他每天请罪有一个特别的姿势，不是低着头，而是歪着脑袋，仿佛在沉思。从他那一长串请罪词中听出来，一九四二年在延安他就挨过整，一九五七年包庇过"右派"，一九五九年自己也成了"右倾机会主义分子"，一九六六年终于被划拉到"刘邓资产阶级司令部"。但他却不知道这个"司令部"设在哪里，指挥过什么战役，于是惹恼了"好！好！好！"的"革命委员会"。监狱里的人都知道，如果他没有背这么多历史包袱，早已是厅部级干部了。

"我看透了，"他撒挽腿，从房顶上爬下来，一边爬一边说，"现在最好是给自己盖个小厨房啊，打件家具啊……哎，老章，我自己用汽车轮胎绷的沙发还是挺好的，跟弹簧一样。你进屋里来试试。"

虽然他五十多岁了，但手脚还很灵便。"我没有发胖吧？"他站在地上洋洋得意，"人还是应该蹲蹲监狱；一来对身体有好处；二来蹲了监狱你才知道，同志常常不是坐在一个办公室里的人，而是在一起坐过牢的人。"

我们掀开帘子进屋，在他亲手做的沙发上坐下。我说："老罗，我觉得，我们的悲剧不光是因为人和人的相互牵制，实际上是我们的制度有了毛病。"

"是呀。可是你要改革制度首先要调整人和人的关系。"他倒着茶说，"要我和老太婆这样的人一起工作，别说改革不合理的制度，连盖个公共厕所的决议也通不过。"

"还有理论。"我突然发作了一种幽默感，"我觉得我们现在实行的根本就不是马克思主义,而是杜林主义……布哈林主义,还有秃林主义!"我笑着说,"国民党实行所谓的'三民主义',我们在实行'三林主义'!"

"这话怎讲?"他张张嘴问我。

"这还不明白?杜林主义,就是唯意志论、唯暴力论;布哈林主义,你听布哈林是怎么说的吧。他说,无产阶级要机械地消灭自己的敌人布尔乔亚是容易的。但是,布尔乔亚将凭借几倍于无产阶级的文化力量返回头来将无产阶级吃掉。因此,掌握了政权的无产阶级要巩固自己的政权,必须经过文化革命。老罗,原来发明文化革命的不是咱们伟大的领袖,布哈林早就在国际共产主义运动中登记了专利权。至于秃林主义,那最简单不过了,就是搞个人崇拜。"

"你呀,"他笑道,"怪不得你老挨整,把你打成反革命一点也不冤!"

这时,朱蜀君端着热气腾腾的饺子进来。"一个反革命,一个老右倾,该上桌吃饭了!"她眯缝着眼睛笑着说,"老章,你有一年多没上咱们家来了,一定要多吃点。"

她挺着高高的胸脯,卷起衣袖,露出胖胖的胳膊。她的女儿替她掀着门帘。简陋的砖房里顿时有了一种宴会的气氛。我忽然兴奋起来。很久没有和人进行这种聪明的谈话了,虽然我天天和羊这样说。

"还有理论,现在搞得极其混乱!"我坐在简陋的砖房里,拿着发黑的竹筷子,吃着肉馅饺子,却像坐在会议桌上主持一个会议,"我们现在的任务,倒是真正地回到马克思主义那里去。比如,那个老太婆向你背'毛主席语录'的时候,你满可以用列宁的话反击她。列宁说,试图完全禁止、堵塞一切私人的非国营的交换的发展,即商业的发展,即资本主义的发展,那就是愚蠢,那就是自杀。列宁连私人资本主义的商业都不禁止,何况让农工业余种点菜了。"

"唉,那都是列宁在过去说的话了……"罗宗祺咕哝着。

"是呀,"我微笑着说,"我们现在不正是在领袖的过去的话里打转吗?你用这位领袖过去的这句话来对付我,我用那位领袖过去的那句话来对付你。这就是马克思说的:死人抓住活人;我们现在理论发展的表现就是理论的不发展。我们如果要在这窒息的情况下谋求发展,就是善于挑选有利于发展的语录。我们的聪明才智不能用于创造,只能用于选择。这就是我们理论的悲剧;它的最后一幕就是把我们全体领进死胡同。"

罗宗祺一面嚼着饺子,一面用心地听着。他又像请罪时那样歪着脑袋,说:"那么,照你看现在应该怎么办呢?"

"现在吗? 现在什么都谈不到了! 只能先照列宁的话做:在一个经济遭到破坏的国家里,第一个任务就是拯救劳动者。"我想着和我在一个连队的农工们——"哑巴"、马老婆子、黑子、何丽芳……"要叫他们能过上人的生活。然后我们才能改革我们的制度,而改革制度的最主要的基点,在《资本论》第二卷第十八页上……"

"哼哼……"罗宗祺用鼻孔笑道,"你背得真熟! 喂,老章,你想过没有?"他严肃地说,"你应该把你学的这些心得写下来,写成论文的形式,现在没有用,将来一定有用的……"

"我怎么写?"我苦笑了一下,"你还记得那个周瑞成吗? 我现在跟他住一间房。原来那家伙过去是爱打小报告的。而只要我有一行字落到他们手上,我就不能到你这儿来吃饺子了,弄得不好,他们还要请我吃三毛六分钱一颗的花生米。"

"老章,"朱蜀君一直站在我们旁边督促我们吃,这时插嘴说,"你也应该结婚了吧。有个家,就方便多了……"

"对了!"罗宗祺把筷子朝桌上一拍,"你最好有个家,自己有一间房子,你写东西有谁知道? 现在正是比较松的时候,他们会批准的……"

"为了写论文而结婚?"我笑了笑。他的女儿也在旁边偷偷地笑。

"就是不为干什么,你也得结婚呀!"朱蜀君说,"经济上有什么困难,我们帮帮你。"

"经济上倒没有什么困难,困难的是——没有那一个人!"

其实,我心里想着,那一个人已经有了!

云层先是低低地掠过地平线，然后在不知不觉之间就将群山笼罩住了。暗绿色的麦田上空，穿梭翻飞着无数黑色的燕子，焦躁慌乱地鸣叫着。空气中已含有潮湿的土腥味。齐刷刷的小麦惴惴不安，窸窸窣窣地在等待雨的降临。

来的途中天晴气朗，回去的途中乌云沉沉。但在这阴沉的天气中，颤动着兴奋、颤动着希望。忧郁的主旋律下有一个明朗的对比复调。

我在田野上大步地走着。一会儿，大滴的雨点就砸了下来。土路上腾起白烟；白烟沿着土路滚滚而来，仿佛后面有什么怪物在驱赶。林带地和庄稼地猝然响成一片。冰凉的雨点打在我的脸上，即刻就向下流淌。这时我才感觉到我的面孔灼热。是的，我在暴雨中找到了一个洞穴。罗宗祺的话好似使这个洞穴更明亮了。结婚，这个词真不可想象！这件事真不可想象！我从前想象过无数遍，但从来没有想过我能够以这种不自由的身份结婚，和与我身份相同的女人结婚。想象总是美丽的。那是在蔚蓝色的天空下，我的新娘披着白纱……而这个新娘却是她！这太出乎我意外了。那么，我曾想过我的妻子应该是什么样的吗？没有！除了那一件白纱礼服以外，我从来没有想过她有一个固定不变的模样。她总是随着我审美层次的变化而变化，因而自由的想象使我变成了一个真正的"好色之徒"。而在白纱礼服变成了黑色的囚服以后，在号子里做的梦中，妻子就仅仅是女人而已；反过来说，任何女人都能够作为妻子了。因为失去了自由，正常人的一般正常生活既然对我来说都是不可能的，又何必花心思去构想一般的幸福生活？没有希望也就不会有失望，最大的希望却又隐蔽在没有其他的一切希望之中。这样，失去的反而会在感觉中以为是得到的；一次较轻的刑罚还可以认为是极大的侥幸，倒能使自己在接踵而来的刑罚前面乐不可支；把颠沛坎坷当作是生活的丰富多彩，把饥饿冻馁看成是天将降大任之前的磨炼，做一个把魔鬼当成风车（而不是把风车当成魔鬼）的现代唐·吉诃德，才可以使自己活下去。

但是,真的结了婚——就是跟她结了婚!有了家——就是目前我和周瑞成,或是她和马老婆子住的那间房!有了妻子——就是她!那么我就会牢牢地被绑在一个什么东西上;琐琐碎碎的现实生活,都会像从天上下来的这大滴的、冰凉的雨点,结结实实地砸在我的头上,使我变得现实起来,失去了在想象中自我安慰、自我陶醉的资格。我也如同这大滴的冰凉的雨点,从云端一下子结结实实地栽进土地里,很快就被干燥的土地所吸收,最后变为一撮烂泥。

然而,那赤裸裸的、柔软而又生气勃勃的肉体,始终吸引着我,使我激动,使我兴奋。我的面孔灼热,我的浑身滚烫。冰凉的雨点打在上面,立刻像落在烙铁上一样蒸发出一股白烟。

况且,家,也就是洞穴,这是人在史前时期就必须要有的栖身之地;家,就是窝巢,据说有巢氏正因为发明了这个安身立命之所才被拥戴为皇帝。而在我,家,就意味着我在九百六十万平方公里土地上有了几平方米的天地。罗宗祺说得对!要在乱糟糟的九百六十万平方公里中画出几平方米的清净土地给自己。于是我就独立了!我是拥有几平方米的独立王国的主人!且让我在这个独立王国中,潜心地思索九百六十万平方公里的前景。

悲剧总有结束的时候……

过排水沟的时候,鞋吸在泥里了,怎么拔也拔不出来。去他妈的!干脆扔了它!也许她还会给我做双新的哩!……我这样想着,高一脚低一脚地回到集体宿舍。

“咦!你怎么不在林带地里躲一躲?”周瑞成从他面前的一张纸上抬起头。他又在写申诉。你写吧,你写吧,哼哼!真是悲剧的继续……“你看你,浑身都淋透了。”

他又露出那种讨好的而又是降尊纡贵的笑容。今天我看见这种笑容好像格外讨厌。跟这种人住在一起觉得格外不舒服。

“妈的!这点雨算什么!放羊的时候,遇见过比这还大的雨哩!”

"咦!"一会儿,他瞅着窗外,笑容变成了幸灾乐祸的讥讪,"你看,太阳出来了!"

果真,窗户对面,前排房屋的后墙上,出现了一片淡淡的黄色的阳光。原来我遇见的不过是一场过路雨。

"妈的!天也跟我作对!"我蜷在被窝里嘟囔,"喂,老周,咱们这个日子,什么时候才算完啦?"

他的一张苍老的瘦脸立刻涌满疑惧。他以为我又会说出什么"反革命言论"。这会给他带来麻烦:是汇报?还是不汇报?汇报了我抵赖怎么办?……

"我看,只有娶个老婆,这个日子才算到头了。"为了不使他心慌,我把心里正在想的话说出来。

我望着屋顶上熏黑的椽子:这间房子怎么收拾呢?……

第五章

"你放马去咋样?"曹学义笑眯眯地问我。

他见我答应了,掏出烟来给我一支。"放马也很轻省,就二十来匹牲口。上午打出去,下午打回来,不用跑远的地方。夜班由别人喂,你不用管。"好像他特别照顾我,让我去干最舒服的活似的。其实我知道,队里除了我再没有人会放马。现在,人们只是迫不得已地拿一把锹在大田混日子,别的劳动技能都无心去学。

"那么,谁跟我一块儿放呢?"我点着烟问。

"你看谁行?"

"我看'哑巴'行。"

他笑道:"你怎么偏偏看上了他呢?把他抽下来,谁放羊?"

"那你叫别人来给我搭手,不也得从大队上抽一个人吗?"在时兴大喊大叫的年代,"哑巴"是最好的伙伴。

他想了想:"好吧,队上再研究研究。"

此刻,我们蹲在麦田旁边的地埂上,看着从田口汩汩淌进来的水流,围着小麦的根部蔓延。前几天下的一场雨把我淋得浑身湿透,却没有把麦田灌足,我们还要浇第二遍水。今年春小麦长得很好,田边有的麦子已经开始怀苞了。农作物有所谓的"边缘优势",长在田边地头的能享受到充足的阳光、空气和水分。可是人最好是挤在人堆里面。

但我总是挤不进去,一直迎着运动的风头。

结了婚试试看?钻进洞穴里,和大家一样生儿育女,是不是能混进人堆去?在监狱时,审讯人员就指着我鼻子说:"章永璘,你不是个简单人物!你三十多岁了还不结婚,你等什么?人还在,心不死!你是等变了天以后再娶老婆!……"不结婚也会引起他们怀疑;而怀疑就是罪状!

广播喇叭又响了。金属的声音在湿润的空气中传得很远。它在播送午间新闻:"……通过学习马克思主义、列宁主义、毛泽东思想和进行阶级教育,在先进集体、先进人物的带动下,开滦煤矿广大职工的精神面貌发生了深刻变化。他们破除雇佣观点,增加了主人翁的责任感,共产主义精神大大发扬,新人新事不断涌现;他们打碎了解放前反动统治阶级加在工人身上的精神枷锁'天命论',进一步解放思想,有力地推动了生产和技术革新的发展……"

我支起耳朵听了半天,只知道了开滦煤矿的工人也信"天命论",除此之外它什么也没有说!

这样的"新闻"我蹲在田埂上也能写十几条。

曹学义不知怎么也叹了口气,对广播骂了一句"他妈的",站起来,折了根柳树枝,像京剧中策马那样,一路挥舞着走了。

马老婆子这时才从我身后的林带地里钻了出来。她一手扛着锹,一手夹着捆干柴。单身的女农工都不在食堂吃。她们有本事自己做饭,并且在做饭中获得女性的乐趣。

"老章,还不回去?广播都响了。"她从广播里听到的信息就是收工。

"这块田还没有浇满哩,我还要等一会儿。"我笑着问她,"怎么样?"而我看她那张脸又放出了十六岁的光彩,已经猜到了一大半。

"她叫你自己去说哩!"她也在我旁边蹲下来,"没问题!"她信心十足,"你别听她说不结婚、不结婚,可心眼里巴不得有人来找她。女人都是这样……"

"你怎么跟她说的?"我向她靠近点,"她又是怎么跟你说的?你跟她说了是我叫你去说的吗?"

"当然,我当然说是你叫我去说的啰!她光是说:'你让他自己来。'"

"你看有把握吗?别弄得我下不了台。"

"我不是说了吗?没问题!"

黄河的水一流进麦田就变成了白色的泡沫,并且不停地欢快地咕咕叫。我觉得我的虚荣心得到了满足。对于未来我倒没有多想,难得的是我迈出的第一步就没有受到挫折。这在过去十几年中似乎还没有过。

"那么我什么时候去说?"

"还'什么时候'!难道你还要挑个黄道吉日不成?"马老婆子指点我,"你今天晚上就去。你一进去,我就出来。"

"我怎么开口呢?"

"那还不好开口?看你这个聪明人!我已经给你开了头了嘛!行就行,不行就拉倒。再说,保险成!"

"你怎么知道保险成?"

"哎呀!你看你!非要打破沙锅纹(问)到底!我们俩在一个屋子住了两个来月,我还有啥不知道的!像她这样结过两次婚的人,她还要个啥样的?想嫁当官的,当官的不要她,别看她长得不赖!想嫁工人,户口进不了城。她嫁了你,只怕她美得……"

我稍稍有点不快。我现在希望人家说她好,希望说我要得到她非常困难……

晚上,我到她们房子里去了。我推门的时候忽然感到,这并不需

222

要勇气,并不怎么神秘,完全不像浪漫主义小说上写的那样有一种玫瑰色的气氛。

房间真的跟洞穴一样,不过点着一盏很亮的灯泡。房间的格局和我跟周瑞成住的那间完全相同,只是干净一点,整齐一点。农场所有的房间都有畜笼式的同一性。十年来"大批判"的发展剥去了人的一切发展,顶峰也就是出发点,于是我们最终还原为生理学意义上的男人与女人,返回到猿刚变成人的那一瞬间。抢亲、拉郎配、父母之命、礼聘、私订终身,直到自由恋爱,那都是以后的事。既然我们刚刚才变成人,还带有灵长目动物的原始性,那么我们相互闻闻身上的气味就行!

果然,马老婆子笑嘻嘻地嘟哝了两句,就拿着她手上的针线活出去了。我一点也没听清楚她说的是什么。

"你来啦,坐嘛。"黄香久放下手里的书,拍拍她的床铺。好像她已经知道我要来。床上新换了一条洗得很干净的条格布。

"看的什么书?"

我以为我有话可说了。我拿起书看了看,原来是半本《实用电工手册》,连我也不懂。

"啥书!马老婆子剪鞋样的。"她笑了笑,"我还看啥书,识的几个字都快忘光了。"

"可以继续学嘛。"我心不在焉地说。我撂下书,想就势坐在她拍的地方,但那本书恰好撂在我最适当坐的地方,我只得又坐在马老婆子床上。

她又拿起《实用电工手册》哗哗地翻,低着头拣着看里面的图画,仿佛很专心致志。书里没有一张画片,只有几幅线路图。

我掏出烟点着,默默地抽了几口。我的精神恍惚游移,因为一切离我原来想象的都太远。求婚,完全不应该是这样的场景。花前月下,海誓山盟,卿卿我我,分花拂柳,含笑不语,口舌生香,陈仓暗度,桃源迷津……这不是谈判,而是两份情感的化合,立即就会在化学反应中产生出一种崭新的结晶。可是,这里的爱情呢?有爱情吗?去他妈的吧,爱情被需求代替了!

一瞬间,我怀疑我选择错了;我完全不应该迈出这一步。我突然产生某种厌恶和烦躁的情绪,心里有一种什么东西在反对我自己。我开始仔细地看着她。这次却是用一种冷静的购买者的眼光。她不能算是很美,但她的脸,她的黑得发亮的头发,的确具有女性的魅力。和马老婆子迥然不同,她的脸上根本找不出一点她生活的经历。只有成天抱着非现实的幻想的人和成天什么都不想的人才能保持青春。那么她是哪一种人呢?她脸上有一种很纯净的天真。这种天真使她的面部泛出一层非现实的、超凡脱俗的光辉。然而,再细细地看,这层超凡脱俗的光辉下面,似乎又掩盖着成天什么都不想的愚蠢。于是,这张脸成了一张十分耐看的脸。叫人捉摸不透:她究竟是愚蠢呢还是天真?

但是,她端端正正靠在墙壁上的上身,那副像猫似的慵懒的、好像经常处于等待人去抚摸她的神情,千真万确就是我在八年中的想象。一个幻影而又不是幻影。微微耸起的乳房和微微隆起的小腹,仅在视觉上就使人感到具有弹性。她身上没有一点模糊的地方、无性别的地方,仿佛她呼出的气息都带有十足的女性,因而对男人有十足的诱惑力。这个发现,使我内心里陡地感到一种潜在的危险,却并不知道会有哪种危险。可是,又正是这种危险感刺激起我非要向前一跃,非要试探试探……

"马老婆子跟你说过了吗?"我终于开口了。

"嗯。"她终于抬起头来,用微笑的眼睛看着我,"说过了。"

"怎么样?"我问这话的语气就像是邀请她去散步。

"你为啥叫她来说呢?这事最好咱们自己谈。"她说这话的语气就像是讨论我向她借钱。

"我们自己谈也好。因为……因为,"我有点招架不住了,口齿不清地说,"因为我过去,过去没谈过这种事。所以才请她……"

"你过去真的没谈过?"

"真的!"我向她坚决地保证。实际上,所谓的"过去"我是从一九五七年算起的。一九五七年以前连我自己也不以为是自己生活的一部分了。

"咋会呢?"她虽然还微笑着,但却抱有怀疑。

"你想想,从一九五七年开始,我就不断地在运动里当'运动员'。"说到这方面,我流利起来,如数家珍地向她报了我的履历,"你看看,我还有工夫谈对象、闹恋爱吗?"

"唉!"她摇摇头,"真难为你!"但随即她又笑了,"那么,还要我来教你?"

我涎着脸笑道:"你教教我也好。"我觉得跟她在一起生活会很轻松。

"老实说,"她忽然变得很正经,"到咱们这个年纪,又经过这么多事,'啥恋爱',都谈不到了。主要是要成个家,像大家伙儿一样过日子。"

"这点正和我想到一起去了。"我说。可是我心里觉得我们想的并不完全相同。

"这样,咱们谁也别说谁……过去的事,都别再提了!"她蓦地用冷冷的目光盯着我。我理解她是在用一种强硬的态度维护她的弱点。我低下头吸了一口烟。我想,我在感情上也不怎么贞洁。难道我没有爱过别的女人?并且是真正地爱?

我点点头:"当然!既然是、既然是……"

这"夫妻"两个字,我怎么也说不出口。既不习惯,又别扭,而且中间隔着两米的距离,纯粹像是在谈买卖。我突然感到我们两人都很可笑、很奇怪、很狼狈。

她似乎也感觉到了。她站起来,从床下拿出一个绿色的铁皮暖瓶,又拿起一个玻璃杯,问我:"要茶叶吗?"我说我不要,并感激地看了她一眼。这时我才发现她脸上充溢着温情和柔顺。水倒进杯子里,发出细语似的声音。水是没有形状的,它倒进杯子里就成了杯子的形状了。一句我很喜欢的诗蓦然闪过我的记忆。

她把水放在我面前的木箱上,人并没有离开,而是和杯子一起伏在木箱上。我们立即缩短了距离。这时我应该做些什么？我伸手就能抚摸到她。但是，她却问了这样的话，又使我的念头退缩了回去。

"那么，你现在手里有多少钱呢？"她撩开耷下来的额发问我。

"我现在，有七八十块钱。"我说，"不过，我还可以向人借……"我想到了罗宗祺。

"不要借。"她撇撇嘴，"借了还要还，一月一月倒不清……你咋就存这么点钱？单身了这么多年。"

我又觉得身上冰凉。我端起杯子喝了口热水。

"怎么能存得下钱？你又不是不知道：一月二十七块钱工资，要吃饭、要穿衣、要抽烟，七扣八扣……要不，我把烟戒了吧。"我知道我没有这个决心，在劳改队那么困难的情况下我也没有戒掉。但这场戏的发展规定了我要说这句台词。

"不用戒，"她说，"以后在别的上面省一点就行了。我还存下钱来着……"

她低着头用食指划着箱盖上的木纹，好像在等我问她。但我没有问。于是，她抬起头朝我诡秘地一笑，说，"要比你得多得多！"

我也朝她一笑。我想，多也多不到哪里去！劳改劳教释放人员，一律是农工一级工资——二百七十角！还能有什么富裕？

"那好嘛，以后你当家就是了！"我说。

"那当然！"她像得胜似的笑起来。

这一切使我感到非常奇异。原来是一个幻影，我让她做什么就做什么，我叫她说什么就说什么。现在，这个幻影从脑海中浮上来，跳出来，完全脱离了我，成了站在我面前的一个独立的实体以后，她所做的、所说的，竟然和她在我脑海中时没有一点相似之处。我原来以为我非常熟悉她，而现在却觉得她很陌生。

可是她却比在我脑海中时生动，有立体感和肉质感。她温暖的、带有一点葱味的鼻息微微吹拂着我的脸，她丰满的胸脯随着鼻息一起一伏。她的肩膀是滚圆的，结实的，两条美妙的曲线连接着她的两臂……这样，她又和那个幻影叠合在一起了。

看来没有什么可再讨论的了,我们在沉默中互相期待。她的手指在木箱上不安地划动;我坐在马老婆子的床上也惴惴不安。但仿佛那一套非常现实的讨论已经败坏了房子里的空气,压抑着我们的情感,使我们难以突破那一刹间就能突破的界线。

等了片刻,她又抬起头问:"你看上面会批准你吗?你现在这样的身份。"

"我想会的。"我苦着脸笑了笑,"你不是说现在的情况比过去好了一点吗?"

她也笑了。但笑得没有劲头,没有内容,没有方向。笑得很惆怅,很迷惘。

"唉!咱们哪儿跌倒就在哪儿爬吧。"她感慨地这样说。

我忽然很受感动。原来,我们结合的根在这里!她这时才真正发射出潜在于她身上的吸引力。我想握住她放在木箱上的手,轻轻地把她拉进我的怀里,可是黑子突然在院子里大声骂了起来:

"老子超了假,我看哪个'丫挺'的敢扣老子的工资!啥时候了,还搞'管卡压'呀?!叫那些'丫挺'的上北京去瞧瞧……"

接着,又传来曹学义的声音:

"咋啦?黑子,你疯啦?谁说要扣你工资?"他又压低嗓门说,"进屋去,进屋去!你超的天数,我已经跟会计说过了,按给队上买东西的出差来处理……"

这就是我的恋爱和求婚吗?睡在被窝里,我翻来覆去难以入眠,总觉得它来得太快,中间似乎缺少某些环节,因而即使得到了手的东西,也有一种分量不足的感觉。即将体验新的生活的兴奋,又使我的心不住地别别跳动。凉飕飕的月光从窗户外泻进来,没有睡着也进入了梦境。而梦境一旦变为现实,现实却又仿佛成为非现实的梦境了。国家与个人的现在与前途,都成了把握不住的东西,神秘莫测的东西,于是只能把一切归之于"劫数"和命运了。上午听到的广播在耳边又响起来:"他们打碎了解放前反动统治阶级加在工人身上的精神枷锁'天命论'"等等。他们是怎么打碎的呢？见鬼！我和她的结合，好像正是"天命"！"劫数"和命运，是宇宙的魔术师，总是在人完全不能意料的情况下，变出个什么玩意儿来。它制造出想象，制造出希望，然后又使一切落空；它制造出失望，制造出虚妄，然后又把理想和希望给予人们。我——地回忆了过去的爱情，与之相爱最浓烈的偏偏没有能与之结婚，而与我结婚的却也是一个希望，一个幻想中的肉体；理想的没有能与之结合，而与我结合的又是我的理想——这话究竟应该怎么说？有人说爱情是给予，但我能给她什么呢？什么也没有！这里没有爱情，只有欲求；婚姻原来不是爱情的结果，而是机缘的结果。唉！还是一位诗人说得对："夫人，你我都不知道爱情是什么？……"

"老周，老周！"我突然大声吼起来。我想随便叫一个人来谈谈。

周瑞成马上惊醒了："什么？什么？出了什么事？"

"啊，没有什么。"我的情绪又陡地低落下来，"有火柴吗？……我抽支烟。"

"睡吧，睡吧！"他不满地翻了一个身，"你又不是不知道我不吸烟，哪来的火柴？！"

第 三 部

第一章

我总是克制不住地要向墙上那张报纸瞥去一眼。报纸上有一幅照片："美国侵略军在美莱地方制造大屠杀"。照片很小，模糊不清，但还大致可以看出来地上躺着一堆横七竖八的尸体。

新房里糊着这么一张报纸，这张照片又糊在正面，使我很不舒服,但我却没有把它掉换下来。

还有这一床花被子,被面绣的是两台带着犁铧的拖拉机。多么沉重!难道我和她要在这巨大的机械下入眠?

墙是黑子帮我糊的。他当时兴冲冲地从队部办公室抱来一摞报纸,往地上一摞,卷起袖子说:

"哥们儿,瞧我的!这土墙没法儿刷白灰,糊上报纸一个样!你没看人家美国,还用报纸盖大楼咧!"

他从报纸中抽出一沓,摔在我正在抹泥的炕面上,又说:"喏,我知道你要看《参考消息》,特意给你偷了些。可看那玩意儿有啥用?现在外国人也跟咱们学。这不,又是哪个共(马列)在夸咱们的'五七道路',真他妈吃饱了撑的!叫他们下放到农村试试看!……"

我在看报纸,他在糊墙。于是墙上就出现了这堆横七竖八的尸体。

被面是我们连队劳改、劳教、群专、坐牢过的人集体送的。不属于这个行列的,只有那位大脚的女哲学家。每家出五毛钱,在不足一百户的小村庄,居然凑了二十多元。多么大的一个数字和多么小的一个数字!

"这是我去扯的。"马老婆子跑了三十里路回来说,"别的颜色都不好,就这种好,通红通红的,给你们冲冲喜,明年抱个大胖小子!"

于是拖拉机牵引着犁铧就开到了我们炕上。

整个像场梦!

而且这场梦还在继续做,还要做下去。

世界给每一个人规定的路都非常窄。只要在这条路上迈出第一步,就必须沿着这条路走下去。人只有在走第一步之前可以选择,一经选择了之后人便成了木偶——不是自己在走,而是两旁的高墙把人向前推挤。

那天,我去拜访黑子。一进门,黑子就喊:

"好哇!听丽芳说你要跟黄香久结婚?你们两个真配绝了——

一对新夫妇,两件旧家伙!……"

何丽芳说:"你别胡说了。人家老章可不是旧家伙,还没开苞哩!"说完,在黑子身后向我挤眼。

"你懂啥!"黑子在他老婆的屁股上拍了一巴掌,"男的不叫'开苞',那叫童男子。行呀,老章,你他妈样样都是真格的,连那玩意儿都是原装货!说吧,你需要啥,包在我身上!"

我开门见山地向他说了我的打算。

"没说的!"他拍拍胸脯,"我去找曹学义。他要不批,我让他尝尝全场北京青年这帮哥儿们的厉害!这些'丫挺'还不知道,北京连老战犯都释放了哩!"他又用手捂着嘴说,"妈的!我这趟回来没给他少送,光二锅头就是两瓶……"

"还有一铁盒奶油糖,喂他的丑老婆!"何丽芳在一旁补充道。

"是呀!快,丽芳,找张纸来,这就写……行,这张就行,这他妈的还是我在西单商场买的信笺哩!……喏,给你笔,你画一画,看有水吗?就这样写:反革命分子章永璘和劳改释放犯黄香久,自愿结成反革命集团……"

我们一起大笑起来。

我开始写我从未写过的严肃的申请,却是在戏谑的气氛中,怀着一种戏谑的心情。我接过纸——原来这不是什么信笺,而是西单商场的顾客意见簿——翻在空白的一面,拿起笔,沉吟了一下:

"喂,黑子,"我说,"我看应该先写一条语录。"

"写啥语录!"黑子拍着桌子说,"你写上'要对资产阶级专政',只怕你这一辈子也要打光棍!人家会说,你他妈老老实实改造就完了呗,还结个啥婚?你们这些'臭老九'哇。尽会拿别人的鞭子抽自己!"

"也别这样说。咱们也会各取所需,为我所用嘛。"我说,"有了!你别捣乱。"

于是我提笔写道:

调动一切积极因素,团结一切可以团结的人,并且尽可能地将消极因素转变为积极因素,为建设社会主义社会这个伟大的事业服务。

申 请 书

今有三队农工章永璘,男,三十九岁(婚姻状况未婚)与农工黄香久,女,三十一岁(婚姻状况离婚)申请登记结婚。双方皆出于自愿。保证婚后继续改造,接受监督,在支部的领导和贫下中农的再教育下,为建设社会主义社会添砖加瓦。望队党支部研究批准为荷!

敬礼!

章永璘

黄香久

一九七五年四月

"嘿!"黑子拿起西单商场的顾客意见簿,像欣赏书法家写的条幅似的,"真他妈没得说!还'为荷'哩。语录背得滚瓜烂熟,你他妈能当党委书记了!就凭这笔字,他'丫挺'的也得批!等着,我这就找他去。"

"还有房子呢?"何丽芳拽住他,"房子的事也得跟曹学义说清楚。"

黑子思忖了一下,"这房子嘛,我看你们也别挤兑马老婆子,也别挤兑周瑞成,都他妈够可怜的……"

"我看让他们俩也搬到一块儿去算了!"何丽芳笑着打岔。

"去去去!一边儿晾着去!"黑子说,"我看咱们另外想办法……哎!咱们向他要那两间原来放工具的库房。"

黑子走了以后,何丽芳朝我抿嘴笑道:"我说,老章,她要生不出娃娃,你可别嫌弃她。"

"你怎么知道她不会生孩子?"

"嘿!女人的事情我还有啥不知道的!"她用手指在我脸前捻了一个响榧子,"这里面的学问比你那书本上的学问还大。"

"不会生孩子正好,我要的就是不会生孩子的。"我冷冷地说。

"啊?"何丽芳诧异地看着我。

现在,用黑子的话说,是一切"都齐了"!

我忽然有了个家!

而且是两间房,比一般农工家庭的住房还多出半间。虽然是两间破烂的库房,但毕竟有一里一外。也不知黑子怎么跟曹学义磨的。

她表现了令我惊奇的布置居室的本领。哪儿钉个装筷子的竹篓,哪儿安一个放肥皂的隔板,哪儿砌个土台子;箱子怎样摆就成了床头柜,案板和炉台接在一起,就既延长了案板,又扩大了炉台;锅碗瓢盆勺子应该放在什么地方,怎样放,才既安全卫生,又不多占空间;脸盆脚盆用的时候放在哪里,不用的时候放在哪里,她事先都给我指定好了,而我发现的确这样放才算是整齐;要在墙的什么地方钉钉子,挂毛巾的绳子怎样拴,挂衣服的绳子怎样拴;衣帽钩上下,她挑了两张雪白的雪莲纸糊上,这样,衣服挂在衣帽钩上,既不会直接贴着土墙,上面又有遮盖,这两张白纸的功能就不下于一个大壁橱了。她还叫我把两间房中间的门卸下来,借了把锯子,偷偷地把一扇完整的门板拦腰锯成两半。一半支在窗下,上面铺上块格子布,摆上她的雪花膏瓶子和我唯一可以炫耀的财产——一大摞精装的马克思恩格斯著作(只有这些书籍才能公开摆在外面)。于是,我居然在漫长的十八年以后重新有了一张书桌。九百六十万平方公里土地上,我终于真正地占有了一平方米!那几个雪花膏瓶子,并没有使书桌显得脂粉气、俗气,反而增添了书桌的雅致,因为这时候化妆品的商标也是非常严肃的。另一半门板,她是这样利用的:她砍了四根同样粗细的木棍,木棍的一头削尖,牢牢地打进外屋的泥地里,向上的四端,都在同一个水平线上,然后安上那半块门板,再铺上一条方格布,竟然成了一张非常漂亮的餐桌。房子里只要有一张餐桌,立刻就显露出一派家庭气氛。这在全农场都是独一无二的!她还指挥我,炕和炉子要分别砌在两间房里,里屋砌炕,炉子砌在外屋,而二者又相通。这种砌法我还没听说过,虽然我是个内行。但我照她说的砌了后,才发现根本没有技术上的困难,只不过因为中间隔了一堵墙,需要增加烟道的长度而已。如此简单,为什么一般人却想不到?

"这样砌,"她说,"我们就把外面专做厨房和饭厅,里屋是睡觉的和你看书的地方。捅炉子的灰进不到里屋来。我们要保持一间房子老是干干净净的。"

果然,我们的卧室和书房一直是纤尘不染。

中间的门被卸掉了,那也没有关系。她挂了一条白净的床单当门帘,倒比那块涂满标语的门板好看得多。

何丽芳把她摆了两年的塑料花连花瓶一起送给了我们。这一束花在黑子房里始终是愁眉不展,不死不活的,从来没人注意到它们。而给她用肥皂水一洗,立刻舒展开了,绚丽多彩,灿烂夺目。它们摆在我们的餐桌当中,何丽芳看了都几乎认不出来是他家的东西。

"啊哟——喂!你他妈手真巧!"何丽芳瞪大眼睛道,"啥蔫巴玩意儿到你手上都活了!"

"巧手媳妇能腌好酸菜。"马老婆子说,"今年冬天,我没菜吃可要来找你们哟!"

周瑞成嚼着糖,静静地坐在小板凳上。大伙儿叫他拉一段二胡,他连忙摆手说:"不合适,不合适……"

"那有啥不合适的?"大伙儿很奇怪。

这只有我明白。

曹学义书记在热闹的时候也光临了。

"哟!黄香久,你真不简单!"他瞅着她咧开嘴笑,"这两间烂房子给你一收拾,很像那么回事嘛!"

黑子从漂亮的餐桌上拿起一支烟。

"书记,这支烟你可要抽呀。你瞧,在你英明的领导下,人人都愿意扎根边疆,以场为家了嘛!"

"今天你咋这么文明起来了?"曹学义笑道,"这支烟我当然抽,黄香久的喜事嘛。她还是我要来的哩……"

黄香久虽然劳改过,但没有"帽子";我既劳改过又有"帽子",是双重身份。书记在这种场合下是分得很清楚的,所以他只向她表示祝贺。

而她站在白布门帘旁边只是笑。

笑得很美。

现在,一切忙乱和热闹都过去了。

我坐在炕上吸烟。她还在外屋收拾剩下来的瓜子和糖。不时传来细微的叮叮当当的声响。这声音非常遥远。一个遥远的梦境,又像梦境那样遥远。这就是"妻子"的声音。是的,这声音只能是属于妻子的,不会从别人的手中发出来。女人,不单单是指一种和男人不同性别的人,并且有她的声音、她的灵气、她的磁场、她的呼吸、她的味道……她能把这一切都留在她触摸过的地方,触摸过的东西上面。即使她不在场,这个地方,这些东西,都附着有她的魔力,将你紧紧地包围住。她无处不在、无所不在、无微不至。这里所有的一切,除了墙上那张讨厌的照片,都是她所创造的生活。生活就是这一点一滴,这炕、这被子、这门板做的书桌、这衣帽钩上的雪莲纸、这雪花膏瓶子等等构成的。她所创造的生活紧紧地包围着我,我一下子失去了自己,并开始用她来代替我。她加入了我的生活,就像锯那块门板一样,拦腰把我的过去砍掉了。过去,不知留在了什么地方。

第二章

她拉灭了外屋的灯,撩开白布门帘走进来。

"困了吗?"她笑着问我。她好像已经跟我生活了好几年似的。

234

"不困。"我说，"你困了吗？我铺床吧。"

"不用你铺，哪有大男人铺床的。"她爬上炕，熟练地摊开被子，"你洗去吧，外面水给你打好了。"

于是我知道了：一，我从今以后可以不用铺床叠被；二，她说的"洗"，肯定是一个必须经过的程序。

洗完以后，我进来，她已经睡在炕上了。真快！

我不知道这时我应该干什么。炕上只有一床被子，却放着两个枕头。多么奇怪，一瞬间就跑来一个女人；她不是男人，她是个女人！而这个女人要睡在我旁边。没有任何人能够干涉，没有任何人像我一样感觉到奇怪……不过，还应该有某些程序吧，我想。我点着了一支烟。

"你还抽烟？"但她的语气中没有责备的意思。

"还不想睡。"我向她抱歉地笑笑，"我很兴奋。"

她大概也笑了，但在被窝里没有作声。

"香久，你为什么要跟我结婚呢？"我在炕沿上坐下，问她。

她眼睛看着顶棚，沉默了片刻，反问我："那么，你为什么要跟我结婚呢？"

"你还记得八年前吗？在芦苇荡里……"

她笑了起来，被子里一抖一抖地，"哦，你还记得呀？"

"当然，我当然记得！我一直想着……"

"我早就忘了！"她打断我的话，决然地这样说。

她忘了！我的心一沉。但我想她是不会忘的。

"不，你不会忘的。不然，你怎么一见面就认出了我？"

"睡吧，睡吧。"她温和地表示了不耐烦，"说这些干啥？既然在一块儿了，就想着以后怎么过日子。"

"怎么过日子呢？"我讪讪地问，一边慢慢地脱衣服。我应该有很多话说，我可以说出很多话，很多很动听的话，但我现在只能顺着她的思路去说。

"怎么过日子？"她仰面朝上，睡得笔直，"咱们两个在一起，工资虽然不高,可是没有拖累,准比他们过得好!那些老娘儿们,有嘴没毛的,会干啥?哼!我一个也看不上!……"

她的语气陡然变得很激愤,含着对"老娘儿们"的蔑视。好像她以后生活的全部目的就是和那些"老娘儿们"展开一场"过日子"的比赛,并在比赛中压倒她们。

女人啊女人!我要逐渐地熟悉你。我脱了外衣、长裤,靠墙坐在她旁边。我要把烟抽完。我想拖长一点这样的时间。这个时间是值得玩味的。这个意境是值得玩味的。她躺在这里!就在我的脚下。一簇闪亮的乌发柔软地摊在柔软的白枕巾上。两只晶莹的眼睛盯着一片狭小的空间。那空间可能有许多美妙的图画,乌黑的眼珠里饱含着向往、希望与展望,还有盘算、期待、临战前的紧张。薄薄的被子没有能盖住她窈窕的身躯。拖拉机牵引的金属犁铧正和她富有曲线美的胸脯和小腹形成鲜明的对比。她能承受这样沉重的东西,因为她具有无限的弹力。幻影变成了现实,失去了她无法把握的美丽的色彩,但现实要比幻影更为动人。

"来吧。"她说。

我撩开被子,原来她这时和我在芦苇荡中见到的完全一样……

"也许是我太兴奋了。"我说。

然而,我说这句话不过是掩盖我的羞愧、我的内疚,和我的懊丧。

这是一片滚烫的沼泽,我在这一片沼泽地里滚爬;这是一座岩浆沸腾的火山,既壮观又使我恐惧;这是一只美丽的鹦鹉螺,它突然从室壁中伸出肉乎乎黏嗒嗒的触手,有力地缠住我拖向海底;这是一块附着在白珊瑚上的色彩绚丽的海绵,它拼命要吸干我身上所有的水分,以至我几乎虚脱;这是沙漠上的海市蜃楼;这是海市蜃楼中的绿洲;这是童话中巨人的花园;这是一个最古老的童话,而最古老的童话又是最新鲜的,最为可望而不可即的……人类最早的搏斗不是人与人之间、人与兽之间的搏斗,而是男性与女性之间的搏斗。这种搏斗永无休止;这种搏斗不但要凭气力、凭勇气,并且要凭情感、凭灵魂中的力量、凭先天的艺术直觉……在对立的搏斗中才能达到均衡、达到和平、达到统一、达到完美无缺，而又保持各自的特性，各自的独立……

但我在这场搏斗中却失败了！我失去了自己的特性，失去了自己的独立。

我满身是汗，像刚从浴盆中出来，而脚底板却冰凉。喘息了一会儿，我略微欠起身子，喃喃地说。

"我想喝水。"

她一翻身，掀开被子坐起来。

"你不行，事儿还多得很！"

她虽然这样说，但还是下炕给我倒了一杯水。水冲击着杯子，发出一种金属的撞击声。

"给！"她把水递到我面前。我在黑暗中摸到杯子，同时握住她的手。

"对不起。"我说。我想拉着她坐在我身边。

她甩开我的手，又爬上炕钻进被窝。

"这有啥对得起对不起的。下一次再试试。"

我看不见她脸上的表情，但声音是冷静的。

我们平静地过了几天。

我极力想从这几天中的一点一滴体会到幸福。首先是有人给我做饭了，吃了将近二十年的食堂终于与我告别。放牧回来，把马赶进马棚，回到那两间破旧的库房，漂亮的餐桌上一定会有饭在等着我，并且每顿饭都会使我赞叹不已。菜蔬粮食完全和食堂吃的相同，但经过她的手却被赋予了奇妙的味道和颜色。她说："要像你这样吃，咱们的定量可不够了！"但我还是把这句话当作对我的鼓励。

其次，在库房前面，我用锹和石夯平整出了一块平地。平地在三面长草的荒滩中熠熠地反射出日光、霞光和月光，像一块珍贵的田黄石。吃完晚饭，我可以坐在这一方平地上遐想。

结婚的当天,有一个卖雏鸭的安徽人骑着自行车来到我们村庄。她买了四只,把黄茸茸的小生命捧在手上。"要都是母鸭就好了。"她说。那天她是高兴的。大脚的女哲学家说:"你们住的是库房,耗子肯定少不了。"于是送给我们一只断了奶的小猫。灰色的毛中夹着白色的条纹,虎虎地很有生气。这样,我们的小家庭才建立便有了一群成员。雏鸭叽叽地叫,小猫咪咪地叫。在我平整出的这一方庭院中吃喝嬉戏。其实,我和它们一样,也是刚开始熟悉这个新的生活环境。

但是,她的郁郁寡欢,她的不自然的笑容,和她藏在温顺与体贴下的怜悯,却破坏了我的幸福感。我有一种莫名的自卑。感觉到了我们之间有一种很微妙的不平等。这就是幸福吗?幸福难道仅仅是提高了吃和住的质量?我无心读书。我连在孤独中的安宁心境也失去了。那黄昏的落日,那飘零的晚霞,那在暮色中被晚风吹拂着卷毛的瘦伶伶的乏羊,那大路上久久不落的尘土,那被车辙和缰绳磨破皮的疲惫的牲口,谱成的仍然是一曲悠长缓慢的《如歌的行板》,在我心中唤起的不但仍然是沉郁而伤感的情调,而且新渗入了一种惶惶不安的心绪。

她每天在我身旁晃来晃去。她是高傲的。她是放进斗兽场中的一只矫健的雌兽。她等待着我去征服她。但是,我头一晚上就感觉到了,觉察到了,明白无误地知道了,我已经失去了这种能力!

也许与气氛有关?也许有什么心理障碍?我趁她不在家的时候用另一张报纸悄悄地糊住了那些横七竖八的尸体;我借口说盖新被子热,让她另换了一床薄被子。搬去了尸体和拖拉机,还有什么呢?我头脑昏昏沉沉地等待着下一次……

几天后的夜晚,她的手给我导航,我的手宛如一叶扁舟,在黑黝黝的惊涛骇浪中游遍她全部的领海,波谷起伏。温暖的汪洋。从海底深处传来阵阵颤动,好像地球在我脚下要飘然离去。但我又战战兢兢的发现:有雨雾蒙蒙的高山,有空气湿润的新大陆,有飞流直下的瀑布,有彩蝶在我意识中飞舞。这里没有一点用语言构成的概念。这里是最混沌的洪荒状态。两团没有固定形状的原生质。两条波动着周身微细纤毛的草履虫。一切都是发自太阳神经丛。从太阳神经丛向周身发射出电波……

哦!我的头怎么隐隐作痛!

她轻轻地推开我。

"你是不是有病?"她叹息了一声,问我。

"我不知道……"我揉着我剧烈跳动的太阳穴,嗫嚅地说,"过去……我不知道……"

"你过去真的没有过?"

"没有。"我深深地叹了口气,"真的没有。"

她蠕动了几下,抖开被子,像蒸气浴室一样滚烫的被窝里凉爽了一些。我感觉舒服多了。

"你是不是因为过去有病干不成,过去才没有……"

"不是。"我像嫌疑犯似的为自己辩护,"不是。是因为,因为没有条件,没有机会……"

"那么,"她犹豫了一下,"这话我都不愿意提,那么,八年前那一次呢?"

"八年前?……"我无法解释。我集中不了思想。即使集中了思想我也无法解释,因为连我自己也不完全理解。

我翻身坐起来,伸手去拿箱盖上的烟。

"也给我一支。"她忽然说。

黑暗中亮起了一团火花,十分耀眼。接着便熄灭了。但有两点火星在默默地闪光。

抽了半支烟。我慢慢地说:"我想,我大概是因为长期压抑的缘故。"

"压抑!啥叫压抑?"她大口大口地吸着烟,又大口大口地吐出去。

"压抑,就是,就是'憋'的意思。"

她发出哏哏的嘲笑:"你的词儿真多!"

"是的。"我照着我的思路追寻下去,"在劳改队,你也知道,晚上大伙儿没事尽说些什么。可我憋着不去想这样的事,想别的;在单身宿舍,也是这样,大伙儿说下流话的时候,我捂着耳朵看书,想问题……憋来憋去,时间长了,这种能力就失去了。"我又没有把握地加了一句:"也许,以后会慢慢好起来吧。"

"那么,你想问题干啥?你看书干啥?想啊看啊顶啥用?"

"人有脑袋总是要想的:难道我们就这样生活下去?难道我们国家就这样搞下去?"

"算了吧!你没本事,净会耍嘴皮子。"她把很长一截烟向墙角扔去,黑暗中划出一道火红的直线,"人家也有想的,也有念书的,也没像你这样!我听人说:念了大半辈子经的、没碰过女人的老和尚,一上来都能干。人又说:三十如狼,四十如虎。你正当年,我这么逗弄你都不行,你肯定天生下来就有毛病。"

"在这方面,当然你比我有经验。"我突然对她产生了敌意,没有战胜她,她和我自身都成了我的敌人,"八年前,你在劳改队里还想跟人干哩!"

"你为啥还提过去?你这个废人!半个人!"我的话触犯了她,她更加恼怒了,"八年前……哼哼!那天你要是扑上来,我马上把你交给王队长,让你加刑!那时候,我正想立功哩!你还当我是想你,是爱你!你撒泡尿照照你自己吧!"

影子和肉体整个地分离了!

第三章

我的坐骑——"101号"大青马陡然陷在泥淖里。它先踩空了前蹄,跟着头就栽了下去。后蹄本能地想使劲把前蹄拔出来,蹬了两下,却也陷进去了。

我用鞭子抽,用脚镫狠狠地磕它的屁股。它昂起头,竖起尖尖的耳朵。我在它背上都能看见它向上翻着大眼球。但它四只蹄子奋力捣腾了一阵,反而越陷越深。

不能再打了。我急忙一翻身滚到旁边的草地上。这是大渠决口时冲出的一个坑。大渠堵好以后,从堵塞处渗出的水流,夹带着泥沙,渐渐在这坑里淤积起来。日久天长,淤积层上长出芦苇和蒲草,表面看来和草滩一样,但只要有人或牲口踏在上面,即刻就会落进这个自然生成的陷阱,平时我是很注意的,从来没有被它捕获住。可是这些日子我一直心不在焉,恍兮惚兮,终于中了圈套。

这正是我们把马往回赶的时候。西沉的太阳最后放射出它更加强烈的余晖,青草和绿树都反映着炫目的金光。远方那片静静的湖沼,粼粼地闪烁着银色的水波。青蛙和癞蛤蟆首先感到了清凉的气息,拼命地在四处鼓噪。其他牲口在"哑巴"的管束下,不情愿地在荒滩上停下来,侧着脑袋向我们张望:你们是怎么回事?还不快回到棚舍里去,蚊子马上就要来了!

"喂!"我向"哑巴"喊道,"你先赶回去,我把它弄上来。别等我。我看它还有一会儿才能挣得起来哩。"

我想告诉他回去跟香久说,可能我会回去得很晚。但是他不会说话。

他不会说话,却能听懂话。他挥动起鞭子,嗒嗒地把牲口赶走了。

周围暮地沉静下来。大青马无力地打了两个响鼻,眨巴着两只大眼睛忧郁地看了看我,然后将下颚搁在蒲草地上,不动了。蚊子天生地能追逐人畜的味道,这时一齐拥了上来,嗡嗡地在我们头顶上盘旋。

我点着一支烟,在大渠坡上坐下。一群归鸟从山那边飞快地掠过草滩。草滩远处,跳跃着一只银灰色的野兔。草、树、野兔、大青马以及我的影子,都在草滩上拖得很长很长。所有的东西都疲倦了,连同影子。草滩上涂上了一种凝重和缓慢的暗色调。香烟的青烟并不四散开去,而是直直地上升,越来越淡,最后不知所终。渠坡下还在向外渗水,一小粒一小粒芥末般的细砂,在薄纱似的水流中,慢慢向坑里汇集。我应该把大青马的鞍子卸下,叫它好好地歇歇,才能缓过气力。

于是,我把烟叼在嘴上,用牧工刀割断了肚带,将鞍子从它背上拔了出来。一股浓烈的熟悉的马汗味,立刻灌进了我的鼻孔。我放下鞍子,人骑在鞍子上,守护着我的大青马。

我们休息了很长时间。我抽了五支烟,将粘在它鬃毛上,尾巴上的牛蒡一一拣掉,用手指梳刷完它露在草地上的硬毛,天空终于暗淡下来。

一股清凉的空气,犹如灰色的幽灵,在坝上护渠的一株株柳树梢上漫卷。到了这个曾经决口的地段,却折转直下,长袖挥出一个漩涡,戏弄着我和大青马。

大青马扬了扬头,又低下,好像很有礼貌地跟幽灵打了声招呼。我想,这时候,你该歇好了吧。我站起来,拔了些蒲草垫在脚底下。"喂,伙计,咱们加把劲吧。"我说,"我提住你的尾巴,助你一臂之力,就像上次你掉进翻浆地里一样。来!"

它的粗尾巴在我手上有一种木质感。很难相信这是从肉体上长出来的。一、二、三!我使劲向上一提,同时用钉了铁掌的爬山鞋踢它的屁股。它也的确跟我配合得很默契,迸发出全部筋肉的力量,猛地向上一跃。地底下,连续发出泥浆的噗噗声,好似埋在下面的鬼魂突然受到惊扰。我和大青马一上一下,一紧一松地试了十几次,周围的青草被践踏得七倒八歪,泥浆化成了糊状的流汁,地下水已经汪出了地表,但最后我们仍然失败了。大青马索性放弃了努力。看来它最明白自己的处境。

它照旧把长长的脑袋搁在蒲草上,喷着粗粗的鼻息。我抹去头上的汗,蹲在它旁边用衬衫扇起一点凉风。怎么办呢?伙计,咱们要在这儿过夜吗?

荒滩、田野、村庄、树林、绵延的山峦,已经全部隐没在浑然一体的黑暗之中。我翘首远望，竟看不见一点灯光。一片神秘的夜气，悄悄地在地面飘荡……

这时，我身旁突然响起了一个陌生而又熟悉的声音。

"哦，你别假惺惺的。人真是会装模作样。"大青马忽地抬起头，一只眼睛直瞪瞪地盯着我说，"其实你也不愿意回去。你结婚刚一个多月，不是和你老婆已经分开睡了吗？你现在害怕，你害怕夜晚，就像我害怕驾辕一样！"

"咦！你怎么会说话的？"我惊骇得一屁股坐在潮渍渍的草地上。

"嚯嚯！"它老腔老调地讪笑我，"看你吓得这副模样！你别忘了，那个广播喇叭正对着我们的棚舍，并且，我来到这世界上，就经常吃大字报。大字报虽然有股墨汁味，但毕竟是草纤维做的，比饲养员给我们不负责任地塞来的长草好吃多了，我发现，我出生在一个语言空前发达的时代。你们人类现在别的方面都退化了，唯独擅长玩弄语言。所谓近朱者赤，近墨者黑，在长期的熏陶下，我自然也会说话了！"

"啊，"我迷惑地说，"这毕竟……毕竟是太奇怪了！"

"这是你们人类的弱点。"它说，"你们应该向我们学习沉默和冷眼旁观。这才是处世泰然的表现。"

"那么，"我问，"为什么你今天却张开嘴说话了呢？"

"我知道你不愿意回你那个家。"它喷了一个响鼻，"至于我呢，今天恰巧也不愿意回去。在某一个时候，我也和你一样，觉得有离群独处的必要。我们可以沉静下来思考一些问题。哲学是无所不包的；马道和人道有共同的规律。"

"唉！"我不得不承认，"我在内心里确实不想回去。我要一个人在这荒野，把一切理出一个头绪。"

"也许我会对你有帮助？"它用学者的腔调谦虚地说，"我虽然不像你活了三十九年，但在马类里也算是老马了。所谓'老马识途'，指的就是我。我们或许能够互相启发。"

"既然你已经知道得这样清楚，"我说，"在这方面，你能告诉我些什么呢？"

"啧！啧！"它咂咂嘴，"我很同情你，你我有相同的遭遇。我想你是知道的，我被人类残酷地骗掉了。我现在只是一匹骟马。"

"是的。"我说，"但我不是被骗的。我具有那个器官，却没有那种功能。这又是怎么回事？"

"在我没有被骗之前，只要有一声母马的嘶鸣，一丝母马的气味，都会使我神魂颠倒。哪怕它千山万水，哪怕它铜墙铁壁，都不能将我阻挡。我的器官从来没有发生过故障，它总是准确无误地给我带来销魂蚀魄的幸福。但我自被骗掉以后，我失去了性的冲动，于是我对一切都无动于衷了。'哀莫大于心死'此之谓也。人类啊，你们的残忍和阴毒就在这里：你们从心理上根绝了我的欲望。我亲爱的牧人，你要检查检查你的心理状态，做一番严格的自我鉴定。"

"不，"我说，"我觉得我还是保留着这种欲望的。当她第一次、第二次、甚至后几次与我求床笫之欢的时候。我只是最近这一段时期才感到厌烦。而这种厌烦是由于我的无能所产生的恐惧。"

"吭、吭、吭！"大青马发出一串声音奇特的冷笑，"你太注重这方面了，难道你不觉得自己庸俗和低级吗？我指的是你全面的心理状态。这方面的无能，必然会影响到其他方面的心理活动。你是有知识的；你应该明白人和世界都是一个统一体；要用统一的眼光去分析各个系统。这个系统出了毛病，难道别的系统就没有受到影响？你不是还有你的信仰、你的理想和你的雄心吗？"

"我想，大概不会受到什么影响的吧！"我迟迟疑疑地说，"譬如司马迁，他被处了宫刑以后，还能创作出那部伟大的《史记》……"

"吭吭……"大青马更响亮地笑起来，接着又沉重地喷了一个响鼻，"唉！牧人啊，亏得你还是读过书的！这里，你犯了一个形式逻辑上的错误。司马迁，我是知道的。在你们'评法批儒'的运动中，我几乎天天听到广播喇叭里介绍他的情况，所谓'宫刑'，是外部施加于他肉体上的残害手段。这只会激起他更大的愤懑，在心理上积聚起更大的冲击力,所以他完成了那部叫《史记》的书籍。我甚至认为,如果他不受'宫刑'还写不出《史记》哩!世界上少了一个生殖器,却多了一部辉煌的巨著。这也是广播喇叭里常喊的'坏事变好事'吧。而你,现在壮得跟我的兄弟一样;他们虽然把你拉去陪过杀场,但枪子儿并没有伤你一根毫毛。你全身完好无损,你是在心理上受到了损伤。外部刺激刻下的病灶在你的脏腑里,在你的头脑里,在你的神经里。你能跟司马迁比吗?"

"是的,确实是这样。"我垂下了头,"我请你接着替我分析下去。"

"所以,你和我在某些方面倒很相近。"大青马向我投来的亲切目光,在黑夜中闪闪发亮,"一方面,由于我被骗了,我灭绝了情欲,抛开了一切杂念,因而我才有别于其他牲口,修行到了能口吐人言的程度。正像你,谁也不能不说你在劳改犯中,在卖苦力气的农工当中,背马恩列斯毛的语录是背得比较熟的。而另一方面,因为你又并不是被骗掉了什么——请原谅我用词不当——如司马迁那样,却是和我一样在心理上也受了损伤,所以你在行动上也只能与我相同:终生无所作为,终生任人驱使、任人鞭打、任人骑坐。嘿嘿!我们倒是配得很好的一对:阉人骑骗马!——请原谅,我常常控制不住自己的幽默感。哦,对了!这方面我们也有相似之处,冷嘲热讽、经常来点无伤大雅的小幽默、发空论、说大话,等等。唉!我甚至怀疑你们整个的知识界都被阉掉了,至少是被发达的语言败坏了。如果你们当中有百分之十的人是真正的须眉男子,你们的国家也不会搞成这般模样。不知道你感觉如何,我每天听那个大喇叭都听腻了。难道即使在你们所擅长的语言方面,也再翻不出新的花样?"

"叫你这样一分析,我这一生岂不是完了吗?"我痛苦地问它。

"什么叫'完了'?"它昂起头,严肃地对我说,"你来到过这个世界,你工作过,你看过,你吃过,你听到过各种各样的奇闻,比如:一个国家元首怎样一下子成了囚犯,一个小流氓怎样一下子成了有几千万党员的大党的副主席,然后,你死了。任何人的一生本质上都是这个过程。你，还是比较幸运的，因为你生活在一个空前滑稽的时代。难道你还要求其他什么吗？啊，你是不是指生殖后代这点？"

"不，在这点上我并不抱希望。正如你刚刚说的，如果国家总是演这样的滑稽戏，我的后代不可避免地会重复我凄惨的命运。他不出世倒好。"我抱住头说，"我指的是人活着要为这个世界增添一些什么，为人类贡献一些什么……"

"嗬！大话，大话！老毛病又犯了。"大青马打断我的话说，"像我们，每天这样拉辕、运这运那，不是也在出力，即你说的'贡献'吗？你们人类总要把一些平凡琐事涂上一层绚丽的色彩。掏一回厕所也要说成是学了毛主席著作的结果……"

"哦，你没有懂我的意思。我指的是创造性的劳动，不是像你这样被人驱使。"

"你还要创造什么？"大青马诘问我，"人和马，和其他一切生物最根本的创造是自身的繁殖。你连这点都做不到，还想有什么创造？诚然，你们人类当中是有许多伟大的人物抱着献身精神，终身不娶，终身不育。可是他们并不是丧失了娶和育的能力，他们才能有所创造、有所发明。而你是根本丧失了这种能力呀！你本身的心理状态就不平衡，系统之间是不协调的、紊乱的，所以我劝你千万别做那样的臆想。你即使创造出来什么，也会是畸形的，甚至对人类有害。我亲爱的牧人，你别是像我的一个兄弟吧？它没有被人骗净，能力丧失了，欲望却还存在，最后被它自身的欲望折磨得发了疯。它是被你们吃掉的，那张皮还扔在棚舍的顶上。千万！千万！赶快熄灭你创造的欲望，做个安分守己的人，像我似的做个安分守己的马。"

"照你这样说，她说得对啰？我只是个废人，是半个人！"我发觉腮上冰凉。那上面有流下的眼泪。

"唉——是的！"大青马从肺腑深处发出一声长长的叹息，"你要承认既成事实。这就是命运。命运的力量只有人遭到不幸的时候才显示出来。你的信仰，你的理想，你的雄心，全是徒然，是折磨你的魔障。你知道得最清楚了：人们为什么要骗我们？就是要剥夺我们的创造力，以便于你们驱使。如果不骗我们，我们有自己的自由意志，我们经常表现得比你们还聪明，你们还怎么能够驾驭我们？连司马迁自己也说过，'刑余之人不可言勇'。唉！你还侈谈什么创造？"

我无言以对。我感到屈辱。我的肚子里翻腾着一腔苦水。

"嗯！"大青马突然惊觉地扬起脑袋，鼻孔朝天深深地吸了几口气，"我闻到了一股肉欲的气味。这气味不是从你身上散发出来的却又萦绕着你。怪事！啊，我的牧人啊，你可要警惕……好了，咱们走吧！我不希望你遇到什么不幸，因为你还是比较关心我们的。"

说完，它猛地一抬前蹄，上身居然拔了出来。旋即，它敏捷地将前蹄踏在泥坑的边沿上，踩着了实地。接着屁股一撅，前蹄再向前一跪，竟很顺利地爬了出来。全部过程不到十秒钟。

我惊讶地站在它旁边。

"走吧。"它立在坝坡下的干地上，回头招呼我，"天黑了，你是看不见路的。你跟着我走。我有比人还敏锐的直觉。唉！实际上，你们人类是动物界退化得最厉害的一种动物。退化的主要标志之一，就是你们认为你们最聪明……"

它迈开蹄子，自己嗒嗒嗒地走了。我背着鞍子，拿着马鞭，跟在它的后面。

茫茫的黑夜，没有边际……

回到村庄，人们都睡下了，只有我的那两间破烂的库房，我的家，还亮着灯光。她还在等着我。有家还是比没有家好啊！

走到马厩门口，大青马回过头来。"嘘！"它掀起嘴唇，从齿缝中呼出一口气，示意我不要说话，"亲爱的牧人，从此以后我要保持沉默，还和过去一样呆头呆脑。并且请你千万不要向我的同伴泄露我有这种本领。如果它们知道我有这个本事，我特别聪明，它们就会联合起来把我咬死、踢死。同时，我也奉劝你，你以后在人们中间也别表现得太突出。把你的知识和思想隐蔽起来吧，这样你才能保全你的性命。"

第四章

她果然还没有睡,坐在外屋的餐桌旁边嗑葵花子。餐桌上铺着一张报纸,报纸上摊着葵花子皮。灰猫卧在一张凳子上。

"你咋这么晚才回来?"

她用拇指和中指拈着小小的葵花子,高高地翘起小手指头,以一种很雅致的舞台手势将葵花子送到两颗白白的门牙中间,漫不经心地问了我一句。

"大青马陷到泥坑里面了。"我说。随手把马鞭挂在她指定的那颗钉子上。

"饭在锅里。"她纹丝不动地告诉我。

我洗完脸,把饭端到桌子上,赶开灰猫。餐桌上放的一个当烟灰缸用的罐头盒中,有几个烟头。

"谁来过?"我问。

她顺着我的目光看了看罐头盒,停了一会儿,说:"曹书记。"

"他来干什么?"

"那有啥稀奇的? 看得起咱们呗!"

"书记看得起咱们,这事就够怪的。"我吃着饭说。

她白了我一眼,照常嗑葵花子。沉默了片刻,她说:"你这个人真怪! 好像天生下来要人看不起才舒服。人家看得起咱们,来串个门,你倒觉得不自在了。咱们又不缺鼻子不缺眼,为啥在人跟前不跟人一样地活?"

这话很有道理,我无话可说,只好默默地吃饭。

吃完饭,我把碗筷收拾到案板上,这时才感到非常疲倦。我以为她会像往常一样说:"你放下,我来洗。"但她并没有这样说,于是我就动手洗碗,她也没有拦我。

她又在餐桌旁快快地嗑了一会儿葵花子,后来伸了个长长的懒腰,把罐头盒里的烟灰也倒进报纸,揉成一团,扔到簸箕里。随着拿起小刷子,把台布仔细地扫干净。在任何时候,即使她情绪不好的时候,她也总保持着爱清洁整齐的习惯。

"你把你这一身脱了放在外面,别带进里屋来,看你滚得像个泥猴似的!"她对我吩咐完,看也没看我一眼,掀起门帘进去了。我照她说的脱下涂满泥浆的衣服,扔在洗衣盆里。略一踌躇,干脆倒上了水,自己洗起来。

我进到里屋的时候,她还没有睡着。眼睛呆呆地看着用报纸糊的顶棚,仿佛读着上面的某一篇文章。

"你还没睡?"我随口问了她一句。

她没有理我,反而一翻身脸朝着墙壁。我在炕的另一头铺上被子。现在,我盖我原来的被子,她盖她原来的被子,我俩结婚时新缝的那床绣着拖拉机的被子放在我们两人中间,成了分界线的标志。红彤彤的,正是一种警告的颜色。

我躺下后,拿过一本书,但看了半天也没看懂一个字。她也没有像往常那样催我关灯睡觉,连一声呼吸也听不见。屋子里笼罩着一种要等待我去打破的令人窒息的沉默。

"香久,"我放下书,下定决心说,"如果你觉得不合适的话,我们可以离婚嘛。"

"发疯了!"她即刻接上话用很清醒的语气说,可见她一直在等着我开口说话,"我离了两次婚,现在刚结婚又离婚。让人家听见不笑掉大牙才怪!我今后还做人不做人?"说着,她竟发出哽咽的语声,"算了吧!算我倒霉,算我命苦!我也看透了,我一辈子不得过好生活!"

"那怎么会呢?你还年轻嘛!"一阵怜悯之情揪起我的心,"不用你去提,我去提好了……"

"你去提、你去提!"她在被窝里扑腾着,"你凭啥去提?我有啥不好?你有啥理由提出跟我离婚?"

"哎,你别误会!"我慌忙解释,"不是你不好,而是我不好。婚姻法上本来就规定有这样一条:不能过夫妻生活的人不许结婚。我们只是婚后才知道罢了……"

"去去去！"她的肩膀一耸一耸地，"用这个理由，更让人笑话了。叫人以为我黄香久就图这个……"

"这有什么？这是光明正大的理由嘛！……"

"滚一边去吧！被窝里的事是光明正大的吗？只有你这个书呆子才说得出来！"

光明正大、合理合法的事在此时此地却不能光明正大、合理合法地解决。我思忖了一会儿：的确如此！但什么是两全其美的办法呢？我，是无计可施了……

"哼哼！"她又发出我惯常听的冷笑，"我已经想好了：咱们结婚，就等于两个单干户办了一个合作社。咱们这哪叫个'家'？还是单身宿舍！我就当作我还跟马老婆子睡在一个屋里，你就当作还跟周瑞成住在一起算了！生活上，咱们互相帮助：挑水、和煤、打粮、劈柴，这些重活，你多干点；做饭、洗衣裳、收拾屋子我来干。嗯嗯……"她突然控制不住地哭出了声，"还能咋办呢？就这么办吧！……我盼呀盼呀，盼有个好男人……我啥都能干，能侍候他……咱们平平安安地过半辈子，不管他们政策咋样变，他们总还得让咱们老百姓活下去吧？没有老百姓，还成啥国家？咱们关起房门过小日子，不惹事，不生非，别让他们再找咱们的岔子。可是，可是……倒盼来个你这么没用的废物！你是啥男人？马老婆子还说你脾气好，人厚道。哼哼！我才知道了，你根本就没有男人性！我听人说，太监就像你这么蔫不叽叽的……你要是个真正的男人，哪怕你成天打我、踢我哩！……"

大朵大朵的泪花，不由自主地涌出了我的眼眶。思维完全混乱了。一个巨大的忧伤将我猛地击倒在炕上。灯虽然还亮着，但我眼前一片漆黑，还飞舞着无数金星。

"上帝、上帝！"尽管我不相信冥冥之中有鬼神存在，但还是禁不住呼唤起它来，"你为什么要这样作践我？你把我打翻在地已经够了，为什么还要踏上一只脚！"

她见我默不作声，坐起来用红红的泪眼看了看。也许她看见了我的眼泪,但她什么也没有说,一抬手拉灭了电灯。

　　我应该挪过去安慰她,抚摸她,款款地将她搂进怀里,用语言、用动作使她高兴起来。但我没有这个能力,没有能力承担我应尽的义务。以前我曾试过两次,在她不快乐的时候。但每次到最后她总是极力推开我,挣扎着坐起来。她的眼睛发饧,面孔潮红,大口大口地喘着气。"你反倒搞得我难受!"她说。于是,我明白了,我不能再碰她。我应该躲在一边,躲在旮旯里,最好变成老鼠。在这个所谓的家,在这两间破旧的库房里,她慢慢膨胀起来,最终塞满了全部空间,已经没有我一点容身之地。原来我住在单身宿舍的时候,所占的空间虽然很小,但我的心理空间却辽阔无边;现在,我所占的房屋空间大了,而心理空间却紧缩成一团。我的心被她塞得满满的;我懂得了人们常说的一句话,"心里堵得慌"是什么意思。
　　至此我才领教了,有比社会压力还要可怕的压力,就是家庭压力。——地回忆在历次运动中受折磨而自杀的人,发现触发他们采取这一行为的最关键的契机,却是妻子或孩子给他们的刺激。这一刺激才使他们下定最后决心。而那些挺受住折磨的人,多半是有一个稳固而温暖的后方。即使在牛棚里连一根筷子也得不到,但他还是能感应到心灵的思念。
　　我又一次地想到自杀。既然已经成了"废人",成了"半个人",只能和大青马一样地被人驱使,最后在马厩里了此残生,苟且地活着还有什么意义?这些日子,我故去的母亲经常出现在我的梦中,她还和照片上一样慈祥、美丽,嘴角挂着永恒的微笑。她在一片迷蒙的雾中,若隐若现。而在我急速向她爬过去时,又不见了踪影。醒来,我一直猜测这个梦要猜测到天明:这是在召唤我?还是在鼓励我活下去?天明以后,库房里渐渐亮堂起来。一间几乎像颓垣断壁的破房子,竟被香久收拾得窗明几净。我最厌恶蜘蛛网,那会使我联想到监狱,而在这最容易结蜘蛛网的库房里却纤尘不染。门板做的书桌,洁白的桌布,窗台上,一个透明的试瓶中插着一束紫色的马莲和路边采来的牵牛花。被一砖一砖拍出来的泥地平整如镜;黄土墙上的报纸却也像一种花纹别致的糊墙纸。她的雪花膏瓶子,她的圆镜子,我的一摞书籍,仿佛都具有勃勃的生气,随时会动作起来。欣然为主人服务。她灵巧的手,奏出了一连串家庭幻想曲的美妙音符。再看看她。仰面睡得正熟,从额头一直到下巴,也是与她同样灵巧的手勾画出的美妙的轮廓。这一切,绝不是在推拒我,相反,而是极力要把我吸引到这里面去,吸引到正常的生活中去。可是,我和这一切当中,却隔着一堵冰冷的、无法击碎的、用玻璃砖砌成的墙壁!

我的生理机能直至我的神经末梢,都使我再不能享受正常人的生活,并且失去了正常人的创造力。

"是生存? 还是毁灭?"我不断重复哈姆雷特的这句话。

第五章

"喂,老章,今儿个弄匹马我骑骑咋样?"

我和"哑巴"把牲口赶出马厩,在村庄前面,碰见了黑子。他背着燧发猎枪,在路口等着我们。他要到山下去打猎。今天生产队休息,我和"哑巴"当然还要放牧。虽然我可以让别人替换我,把我一天的加班工资拨到别人名下,但我情愿出去,我不愿意待在家里。

我看了看连队办公室门口,那儿站着几个闲人。

"走远点,"我说,"我在前面树林里等你。"

我骑上大青马,挥动鞭子,把马群赶到一片休耕地上。休耕地长满稗草、猪耳菜和野蒿,还没有长高,就被牲口的蹄子践踏得残败了。破碎的根和破碎的叶子,萎黄地躺倒在干裂的土地上。这儿,放猪的、放羊的、和我们放马的早都光顾了。现在,要让牲口吃饱,就得跑很远的地方。

我把大青马牵到休耕地旁的林带里,拴在一个树桩上。

黑子跑了过来,从口袋里掏出烟点上,同时给了我一支。

"哪匹好? 给我一匹听话的。"

"你就骑我骑的这匹大青马吧。"我说,"下午你可早点回来,别让人发现。鞍子后面有一个小袋子,那是我给它开的小灶。也别老骑它,休息的时候给它喂点料。"

　　"知道!"黑子打量着大青马,"嗯,是匹好马! 跟他妈电影上看的一样。"

　　"多好的马在我们这儿也给糟蹋了。"我说,"同样,多好的人在这儿也会给埋没的。"

　　"喂,"黑子想起了什么事,又踅转身来,"我跟你说一件事。这可是咱们是哥儿们,我才跟你说。丽芳还叫我别告诉你,可我想咱们哥儿们不能栽这个跟头……昨儿晚上,曹学义在我家喝酒。你知道,这个'丫挺'老到我家来蹭酒喝。喝到半夜'丫挺'的醉了。他说啥:这个连队的女人就数你老婆黄香久漂亮,说她腰又细又软,脸蛋儿也嫩,还说你老婆对他也有意思,跟他话里有话。他宁肯不当这个芝麻官,也要跟你老婆睡一觉。这'丫挺'是老跟我说心里话的。他也把现在这世道看透了;他是真不愿在这儿当官,能混一天是一天,所以他才对整人的那一套不怎么积极。可是在女人身上,这'丫挺'是说得出来干得出来的主儿! ……老实告诉你,老章,你老婆也不是正经货。苍蝇不抱没缝的鸡蛋。丽芳跟她在一个生产班,丽芳说平时干活的时候,曹学义老围着她们班转,他俩眉来眼去的,看起来是有那个意思……唉,你既然已经找了她了,咱也不说啥了。女人嘛,你看紧点就行了。要炝蹶子,你就打,用他妈马鞭抽她!"

　　我并不感到气愤,甚至也没有表现出惊愕。已经被人和牲口践踏倒的稗草,连迎风摇动的气力也没有了。我用手掌抚平了皱起的额头,说:"随她去吧,黑子。我谢谢你的关照! 可她现在能天天给我做饭洗衣服,我已经觉得很不错了。人嘛……"

　　"咦! 你'丫挺'的咋这么窝囊!"黑子扬起浓黑的眉毛,"亏得你还是进过两次劳改队,蹲过三次牛棚的硬汉子哩! 你他妈的有啥短处捏在她手上? 她他妈的也是劳改过的呀! 还是个二婚头……"

　　"走吧,"我把马鞭交给他,推了他一把,"下午记着早点回来。"

大青马在树桩旁边点着头,似乎很赞许我的话。

黑子在我背后骂骂咧咧地走了。我穿过林带地,走到麦田边上坐了下来。

麦子已经全部黄熟了。收割的季节已经来临。沉甸甸的麦穗在微风中整齐地摇来晃去,像一群歌咏着的女人,在淡淡的云影下面,缅怀她们的青春年华:那雪白的幼芽,那嫩绿的小苗,那苗壮的绿得发黑的麦秆,那饱含着芬芳汁液的穗苞,那刚秀穗时的绰约风姿……而这一切都过去了,永远永远地过去了。现在,她们的麦粒紧硬、燥黄、没有一点水分;她们的麦秆焦脆、透明,已经禁不起风吹雨打;她们被风撕裂的叶子皱皱巴巴的,像被烟火熏过的一样。她们成熟了,是的,是成熟了,但也失去了最美好的时光,永远、永远地失去了。

空气燥热。白杨树在我头顶上啪啪地击打着枝叶。一只土百灵陡地从麦田中直直地向上冲去,蓝天中有一个越来越小的灰点。云在缓慢地飘移,下面一层是银白的,上面一层是雪白的。它们不知道要飘向哪里?哪里才是它们的终点?多快啊!我结婚已经两个多月了。这块麦田正是我那天从罗宗祺家回来经过的地方。而这一切景象都改变了,包括我自己。

田埂上种着高大的蓖麻。它把它手掌似的叶片搭在我肩上,在微风中把自然的所有音响向我倾诉,热情而又忧郁。你好,我的蓖麻!你好,我的白杨树!你好!我的永远流浪的白云。你好!我的金黄色的小麦。我从你那里得到生命,而这个生命却没有价值。我的生命浪费了你。我的生命也浪费了我自己,浪费了我自己的一切努力……

我猛地站起来,一时间觉得天旋地转,肺腑中的压力突然向外冲出:

"我的神,我的神,为什么离弃我?"

"这个人呼叫以利亚呢。"我听见以色列人在我耳边说……

第六章

拖拉机开到场部小学校门口，陡然熄了火，拖斗还向前猛撞了一下，才停下来。

"操他妈！"小李子跳下驾驶座，使劲踢了一脚轮胎，"这种破玩意儿现在还使，在人家外国，早他妈报废了！"

太阳已经完全落下去了，天空出现一个又圆又大的月亮。没有云，没有晚霞，也没有星星。我忽然发觉周围的景物比黄昏时分还要鲜明。学校的大门两旁涂着红漆语录："学校一切工作都是为了转变学生的思想。"还有一条："工人宣传队要在学校中长期留下去，参加学校中全部斗、批、改任务，并且永远领导学校。"月光下，毛主席的话在熠熠闪光。

原来学生在学校不是学知识，而是转变思想。是把天真无邪"转变"成虚伪奸诈？还是把资产阶级思想"转变"成无产阶级思想？七岁的儿童就具有资产阶级思想，而这所学校的任务就是要使他们转变立场！我突然感到冷飕飕地刮来一阵凉风。

很晚了。凉风是从月亮上刮来的……

车头前面，小李子在吭哧吭哧地拉皮绳，想使拖拉机重新发动起来。月亮上，有一小块一小块斑点。那是月球上的大陆？还是月球上的海？……我好像是从月球上下来的，对地球上的一切都感到迷惘，感到惊讶；我越来越弄不明白地球上的事了，却觉得我渐渐地在向月亮靠近，靠拢，月亮在我眼前越来越清晰，越来越大。

"他妈的！拉不着了。"小李子走过来，扒在拖斗的车帮上，伸出脑袋问我，"咋办？啊，老章。"

我仰卧在拖斗里，身下垫着一叠麻袋，很软，很舒服。"拉不着，你再拉拉。"我盯着月亮说。

"他妈的！你净说风凉话。不信，你来拉拉试看！"

"我就会卖苦力，不会开拖拉机。要会，我早替你开跑了。"

小李子在车帮旁边踟蹰，不断啧啧地说，"咋办?"

下午收工，曹书记叫我加一个夜班，跟小李子的拖拉机到火车站去拉磷肥。"今晚上你辛苦一趟，明天后天你休息两天。"曹学义说，"明天白天场部开大会，全体职工都得去参加。又是号召学习无产阶级专政理论，批什么宋江……"派一个职工来加夜班，明天他当然不能去参加大会。而地富反坏右分子是无权参加大会的，派我加夜班最合适，既不耽误放牧——"哑巴"一个人也能放，又不妨碍明天大会的热烈气氛："全体到会，一致高呼"等等。在我这方面，加一个夜班补休两个白天，当然干。白天，她下地干活，我一个人在家里，正好!

"喂，"小李子在拖拉机四周转了一圈，又回到拖斗旁边，嬉皮笑脸地说："干脆，咱们到小学校里找个地方睡觉去吧。"

"睡觉? 你想得出来的! 任务怎么办?"

"任务、任务! 去他妈的!"小李子在月亮地里蹦跳了一番，"这拖拉机老掉牙了。压根儿就不应该派我来。我是没有办法了，谁有能耐谁来开吧!"

我爬起来，跨出车帮，跳到地上。

"你总得给上面有个交代吧。车坏了，我们一拍屁股睡觉去，万一让谁把车上的零件偷跑了呢? 再说，出了事人家不会追查你，倒会以为是我把拖拉机破坏的。"

小李子隔着帽子搔搔头发，又连声说："咋办?"

他虽然是场部政治处副主任的宝贝儿子，有硬邦邦的后台，但他并不对我实行"专政"，还替我着想。

"那么，你去睡觉，我在这儿看着它。"

"那也不好。"我说，"这拖拉机到天亮也动弹不了，曹书记还以为我们在干活哩。我看这样吧，你就睡在拖斗里，我回去报告。一则我们尽到了责任，二则我可以牵两匹马来，把车头拉着火。你看怎么样?"

"哎呀! 这可难为你了。这儿回队上，少说也有三十里路哩?"

"没关系，我放羊走惯了；今天月亮也好。我最晚十二点钟到家，然后骑着马来就更快了。你睡吧,天不亮我准赶回来拖你。"

月亮已经升到头顶上。月光下的旷野竟完全和月球上一模一样,一直到黑黢黢的地平线都阒无人迹,满目荒凉。仿佛你走到那地平线,再往前跨出一步,便会掉进浩渺的太空。这时,我又回到了我熟悉的环境,在失重状态中飘浮,身体轻盈,脚步敏捷。我最喜欢在夜晚、在月光下独自漫步。原来,人从这一个世界走到另一个世界并不难,只不过是地球从这一面转到了另一面。

大约十一点多钟,我回到了我们的生产队。我的小村庄在月色中静谧地入睡了。一排排土黄色的房舍,宛如一个个劳累了一天的庄稼汉,整整齐齐地躺在土黄色的田野中间。在林带地里,我就看见第一排房舍有两盏雪亮的灯光。一盏是生产队的办公室,另一盏是原来生产队的库房,那就是我的家。这么晚了,她还没有睡,一股柔情,一股怜悯,油然在我心间荡漾。

是先去办公室向曹学义报告?还是先回家去看看她,叫她早点睡觉?我离开大路,走上由人的脚踩出的小道,在稀疏的杨树林中穿行。去年落下的干枯枝叶在我脚下沙沙作响。夜间清冷的风穿过树梢,雀窠里发出雏鸟轻声的惊叫。杨树林的外围,植着一株株沙枣树。这是西北特有的树种,粗糙的褐色的树皮,弯曲的多刺的树干,银灰色的并不鲜艳的树叶,然而它开的米粒大的小黄花却馥郁异常。这种树在干旱多碱的土地上也能生长。它并不需要大自然给它多少雨露,却毫不吝惜自己的芳香。

这时节,沙枣花早已凋谢,枝头挂着累累的小青果。到了秋天,它就会满树金黄。我走过一株株沙枣树。在快走到尽头时,办公室的灯倏然灭了,就像小村庄突然闭起了一只眼睛。从办公室里走出一个人,明亮的月光中,我一眼认出了是曹学义。他并不向后排房子他家的方向走,而是向小库房,也就是我的家走去。正在我诧异的当儿,他已经一推门跨进了我的家。门里的灯光急遽地泻出来,一条长长的光柱射向田野。但一刹那间,门又闭住了。

我继续向前走了几步,我的家也倏地熄灭了灯光。

小村庄在我的面前紧闭住了两只眼睛!

整个小村庄都睡着了。我被摒斥在小村庄的外面。只有我是清醒的。

"这件事终于发生了!"

我的腿一软,一屁股坐在沙枣树的树根上。我听见粗棘的树皮嘶啦嘶啦地刮扯着我的帆布工作服,但我的背部却毫无知觉。

回顾过去所受过的凌辱,与所有不幸的人的所有不幸的遭遇比较,唯独这种屈辱我还没有受过。没有受过这种屈辱倒使我觉得惊异,感到意外,不相信命运会如此厚待我。似乎我天生下来就注定了必须经过一切痛苦,要穿过水与火与剑与蛇筑成的全部炼狱。近几天,我开始有隐隐约约的预感,经受这种屈辱的日子恐怕即将来临。我早已像被逼到墙角下的瘦狗,弓着腰,夹着尾巴,血红的眼睛无望地瞅着高高举起的棍棒,无能为力地等待着它落在我的身上。唯一祈望的,只不过是它别把我的骨头打碎,让我还能爬,还能吃,还能养伤,还可以痊愈。

此时此刻,这一棒终于落下!

我又一次验证了自己的直觉。

我瘫倒在沙枣树下,我的手死命地揉搓着粗棘的树皮,几乎使手掌开裂,仿佛是我要借此恢复我的知觉,以便检查我受伤的程度。

"喂,你咋躺在这里?"忽然,一个幽灵从空中飘来,踢了我一脚,"去拿起砍柴斧!你们家门背后不是放着一把吗?你身上又有钥匙,一下子把门开开闯进去。大丈夫立身天地之间,岂能受这般欺侮?"

我抬起头。这位幽灵穿着宋代官服,微黑的面皮,矮胖的身材,眼如丹凤,眉似卧蚕。他将着髭须说:

"我们兄弟决不会像你这般无能,连武二郎那位号称'三寸丁'的大哥,也要和奸夫淫妇拼个死活,何况你七尺之躯,膀大腰圆,一表人才,你容忍了这种事,再有何面目见九泉下的父母!"

这倒是可以试一试!结婚那天,墙上居然有横七竖八的尸体,这是不是一个预兆?但是……

"宋大哥,"我叫道,"可是,时代不同了。你杀了阎婆惜,可以逍遥法外,而我呢?现在没有一个水泊梁山……"

"照我看,你们现在也和宣和年间相差无几。"宋江说,"主上昏庸,虎狼当道,忠良受害,此时不揭竿而起更待何时?水泊梁山也是好汉们创建的……"

"大哥,时移事易。"我说,"现在的领导集团,要比你们古时复杂多了。领导集团内部,就有着许多爱国忧民的人物,他们正在艰难地工作,想把国家推向正路。下面老百姓的轻举妄动,实际于事无补。"

"短见,短见!"宋江呵呵笑道,"上下结合,朝野结合,内外结合,才能开辟你所谓的'正路'。如没有下面的、在野的、外部的力量,你所说的忧国忧民之士在朝中也孤掌难鸣,最终还是让虎狼收拾干净,打入天牢。你赶快拉起一支队伍,支援在朝的忠良,以清君侧,正朝纲!"

"大哥,你所说的'队伍',正是我们现在叫'革命组织'的东西。现在以无产阶级名义建立的专政机关,可不像你们那时的'捕快'!在这种组织还没有形成的时候,他们就会闻风而动;他们围捕的行动甚至比你组织的行动还要快!这十多年来,他们是宁肯错捕一千,决不放过一个的。一九六八年我从劳改队出来,迷迷糊糊地以为真有个'刘邓司令部',而泼出命去寻找他们,可是不但毫无所获,反而被戴上帽子,投进了监狱。你当是那么容易吗?譬如,你已经弃世几百年了,他们还要把你拉来批斗,幸亏你白天不会出现,不然也要当场将你逮捕!"

"唉!真所谓'彼一时也,此一时也'!"宋江仰天长叹,"如此说来,你一个蝼蚁也无法匡救社稷。那么,干脆宰了这一对狗男女,然后再自尽,也给世上的为非歹之徒一个惩戒。"

"这虽然不失为一个匡正世风的办法,"我说,"可是,宋大哥有所不知,我和她名义上是夫妇而实际不是夫妇,我没有必要为他们舍掉自己的性命,尽管我并不贪恋尘世的生活……"

这时,呼呼地刮来一阵夜风,杨树和沙枣树的枝叶统统摇来晃去。它们投在地上的迷蒙的影子被扰起来,成了一团弥漫的黑雾。空中,又响起了另一个幽灵悲切的声音。

"这都是因为月亮走错了轨道,比平常更接近地球,所以人们都发起疯来了。"幽灵的面孔黧黑,穿着古威尼斯军人的战袍,原来他是摩尔人奥赛罗,他两眼发呆,旁若无人地在黑雾中飘过,"我的勇气也离我而去了,每一个孱弱的懦夫都可以夺下我的剑来。可是奸恶既然战胜了正直,哪里还会有荣誉存在呢?让一切都归于毁灭吧!"

他在地狱里被折磨成了疯人。折磨他的还有自己的良心和悔恨。他凄厉的声音似乎在告诫每一个想弑妻而又自杀的人。

黑雾渐渐散去,两个幽灵都不见了踪影。

俄顷,月色清朗,天空明净。我的躯体乘坐在我的目光上,穿过黛蓝色的太空到四处邀游。我在这一棵沙枣树下,仿佛就能直接与宇宙中任何一个天体对话。并且,我一伸手,一抬足,都无不是在这浩瀚的宇宙中间。我已经投身于宇宙里去了。

"啊!"我向冥冥的太空中呼喊,"孟子说,天将降大任于斯人也,必先劳其筋骨,饿其体肤,苦其心志,行拂乱其所为。我经过了劳、饿、苦、乱,到什么时候才算是终结?如果这种种经历没有一个目的,我还不如就此结束自己的生命!这也可算是一个终结吧……"

"井里的鱼不可以和它谈大海的事,这是因为受了地域的局限;夏天的虫子不可以和它谈冰冻的事,这是因为受了时间的制约;乡下的书生不可以和他谈大道理,这是因为他受了礼教的束缚。"太空中有一个洪亮的声音回答我,"现在,你从河边出来,看见了大海,知道了你自己的丑陋,这才可以和你谈一些大道理了。"

"哦,请先生教我。我谨受命。"我知道说话的人是庄子,虽然我看不见他的形体。

"孟轲这句话,不通之处就在于他认为造化皆有个预定的目的。"

空中的声音说，"我曾经听有大成就的人说：'自己夸耀的反而没有功绩，功成不退的人就要堕败，名声彰显的倒要受到损伤。'谁能够舍去功名而还给众人，大道流行而不显耀自居，德行广被而不求声名，所以才可以无求于人，人也无求于我。你的劳、饿、苦、乱，正是参与了天地之造化。至人不求目的，不求名声，你为什么喜爱它而孜孜以求呢？"

"先生的道理极深，"我说，"但于我还是不太切近。我并不把名声显赫作为苦、劳、饿、乱的目的。我知道显赫的声名会带来新的苦恼。我只是想有所作为。"

"呵！呵！"庄子笑道，"你要知道有所不为才能有所为；而无为，即无不为。徒役的人已不计生死，故登高而不恐惧，受了威胁不回报而超然于人我的区分。超然于人我的区分，这便达到天人合一的境地了。所以此人能做到崇敬他而不沾沾自喜，侮慢他而不愤怒。只有合于自然和气的状态才能这样。怒气虽然发，并不是有心地发怒，那么怒气是出于无心而发了；在无为的情况下有所作为，那么这作为即是无为了。要宁静就要平气，要全神贯注就要顺心，有所为要得道，就要寄托于不得已，应事出于不得已而顺应天地的造化，便是圣人之道了。"

我全身悚然，冷汗淋漓。"谢先生教诲。"我说，"我大概懂得了先生做人的道理。我一定不自喜、不愤怒，望能有所为即应有所不为。所谓'小不忍则乱大谋'者也。然而先生还能教我一些具体的道理吗？"

庄子在宇宙中说："神龟能托梦给元君，却不能躲避余且的渔网；机智能占七十二卦而无不应验，却不能逃避剖肠的祸患。这样看来，则机智也有穷困的时候，神灵也有不及的地方。纵使有最高的机智，也需要众人共同来谋划。鱼不知畏网而畏鹈鹕；人能弃除小知则大知自明，去掉自以为善则善自显。婴儿生来没有大师教便会说话，这是和会说话的人在一起的缘故。我是研究天道的，疏于人事。你要知道人事的具体道理，还需要向谙于这方面的大师请教。"

庄子的声音在太空中消失。皓月当空,枝影婆娑,万物又皆归于清静。

这时,马克思从圆月中踱了出来。

"孩子,我听到了你心里的呼唤。"他将手指插在背心口袋里说,"但恐怕在这方面我不能对你有所帮助。你知道,燕妮是我最亲爱的女人,我是燕妮最亲爱的男人,我当然不会有处理这类问题的经验……"

"大师,我不是向您求教这件事。"我说,"在这问题上我已想通了。我要心平气和地来对待它,不损害自己的道德。我想向您求教的是,我们的国家,我们的社会,即所谓人事方面的前途究竟如何?因为……"

"嘿嘿……"马克思爽朗地笑起来,"我的孩子,"他说,"你说你想通了,其实并没有想通。东方人生哲学的根本是修身养性,求得自己道德的完整,将个人复归于自然,即与天地精神相往来,达到'天人合一'。照我看,你应该先从她那方面来考虑;用平等的、尊重的态度去对待别人。西方的观念是自由平等,东方的观念是道德名誉。我不愿在这里分析哪种观念优劣,它们属于不同的历史时期,并且,随着历史的螺旋形发展,你们东方的哲学将会在世界发扬光大。我这里只想指出,你和她是夫妇,但你又不能尽丈夫的义务,你有什么权利去阻挡她得到暂时的快乐?你以为你饶恕了她,是你道德上的宽怀大度,但实际上你却连饶恕她的权利都没有。这种'自以为善'也是不合于你们东方观念的'圣人之道'的。"

"是的,是的……"我恍然大悟,豁然开朗,"大师,请您继续说下去。"

"好的。"马克思掀起燕尾服后襟,在我面前的一个树墩上坐下,"首先,我要求你,也要用平等的态度来对待我,让我们两个不同时代的人像朋友似的谈话。我之所以称你为'孩子',是因为毕竟我比你的年龄大得多。这里没有什么大师、导师。我从来没有自封过,但我又不主张堵住后人的嘴,这正是我在天堂里苦恼的一件事。'伟人之所以是伟人,正是因为自己是跪着的缘故。'我记得我早就把这句话向你们转告过。遗憾的是,后人们很少听我的话……"

"咦!"我诧异地说,"固然,有许多人歪曲了您的学说,或是假借您的旗号自行其是,但还是有更多的人遵循您的教导的呀!为什么您还说后人很少听从您的话呢?这点我不太明白。"

"孩子,"马克思说,"这也是我在天堂里担忧的:你所说的前一种人,他们为了他们的利益,或是在权力斗争中,或是在镇压群众中,寻章摘句地援引我的话做理论的武器。于是,在一般不谙熟理论的群众心目中,我的面目会是很可怕的,因为他们使我看来仿佛是处处与群众的利益对立。啊,想想我就心惊!可是,这些人往往又能取得胜利,哪怕是暂时的胜利,其原因呢?却恰恰是他们能'自行其是'!你所说的后一种人,天真地照我的话亦步亦趋,却常常碰壁,其原因恰恰又是他们没有'自行其是'……"

"您……"我说,"我有点糊涂了。难道您的话不是真理?为什么不照您的话做而'自行其是'的人能成功,哪怕是暂时的成功?而照您的话亦步亦趋的人反而会碰壁?"

"你别着急,听我说下去。"马克思把他宽厚的手掌放在我的膝盖上,"我一生研究的最重要成果,不过是我的好友恩格斯在我墓前的讲话中归纳的两条:一个是发现了历史唯物主义的基本原理,一个是发现了现代资本主义生产方式和它所产生的资产阶级社会的特殊的运动规律。至于辩证唯物主义的世界观和方法论,那是贯穿在我的全部研究过程中的。如果说是真理的话,真理就仅仅在这里!可是你刚刚说的那两种人,不管是出于恶意还是善意,却都是只在我的研究过程中寻找现成的结论,而不是从我的全部研究中提炼出方法论。我非常赞赏你们东方哲学中的'得意忘言'的说法。如果'得'了我的'意',便会'忘'了我的'言'。而我和恩格斯都回到天堂以后,许多人都是'得'了我的'言',忘了我的'意'。这就是你们东方哲学所说的:'小知不及大知'了,那还有什么真理可言呢?"

"我有点明白了。"我说,"可是,您为什么又说'自行其是'倒能成功呢？那么,您的学说的指导意义又在哪里呢?”

"你还不太明白,"马克思在大胡子中露出微笑,"我说了,如果我的发现对后人有用的话,就在于以上所谈的历史唯物主义与辩证唯物主义。后人要想取得革命事业的胜利,我想应该是运用这种方法论来'自行其是'……"

"我们后人还是要继承您的事业的……"我急忙安慰伟大的亡灵。

"嘿嘿……"马克思又发出洋溢着睿智的笑声,"我的孩子,请你别低估了我的智力。我还不至于傻到以为后人干的事是在继承我的事业。我的事业已经在一八八三年完成了。每一代人只是在干历史规定每一代人所能干的事。全人类的解放是全人类每一代人不断奋斗的事业。任何一个国家,任何一个民族,任何一个党都不能包办,别说一个人了。只有患了老年性痴呆症的人才敢接受别人称自己是世界革命的领袖,和要求他的后人去完成他的所谓事业。你记住,孩子,黑格尔说的这句话很对:'各个民族及其政府并没有从历史中学到什么。从这点说,每个时期都是太特殊了。'这也就是说,每个时代都具有如此独特的环境,每个时代都是如此特殊的状态,以致必须而且也只有从那种状态出发,以它为根据,才能判断那个时代,处理那个时代的事务。所以,那些打着我的旗号却能'自行其是'的人常常会取得成功,道理就在这里。可是,倘若我还活在你们中间,我还有发言权,我就会要求他:阁下,你用你自己的语言来说话好吗?你不自觉地'得'了我的'意',却自觉地牢牢抓住我的'言',往往把我的'言'搞得似是而非,又何必呢?其实,如果你不以为我狂妄的话,我可以说,凡是成功的革命事业,都是自觉或不自觉地运用了历史唯物主义和辩证唯物主义的结果。假如仅仅抓住我的只言片语,等于叫我死亡第二次。唉,孩子,死不是一件愉快的事情。尤其是眼看着人家把你的精神处死,而自己又无能为力的时候。"

"是的,我也有过类似的体会,尽管我们根本不能相比。"我说,"那么,您对我们社会的前景有什么可以指教我的吗?因为这个问题不仅仅关乎到我如何对待生活,还关乎到我的生与死。"

"经济!"马克思立刻接上问题回答,"要从经济上来看问题。唯物主义的历史观我已经大体上表述过了。那就是,社会的物质生产力发展到一定阶段,便同它一直在其中活动的现存生产关系发生矛盾。于是这些关系便由生产力的发展形势变成生产力的桎梏。那时社会革命的时代就到了。随着经济基础的变更,全部庞大的上层建筑也或慢或快地发生变革。我再告诉你,这种历史观还有另外一面:当生产力衰退的时候,萎缩的时候,已经不能维持社会的生存的时候,社会革命的时代也同样会到来,以便挽救濒于死亡的生产力。而看起来,这种社会革命,是先从上层建筑开始的。由上层建筑的变革来改变生产关系。现在,你们的生产力已经被阉割了,连再生产的能力也没有了,它一直在靠嘴对嘴的人工呼吸来勉强维持。可笑的是:你们这个时代,不是脑,不是手,而是嘴这种器官特别发达的时代。你想想,这样的时代可能持续多久呢?"

马克思的话刚说到这里,我家的门倏地开了。曹学义从黑洞洞的门里钻出来,披着他的旧军装。同时钻出来的,还有我家的那只灰猫。曹学义在它身上绊了一下,急匆匆地向他家的方向走去。而灰猫"哇"地大叫一声,一下子蹿到了房顶上。

这个冲撞了伟大的亡灵的人居然是个共产党员。

真是不可思议!

第 四 部

第一章

"你在这里干啥?"

"我在看月亮。你看,月亮圆了,又缺了。"

"真是个傻瓜！唉！嫁了你这么个人真没办法！"

除了睡觉，我尽量不到里面那一间屋去。自我发现了那件事以后，房子里似乎处处留有曹学义的痕迹，曹学义的味道，曹学义的影子。他们是在哪里……是在炕的这一头？还是在炕的那一头？他们总不会在我睡的这一头来搞吧？我极力想从空气中捕捉到他们当时的一举一动：曹学义是这样进来的；她是那样迎上去的；于是他们这样拥抱在一起，那样撕缠着进到里屋；是谁抬手拉灭的电灯？是他，还是她？然后他们是怎样一起滚到炕上的？她的动作我是熟悉的，包括她的呻吟，那么是不是她在曹学义的怀里也把这些过程演了一遍？……我知道我很无聊，但我控制不住自己总要反反复复地如此去想象。甚至会在半夜中突然惊醒，皱起鼻子：是不是有一股什么东西混合在一起的特殊气味？

所以，放牧回来，吃了晚饭，我多半是坐在我平整出的这一块庭院中乘凉。

还写什么论文！这个阎婆惜比周瑞成还要危险！而且，我不过是"半个人"，是"废人"，我已大大降低了对这种工作的兴趣。

只能苟且偷生地观望和等待吧。

酷暑来临，麦子已经收上了场。热烘烘的风刮过正被翻耕着的麦茬地，带来浓郁的泥土气息。那边，"东方红"拖拉机在辚辚地吼叫，金属的声音居然像动物在嘶鸣，有一种颤动的灵气。即使是钢铁，也和大自然融合在一起了。无遮拦的庭院前面，是那一片杨树林和沙枣树。它们是忠实的见证人，永远挺立在自然法庭的证人席上，决不退缩，决不回避，有时在晚风中簌簌地向我表示它们的不满。

我看着悒郁的上弦月在傍晚高高地挂在天空的南方，并在半夜里落下。

我看着忧伤的蛾眉月在日没之前出现在天空的西方。她追随着夕阳，几乎和他同时隐没在山峦的那边。

"你看你，这些日子又黑又瘦，"她一件一件地收着晾在绳子上的衣裳，用既像是关心，又像是埋怨的口气说，"让人看了，还以为我咋欺负你了哩！是少了你吃的？还是少了你喝的？"

是的，我在人眼里，只剩下吃和喝两件事情了！

"人要瘦，有什么办法？"我无力地说，"至于黑嘛，你也知道，太阳这么毒……"

"你就不知道在树荫底下待着？一个放牲口的，还那么负责！把你稀罕得不行！"

星星开始闪烁出微弱的亮光。而在西方的山顶上，一抹橘红色的霞光还没有完全熄灭，宁静地照耀着渐渐昏黑的坡地。

"你也搬个小板凳来坐一会儿嘛。"我说，"你看，夜里这么好……"

"我还忙着哩！哪像你有心思一晚上数天上的星星！"她抱着一大抱衣裳，掀起门帘啪嗒一声进去了。竹门帘是我趁放牧的方便，骑着马到三十里外的供销社买的。她细心地将四周用白布一针针地缝了一圈包边。"这样，就能用好几年。"她说。

她还想着"好几年"的事！

我进到里屋去的时候，她还在纳鞋底。

"给谁做的？"我搭讪地问。

"还有谁？这屋里就两个人，你说还有谁？"

她抬起手，把针锥在头皮上刮了一下。动作利索，手势优美，宛如京剧的花旦一甩水袖。

鞋底很大，那当然是我的。

我脱了衣裳躺到炕上。夏天的土炕，到夜晚会自然散发出如月光一般的清凉。光脊背贴在薄薄的褥子上，就像浮在平静的水面。我是一片落叶，任微风把我吹到任何地方。我曾想过：女人，我要逐渐地熟悉你！可是三个月过去了，仅仅是一个她就比刚开始接触时更难以捉摸，难以预料。大脚的女哲学家说得对：你能把人"思谋"得透吗？

尤其是女人！

那天早晨，小李子开着拖拉机回来，我站在空空的拖斗里。拖斗后面,还拴着两匹马。拖拉机在前面不慌不忙地用马走的速度滚动着,马无精打采地一步一点头,仿佛瞌睡没有睡够。大队正巧出工,全体农工在路口上看我们这支奇怪的行列。小李子先声夺人,还没有走近人群就大喊大叫起来:

"妈的!这车能开吗?还没有到站就熄了火,把我们搁在荒滩上,幸亏老章半夜回来牵了牲口才拉着。要不,两个人早都让狼吃了!×他妈!不给咱们俩记四个工,老子跟他没完……谁有本事谁来开吧,老子要回场部睡觉去了!"

小李子跳下拖拉机,骑上自行车一溜烟回他当官的爸爸那里"睡觉"去了。在人群里,我看见她疑疑惑惑地盯着我的脸。

"是你昨晚上回来牵的牲口?"她露出尴尬的笑容。

"是我。"我沉着脸解下拴在拖车上的缰绳。

"那……你咋不回家?"她跟在我的身后。

"哼哼!"我冷笑了一声,自我们结婚,我还没有这样冷笑过,"好像家里不只你一个!"

我很平静地回答了一句,跨上光背马,就向马厩跑去了。

自此以后,她就开始用这种既像是关心,又像是埋怨的口气跟我说话。你怎么理解都可以。但这毕竟比单纯的埋怨听起来要舒服一点。在此之前,她可是一直用埋怨和讥讽的语气跟我说话的。

并且,她洗衣裳也洗得勤了,有时我甚至觉得没有这样的必要。"我过单身生活过惯了,"我说,"衣裳脏一点没有关系。你看人家,比我还脏!"

"你惯了我可不惯!"她强迫我把厚厚的帆布工作服脱下来,"你身上一股马汗气,走到人跟前都呛鼻子!净看人家:人家去死,你也去死?"

也许是这样!

同时,不论我吃多少,她再也不说"咱们的定量可不够了"这类威胁的话。

现在,她又给我做鞋,一针针地纳着鞋底。她说忙,指的就是这件活。

然而,我倒于心不忍了。何必拖着她呢?

"香久,"我在炕上躺了一会儿,眼睛看着顶棚说,"你怕刚结婚就离婚,名誉上不好听,那么我们安安静静地过上一年吧。到明年,你去提我去提都可以。我们好合好散。理由嘛,就说我们感情不和。要不,就说一个南方人,一个北方人,生活习惯怎么也搞不到一块儿。你看怎么样?"

她不回答我。屋里只有嘶啦嘶啦纳鞋底的声音。

一只大甲虫砰地撞在玻璃上,想来扑灯火,却仰面朝天地落在窗台底下,嗡嗡地直叫。

广播喇叭里吹响了熄灯号——十点了。这就是"全国学习解放军"以后的新气象,即使在这个荒僻的小村庄,作息制度也一律由军号来指挥。军号是录在唱片上的:起床号、出工号、收工号、熄灯号……场部管广播的小姑娘搞不清楚,经常在出工时播收工号,收工时播起床号。

可是今天播得很对:是熄灯号。

她动作麻利地将一大截麻绳绕在鞋底上。转身拿起扫帚沙沙地把褥子扫干净,还没有躺下,就啪地把灯拉灭了。

时间在黑暗中流逝,生命也就随着消融。窗台下面的大甲虫还在嗡嗡地叫,始终没有翻过身来。也许它永远翻不过身来了,但它仍要不懈地翻。一会儿,甲虫的嗡嗡声和我耳鼓膜里面的血液流动声合在一起了。分不清哪是甲虫的声音,哪是我血液流动的声音。于是我觉得我似乎就是那只甲虫。我的背麻木了;我感到疲倦;我的四肢很沉重……但在我朦朦胧胧快入睡的时候,她却忽然说起话来:

"你可以上医院去看看嘛。我听说,这病是能治的。"

我终于弄清楚了这声音是她说的话。我使劲把我的精神找回来,把神经调整了一下。为了表示心平气和,我又无可奈何地笑了一声。

"现在医院哪有看这种病的? 只有人工流产,结扎……"

"到大医院去。"她的声音好像离我很远,"要不,找走江湖的郎中。"

"笑话!"我像是自言自语地说,"到大医院要证明,别说场部不给我开这样的证明,就是开了,医院一看我这样的身份,又是看这种病,连号都不会让我挂。江湖郎中?现在哪儿有江湖郎中?早让人家当'资本主义尾巴'割掉了!"

我清醒了以后,我蓦地发现我内心里早已滋生了不能跟她再继续生活的念头。我断然地拒绝了使我可能痊愈的一切机会;我要把这道沟挖得更深一些,使我和她之间的地壳开裂。

又沉默了很长时间。是的,黑暗中说话最真切,我想。一切都是在黑暗中产生的;黑暗中的一切都是真的。黑暗真是一个奇妙的境界:在黑暗中什么都可以做,什么都可以说。不是假话害怕阳光,而是真话害怕阳光。多么"特殊的状态"!

"扯淡!"她说,"我可没觉着跟你感情合不来,啥南方人,北方人?你都劳改那么多次了,还有啥南方人的习性?你是面条吃不来,还是饼子吃不来?只怕给你一把糠你还觉得赛蜜糖哩!我有啥北方人的习性?只要好,我啥都可以随着人……"

"可是我就是好不了了!"我赶快表示自己的绝望。

"那你就别怪我!"她说。我懂得她这话的意思。

"我并没有怪你。我只希望在这一年里我们安安静静地过生活。"我相信她会懂得"安安静静"指的是什么。"如果你觉得不合适的话,还可以提前嘛,甚至明天去提也可以。"

"算了,算了!"她烦躁起来,"我说不过你。你们读书人肚子里道道就是多!"

"你也是读书人呀。"我说,"上过初中,你应该是懂得道理的、知道利害关系的。并且,你不是也挺注意名誉的吗?"

"你别讽刺我好不好?"她发火了,但火气并不十分足,"要提你去提!我是不去。反正结婚报告也是你写的!"

这个女人是真正的淫妇!我憋着一肚子怒气这样想,她把我的忍让当成孱弱,利用我作为掩护来胡搞,现在死缠着我不放,并且还要一直缠下去……

第二章

暴雨下了一天一夜。这场暴雨不像往常那样先稀稀落落地掉下几点来敲打一番,给人以警报,而是直截了当地从天上猝然倾泻下来,搞得人们措手不及。

幸亏麦子都收了场,不然全要泡在田里。黄土、青草、树木全湿透了,变色了,膨胀了;有吸水能力的沙质土壤也成了一汪泥汤。泥汤向周围的低处漫流,把原来坑坑洼洼的土地几乎填平了。荒野上的沙砾,经过一阵阵暴雨的淘洗,白色的云母片和透明的石英全裸露在地面上,因而露在水面上的陆地显得异常洁净。水分已经饱和的树枝再也承受不了不断泼来的大雨,全缩头垂肩地耷拉下来;茂盛的青草密密层层地趴在地上,和地面的泥汤混在一起,叶梢顺从地向着低洼的方向,犹如河流中的水藻。从窗户里向外望去,常见的景物变得非常陌生,人们似乎一下子到了另外一个世界。每个人的心里都忐忑不安,仿佛脚下的大地即将崩溃。

村庄是建筑在一块比较高的丘地上的,所以暂时还没有被水淹到。但已经像一个盛满了水的碟子,混浊的泥水带着各家各户的垃圾和厕所、马厩、猪圈的粪尿,向外面哗哗地流溢。碟子里,是一片淹没到房基的浑水,并且还在逐渐上涨。有的墙开始裂缝,有的房舍已经坍塌。幸好坍塌的不是人住的居室。大猪小猪满村乱窜,寻找避雨的地方。最后,一只只卧在宿舍屋檐下的一长溜湿地上,愁闷地望着天空。我把我放的二十多匹牲口,全赶到平时作为会场用的一间大仓库里。这时麦粒还没有脱下来,新稻还没有收割,仓库是空的。牲口们一匹挨一匹地挤在横幅标语下面,倒也像准备聆听"批宋江"的长篇报告。农工们养的鸡鸭名副其实地成了"落汤鸡",缩在鸡埘里,连叫也不叫了。

暴雨刚下来的时候，我就从马厩拖来两根圆木，在我破烂的住房外面立好支柱，顶住了已经略有倾斜的山墙和后墙。这样，再下几天雨也不怕了。我浑身上下浇得透湿，跑进房里，她十分殷勤地给我打水，给我拿肥皂毛巾，一件一件从我手中接过脱下的湿衣服。

"家里还是有个男人好！"她很满意地笑道。

"男人嘛，你可以随便找一个。"我说，"现在物资紧张，人口可是过剩，尤其是男人。"

"那不见得。"她一反常态跟我亲昵起来，在我背膀上拧了一把，"像你这样的男人还不多。"她说。

我背往后一拱，推开她，说："去吧去吧！对你来说，是个男人就行！"

我觉得她似乎在我背后愣了一下，后来，她一下午没说话悄悄地缃鞋子，悄悄地做饭，晚上睡下以后，悄悄地出了一口长气。

晚上没有电。据说是怕大水把电线杆的根基泡软，倒下来跑电，全场关了总闸。窗外黑漆漆的，房里也黑漆漆的。我在被窝里想，既然先哲们那样教诲我，为什么我还要说伤害她的话？我也悄悄地出了一口长气。

第二天中午，在人们以为天还要下雨的时候，雨却突然停住了，停得也干净，仿佛天上也有一个管雨的总闸似的。空中连一滴水也没有，只有潮湿的风在已经成了沼泽的地面上吹起一层层锯齿形的波纹。头顶上还阴沉沉的，但天边露出了亮光，一团一团巨大的乌云在天空翻滚，到了明亮的天边就消失了。于是乌云越来越薄，天空越来越亮。

然而，人们刚松下一口气，村庄里却四处响起了凌厉的哨声。哨音既响又长，好像是根金属的棍子捣着人们的耳鼓膜。

"快呀！快呀！大渠决口啦！"

"都上渠去！都上渠去！全体集合！"

"拿着锹，背着背篓……"

"赶快赶快! 家里不许留人……"

各排排长,各班班长赤着脚在泥泞里连喊带跑。男农工、女农工都钻出屋,站在还往下滴水的屋檐下互相探听消息。其实不用探听,年年都有这么一次:夏天一下大雨,干渠肯定涨水。但这一次看来非同往常,农工们踌躇着:

"咋办? 他妈的都去,谁看家呀?"

"胡扯淡! 连他妈命令也不会发!"

"看头头们去不去,头头们不去咱们也不去!"

"对! 干渠真一决口,大水下来,连家里一个碗也剩不下!"

"还有娃娃咋办呢?"妇女们喊。

但是,头头们吹了哨子,都扛着铁锹跑到积满泥水的道路上来了。曹学义穿着部队发的胶布雨衣,扯着嗓子大叫:

"快! 男的都去! 妇女留下看家。水火无情,大水下来可不挑挑拣拣,哪家都逃不了!"

叫了一长串话,最后嗓子也变音了,大家才明白事态的确严重,于是男人们扛起了锹,背起了背篓,蹚着泥水,纷纷向村庄西边跑去。妇女们赶紧跑进屋去抱起娃娃,呆呆地坐在炕上。

畜牧班长带领放马的、放牛的、放羊的、喂猪的到库房去抱麻袋,准备装进沙土往决口里扔。还离得很远,就能听见大渠坝上一片嘈杂的喊叫,等我们连跌带爬地赶到大渠坝,那里已经挤满了人。公社的老乡也来了,比我们农场的工人还多,每个队只顾加固直对着自己村庄的一段渠坝,好像水从别的地段冲下来是不会淹着自己村庄似的。人们在大渠坝坡爬上爬下,就和阴天出洞的蚂蚁一样。

大渠并没有决口,但渠坝西面已经成了一片汪洋。从我站的渠坝到山脚下,见不到一块陆地,见不到一棵树。黄褐色的水面上浮着大片大片雪白的泡沫,像是南极洲里飘浮的一座座冰山。从山上冲下来的老鸹柴、朽树杂草和羊粪,被水冲聚成团,在水面打转,仿佛在寻找从哪里冲出去最合适。只要有一阵微风吹来,水面上立即掀起巨大的波浪,啪啪地冲击着渠坝。这对从来没有见过大海的西北农民来说,真是惊心动魄的壮观。

水不是大渠里涨出的,而是从山上下来的山洪。大渠坝这时正好起了防洪堤的作用。此刻,山洪离坝顶只有不到一尺的高度了。倘若渠坝决开一个口,不论在哪一个地段,从这里直到山脚下几百平方公里的洪水就会一泄而下,把渠坝东边的几十座村庄全部推光。

目前没有别的办法,灌溉渠上是没有泄洪涵洞的,并且也无处可泄汪洋大海般的洪水,只能不停地向坝顶上运土,把渠坝加高。人们忙乱地干了一阵,开始逐渐有了组织。坝上坝下,一行行地排开传运的行列:坝下的人铲土,中间的人一篓篓传上去,坝上的人负责加固。

"只要水再不往上涨就行了……"

"妈的! 这么大的水,要冲下来跑都跑不及!"

"你会浮水吗?"

"咱们都是旱鸭子,谁会浮水?"

是的,在荒漠和山区长大的农牧民,会游泳的人极少。

"别怕,死了就浮上来了!"有人笑着安慰大家。

"淹死的人,男的肚皮朝下,女的仰面朝天。"

"这还分男女吗?"

"可不! 就跟在炕上一样……"

忽然,有人在坝顶喊叫起来:

"看,那是个啥? 是不是死人?"

坝顶上的人们顺他的手指望去,果然是具尸体,穿着草绿色的上衣,悠悠然地在四面不着边际的水上浮荡。

"哎呀! 肚皮朝下,准是个放羊的!"

"他妈的,羊呢? 咋不见死羊?"

"没准是山上林管所的……"

出现了死人,人们更恐慌了:

"快呀,快呀,来土,来土! ……"

"加油! 这坝一倒,咱们都跟那家伙一样了!"

我在坝顶负责加固,一篓一篓土传到我手上,我按顺序将土倒在坝的外侧,同时手脚并用地把土踩瓷实。一种莫名的兴奋增强了我的体力,在冷风中我干得满头大汗,却一点不觉得累。"快!"我不停地喊,"人往这边挪,人往这边挪……"谁干得积极,谁就取得了指挥别人的权力。这里没有什么队长书记农工的分别,大家都听那最会干活的人。这可是生死攸关,往常那套上下级关系全打乱了。

"好了,"我告诉大家,"水已经不往上涨了。"

"咋?咋?你咋知道?"

"我一上来就在坝上做了记号。这不,一个多小时过去了,水面还在原来的记号上。"

"嘿!还是咱们老章有心眼!咱们光知道瞎忙。"农工们欣慰地笑道。

"行了!"曹学义在中间传土,这时也笑起来,"可以稍微喘口气了,有烟的抽烟。"

"哪来的烟?全泡汤了!"

"抽书记的,书记是高级烟……"

"不能歇!"我居高临下地对曹学义瞪了一眼。"现在最危险的是渗水。坝上要是有一个指头大的眼,整个坝全要垮!"

"对!"曹学义急忙收起已经掏出的烟盒,"大家都散开检查一下……"

他的话还没有说完,离我们不到一百米的老乡的地段传来了惊恐的呼叫:

"穿水喽!穿水喽!……"

"哎呀!快堵住、快堵住!……"

"拿背篓来!……"

"人坐上去!……"

"队长,要不要敲锣?……"

那边,老乡们乱成一团,全拥在穿水的窟窿前面。我们连队的人也跑了过去。这个地段一决口,老乡的村庄和我们连队首先遭殃。

窟窿有水桶一般粗,一股洪水挟带着泥浆猛烈地向外喷射,同时响着令人心惊的哗哗的冲击声。水仿佛不是液体,而是一根圆形的坚硬的金属柱,已经把它前面所有的杂草灌木撞倒了,还在正对着它的土丘上撞出一个大坑。老乡们扔上去的土和盛满土的背篓,早化成泥被冲了出来。几十个洗刷得干干净净的空背篓在急流中沉浮;几个原来坐在窟窿上的老乡被冲出几丈远,连滚带跌地向土丘上爬。

"堵里面没有用!"我叫道,"堵外面,堵外面!"

上下级关系打乱了,公社与农场的界线也取消了。农工和农民混在一起,面对着这个吓人的窟窿。

窟窿上面的土不断地坍塌下来。窟窿每秒钟都在扩大。

可是,渠坝外面的水太深,水面上看不出一点漩涡的波纹。这个窟窿的外口在哪里?

有几个老乡趴在泥泞的坝顶上,用锹把、用抬筐的木棍伸到水底下去探寻,但水一直没到胳膊也探寻不到。

这渠坝眼看就要垮!

从渠坝上向东望去,能看到四五个湿漉漉的小村庄,在明朗了的天空下逐渐恢复了生气。有几处烟囱里,已经冒出烧湿柴的浓烟。

"我下去!"我说,"你们找根绳子来把我的腰系住。"

不会游泳的老乡们顿时七手八脚地抽下抬筐上的绳子拴住我。我向下一跃,扑到洪水里面。

渠坝外的水足足有三人深,水底凹凸不平。我反正全身早已被汗水湿透,这时也感觉不到冷了。我一头潜入水底,摸着渠坝的外壁。刚摸了几米,一股强大的吸力就将我的腿吸了过去,一只脚还被吸进了窟窿里。

管过水稻田的人都知道,决口进水的一面都比出水的一面小,绝不会比出水的一面大。

我划开了杂草和泡沫钻出水面。

"没关系!"我喊道,"漏洞这会儿只比脸盆大一点。快捆一捆草来,再装一麻袋土,快!"

上面立即给我扔来一捆捆得结结实实的干草和一个装得满满的

麻袋。我把一麻袋土压在草捆上,潜入水底,将草和麻袋拽到决口旁边,还没有等我揉它,它就脱手而去,被湍急的水流猛地涌到窟窿上面,像一个盖子似的把决口盖住了。

等我再次钻出水面,听到渠坝那边一片高兴的叫声。

"堵住了! 堵住了! ……"

"狗日的! 窟窿里还吭吭地叫唤哩!"

"这会儿快填土,快填土!"

"这同志是哪儿的? 是解放军吧?"

"啥解放军! 那是农场队上放马的。我老在滩上见他哩。"

"还放过羊哩……"

"应该给他写个表扬信! ……"

有人把我拉了上来。我抬头一看,原来是曹学义!

第三章

我是最后一个回家的。

村庄上给抢险的老乡送来了饭菜,还有酒,老乡非要留下我吃一顿。还是农村比农场有人情味。农场的炊事员按时开了三顿饭就休息,管你抢险不抢险哩!

"饭不吃,你酒总要喝一杯吧,好压压寒气。"一个村干部模样的人劝我,"知道你们农场好生活,月月有工资,不像咱们农村,一个劳动日才五分钱……"

"闹不好还倒找哩!"旁边的人插嘴,"你要不喝,就是看不起咱们。"

"工农联盟嘛,"有的老乡不知说什么好,"你们工人是老大哥嘛……"

这样,我只好留下来扒了两口饭,抿了几口酒。

到了黄昏,日落处出现了晚霞,泥泞的土路反而比下午还要明亮,也干燥了许多。蚊子和"小咬"居然没有被雨水冲跑,这时不知从哪儿钻了出来,在空中聚合成群,拼命地飞舞。青蛙也开始叫了,四周响起欢快的咯咯声。看来,明天准是个好天气。

今天晚上通了电。天还没有完全黑,在路上就看见村庄里家家亮着灯光,好像今天要把昨天没有用电的损失找补回来,又像是每家都在庆贺躲过了这场水灾。

啊,我是个"废人"!我不过是个"废人"!是头"骟马"!……一切努力都是白费劲、是无聊!可是人还剩下那么一点可笑的英雄主义。这点英雄主义不是用来救别人,而是用来救自己。也许我还有救?不至于绝望?只有这一点还可以欣慰。多么渺小的一点欣慰啊!我踉踉跄跄地走着。老乡的冷酒冷饭在我的肚子里凝结成块,沉甸甸地堵在我心口上。那种酒不是粮食酿的,大概是毛稗或是地瓜酿的吧,又苦又涩,这时不但没有驱散寒气,反使我浑身冰凉,冷得发抖。

我推开门,几乎瘫倒在地上。

"哎呀!你看你……"

她正在炉旁揉面。在我眼睛里,她像是一块烧红的烙铁。她撂下手里的活,向我扑来。我觉得她力大无比,一下子把我连抱带拖地弄进里屋,抱到炕上。灵巧的手很快将我全身的湿衣服扒得精光,拉开那床绣着拖拉机的被子压在我身上。

"就数你能!"她一边干一边数落我,"你逞哪门子好汉?那么多人,出身好,觉悟高,为啥不下水去?我在家就听说了。我心里就直骂:傻瓜!也只有你这傻瓜才干这种事!你应该抄着手站在岸上看着!看他们平时喊'革命'喊得凶的人来干……"

她又跑到外屋去,端来一碗热气腾腾的姜汤。"快,趁热一口气喝了。早就给你熬好了,死等你你不回来!我还以为你是淹死在水里了哩……"

从她的惊呼声和一连串絮叨中我体会到了关切之情。女人真是奇怪,不可思议,不可捉摸!这是怜悯?是同情?还是所谓的爱情?抑或是什么都有一点又什么都没有?只是一种住在一起应该互相帮助的义务?……

喝完一大碗辛辣的姜汤,内脏暖和了许多,那团堵在我心头的冰块融化了,但皮肤仍旧冰凉,仿佛还泡在洪水里面。身上起了一片一片的鸡皮疙瘩,好像得了荨麻疹;我连腮帮子都在打哆嗦。于是,她跪在炕上像揉面一样揉搓着我的胳膊和胸脯。

"活该!咋没淹死呢?!淹死了人家还要给你开追悼会,还要追认你是共产党员哩!……去挣那个功劳,看有谁说你一声好?没准人家还说你想把那窟窿再往大里掏哩!过去的经验你还没受够?你就跟猪一样:记吃不记打的货!……"

胳膊上和胸脯上的皮肤舒展了,泛红了,我顿时有一种腾云驾雾的感觉,心灵似乎也松软了。她的脸在我眼前飘呀、飘呀,像一只美丽的风筝……家里还是有个女人好!她不是也说过吗?"家里还是有个男人好!"原来这就是她说的"两个单干户办了一个合作社"!我这样想着,不禁微笑了。

"你笑啥?我说得不对?"她拍打着我的脸颊,"哟!你看你,脸还冰凉……来,把脸贴在我胸口上!"

她两手捏着衬衣两片下襟,往两边一分,胸前一排按扣儿扑扑扑地全扯开了。那不是按扣儿迸绽开的声音,而是一种撕裂开皮肤的声音;她掀开的也不是她的衬衣,而是她的胸脯。在我面前,两大团雪白的莲花似的乳房一下子裸露无遗,莲花中间是彤红的花蕊,花朵还在一池清水中荡漾。花朵和花蕊,都比我记忆中的更大、更鲜明、更具有神韵。

石破天惊!我遽然产生了一种我从未有过的冲动。这就是爱情?我一伸手搂住了她……

"你好了!"她的声音从很深很深的水底浮上来。

"是的……我也不知道……"我笑了。一种悲切的和狂喜的笑,一种痉挛的笑。笑声越来越大,笑得全身颤抖,笑得流出了眼泪。

"你还……能吗?"水底又浮上来模糊的声音。

"能!"我恶狠狠地说。

第 五 部

第一章

十月中旬,水稻已经全部收割完毕。嵌在荒滩中的空荡荡的晒谷场上,陡然出现了十几个高高的稻垛。远远地望去,那金黄色的庞然大物,犹如一座座古代的石砌建筑,矗立在一望无际的平坦的田野当中。中午,高大的稻垛会白得晃眼,放射出碑石的光芒。傍晚,它们又转换成柔和的橘红色,仿佛它们是一团团云霞,会渐渐融合进青色的暮霭里。

而田野上、荒草滩上、林带地的杂树林里,全是一片坦荡的、毫无保留的、透明的光辉。大自然成熟了,于是她愿意将自己纤毫毕露地呈献在人们眼前,从而也就把整个世界拥抱进她的怀里。收割了水稻、玉米、黄豆等秋作物的田地上,散放着牛、羊、马匹,连白的、黑的猪也到处用它们的长鼻子拱食撒下的粮食。蚱蜢随着季节的变换,老气横秋地也由绿变黄,喳喳地在禾茬上跳跃,那声音像火烧,像雨点。各家各户的鸡鸭,在天刚刚亮的时候就列着队争先恐后地跑来。到了中午,它们全吃饱了,卧在林带地的荫凉处梳理自己的羽毛。

黄土高原的台地,这片一边毗邻内蒙古沙漠,一边紧靠着黄河的河套地区,起起伏伏的原野展现了有节奏的青春的活力。那旋律既开阔,又富有弹性,马蹄敲击在上面,奏出了不可遏制的热情的鼓点。不,秋季不是个衰老的季节! 那开始变白的针茅草、野茴香和芦蒲,与杨树和沙枣树上尚未飘落下来的黄叶,宛如中年人发问的银丝,那是深思与智慧的标志。一阵秋风从西边的群山刮来。原野上所有的林草枝叶都飒飒地奋起抗争,保卫自己的生命,保卫自己生存的权利。

炎夏已经过去,严霜还未降临,黄土高原的田野美妙得像她丰满的胸脯。沼泽和洼坑里的水显得异常宁静,在蒲草和芦草丛中,水面仿佛是凝固的晶体。我喜欢策马涉过沼泽,让四周溅起无数银色的小花。水花洒在明镜似的水面,把蔚蓝的天空扰得支离破碎。有时,我纵开坐骑,任它在草滩上狂奔一阵。然后,猛地一勒马缰,使它扬起前蹄,指向高高的天空。此刻,弥尔顿《失乐园》中撒旦的呐喊就会在我耳边响起:

> ……对最高权力者,
> 他们发出了怒吼;并用手中枪,
> 在他们的盾牌上,敲出战斗的声响,
> 愤愤然径向头上的天穹挑战!

天空是透明的,云是透明的。太阳明亮而温暖。于是我也变得透明了。

"我亲爱的牧人,我感觉得到你的变化。"大青马在我胯下说,"你的鞭子是有力的;你的髋肌是有力的。你的血液里掺进了原始的野性,你更接近于动物,所以你进化了。"

"是的。"我说,"所以我想走了,我要走了!我渴望行动,我渴望摆脱强加在我身上的羁绊!费尔巴哈长期蛰居在乡间限制了他哲学思想的发展;我要到广阔的天地中去看看!"

"难道这里不广阔吗?"大青马一跃而跨过沟坎,"你看这天,这田野,这草原……"

"这就是你不懂的了!我要到人多的地方去!我要听到人民的声音,我要把我想的告诉别人。"

"那么,你的那位妻子怎么办呢?"大青马昂起了脑袋。

"我现在正考虑和她离婚哩!一则是我不能再连累她,二则是我和她生活在一起总摆脱不了心理上的阴影。好了,别说话了,让我们奔跑一阵！你听这风声。如果我闭起眼睛，我就会以为你是在空中飞翔，而你，就是一匹天马了！"

自我从"半个人"变成一个完整的人，不再是"废人"以后，一股火同时也在我胸中熊熊地燃烧起来。我感到我以前的一切行为，包括对她的谅解，都不是受过教育，有一定文化修养，遵循了先哲们的教诲所致，而是出于骟马的怯懦。可耻的怯懦！我进入了正常的家庭生活，她所布置安排的小家庭的舒适气氛包围着我，企图使我溶解在里面。但我却想粉碎这一切。没有获得之前企盼着它，获得以后却要放弃；没有进去的时候渴望进去，进去之后又向往着一个更广阔的世界。我经常处在莫名的烦躁、妒忌和悔恨之中，前面又有一个模糊的希望在引诱我。烦躁、妒忌和悔恨只有在一次满足之中才能平复。她给了我满足。但满足了之后又更加烦躁、妒忌、悔恨、备受希望的折磨。

她在我身下扭动、呻吟，用手指和声音抚摸我。她在别人下面也是这样的吧？别人也在她身上得到过满足吧？于是，我会突然亢奋起来，爱的行为变成了粗暴的报复……

"要是你觉着不公平，你也跟别的女人去睡几次好了……"一天晚上，她忽然怯生生地这样说。

"我不像你！"我打断她的话，"你是什么男人都可以的，我可不是什么女人都行。"

"那你叫我咋办呢？"她畏畏怯怯地想再钻到我的怀里。

"没办法，"我很冷静地说，"我们是不会长的，迟早要离开。"

我对她的爱情夹缠着许多杂质：吸引力和排斥力合在一起，内聚力和扩散力也合在一起；既想爱抚她又想折磨她，既心疼她又痛恨她……互相矛盾的情感扭合在一起难解难分。这是一条两头蛇，在啃噬着我的心。

"去去去！"有时，我把她推到被子外面，只紧紧地裹住自己，"我现在从你身上都闻得着以前你那些男人的气味。"

她嘤嘤地哭了。这是从心底里哭出来的声音。屋子里黑暗得和坟墓一样。窗外那朦胧的深灰色的光,只是阴间的一片寒气。我们在人世与阴间的交界上。这里躺着两个已经死去的活人,或是两个活着的死人。没有意识,没有理性,没有时间和空间,没有过去和将来。只有现在,只有扰成一团无法辨别的感觉。不是感情,而是纯而又纯的、由神经的本能所接受的感觉。这种感觉瞬息万变……

"好了,别哭了!你哭得人心烦。进来睡吧。"

"你刚刚说的是气话吧?"她谨慎地问。

"嗯。人嘛,总是有气的。没有气还是什么活人?"

神经在颤动,如一张微风中的蜘蛛网。她积蓄够了勇气,柔声地说:"咱们原先不是说过,过去的事情不提了吗?"

"过去的事情不提!"我兀地又暴躁起来。蜘蛛网破裂了,"以后呢?结婚以后呢?我现在真懊悔,为什么那时候我没闯进来把你们两个……"

"你别这样!你别这样!"她惊恐地一翻身跪在炕上,"我该死!我不好!我就那么一次。我跟你坦白。'坦白从宽,抗拒从严',还不行吗?"

"哼哼!你除了审讯员和劳改犯说的语言,还会说什么话?"

可是,这句话却猝然勾起了多少往事,一幕一幕在眼前像电影的画面一样。原来我们都是来自同一个地方啊!蜘蛛丝在风中无力地飘荡。我凄然地拍拍枕头。"你睡下吧。"我说,"那时候……我……我只气你不该跟他……你想想他是什么人?跟我们是不同的……"

"嗯、嗯……"她抽泣着,"我该死!可是,你不知道,不管我跟过几个人……可只有跟你……感觉不一样。"

"你的感觉真是太敏锐了。"

"就是的!"她急于表白,"你听我说……"

"我不听你说!你那些臭事情我也不想知道!"我翻过身去,把背对着她,"我只听人说过,不要跟结过婚的女人结婚,因为她老是拿后一个跟前一个比较。"

"正是因为有了比较才……"她用小手指在我肩膀上轻轻地画圈，一个圈连着一个圈，"觉得你好。"

"那不一定。你还可以一个一个比较下去。"

"真的！不是现在，是九年前。"她热烘烘的鼻息吐在我光光的脊梁上，"在劳改队的芦苇荡里。那天，我就觉得你和别人不一样。"

"幸亏我跟别人不一样，不然我至少要加三年刑！"我冷冷地哼了一声，"你说的话你自己大概都忘了吧。"

"那时候我说的不是真话……"

"我知道你哪句话是真的？哪句话是假的？算了吧，不要做戏了。睡觉！"

然而，她还在抽抽搭搭地哭泣。女人的眼泪是小溪的流水，幽幽的，平和的，无力的，却能冲刷掉石头坚硬的棱角。卵石，就是被女人的眼泪磨光的，并且，卵石也只有泡在女人的眼泪里才变得晶莹美丽。

"来吧。"我翻过身去说。

…………

而这时，黑暗中在策划着多少阴谋；多少诡计和逃避诡计的主意在静悄悄地形成；白炽的灯光下在紧张地翻阅多少份人事档案；铁栅栏里关押着多少待决犯；多少个广场在连夜刷大批判文章；有多少人的头发在这一刻变白……

雨来了！

在一望无际的坦荡的田野上，云来得特别快，雨来得特别快，因为中途没有什么能够阻挡它们。秋季，又是一个多雨的季节，天说变就变。

雨在薄薄的乌云还没有遮住太阳的时候，就迫不及待地倾注下来。豆大的雨点像弹丸似的射向地面，沙土上砸出一片一片麻点。荒草滩上和田野上，顿时腾起尘土和水珠混合成的白雾。而风还在刮着。原野上出现了这样的奇观：明亮而温暖的太阳从乌云中放射出光芒，像金色的流苏在空中飘拂；雨点，是穿透过阳光落下来的，于是每一颗雨点都带着阳光的绚丽色彩；已经衰败的蒲草、芦苇、猪耳菜和牛蒡，陡然变得异常生气勃勃，颜色黄得可爱。

但是，马群骚动起来。这是一场冷雨。冰凉的雨点砸在它们晒得发热的身上如同挨了鞭子的抽打。我和"哑巴"两面夹击，努力想把它们围到林带地去。而它们被雨打得懵头转向，互相冲撞，互相挤压。前面的马蹄掀起的湿泥溅在后面的马眼上，后面马的前蹄又踏着前面的马，就在这一刹那间，一匹儿马驹惊了！

它脱离开队伍，茫然不知所措地四处乱撞。这是头烈性的马驹，脖子上还挂着绊木。但正是这根绊木使它更为惊慌。它前腿不停地磕在绊木上，咿咿地发出木头敲击骨头的清脆声。它一定很疼痛，于是狂乱地又叫又跳。我纵开大青马去堵截它，大声吃喝它，但它一点不听指挥，甩开我，一头向马棚方向闯去。

不能让它跑掉！它要跑到谷场上去，就会把谷场糟蹋得遍地狼藉。

"这就是没有骗它的缘故。"大青马忙中偷闲地告诉我，"要是骗掉它，它就老实了！"

"快跑吧！"我抽了它一鞭子，"别废话！"

"你忘了我和你曾经有过一场关于哲学的讨论啦？"大青马埋怨我，"啊，你跟原来不一样啦！"

儿马驹还死命往回飞奔。它毕竟没有被骗掉，它毕竟是匹年轻的儿马，它跑得比大青马快，已经快到谷场前面的那片杨树和沙枣树组成的防护林了。

"快！"我又抽了大青马一鞭子。

可是，在儿马驹刚要跑进防护林的当儿，从防护林陡地钻出一个白色的人影，在蒙蒙的烟雨中伸开两臂挡住它的去路。

"别那么拦它！小心！"我喊道，"抓住它的绊木。"

马驹仍是翻着四蹄往前跑，很像它前面没有这个障碍，直直向白色的人影撞去。而这个人却也矫健，等马驹跑到跟前，一闪身，接着扑了过去一把抓住了绊木。

儿马驹愣了愣,摆了一下细长的脖子,但还是偏犟地跑着,只不过改变了方向,斜斜地向草滩上扎去。这个人死死地拽着绊木,一屁股坐在地上让它拖着。那件当雨衣用的塑料薄膜从头顶上掀了下来,我才认出她是香久。

"快!"我一夹大青马,飞快地赶到马驹旁边,抓住了拴绊木的绳子,使它停止了下来。

"你怎么跑来啦?"我跳下马,一面"吁、吁"地用手掌安抚肌肉哆哆嗦嗦的马驹,一面问她。

她站了起来,浑身沾满泥水。她把那块塑料薄膜捡回来,气喘吁吁地说:"队里吹哨子,叫大家到场上去盖稻子。我一看要下雨,给你拿了件衣裳就跑来了……管他娘的哩!曹学义瞅着我跑了也没叫我。这会儿大伙儿都在场上忙哩……"她兴奋而又自豪地盯着我的脸问:

"我行吧?啊,我行吧?"

"你行你行!你是英雄!"

我忙着把马驹胸前挂的绊木解掉,牵着它的缰绳跨上了大青马。骤雨即将过去,雨点稀疏地成直线分布在四周。我们的衣裳已经淋湿了。

"上来吧。"我伸出另一只手接过她搂在怀里的小包,又一把将她拽到马背上来。

"到哪儿去?还不回家?"她在后面搂住我的腰问。

"雨快停了,'哑巴'还在树林里,大伙儿在晒场上,我们这会儿回去不合适。"我拨转马头说,"咱们也到树林里去避避雨。"

骤雨并没有把林中的空地淋湿。半明半昧的清光里充溢着清新的潮润的气息,还有一缕缕落叶的幽香。头顶上,白杨、槐树和沙枣树的枝叶纵横交错,密如华盖。林地里,野蒿和马莲草长得还很旺盛,仿佛它们藏在这儿能永远躲过萧瑟的秋风秋雨。鸟雀聚集在枝头,叽叽喳喳的叫声既惊恐不安,又十分兴奋。它们在枝叶中跳来跳去,摇落下来大滴大滴冰凉的水点,劈劈啪啪地打在蒿草和马莲草的叶子上，使林中的杂草更显得葱郁苍翠。

"你快把衣裳换一换。"我在白杨树干上拴住两匹马，把她用一个装化肥的塑料袋带来的衣裳扔给她。

"那你呢？"她夯着两只胳膊站在草丛里，披散头发，一副傻样子。

"我没有滚一身泥巴。你看，我这儿，这儿还都是干干的。你快换吧，要不然会着凉的。"

"这儿有人吗？'哑巴'呢？"

"只有鬼！"我说，"'哑巴'在那片林子里。"

她从塑料袋里拿出我的衬衣，朝我嫣然一笑。随即，毫不避讳我地将全身的衣裳脱得精光。我坐在一棵马莲草上，点着一支烟欣赏着她。

"你还很漂亮。"我说。

一会儿，她穿了我的衬衣站到我面前来，两臂张开，轻盈地转了一圈。"那你还老说要跟我分开？"她娇嗔地说。

她很知道自己的优点。因为没有生过孩子，又长年进行体力劳动，所以还保持着少女般的体形。又肥又大的衣服罩在她身上，使她显得越发娇小，越发年轻。她把湿漉漉的头发拢在脑后，用小手帕束着，像刚沐浴过的一样，滑润的面孔上容光焕发，荡漾着诱惑的笑意。我没有回答她，站起来，扔掉烟卷，把她搂进怀里。一霎时，我似乎搂的是一团云，一团雾，一团空蒙的暖烘烘的蒸气。那件肥大的衣服造成了如此美妙的触觉！她顺从地小心地躺到蒿草上。她的小腹温暖而结实。我把脸埋在她圆滚滚的脖项和肩膀之间。她的头发、她的肌肤，马莲、落叶与泥土的气味，混合成一种令人沉醉的芬芳。

一只甲虫不知在什么地方嗡嗡地叫。树上又有几片黄叶飘落下来。马儿在轻轻地刨着蹄子，扑扑地喷着鼻息。所有喊喊喳喳的细微的声音都如遥远的波涛，一阵一阵地汹涌澎湃，好似拉威尔的《菠莱罗舞曲》，在一个固定节奏的背景上，两支旋律交替出现，不断反复……啊，原谅我吧，理解我吧！你能原谅我、理解我吗？我永不安宁的灵魂又剧烈地骚动起来；我身边总隐隐约约地听到远方有谁在呼唤。这里是令人窒息的地方,这是个令人消沉的小村庄,就和你迷人的颈窝里一样。你赋予了我活力,你让我的青春再次焕发出来,但这股活力,却促使我离开你! 这次青春也不会是属于你的……

一会儿,我们疲乏而舒畅地躺在蒿草上。

"你在想啥?"她问我。

"没什么。"

"什么也没想?"

"嗯。"

"你想有个娃娃吗?"她翻过身,用肘子支撑着地面。

我想起何丽芳告诉我的话。"想。"我说。

"那咱们抱一个吧。"

"为什么要抱一个? 你生一个好了。"

"咱们都多大岁数了! ……"她说,"抱一个大一点的,省我们好几年的事……现在农村里穷得养活不起娃娃的有的是。咱们顶多花点钱。"

"哪来的钱?"

"我有!"她嘻嘻地笑了。

"算了吧!"我不想再为难她,"没有孩子更好。"

"为啥?"她扳着我的肩膀问,"你总是想着不跟我过下去! 没有娃娃就没有牵挂是不是?"

我沉默着。她乌黑的眼珠紧张地在我眼睛里捕捉神情,但我不能闭上眼睛。林中,半明半昧的清光好似化开了一些,像一杯冲淡了的茶水。我听见鸟儿又鼓起了翅膀,我听见只有在辽阔的空中才会那样响亮的鸟叫声。大约是雨停了。

"我们生活在一个艰难的时代。"我说,"我不能尽父亲的责任,不管是自己生的还是抱来的。一个好好的家庭,一夜之间突然妻离子散,连元帅的家也不能幸免,这样的事我看得太多了。"我握住她暖烘烘的小手,"香久,现在不是像蚂蚁一样经营自己小窝的时候。"

"为啥?"她俯卧着,手托着下巴,两脚朝天摇晃着,"你总是跟别人想的不一样！他艰难他的！我们是穿的不如人，是吃的不如人？连'哑巴'还养活一大堆娃娃哩！咱们连一个都养活不起？我就不信！"

"这不是养活得起养活不起的问题。这是我本身稳固不稳固的问题。谁知道什么时候再来个运动，又把我抓了进去。"

"把你抓进去咱们等你！"

我不禁笑了起来。"哎哟！你别忘了，你也是从那儿出来的！好了，咱们别争了，什么时候可以有个孩子，我会告诉你的。"

树枝摇摆起来。我从缝隙中看到一点灰色的天空，一瞬间又消失了。几串橘红色的沙枣尚挂在枝头，干瘪的果肉里却饱含着水分，我嘴里也觉得甜丝丝的。一些雨水从枝叶上滴落下来，在盖着我们的塑料薄膜上结成晶莹的水珠，像一个个有生命的物体不住地滚动。我们的身体贴得这样紧。我的生命偎依着你的生命；你的生命偎依着我的生命。我的热情和你的热情在一起燃烧才使我们销魂。在一霎时我们甚至都忘记了自己，只有我们，我们！我们是一个整体；我们共有一个生命。这就是爱情的含义，爱情的内容，爱情的欢愉，爱情的唯物主义。但过了这一刹那我们之间却有了缝隙，有了诡计，有了规避，有了离异的念头。你要包围我，我要脱出去。意识要反抗物质。爱情是一张温暖的网，织成它需要你的耐性；而我的心就是那一只麻雀，你看它在那里惶惶不安地跳跃。在空中，乌云正在凶猛地翻滚，我们却在它下面接吻、做爱，难道我们是地狱里逃出的一对鬼魂？

"黑子回来了。"她呆呆地说。

"嗯。"

"我给你买了一样好东西！"她又活跃起来，趴在我胸脯上说，"可我现在不告诉你！"

我并不急于知道，却问："那是什么呢？"

"你猜猜，你早就想要的。"

"我猜不出。"我不记得我说过我想要什么。

一只白胸脯喜鹊在我们上面喳喳地叫，漂亮的小脑袋不停地歪来歪去瞅着我们,仿佛它是个动物学家,在研究躺在它下面的两个动物。

"好像我们有喜事哩,"她落寞地说。沉默了片刻,她又问:

"你每天晚上写的是些啥?"

"没有什么。"

"是日记吗?"

"是的。"

"我们这个日子有啥记头,每天都一样。可我每天都看见你写好几张。"

我推开她,坐起来。"我告诉你,香久,不能跟任何人说我写过什么东西,连一点口风都不准露出来。懂吗?"

她坐在草丛中,侧着上身,用一种娇媚的姿态拢着散开的头发。"我懂。我从来没有跟人说过。"她说,"可是,你少操那些闲心不好嘛?你管它什么'资产阶级法权'不'资产阶级法权'的!'资产阶级法权'关我们啥相干?"

"你看过我写的东西了?"

"没看过。"她说,"我看也看不懂,光看到一句啥'资产阶级法权'是高于封建啥的话。"

"看不懂以后就别看!"我站了起来,"好了,咱们穿衣服吧。雨不下了。"

我们牵着马钻出树林。骤雨初歇,天晴气朗,西边又透出一片金色的阳光,在铅色的云和黛青色的山巅之间。"哑巴"既懂事又傻,他早已把牲口赶到草滩上吃草去了。

"妈的!"我骑上大青马说,"牲口吃了刚淋过雨的草要肚子疼的。来,上来!"

"我要坐在你前面。"她撒娇地笑着。

"那像什么样子?还骑在后面。"

"那怕啥?两口子,谁能管得着!我就是要叫别人看看!"

"来吧来吧!别讨厌了!没工夫扯闲话。"我把她拉上来,仍骑在我的后面。

"黑子一进村,就跟何丽芳抱着亲嘴。他说,你们笑啥?北京街上的外国人就是这个样子!"她嗔怪地说,"就你怕这怕那的!"

"外国人是外国人。"

走过了麦地,她又不无烦恼地叹了口气:"唉,黑子说回去过国庆节。结果超了二十多天假,也没有人敢扣他一分钱,连说都不敢说他。这事要是搁在我们身上,哼!……"

"是呀,"我说,"你一定要记住:我们是什么人呢?我们不但是外国人能做而我们不能做,并且连别的中国人能做的事我们也不能做的人。这就是我们的命运。驾!"我催动大青马跑起来。

第二章

马厩里有一个公社干部模样的陌生人,披着一件淋湿了的蓝布中式褂子,和曹学义一起靠在马棚的栏杆上。

"回来啦,淋着了吧?"曹学义笑眯眯地跟我打招呼。

我没有理他,把马群赶到潮湿的马棚里,帮着"哑巴"一头头地将它们拴在槽头上。

曹学义和那个公社干部走了过来。"都在这儿了,一共二十四头,"曹学义告诉他,"你看吧。"公社干部很内行地一一打量着牲口,老练地翻开它们的嘴唇看看牙口,边看边呲嘴摇头。"都不怎么样!"他说。

"你是干什么的?"我问,"是买牲口吗?"

"嗯。"公社干部抬起眼睛看了看我。

"你算了吧!"我说,"你们农村有这样的牲口吗?农村的牲口都是'三快牌'的——躺倒比站起来快,拉稀比干活快,脊梁骨比刀快。你瞧瞧这头牲口。"我拍拍大青马的脖子,"你要买我还不卖哩!"

"行啦,"曹学义说,"他看上哪头就给他哪头,都看上都赶走!"

"怎么?"我诧异地问,"农场不要牲口了?"

"哼哼!"曹学义撇了撇嘴,"上头说一九八〇年全国实现农业机械化,下头更积极,定的目标是提前三年,现在八字还没有一撇,就开始处理牲口了。我看他狗日的五年里能不能实现机械化!……不过,到时候咱们再向公社买牲口吧。反正折腾来折腾去都是国家的钱。"

"好吧。"我说。他这番话,似乎缩短了我和他的距离。

回到家,黑子夫妻俩和"哑巴"的大脚女人就接踵而至。

"老章,他妈的! 我一回家就叫我写批判稿。"黑子说,"没辙!你给咱们两口子一人写一份吧。"

"还有我们两口子哩!"内蒙古的大脚女人说,"你们说这叫啥事儿! 还要让'哑巴'也批判宋江。宋江是谁呀? 又犯了啥错误了?"

"宋江是党中央的副主席。"黑子拍拍大脚女人的肩臂,告诉她,"他的错误跟你们家'哑巴'一样,一天到晚不说话!"

"咦! 一天到晚不说话也是错误?"大脚女人手里拿着一沓白纸。这是畜牧班发给她写大批判稿用的。批判稿纸有统一的格式,限期交上去,和交公粮一样。

"那可不!"黑子正色说,"说得太多了跟不说话都是错误。幸亏你们'哑巴'是个臭放马的,要是个官,咱们也要拿他来批判批判!"

大脚女人半信半疑,嘟哝道:"这世道,简直叫人没法儿活了!"

何丽芳今天梳洗了一番,突然变得白洁而光滑。她笑着说:"行啦! 黑子尽糊弄老实人。大嫂,把你的纸捐献出来,咱们一人一张。"说着,把大脚女人手里的白纸一把夺了过来。

"这够吗? 这够吗?"大脚女人有点舍不得。

"你当他妈的要跟姚文元一样写长文章呀?"黑子说,"一人有他妈一张哄哄上头就行啦!"

"还有我哩,给我也留一张。"香久在忙着做饭,这时插话说,"班里也要叫我写。我都忘了跟我们老章说了。还是我们老章跟马老婆子好,有帽子的倒不用批判宋江了。"

我洗了脸走到桌子旁边，说："嗯，你倒确实应该批判宋江，因为他把他偷野汉子的老婆给宰了。"

香久悄悄地在我背上拧了一把。

何丽芳抿着嘴向黑子瞥了一眼。

傻乎乎的黑子比去北京之前胖了一点。他趴在餐桌上低声对我说："北京他妈的小道消息可多啦！说是什么'批周公''批宋江'都是冲着周总理和邓小平来的。"

"哦？"我抬起眼睛。

"可不是！你瞧着吧，这'文化大革命'还没完，要不搞个天下大乱，彻底完蛋才怪哩！"

我把白纸铺在桌上，谨慎地说："咱们写吧。在没完蛋的时候，你不是还得照他的意思批判吗？"

"哦，对了！"黑子从口袋里掏出两张报纸，"给你，当作参考。你就照着上面抄得了。可别几份都抄成一样的，反正你有那个本事，前后句子颠倒着来……喏，你看这条语录：'宋江投降，搞修正主义。'这叫啥话？连我都他妈知道宋江那时候连马克思主义都没有，哪来的修正主义？这还不是指鸡骂狗？……"

我笑着说："你看得这样透，那我就照你的话写，保证是篇好批判文章。"

"可别、可别……"黑子做出惊恐的模样，随即又笑嘻嘻地说，"北京人说，上头实行'愚民政策'，咱们下头就实行'愚官政策'；反正是'丫挺'的哄我，我哄'丫挺'的！谁跟谁也没有实话！"

"唉！"我提起笔，边说边写，"'文化大革命'，首先搞坏的倒不是国家，而是败坏了我们中华民族的道德。这可是要遗祸好几百年的事！"

黑子把一只脚踏在板凳上，颇为自得地宣称：

"没有道德的日子好过！有道德的日子不好过！"

确实是这样！

我很快就把五张批判宋江的文章抄好了。黑子眉开眼笑地拿起他们夫妻的两张："行！嘿，你们听这词儿：'把批宋江同农业学大寨，坚定不移地向贫下中农学习结合起来，'真他妈有你的！老章。给，大嫂，这是你们两口子的。赶明儿，我得好好向你们'哑巴'学习哩，他才是真正的贫下中农……"

客人们高高兴兴地走了。她把饭端到餐桌上，颇感自豪地说："你写得真快！要叫别人写，起码要憋上两天。"

我摇摇头，苦笑着说："我们生活得很艰难，但却很方便。一切都给我们准备好了，我们连脑子都不用动。"

原来，她托黑子去北京给我买了一台半导体收音机！

她缠着叫我猜了半天，但我怎么也猜不着。鬼才知道女人肚子里的花样！在我感到无聊而又无趣的时候，她才从箱子里面拿出来。

"你看，这是啥？"她笑着举起纸盒子，"黑子说要一百多块钱，你说值吗？别让他给咱们坑了。"

"值、值！"这是她做的唯一一件叫我喜出望外的事，我连忙拆开包装，"你看，这是三波段的，还有拉杆天线，带耳机……太好了！你怎么想起来的？"

"你跟我说过。"她趴在我肩头上，不看收音机，却看着我，"你跟我说过的话你自己都忘了，可我一直放在心上……"

"好了好了！"我推开她，"去把窗帘拉上。"

不知是从什么时候开始，收音机就和"特务"与"反革命"联系在一起。这种意识渗入到每一个人的神经细胞，凡是拥有收音机的人家，都会引起别人特殊的警觉。一个小小的黑匣子，深不可测，里面藏着一个罪恶的世界；光明的、革命的世界只存在于一天播三次音的大喇叭里。除此之外都是谎言，都是魔鬼的咒语。但科学技术不断地突破森严的国界，突破不可逾越的意识形态的界限，用看不见的无线电波把世界牢牢地网罗在里面，把支离破碎的土块箍成一个整体。我激动地装好电池，拉出天线，戴上耳机。在这一瞬间，我自己都有一种犯罪的感觉，尽管我认为收听广播并不是犯罪——既然自信真理在握,为什么害怕人民听到谎言——可是我的手指仍然抑制不住地颤抖,在齿盘上寻找一个个波段。电波穿过太平洋、地中海、红海的上空,越过喜马拉雅山的最高峰,带着暴风雨的沙沙声传到我的耳鼓膜。这一晚上,我一直听到所有的华语广播结束的时候。

结果,我非常失望。

西方那些不缺吃、不缺穿的洋人,在这三十年里似乎并没有什么长进,并没有成熟起来。这个庞然的机器人,和饱经忧患的我们相比,和在苦难中成长起来的巨人相比,他的政治智慧不过是幼儿园水平。对在东方玄学指导下的神秘主义的政治,对在这种政治环境中造成的人们的曲里拐弯的心理和曲里拐弯的表现方式,他们茫无所知,就像中国老百姓不能理解一个美国总统只因偷听了别人的谈话便被轰下台一样。他们评论中国的事态,只会从现存秩序出发给以所谓客观的报道。而这种客观恰恰是最表面的现象,还不如黑子和曹学义认识得深刻。可是,北京的中央台今天的广播却透露出一个很重要的消息。在一篇署名"池恒"的文章——《结合评论水浒,深入学习理论》里说:"投降派,投降主义路线,历史上有,现代有,今后还会有。"这个"今后",就绝不是无的放矢……

"他妈的!"我摘下耳机,疲倦地把收音机扔在炕上。

"咋啦?"她在我身边翻了一个身,迷迷糊糊地问我。

"不值!"我说。

第三章

大青马终于被人买走了。不是那个我曾和他说过话的公社干部,而是另一个公社的人,据说是从南部山区来的。他们来了四个农民,把二十四匹牲口都买了去。

入冬以来的第一个阴天,但又不像要下雪的样子,风凛冽而又干燥;沙尘、黄叶、干草末子和马粪末子,在大路上、空场上、各个房屋的墙角蹀来蹀去,找不着归宿。阴霾的空中偶尔有几只乌鸦张皇地飞去。已经淌过冬水的田野开始冻结了、干缩了、皲裂了，大地一片苍白。所有的树枝都脱去了叶子，光秃秃的，突然衰老了许多。只有沙枣树的一些枝干上，还有几颗零星的沙枣在风中抖索。这样的阴天，这样的冬天，给人们一种什么东西都凝固了的感觉，连同回忆和期望，仿佛人们一生下来天地就是这副模样，而这样的天地也再不会有什么变化。

大青马就是在这样的天气中和它的伙伴们一起被赶走的。从马厩出来，走上那条熟悉的小道，然后岔到大路上。它还略停了一下，回头看了我一眼，似乎奇怪我为什么没有跟它们一起去。但一个农民随手抽了它一鞭子，它一激灵，摇了摇脑袋，终于顺着农民指点的方向去了。大路的那一端，隐没在灰色的天边。在它们身后，缓缓地腾起沉重的黄土。

别了！我的大青马。你知道我多少隐秘，我向你倾吐过多少心里话，你伴我度过了悒郁的时刻，你也看见了我怎么恢复成一个人。在你走后，我恐怕也将走了。我不能像你这样等着被人用鞭子再赶进监狱，而各种迹象表明，那样的时刻又快来到了；一个极为短暂的缓和时期已接近尾声。

送别了大青马，回连队的途中经过羊圈。在即将向山里开拔的羊群旁边，我碰见了周瑞成。

"牲口卖了，你轻松啦！"

周瑞成笑着跟我打招呼。他的笑是种苦笑，带着乞丐向人乞讨时的神情。好久没有注意看他，今天一见，发觉他更加苍老了。他披着老羊皮大衣，背佝偻着，身躯仿佛向地下缩了半截。我不觉向他走去，和他一起蹲在羊圈背风的墙下。

"这还是我去年穿的大衣。"我翻开他的大衣看了看，"今年上山推迟了。去年这时候，我们已经在山上待了一个月了。"

"是呀。因为找不着人，没人愿意上山。"他说，"今年你拖过去了——有家呀。今年该着我和'哑巴'上山了。"

"没什么，"我安慰他说，"山上就是寂寞一点，其实生活很好，羊肉随便吃……"

"嘿嘿！生活难道仅仅是吃羊肉吗？"他的尖嘴似笑非笑地说。

我一愣怔，这不像他平时的谈吐。我会意地在他膝盖上拍了一下："你把二胡带上嘛，无聊的时候能自得其乐。冬天很快就会过去的。"

"是的，冬天很快就会过去的，可是春天再也不会来了。"

我更加惊异，斜睨了他一眼。真是"士别三日当刮目相看"！我忽然明白了他那种乞丐似的苦笑的含义：他要的是我来跟他说话。我掏出烟点上，喷了一口，问他：

"你的申诉有结果吗？"

"去他妈的吧！"他一反常态，突然骂出了粗话，"还申诉什么？我现在真懊悔！你还不知道吗？北京又展开什么'反击右倾翻案风'了。先是从教育界开始的。你还没有这个经验？什么运动都是拿文化教育开刀，然后全面屠杀！"

"屠杀"！他居然也会用这个血淋淋的而又准确的动词！我不由得向他靠拢一点，免得他大声疾呼出来。

"还是你好，"他接着说，"打到最底层，干脆去劳改，戴上帽子，什么都不想了，什么都不希望了，心里也会觉得好过一些。像我：高不高、低不低地悬着，用胡萝卜加大棒对付我，到了最后才使我明白是一场空！你说这难受不难受？我现在才懂得了他们发明的这个政治术语——'挂'是什么意思，那就是让人上吊！"

多糟糕的境遇都会有人羡慕，这就是我们当代生活的特色！但他既然还认为我"什么都不想，什么都不希望"，说明我一直在他面前伪装得很好，我也不必要现在突然跟他推心置腹。

"别这么想嘛，"我傻乎乎地说，"你还是立过功的呀！他们总会想得起你来的，会给你解决问题的。"

"呸！"他狠狠地朝地上啐了一口。这个人起了奇迹般的变化，与过去完全判若两人。他说，"什么立功，只有我这个傻瓜才会干这种事！他们把我知道的榨干了，让我把人得罪遍，就把我像豆饼一样扔到这儿不管了！"

羊群见牧人还不动身，一只只卧在地上，或是找个背风的角落在那里沉思。今天准备上山，早晨给它们喂了料，所以它们也不着急。有一只老羊用依恋的眼睛看着我，也许它还认得出我来？

周瑞成眉头打结，目光阴郁，尖嘴努动着，陷入了回忆。

"你当我的日子好过？"他说，"从一九五一年忠诚坦白运动开始，我就知无不言，言无不尽，一直到'文化大革命'。检举呀！揭发呀！原先是交给领导，后来是交给'造反派'……我告诉你检举人的人比被检举的人日子难过……"

"这我不同意！"我急忙辩驳。在这问题上我不能装傻。

"你听我说。"他把手放在我拿烟的手上，我感到他的手在颤抖，"被检举的人只有在检举材料摊在他面前的那一刻才难受，可检举人的人自从写了检举材料那一刻开始就不舒服。我一次一次地写检举，这一辈子写了多少份检举我都记不清了，反正领导上知道我听话，了解的情况又多，总是叫我写、写、写！拿一次政治运动少说写五十份来算吧，我总共写了有五百份了。每写一份检举我的心里就感受到一份压力。老章，我告诉你，我年轻的时候是什么样的人呢？我活泼得很啦，我好玩得很啦！什么二胡、手风琴、小提琴我全会拉，小号也能吹两下子，篮球场上总离不了我这个活跃分子，我还会跳交际舞哩！可是，每写一份检举就削去我一分活力。我为了救自己，使自己能过个平平安安的日子，却把人生最宝贵的东西丢掉了，最后成了这副人不人、鬼不鬼的样子。早知道，王八蛋才写那些材料！大不了还是落到这步田地……"

他的嘴角出现了一条斜向下巴的、如刀刻般的皱纹，坚决而残忍。他是在倾泻积愤，并不是要博取同情，但是我还是把手从他手下翻上来，握住他瘦削干燥的小手。"别这样想，那些都过去啦！"我说，"据我所知，有的人把别人诬陷了，送进监牢，甚至送到杀场，今天他还过得有滋有味得很哩！"

"你看错了!"他将手抽出来,激动地一挥,加重了他对我的否定,"难道那叫有滋有味?我敢说,这样的人和我一样,从来没有体会过什么是无忧无虑的、问心无愧的幸福。也许他们自我感觉良好,可是过的日子跟我一样,是耗子的生活。耗子在没有被猫逮住的时候,自我感觉也是十分良好的。"

这时,"哑巴"背着一个小包,穿着老羊皮大衣,踽踽地向坡上爬来,边走边迎着风咳嗽。今年一年,"哑巴"瘦多了,虽然他一直跟着我,没有让他干重活。鬼才知道他心里想些什么!如果他能像周瑞成今天这样一吐积郁,也许会好过一点,然而他没有受过教育,他只会死钻牛角。

周瑞成站起来,肩膀耸了耸,将大衣披好。这一动作颇有军人风度,我仿佛看到了二三十年前他的英俊潇洒。"这次上山,是我自己要求的。"他说,"我心甘情愿去。说不定下山以后,山下就成了另外一个世界了。唉,'山中方一日,世上已千年'呀!"

"你估计会成什么世界呢?"我眯着眼睛问他。

"你知道他们这次的矛头对准的是谁吗?"他反问我。

"不知道。"我想让他先说出来。

"周跟邓!"他捂着嘴说了三个字,然后放下手,小眼睛里阴森森地发光,"这两位一倒,共产党的最后一点希望也就完了。那时候,就像《红楼梦》里说的:'三春去后诸芳尽,各自需寻各自门'了。"

"那你准备怎么办呢?"我好奇地问。

"我没什么关系,他们暂时不会把我怎么样。"他直率地看着我,"因为我不像你:第一,没劳改过;第二,没帽子;第三,出身城市贫民,而你是资产阶级;第四,他们到现在还没有把我的干部身份捋掉,而你是个最下等的农工。我又是学军事的,说不定将来还有用武之地哩。而你,"他恢复了降尊纡贵的姿态,用手指戳了戳我的胸脯,"老弟,你还记得我们蹲监狱的时候,队长指着你鼻子骂的话吗?他说:'章永璘,你别梦想翻天,外头只要有个风吹草动,首先拿你砍头示众!'当然,他那时的意思不过是吓唬吓唬你,叫你老老实实,可是他这话里有真理,你得提防点,他们弄死你就跟捻死一个臭虫一样,不需要向任何机关、任何人负责。"

"哑巴"慢腾腾地还没有爬上坡来,风不停地把过长的大衣绊住他的脚。周瑞成收回目光,看着我接下去说:

"你不见?胡世民和李义钧俩人就是很好的例子。胡世民是师部的宣传科长,一九四九年参加工作,没有前科,他们把他弄死了,平反的时候赔礼道歉开追悼会不说,队长还丢了官,不然这个曹学义还来不了这里。我听说,这场官司到现在还没有打完。李义钧呢,不过是你们农场的农工,跟你一样:劳改过、有帽子,把他弄死了,现在有谁替他说一句公道话?"

这个平时谨小慎微、沉默寡言的人,竟把一切都看在眼里,一切都记在心上!

"是的。"我把烟头捻成碎末,"其实李义钧比胡世民死得还冤。胡多少还可以说是自己病死的,而李才是活活让他们整死的。"

"对呀,这不都是我们在监狱里亲眼见的嘛!"

"那你说我应该怎么办呢?"这个人肯定工于心计,我真的要向他讨教了。

"老弟,"他的嘴虽然尖得可笑,但语气却是诚恳的,"还是毛主席说的话对:'不要害怕打烂坛坛罐罐'。过去,我就是害怕打烂了家里的坛坛罐罐,保我过个平安日子,到头来……"他两手一摊,又重复了一句,"还是成了这副样子!你是聪明人嘛,应该知道:'三十六计,走为上计';'人挪活,树挪死'呀……"

"哑巴"走近了,他打住话头,迎着"哑巴"走去,和"哑巴"一道挥起放羊的短鞭,把羊一只只地轰起来。

我用马鞭帮他们俩把羊赶到通向山里的路上。分手的时候,我笑着对他说:"你和'哑巴'在一起很好,在这年月,这种人最保险。"

"不见得。"他回过头,意味深长地瞥了我一眼,"'哑巴'开口说话的日子也快到了!"

大青马向东,羊群向西,向乌云层层笼罩着的大山走去,沿途撒下许多羊粪。凛冽而干燥的空气中飘散的一股羊膻气,终于也逐渐地淡薄了。从此,他们和羊群,永远在我的视野中消失。

第四章

我收工回家,把铁锹放到门背后,看见马鞭还挂在墙角,上面已经蒙上了薄薄的尘土。我连钉子一齐将它拽了下来,一撅两段,扔出了大门。

"回来啦?'她坐在小板凳上,面前放着一筐鸭蛋,笑着问我。

"回来了。"

"牲口卖了,你舍不得吧?"她把鸭蛋一个个捡到坛子里。坛子里盛着熬好的盐水。

"有什么舍不得的? 我连人都舍得!"

屋里暖烘烘的,铁炉盖烧得通红。我把手在炉子上烤热,然后闭起眼睛,将手捂在脸颊上。我感到一阵舒适的晕眩。这就是家,这就是人人都需要的那么一点可怜巴巴的温暖。但人创造了什么,就会被他的创造束缚住。这冬天的炉火,这些坛坛罐罐,这两间小屋,是供我享受的,但我也付出了自由作代价。

"我在给你腌咸鸭蛋哩,你看!"她在我背后说。

"有什么看头!"我睁开眼睛,漠然地瞟了她一眼。

她并不觉得无趣,停了片刻,又笑着说:"时间过得真快,我们结婚时候买的小鸭子,这会儿都下了这么多蛋了。"

是的。猫也长大了,这时无忧无虑地卧在炉台上,眯着眼睛打呼噜。这只猫就是那天晚上从曹学义胯下钻出来的灰猫! 它也和大青马一样,看到过许多事情。在这个世界上,人最怕的是人,而不是动物,即使是猛兽。

她低着头,继续往坛子里捡鸭蛋。鸭蛋并不沉下去,悠悠地浮在盐水上,雪白的一层。她用愉快的声调问我:"我听说,南方人都爱吃咸鸭蛋,是不是?"

我鼻子里哼了一声,说:"你听说的事情太多了!"

她抬起头瞥了我一眼,眼睛里的光芒暗淡下来。一会儿,她撇了撇嘴,谨慎地嗔怪我说:"我的话,你总忘不了!"

"话是会忘记了,但是事情是很难忘记的!"

说完,我一掀门帘进到里屋,在我的用门板做的书桌旁坐下,拿出一本印着"红卫兵日记"封面的笔记本,摊在面前。

写作的愉快不完全在于写出了什么,而多半在写作的过程当中。分析、综合、推理、判断,这些大脑的智能活动,就和体育运动一样,并不是非要争取到名次才使人高兴,在身体各部分的活动中就可以享受到发挥活力的快乐。将近二十年,除了"自我检查""检讨""每周思想汇报"、要求粮食补贴的"报告"和那份要求结婚的申请书,以及代替别人抄的"大批判"文章,我没有正正经经写过什么文字。也许,这就是改造我的手段和我改造的目的?像剥兽皮一样把文化从人身上剥离下来,这个过程对于被剥的人来说虽然很痛苦,而对猎人来说却是必须进行的。但在四个月前,在洪水的危险过去以后,在我又成为正常人以后,我开始拿起笔来。最初几天,笔下非常艰涩,几乎写一个字就要停顿一下,大约古代人刻竹简就是这副模样吧。大脑和手指间的传动器官出了严重的故障,生锈了,并且锈死了。脑子里能想出的,嘴上能说出的语言,怎么也不能流利地变成文字,必须两眼呆呆地一个一个地从空中去寻找。但不久,这条传动器官由于经常运动的结果,渐渐地灵活了,一个一个生疏的字也重新熟悉起来。在没有人能够畅所欲言地交谈的情况下,孤独地写作,成了最能帮助思想的手段。大脑里的一个概念落在笔下,变成了由点、撇、横、竖、捺等等构成的方块字,即刻成了独立于主体之外的客观存在,不由得使你要去探究它和别的概念的联系,然后把一个一个方块字搭配起来,串联起来。杂乱无章的思想,一霎间理性的灵感,从书中的某一句话产生的认识飞跃,即使是痴人说梦,梦中呓语,都能通过笔梳理得有条不紊、纲目并张。

在视、听、味、触觉的愉快之外，还有一种理智运行的愉快。这欢愉之情并不是因为得出了什么思想结果，而是从视觉所不能透过的地方，从被人生的重负覆盖的深处，看到了只有属于人的理性的闪光。并且，被摒斥于人群之外并不是坏事，而是获得了思想的自由，使理性得到了净化。这种净化了的理性开始时如荧荧磷火，继而不断地增强。它不能开辟道路，但它能照亮前方。

而前方的道路，是更加险恶了。

今天，我无心写什么。与其说是思想混乱，毋宁说是在把决心酝酿成熟。我把笔记本又合上，棉袄也不脱就朝炕上一躺。棉袄软和的领子擦着我的面颊。这是她一针一针给我缝制的。正如她颇为得意地说："你大概二十年都没穿过这么暖和的棉袄了吧！"当然，马缨花曾给我用毯子缝过一条绒裤，但那仿佛是上一个世纪的事了。遥远得我都怀疑那是不是曾经有过。而现在，这确实是实实在在的。女人善于用一针一线把你缝在她身上，或是把她缝在你身上。穿着它，你自然会想起她在灯下埋着头，用拇指和食指捏着针，小手指挑着线的那种女性特有的姿势。因而那一针一线就缝上了她的温馨、她的柔情、她的性灵。那不是布和棉花包在你身上，而是她暖烘烘的小手在拥抱着你。

"生活难道仅仅是吃羊肉吗？"可是，吃，毕竟还是重要的，尤其对我们这些穷人来说。农场每人每月只配给一两食用油。每到月初，何丽芳就会骂道："×他妈！咱们打油光拿个眼药水瓶子就行了。每次炒菜的时候，往锅里按那么一滴……"而香久把她自己的一两油也省给我。她单另把油熬熟，撒上葱花，在每顿饭的面条里给我碗里调上一点。她从来不吃油，只在给我调油的匙子上舔一下。然而这种粗俗的动作表现了她对我的疼爱与关怀。她是必须把她的爱情表示出来，让你明白无误地知道她付出了多少，知道她爱情的重量与程度的女人。农场分的一点可怜巴巴的肉，她也从来不吃，总是啃骨头。我常常感到这样的爱情对我是个压力，是个负担，可是她却这样宽慰我："我不吃肉，不吃油也长得挺壮，你不看，我现在还胖了吗？"她叫我捏她的胳膊，"听人说，男人比女人消耗大。你蹲过劳改队，还不知道?"

是的，一九六〇年在劳改队死的，多半是男人。

总之，我和她结婚以后，过去单身汉的习惯突然被掐断了，续接上家庭生活的习惯。确切地说，家庭生活的习惯就是她给我培养出来的习惯。再往深里说，就是我生活的一切都要仰仗她了；我被她宠坏了。这暖和的棉袄，洗得干干净净的内衣，这被子，这褥子，床单，这炕，这房里的一切，哪怕那洁白如玉的雪花膏瓶子，那用廉价的花布做的窗帘，都出自她的手，但又构成了我的生活内容。她按照她的家庭观念完全自主地创造了这个小家庭，把我置于其中，我也适应了它，成了它的一个部分。要摆脱它是不容易的，因为这首先要摆脱我自己。

我茫然地望着用报纸糊的顶棚。那上面是一片密密麻麻的文字，但是没有一行字是解释生活和指导人们应该怎样生活的。这十几年来，人们像煞有介事地、正正经经地说了多少废话和大话啊！这无数的废话和谎言构成了一个虚幻的而又是可怕的世界。我像是生活在两个世界里，一个是真实的世界，我现在的处境，一个是虚伪的世界，而那个世界却支配我的生活，决定我的生与死。我不但要冲出那一个世界，还要冲出这一个世界。在前途茫茫，风雨飘摇的时候，难道这一个世界就不值得留恋……

她突然一掀门帘冲进房来。

"我告诉你，"她一屁股坐在炕上，满脸怒容，"你别老抓住我过去的事不放。你也有可抓的!"

她还系着围裙，使她丰满的胸脯格外地高耸着，两只手抹了润肤油，反复地揉搓。好像是在痛苦地拧自己的手。

"什么?"我莫名其妙地坐起来。我已经把刚才伤害她的话忘记了。

"我告诉你，你要抓我过去的事，想跟我离，我就抓你现在的事，反正咱们谁也好不了!"她的眼睛是滚烫的、充满怨恨的，没有一点眼泪,但却是一副要哭的样子。

"我……我现在有什么事?"我应该早料到她会发火。她总是像水一样驯顺,一样默默地积聚够力量,然后突然来个冲击。她这番火,大概就是在她腌咸鸭蛋时候积聚起来的,咸鸭蛋腌了,火也积聚充足了。

"哼哼!你每天晚上都在写些啥?"她说,"我看这个家,非要败在你手里不可!"

"我晚上没事的时候写点东西,关你什么事?"我故作镇静地问。

"当然关我的事!当然关我的事!"她叫道,"你要知道,现在你不是一个人;你有了家,家里是两个人……"

我深深地吸了口气:是的,是两个人!这点我为什么一直没想到?把另一个人蒙在鼓里,却又要叫她承担责任。可是,她又这样说:

"哼!你当是我不知道:你晚上人在我身上,可心早不知飞到哪儿去了!"

我轻蔑地一笑,即刻打消了向她说明的念头。"笑话!"我说,"我早就说过了,你的感觉跟别人不一样!"

"你别打马虎!"她神色严肃地说,"我也早跟你说过,咱们不要惹事,不要生非,你偏不听,要去找死!有多少人就是为了写日记给送进劳改队的,你还不知道?那种罪你还没受够?"

"没受够!"我死皮赖脸地说。

"那也行,"她说,"只要你忘记我过去的事,要死,我也陪你去死!"

一瞬间,我觉得我动了感情。这是一出从久远一直到现代反复演出的故事。是不是干脆告诉她我想干什么,我在干什么?但她是那样的女人吗?我下意识地斜睨了她一眼:漂亮、肉感而又愚蠢。她随时都会引起曹学义这样的男人的兴趣,被人诱惑。我脑海中又浮上来一个人影,一个写过歌颂爱情的诗的小学教员。他跟我一起以"反革命言论"罪劳改过三年,而检举他的正是他的妻子。我撇了撇

嘴,说:

"算了吧,哪有那么严重?老实说,我只是怕把过去学的东西忘了,才写些乱七八糟的话……"

"你不是说过去的东西你是忘不了的吗?"她脸上掠过一丝尖刻的笑意,但倏忽之间又消失了,露出白白的牙齿,咄咄逼人地说,"乱七八糟的话!反正你写的东西你知道!你哪一个字不是跟批判'资产阶级法权'、批判宋江对着干的?好歹我还上过中学哩!还有,我给你买个收音机,是让你听个戏解闷的,可你每天晚上戴上耳机,跟个特务一样,你这是干啥?……"

"好了好了!我不想跟你吵架!"我慌忙阻止她大声的嚷嚷,朝炕上一躺,表示休战。

"那你想干啥?那你想干啥?……"她拧过身子,盯着我追问。说着,她的眼睛濡湿了。但她噙着泪,没让它流出来。

我想离开你!不但离开你,并且要离开这个地方!但我没有说,两眼凝视着窗外。那很远很远的地方,那高高的灰色的天空中,有什么东西使我心动。窗外有一只麻雀啁啾着在寒风中飞过。这间屋子是温暖的,可是我情愿跟它易地而处。

"我还以为你跟别的男人不一样,你讲道理,你不狗肚鸡肠。"她坐在炕沿上絮聒,"我告诉你,多少次在你睡着的时候,我就在旁边看你、摸你、亲你……可结果你还是跟没知识的男人一样!你现在好了,你现在是人了,我就那么一次,你就老抓着我不放,老拿捏我。我告诉你,没那么容易!你干的这些事,只要我向上面透出一个字,你章永璘就不是章永璘了!哼,你当我是傻子?你当我不知道你这些日子在打啥鬼主意?你当我是那么容易甩掉的?……不信,你就试试!"

她的絮絮叨叨又使我动情,又使我气愤。我不愿意看她,但她非盯着我的脸不可。她温顺的时候是只小猫,躺在你怀里任你怎样摸她、揉她,而寻衅的时候又是只蟋蟀,一定要面对面、头对头地斗个你死我活。她的眼睛阴沉而坚决,可是腮上又蜿蜒流下软弱的泪水。

对了,这就是她!啊,爱情,那些冗长的小说中重复过无数次的字眼,从来没有从她嘴里说出过。然而这就是她的爱情,爱得野蛮而专横。爱情,真是既让人眷恋又让人讨厌的东西。没有它不行,它太多了也受不了!

"哼!"我冷冷一笑,"'就那么一次'!要杀人的话,就那么一刀就行了。你那一次就把我的心伤透了。怎么也转不过来。你还想去告发我,我看你敢!你只要向别人透出一个字,我们就不是夫妻了!"

"你看我敢不敢!"她说。

她的眼睛里有一丝游移,一丝慌乱,她不知道现在怎么挽回局面,但又不甘示弱。她在我眼睛里看到了冷峻,但没有看出冷峻的原因。她不理解我;她只把我看作她的一部分,因而她连她自己也不理解了。

"你只要再提我过去的事,你看你敢不敢?"她又重复说。

"真没水平!"我说,"我这件事跟你那件事根本是两码事!怎么?你还想拿这件事来拿捏我吗?"

"哎!我就是要拿捏你!"她忽然又理直气壮地耍开无赖,"你想咋样?你当我是那么容易甩掉的吗?"

"我本来不想甩掉你,可你竟然说出这种话,就是没有这样做,我也非甩掉你不可了!你心里明白:你要告发我的想法,是你心里早就有的!"我在炕上架起二郎腿,同时掏出一支烟。再没有比这更好的离开她的借口了,我想。

她的面孔突然气得发白,身子在炕沿上扭了几下,最后下了决心,猛地像猫似的跳起来。我以为她要过来扑我,而她却向那门板做的书桌扑去,一把抓起我的笔记本抱在胸前。

我欠起身,手指点着她:"你不用抱得那么紧,没人抢你的!"说完,我又躺下了,点着了烟,把火柴扔到门口,顺势指着门说:

"我看你往外迈一步,只要一步!"

我知道她不会那样做,但我却希望她那样做。我需要她反常的行为来安抚我的良心,坚定我的决心。在想离开一个人的时候,最好是先让那个人做出伤害你的事情。

她踌躇着，一时不知如何是好。我又指了指门口：

"你敢！我看你走出一步！"

"那你还提不提我过去的事了？"她问。

"为什么不提？我已经说了，我的事跟你的事完全是两回事！"

她的脸猝然变得难以辨认，变得陌生起来。这是一张失去理智的脸。她真的抱着日记本朝门口奔去，同时发出嘤嘤的哭声。我坐起来，扔掉烟，谛听她的动静。她跑到外屋便停下了，趴在餐桌上号啕大哭；那一只花瓶叮叮当当地作响。裂痕已经造成了，是弥合它，还是继续加深？我站在裂痕的边缘，向下一看，头晕目眩，但裂痕深处仿佛有一股强大的吸引力，我只有投身进去才能冲出两个世界，到一个新的天地里，或是再次投入我熟悉的地狱。于是我装作慌张的样子，从炕上跳下来，两步跨到外屋，做出要去抢那个日记本的架势。

她本来是到此为止的。我没有估计错：她见我冲出来，却即刻跳起来又抱着笔记本要去拉开外屋的门，似乎要拿着这个"罪证"跑去告发。我一把拽住她，她更加使劲地在我怀里挣扎。那曾经激起我情欲的柔软的肉体，此刻陡然变得僵硬起来，蛮横起来，变得充满敌意，变得可厌而又可怕。我想夺下那个日记本；她两手死死地搂着不放。我们俩拉来扯去。戏演到这里，剧本突然中断了，演员不知应该怎样演下去，只好凭自己的本能进入角色，把假戏真做起来。

正在这时，门被推开了，黑子一闪身进到屋里。我们猝不及防，仍然僵持着。他一眼就看明白了我们争夺的是什么。他掰着她的手喝道：

"你放开！黄香久，有话好说嘛！……"

她把日记本往我怀里一塞，哭着跑进里屋。黑子朝我使了一个眼色。

我把笔记本揣进棉袄口袋，调整好呼吸，跟黑子走到外面。冬天的风在显示自己的威力，大声呼啸着，把荒滩上的枯草刮进小村庄，又把小村庄的垃圾刮到田野上。村庄外的土路，奔跑着浓密的黄尘，一阵一阵的,扑向光秃秃的树林。

我们俩人找了一处背风的角落,并排蹲下,背着风把各自的烟点着。吸了几口,黑子眯着眼睛说:

"我可啥也没看见,啥也不知道;我也不问你这本子里写的是啥。"他思忖了一下,啐了一口唾沫,"可是,这样的事情我可经过,那他妈的还是我当红卫兵的时候,在北京街道上,×他妈!有个臭娘儿们就把她男人的啥笔记本交到我手上。我他妈那时候也傻,向上头照转不误。到头来男的给判了刑,臭娘儿们弄到了离婚证……我说,老章,女人懒点、馋点都没关系,可千万别他妈当'克格勃'!你想想,你每天晚上搂着个定时炸弹睡觉,那多恶心!我早就跟你说过:这女人欠打!也跟你说了:这臭娘儿们跟那'丫挺'有交情。那时候我看你窝囊,就觉着你准有把柄抓在她手上。原来是这个玩意儿!老章,这可是不得了的事!这臭娘儿们你还能要哇!不定啥时候就把你又送进去。你呀,得变着法儿甩掉她……"

村庄的路上空荡荡的,好像连人也被风刮跑了。我没有吸几口烟,但烟在风中燃烧了一半。有谁能理解我复杂的感情?神经不能像电线那样接通,感觉不能传导给别人,因此,当事人的事,在别的任何人看来都十分简单。

"谢谢你!"我说,"你可帮了我的忙。不然,我还不知道会闹出什么结果。至于她嘛……"

会有什么结果?我明明知道她胡闹一阵也就完了。女人的脾气是一条流到沙漠中的河。开始时汹涌澎湃,流到后来就会无影无踪。我气愤地扔了带煤焦油味的香烟,它在风中不能自主地滚得很远。

"啊!"黑子突然颤了一下,说,"妈的,让她一搅和,我差点忘了!我跑来是要告诉你,下午你出工的时候,大喇叭里广播的:周总理逝世了!"

"啊?"我看着他的脸,一时没有听清他说的是什么。

太快了!

我推开门,顺手拿起门背后的铁锹,把门牢牢地顶住。随后走到煤炉旁边,掀起炉盖。炉中的煤噼啪作响,火焰通红。这是一只独眼龙的眼睛。我从棉袄口袋里掏出日记本,扯掉塑料封面,一沓一沓地把内页撕下来,塞进这只独眼里:你看吧! 你检查吧! ……

纸张吐出淡红的火焰,然后发黑,然后发白。灰烬落在燃烧的煤块上,还一闪一闪地放光,好像是它化成了能呼吸的精灵。它是有生命的东西,它是我的心血,它是我大脑中的化合物。现在,它躺在炉火中,还在不安宁地辗转反侧。烧掉就烧掉吧,你那上面的符号,已经永远记在我脑海中了。不管我是浪迹天涯,还是在铁窗之下,我都会记得你,就像人总能认出自己的孩子。而必将有一天,我要把你向人民公开出来。"冬天很快就会过去,而春天是不会再来了。"不! 春天是会来的。

她还在里屋,听不见她的动静。但过了一会儿,也许她闻着了烧纸的烟味,她一掀白布门帘跨了出来。

"你这是干啥?"她浑身震颤了一下,扑过来抢我手中还剩下的一点残页。

我抬起手臂隔开她。"你要干什么?"我说,"还想拿去立功吗?"

她睁大着眼睛,仿佛很陌生地瞪了我一眼。随即颓然地跌在凳子上:

"我跟你说,章永璘,你不得好死的! 你亏了心了,你当我是真会那么干吗? 我也是人啦! ……"

她两手的手指痛苦地拧绞着,嘴唇悲愤地往两边撇,红红的眼睛呆呆地瞅着火苗,眼泪无声地流了出来。

我知道你不会那样做,但是我却非要这样做不可。正因为我爱你,所以我不能爱你。我必须伤害你,伤害到使你能完全忘记我的程度!

"完了!"我把最后一沓残页塞进火炉,说,"我们两个也完了!"

第五章

从田里撒完肥料收工回来,在积满黄尘的土路上,农工们三三两两地走着。走得很快，很有精神，干活中间保留下来的力气这时才开始发挥出来。

何丽芳急匆匆地赶上我。

"老章，"她说，"听说你要跟黄香久离婚？"

"你怎么知道？"

"我怎么不知道？"她扑哧一笑，好像这是件很开心的事，"谁都知道了！黄香久那天跑到我们家来哭，让我跟黑子劝你。"

"黑子说什么？"

"黑子没理她。"

"那么你呢？"

"我瞧她怪可怜的。"

何丽芳把唯一的孩子放在北京，自己成天在队上游来逛去，有时早晨爬起来头不梳脸不洗就串门子。她对饮食男女的事最感兴趣。

"你为啥要跟她离婚？"她按部就班地问。

"我为什么非要告诉你不可，你又不是领导。"

她嘻嘻地笑道："你不说我也知道！"

"知道了就不用问了嘛！"

"唉，女人嘛，"她向我做了个媚眼，"老章，你太不懂咱们女人了。不管她跟多少人睡过觉，她心眼里还是只爱一个人。你信不信？"

我没有理她，只顾走路。

"就说我吧，"她兴致勃勃地把话转到自己身上，"我不瞒你，我跟好几个男人睡过觉，可心眼里就爱黑子一个人。你信不信？"

"我信。"我说。

"那不就结了呗！"她认为问题已经解决了。

"可是我不懂，你只爱黑子一个人，为什么还要跟别人睡觉？"

她一点不感到语塞，哧哧地笑道："那你就不懂咱们女人啦！"

"不懂。"我承认。

今天阳光特别好，像初春的天气。西边的山间没有一片云，没有一点雾霭。在很远很远的地方，都能看到那上面有一块一块裸露的石头。去年的现在，我还在那里放羊哩，而今天，却在这条路上讨论着离婚。过惯了十年如一日的刻板生活，这种变化叫人头晕。我又感觉到这一年像一场梦。凡是过去的事情都像场梦，而凡是没有来到的将来也像梦……

"不过，她那种女人你是不能要。"何丽芳却这样劝我。

"为什么？"

"第一条，她不能生孩子；第二条，你没听人说嘛：'女人越离越胆大，男人越离越害怕。'离了几次婚的女人心就不稳了，跟我不一样；第三……"

"去去去！"我停下来，皱起眉头，一挥手，"你走你的吧！你少来烦人！"

"你瞧你，"她仍然嬉皮笑脸的，"我要教给你嘛，这女人……"

"你走不走？"我把锹从肩上取下来，冲她说，"关于女人。我比你懂得多！"

她毫不在意，朝我露齿一笑，哼着《送你一朵玫瑰花》走了。

我以为我走在最后，可是后面还有一个马老婆子。

她胳膊弯里照例夹着一捆干柴。从她的步态上，看出她是在追赶我。我站在路旁边等她。

"苦啊——"

还离得很远，她就像京剧老旦那样悠扬地长叹一声。但神情上却丝毫看不出她觉得苦。爬满皱纹的脸上带着微笑；她昂着头，挺着胸，脚下像母驴的后蹄那样有力地捯腾。我想起她自己常说的，"俗话说，'抬头婆姨低头汉'，我苦就苦在这走路的姿势上。"其实，这句俗话说的是"婆姨"与"汉"的性格，和命运无关。但她要那样理解，也只得由她。她找到了自己苦的根源，所以才觉得苦中有乐。

"老章，你为啥要跟小黄离婚呢？"她赶上来，问我。

"这事你就别问了吧，刚刚就有好几个人问我。"我说，"奇怪！现在的人都喜欢管别人的闲事。"

"大家都关心你嘛!"她横了我一眼,"你虽然有帽子,可是大家哪把你当作帽子的看……"

"不错,大家对我都很好,"我淡淡地说,"可是运动一来脸就变,胳膊拧不过大腿;大家都要保全自己嘛。这么多年了你还不清楚?人的脸是'兔子拉车——说翻就翻'!"

"是不是又来运动了?"她撇着嘴唇,鬼鬼祟祟地问我。

"你也太不灵了!"我笑道,"运动已经来了,叫'反击右倾翻案风'。喂,你写的申诉书怎么样?有答复没有?"

"没有,幸亏没写!"她又高兴了,像中了彩票似的,"那时候,小黄写不好,叫你写你又不写;我想找周瑞成,可那老家伙支支吾吾的,今天推明天,明天推后天。我一生气:拉倒吧! 命里摊上个啥就是啥!"

"你的命还算是好的!"我祝贺她,"不然,这次你正好是队上的一个'翻案'典型。"

"你呢?"她伸长脖子问。

"我还用说? 我不写申诉也要说我在'翻案'。我是在社会上挂了号的。"

"唉!"她叹息道,"刚安定了一年……"

我笑出声来,告诉她:"这话你可别跟旁人说,最近一条语录就是针对你这句话来的:'什么三项指示为纲,安定团结不是不要阶级斗争',你可小心点!"

"咦!"她伸了伸舌头,"这话咋讲? 又要安定,又要斗争……"

"那你自己琢磨去吧!"我说。

"哎,既然这样,我说老章呀,你就别跟小黄离了吧!"她竖起一根手指头为我谋划,"要万一有个三长两短,像一九七〇年那次一样给关了进去,还有人给你送个衣、送个饭啥的。"

"有个老婆就是为了有人送牢饭,这个日子也真难过哟!"

罗宗祺叫我娶老婆是为了写论文,马老婆子劝我别离婚是为了送牢饭,原来这就是现代的家庭观念! 我不禁苦笑了。

"唉！有啥办法呢？"马老婆子也笑了，"这就是命嘛！我告诉你，小黄这女子就是命不好。"

"啊？你怎么知道？"

"你没注意她？"马老婆子神秘地说，"她的人中上，就是鼻子跟嘴唇中间，有一条细细的横纹……"

"哦，我倒没注意。"我嘻嘻地笑道，"来，让我看看你有没有？"

"你又没正经的了！"马老婆子笑着挡开我，"我哪有？就嫁过一个人。那得嫁过好几个丈夫的女子才有！"她的语气仿佛是羡慕一个女子能有那样的资格。

"唉！"马老婆子又叹道，"你也够没良心的了。小黄跟你也算是患难夫妻吧。"

"我们算什么患难夫妻？"我强打起笑容，"我们结婚的时候，正是你说的比较'安定'的时候。你不记得啦？"

"反正你也够昧心的了！小黄侍候你吃，侍候你穿，哪点不好？你忘了你过去那副孽障的模样：收工晚一点，就夹着个碗蹲在食堂门口，跟要饭似的；穿的呢，前一片儿后一片儿的，像头掉了毛的骆驼！现在，"马老婆子上下扫了我一眼，"你看你这整整齐齐的，真有个人模狗样了！"

大约马老婆子想起了她自己的命运，目光透出一丝悲哀。

"是的，我怎么能忘呢？"我惘然若失地说，"不过，我告诉你：不是我没良心，也不是我昧心，而是我狠心。在这种时候，由不得我不狠心啊！"

她一个人坐在外屋。

这几天，她没有出工，不是躺在炕上睡觉，就是坐在凳子上发呆。两间房间所有的东西上，已经蒙上了灰尘，连雪白的雪花膏瓶子也失去光泽，于是，一进屋，会发现屋里的光线暗淡了许多，尽管窗外的天气已经暖和起来，阳光开始散射出春的色彩。

她见我进来，凄恻而又怨恨地瞪了我一眼，嘴唇翕动了几下，但没有说出什么话。她就这样坐着；她就坐在那里……这些天，她明显地憔悴了，如同这房里所有的东西一样黯然无光。我审慎瞥了她一眼，并没有发现她鼻子和嘴唇之间有什么横纹，倒是看见她额头上新添了一条断断续续的皱褶儿，像一条表示言而无尽的删节号。

我极力克制着要去抚慰她的冲动；既然已经准备献身，何必给她留下一个思念的苦果？我脱掉棉袄，洗了脸，绾起袖子，故作姿态地拿起案板上的空面盆，解开盛面的口袋，这时她才说：

"你还做什么饭呢？饭给你做好了，在炉台旁边热着哩。"停顿了一下，她又说，"你放心，我心眼再坏，也不会给你饭里下毒药的。"

在一锅雪白的米饭上，有一碟炒鸭蛋。冬天没有什么菜蔬，自己家产的鸡蛋鸭蛋，就是农工最好的菜了。炒这一碟鸭蛋至少要用半两油吧，我想。在炒鸭蛋旁边，还有一碟炒过的酸菜，切得很细，深绿色的菜丝上又放了一小撮鲜艳的红辣椒。红、青、黄，这三原色合成一种忧郁的色彩，令人心酸。马老婆子在我们结婚时就夸过她："巧手的媳妇能腌好酸菜！"而今天又说她"命苦"，可能"巧手的媳妇"和爱动脑筋的知识分子一样，都"命苦"吧？

我吃着，却难以下咽。筷子挑起一粒粒的米饭。我忽然明白了：这些日子她每顿都用配给的那一点点大米给我做饭，可能也是为了照顾我这个南方人吧？虽然我早已"改造"掉了南方人的习惯。我不由得抬起眼睛。她仍坐在餐桌旁边，背对着我，略微佝偻着，两手重叠地放在膝上，像一尊米开朗基罗的作品。初春的阳光从窗外射进来，在她周围勾画出一道如月晕似的柔和的光圈。这时我心里兀地响起一个声音：你要记住！你要记住！将来你会反复地想起这一幅场景，你会带着那么忧伤和痛苦的心情来回忆这一切。你记住吧！你把这一切牢牢地记在心里吧！……

晚上，我们无言地睡下，拉灭了灯以后，她蓦地叹了一口长气，说：

"这个家要败了，我知道的。今天，咱们的鸭子跟猫都不见了。你别看家里养的这种小牲灵，心可灵哩！人都不及它。家要败，人要遭事儿,它比人知道得都早,早早就先跑掉了!"

不知怎么,我感觉她的声音是穿过了很厚的黑暗才传到我耳朵里来的。这声被黑暗滤去了一切感情色彩,显得平静、呆板,而又无力。如果说死人会说话的话,那声音一定就是这样的了。我浑身冰凉。原来这两间库房里已经钻进了一种超自然的神秘力量,暗暗地揭开时间的帷幕,向我们展示了可怕的前景。我在被窝里屏声息气地等待她的下文,但她却不再说了。

过了很长时间,我鼓起勇气问:

"猫和鸭子都不见了吗?"

她没有回答。

"就在今天?"

她还不回答。

"奇怪!"

她也没有吭声。

我有点害怕。但我还能听见她细如游丝的呼吸。在这即将"败"了的家中悄悄地萦绕。一会儿,这种一强一弱的、连续不断的、在空中飘浮着的如游丝般的呼吸,渐渐像蛇一样弯曲成一个蓝幽幽的、非常圆的光环,乍看起来像月全食,但定睛一看,却是一个奇大无比的、铺天盖地的枪口。光环中间一片深不见底的黑暗,顶头就是一颗子弹,直直地瞄准着我。我大吃一惊,挣扎着逃命。而在挣扎间我却成了那只不见了的灰猫,在炉台上、案板上、餐桌上又蹦又跳。可是那枪口还是对着我。于是我倏地又变成了我们丢失了的鸭子,缩在鸭窝里面,但那枪口正好堵着门,对着我躲藏的旮旯儿。还是变成老鼠吧!刚一动念,我就成了老鼠。但在往洞里钻的时候,洞里倒先跑出来无数如黄豆粒大的小人,打着小旗,举着小标语,一出洞就四处狂奔,像一颗颗射出的子弹。他们还大声地嚷嚷着,尽量张大可笑的小嘴,似乎非常愤怒。我听不懂他们嚷嚷的是什么,只是我心里告诉我说:他们是刚刚由老鼠变成的人,他们说的还是老鼠的语言。他们对我这只大老鼠视若无睹,一群群激愤地从我脸前跑过去,很快就跑光了,最后剩下一个摔倒在地上的小人,仰面朝天,四肢乱颤。

我把脸朝这个小人凑上去,才发现这不是什么小人,原来是一九六〇年我在走向新疆的路上见过的一个弃婴。这个弃婴满脸皱纹,像个老头,却又没有胡须,他号啕大哭地喊道:"我是寡妇!我是寡妇!……"

不知怎么,这个婴儿被他自己流出的眼泪腐蚀了。先被腐蚀的当然是他的眼睛,他的脸,于是他的脸变得非常狰狞可怖。最后他终于化成了一摊水。我感到潮湿,我感到阴冷,感到有一片黏糊糊的液体陷住了我的脚。我低头一看:这哪里是什么水,而是一汪无边无涯的鲜血!像败坏了的沼泽一样散发出一股腥臭味。我想跑出这片血的沼泽,一抬头,却又看见那个蓝幽幽的枪口。它一直对着我,它始终对着我……我只好横下心向它走去,怀着悲哀,怀着壮烈的情愫。我向它越走越近,它却越来越小,蓝幽幽的钢制的枪口反而柔软了,耷拉下来,渐渐成了一个像一滴眼泪形状的绳套,一个光滑的可爱的绞索。与此同时,有个声音大声地告诉我:

"这就是你的归宿!这就是你的归宿!……"

我猛地惊醒过来,那喊声仿佛还余音未绝:"这就是你的归宿!这就是你的归宿!……"眼前,那一个绳套还凝然地悬在黑暗当中。被子的当头正好搭在我的脖子上,给我一种上吊的感觉。我把被头向下拽了拽,仍静静地躺着不动,让那个可怕的梦境逐渐消失。

这时,我又听见她细如游丝的呼吸,向暗夜中无止境地蜿蜒,我陡地感到她的呼吸是那么亲切,那么动听,那么揪心。啊!我要把你呼出的气全部吸进我的肺里,让我把它带到天涯海角,让它潜入我的性灵,直到我投向我的那个命定的归宿,直到我化为灰烬……

第六章

罗宗祺把几张白纸从抽屉里拿出来,推到我面前。

"你真是异想天开!"他神情疲惫地往藤椅上一靠,看了我一眼,

"我是一个共产党员,怎么能给你提供空白介绍信?"

白纸上,印章已经按规格盖好在纸的右下方了。信笺上部的标志和下面的印章都是他所领导的农场的。这几张白纸因为有了这些鲜红的戳子而异常贵重。我从写字桌上拿起它,仔细地叠好,揣进棉袄怀里的口袋,会意地说:

"你不给我也没关系。现在外调人员满天飞,这种空白介绍信多得路上都能捡到。"

他的家还跟一年前我来时一模一样。只是他那时盖的小厨房已经有些残旧了,墙皮被那场大雨淋得露出了黄色的麦秸。屋子里,虽然并没有减少什么陈设,而在我看来,却感到萧条了许多。北面墙上那帧由意大利记者照的周恩来总理的遗像,相框上挂了一条黑纱,两端垂落下来,搭在一盆没有生气的文竹上。他亲手绷的沙发早已失去了弹性,我坐在上面,像跌进了一个土坑。他本人也比一年前消瘦了,两鬓爬满了白发,再加上他坐在吱嘎作响的藤椅里,更给我一股凉飕飕的感觉。

虽然是春天了,但到处都给人以凉飕飕的感觉。

上面的那一幕戏演完,他说:

"你给我的信,走了五天才到。只有四十里路,怎么会走这么长时间?我拿起信封左看右看,生怕是让人检查过了。"他苦着脸笑了笑,"你别看我现在是场长,可是还跟在监狱里一样,成天担惊害怕的……"

"我们从来就没有出过监狱。"我说。

"是呀。"他喟然长叹,"这些年,我的嘴也成了一张臭嘴了。往坏的方面预料的事,总是一料就准;往好的方面希望的,从来没有实现过!你还记得去年这时候我跟你说的话吗?"

"怎么不记得?不过是来得太快了点。"

"你还觉得快?我倒以为慢了。"他懒懒地说,"这些年,我们国家就像石头往山坡下滚似的,越滚到后来越快。我看现在也差不多滚到底了。"

他抬起头，眼睛朝上，鼻翼翕动着，好像在嗅哪儿飘来的一股什么味道。他的眼光里有一种历经痛苦，备受希望的折磨，而最终惘然若失的神色。我理解这种心情。

"是快到底了。"我说，"不过，我总觉得会有一次运动，一次真正属于人民的运动……"

"能有什么属于人民的运动?"他在藤椅里烦躁地扭动，"这么多年来我们都是在运动群众，但又都说成是群众运动。'真正属于人民的运动'? 那就会给扣上个'反革命事件'! 你不信，我们就走着瞧。"

"不管会被扣上个什么'事件'，可是真正属于人民的运动总会来的!"我说出这些日子一直在心里酝酿的话，"周总理逝世了，邓小平又下了台，随着'反击右倾翻案风'的展开，一批一批像你这样的'民主派'都会倒下来。人民前面的屏障坍塌了，这时中国人民假如自己再不站出来说话，不走斗争的第一线上去，那么我们十亿中国人就再没有资格在这个地球上生存! 我们就是世界上最窝囊、最软弱、最劣等的民族了!"说到这里，我眼睛里不能克制地蒙上了泪水，"我们被欺负了十几年，被愚弄了十几年，被当作试验品试验了十几年，难道我们在试验失败而置我们于死地的时候连一声'疼'都喊不出来吗? 麻木到连'疼'都喊不出来的人，那就真正是该死的人了! ……"

我的喉头被哽塞住了，呆呆地坐在自造沙发的坑里。他也在藤椅里凝然不动。屋子里一时异常静谧，但又汹涌着感情的波涛，隆隆作响。

半晌，他思忖着说:"那么，你准备怎么办呢? 走? 走到哪里去?"

"我还没有一定的计划。"我尽量使自己平静下来，冷冷一笑，"这是个混乱的年代，连国家都没有计划，别说个人了! 我只知道，这里是再也待不下去了。'右'跟'翻案'两个概念都跟我有联系，运动一深入，我就会像一九七〇年那样头一个被拧进监狱。与其让生命的火花在监狱里慢慢熄掉，还不如在一次风暴中让暴风刮灭! 另一方面,你知道,一九六八年我从劳改队出来,曾经傻头傻脑找过什么'刘邓司令部',当然,那时候只能以失败告终。可是现在,我想,如果你们这些'民主派'再不把眼睛转向人民群众身上,发动群众,组织群众,至少是支持人民群众,还是像过去一样等着挨打,等着人家把你们拧进监狱,而你们还要撅着屁股低头请罪,那么你们这些'民主派'也是活该倒霉了!……"

"哦,哦,"他抬起一只手,苦笑着说,"你别这样写我们吧,我至少还给你提供了某种方便吧……"

"是的,"我下意识地摸了摸胸口,"正因为你给我提供了某种方便,我们就可以想象:就在我们两个坐在这里的同时,全国正在悄悄进行多少像我们两个在这里做的事,说的话!我们不会是孤立的、偶然的现象。一个共产党员,一个右派分子,在各自的道路上走了二十年,搞到后来居然会有差不多的遭遇和心情,在这里促膝谈心,如果不承认这是历史造成的,又怎样去解释?所以我觉得现在整个中国的空气在孕育着一场真正的人民的运动。我们的国家和中国共产党,只有经过这场运动才能开始新生。"

他深邃的眼睛突然警觉地盯着我问:

"你准备好了吗?有……什么联系没有?"

"没有。"我坦然地笑道,"能有什么联系?跟谁联系?这十几年来他们做的最大努力不是改善人和人的关系,而是切断人与人之间的横向交往。我甚至认为这是他们造成的最大祸患。他们把人与人之间的信任、善意、人道和义侠气概全部破坏掉了,把人变成了狼和狐狸。这样的道德状态,也只有在一次人民运动里才能净化,建立起新的人与人之间的联系……所以你不用紧张,不用担心我现在和什么人有联系。你革命几十年了,你和你的那些老战友有私人联系吗?能互相推心置腹吗?"

"没有。"他承认,"都是'人一走,茶就凉'!"他长叹一声,感慨地说,"也别说没来往,来往是有的,可全是靠外调人员牵的线。我一些多年不知音讯的战友,倒是通过外调人员的嘴才知道他们在哪里,现在出了什么问题……"

蓦地，一股悲凉的而又无可奈何的情绪向我们袭来。我们竟然生活在这样一片沙漠，一片自身正在遭受摧残，而又摧残着我们，但我们却对其无能为力的沙漠之中，这时，他家小院的墙外，一个人孤寂地唱起来："东风吹，战鼓擂，当今世界上究竟谁怕谁……"我们静静地听着，仿佛要从歌词里得到什么启示。但什么启示都没有。在这个时代，凡是能够大声唱出来或喊出来的声音，全是没有内容，没有意义的。

沉默片刻，他才接着说："不过，我要告诉你，你想的那个什么……不会有什么好结果的。因为——"他向上竖起一个指头，"他还在。他老人家健在的时候，一切都别想改观。"

"我明白。"我仰在沙发上，叹道，"可是周总理说过，'人生难得几回搏'，现在全部情势都决定我必须去'搏'一下了。别人可以等待，我也愿意等待，但我连窝里都蹲不住了，棍子快要捅进窝里来了，还怎么能等呢？他们要搞你这样的'民主派'，还要先糊几张大字报，发动一下群众，造成点声势；要搞我的话，这些表面文章都不用做，光拿一副手铐来就行了。这十年来，我这种人是一直给你这种人当陪衬，又是打头阵的。"

"哼哼！"他无可奈何地笑了笑，"这就叫'先扫清外围'。"

我也笑道："也可以说是先搞垮你们的'社会基础'！这十年间我非常荣幸地给很多不同的人当过'社会基础'。最早是'刘邓司令部'的'社会基础'，后来是'五一六'的'社会基础'，再后来是林彪孔老二的'社会基础'。现在又循环回来了，是'右倾翻案风'，也就是说仍然是邓小平的'社会基础'。幸亏我的背已经锻炼得和乌龟一样厚了，不然踩都被踩扁了。"

提到"乌龟"，我心中一动，情不自禁地脸涨得绯红。恰好这时朱蜀君端着托盘进来，招呼我们吃饭。她脸上有一种压抑的惶惶不安的神情，一片愁苦的阴影。一年前那种欢快的气氛不见了，她的一举一动仿佛都怕弄出声响，好像罗宗祺又要去坐牢似的。其实，并没有发生什么事,什么事情都还没有发生,但是报纸、广播、各种宣传工具,已经把毒气散布到每一个家庭里,使得男人郁郁不乐,女人提心吊胆。我食而不知其味地吃着饺子,默默地想:我的决心是对的。

吃完饭,朱蜀君收拾着桌子,忧心忡忡地问我:"你走就走,为什么非要离婚呢?是她?……"

"她很好!"我急忙打断她的话。我不能说她不好,并且也不愿意别人怀疑她有什么不好之处。我寻字斟句地说:

"有的夫妻离婚,是因为没有感情;有的夫妻离婚,却是因为感情太复杂了。也许,即使我不走,我们俩也会离婚的。"我淡淡地一笑,接着说,"能够白首偕老的夫妻,大概就是能够掌握适度的感情的夫妻吧!"

门外,那个唱歌的男人又折回来了,呜呜地唱着另一支什么"革命歌曲"。这真是一个快乐的人!我想。

朱蜀君以她女人特有的敏感,似乎理解了,没有再问下去。罗宗祺并不理解,但是也没问。于是,空气凝固住了。我觉得这正好是我告辞的时间。

"我走了。"我说。

罗宗祺当即从藤椅里挣扎着站起身。他大概还没有从他的什么想象中走出来,心不在焉,眼神恍惚。过了一会儿,他才仿佛很羞涩地伸出手,跟我握了一下。他的手心很潮热,可能他真的害了病吧。

"你走吧。"他说。

走到门口,我回过头来和朱蜀君点点头,算作告别。她站在屋当中,依然是那样忧心忡忡的,用目光送我出门。我在一瞥之间再次环顾了这间房子,这个曾经给予我友情的家庭,这个我能够畅所欲言而不怕被检举的地方,从此以后我可能再也回不来了。

罗宗祺把我送出小院。外面,在一条平整的通道前面,是一排高大的白杨树,像卫兵似的挺立着,银色的树皮隐隐地泛出了绿色。白杨树的那边,才是用碎石铺的公路。我将沿着这条公路走向旷野。

"老章,我把这个送给你吧。"罗宗祺看看四周没有什么人,突然想起来,解下腕上的手表,"这块表走得还很准,你在外面一定很需要它。"

我接过表。秒针急促地跑着,好像后面有什么东西在追捕它似的。这真是一个用得着的东西,逃亡者的命运往往决定于一秒钟之间。我没有推辞,把它揣进我的怀里,跟空白介绍信放在一起。

"谢谢!"我说。

他两手乱摇,咕哝着:"谢什么!……看来一切都要靠时间来解决了……要是有什么事,可以写信来。"

"好的,"我说,"如果我还能够写信的话。"

我在碎石公路上步行了十几里,没有碰见一辆汽车,只有几辆大车和我迎面错过去。赶车的把式晃着鞭子,弓着背,和海喜喜一样地沉郁。他们是去城里装砖的,车厢板上落满红色的砖渣。从这里可以看到大路的尽头:在蓝色的天空下的一个小黑点。那就是喧嚣的城市,正在向人们猛烈开火的城市。先是用语言文字,紧接着就要用棍棒和枪弹。北边,大路的尽头消失在荒漠之中,像一条河似的,分散成为许多支流,于是也就无所谓哪是它的源头了。在大路两旁,还有一条条人踏出来的小道,向旷野里延伸。我走到一条干涸的大渠上,就开始岔向去我们连队的小路了。

草原已经被"学大寨"的人们破坏了。旷野上到处是一块块废弃的田地,上面覆盖着厚厚的硝碱,像肮脏的雪原,像披麻戴孝的孤儿。虽然经过多少次风吹雨淋,但仍然看到一条条如伤疤般的犁沟,横七竖八地划在旷野的肌肤上。自然和人同时受到鞭笞;"学大寨"的结果是造出了更多的不毛之地,硝碱地上连一株草都不长。欢快的春风从黄河岸边吹来,一下子跌落在这里呜咽,表示对草原的同情。啊,这就是我的田野!

走过硝碱地,穿过干竭了的沼泽,是一片沙化了的草滩。一丛丛芨芨草的宿根周围堆满细沙,并且风还不断地把沙子刮来,越积越厚,越积越高。于是,一个个绿色的生命就窒息了、湮没了、死亡了。

绿色在无可奈何地退却;生命在软弱无力地消失。春天回到这里,但是她找不到落脚的地方,所以这片黄色的土地上便没有春天。

我走着,我走过硝碱地,走过沙化的旷野。我练就了一双惯于走流沙的脚。这双脚生下来是又白又嫩的,任何鞋袜对它们来说都太粗糙了,它们只能焐在母亲的手掌之中。但现在它们已经习惯于赤裸裸地走过砾石,走过荆棘,走过发黑的沼泽,走过蜇人的硝碱地……

在硝碱地和旷野的那边,才是麦田。麦田的边缘,还可看到白色的硝碱,麦苗稀稀拉拉的。这是生命和死亡对峙的地带,谁胜谁负,还很难预料。再往里走,麦苗才显得旺盛起来。田埂上长着苦苦菜的嫩芽,还有茸茸的青草;春天的土地不用浇灌也是湿润的,柔软的。空气中有一股哀婉的绿色的气息。去年春天,也正是在这个季节,我回连队走的也是这条路。当时的景色和这时竟毫无二致,仿佛这一年间并没有发生什么事,一切都不过是我的幻觉,我的梦境。

过去,在我面临突如其来的、不可理解的灾祸时,我常常幻想,如果时光能倒流,如果能让我再从某年某月某日开始生活就好了。这样,我就可以做得更聪明一些,躲过这场完全可避免的灾祸,或者有充分的准备,来迎接这场不可避免的灾祸。那么,现在,是不是还让时光倒流回去,倒流到去年这个时候呢?

不!

即使魔法能使我再从那时开始生活一次,我从这里走回连队以后,还是会像去年一样向她求婚的。这一年,是我短暂的一生中最美好的时光。我的预感告诉我,这一切都不会再演一遍了。今后我不可能遭到这样的屈辱,经历这样的精神痛苦,但也从此不会再有这样的快乐和这样的幸福。

特定的感受在人生中只能有一次。

我走着,迈着沉重的步子。

我走回去。回去后就要离婚,这和我们必然会结婚一样,也是一个命定。

啊！我的旷野，我的硝碱地，我的沙化了的田园，我的广阔的黄土高原，我即将和你告别了！你也和她一样，曾经被人摧残，被人蹂躏，但又曾经脱得精光，心甘情愿地躺在别人下面；你曾经对我不贞，曾经把我欺骗，把我折磨；你是一片干渴的沼泽，把我多少汗水洒在你上面都留不下痕迹。你是这样的丑陋，恶劣，但又美丽得近乎神奇；我诅咒你，但我又爱你；你这魔鬼般的土地和魔鬼般的女人，你吸干了我的汗水，我的泪水，也吸干了我的爱情，从而，你也就化作了我的精灵。自此以后，我将没有一点爱情能够给予别的土地和别的女人。

我走着，不觉地掉下了最后的一滴眼泪，浸润进我脚下春天的黄土地。

第七章

毛主席语录

认真搞好斗、批、改。

申请书

今有三队农工章永璘、黄香久，自去年结婚以来，一直感情不和，不能搞好家庭团结。长此下去，不利于农场的生产，也不利于个人的改造。经我们二人协商，一致同意离婚。离婚时的财产处理，由我们二人解决。今后，我们二人保证在社会主义建设和个人的改造中发挥出更大的力量。此申请望领导批准为荷！

敬礼

章永璘

黄香久

一九七六年三月

我把这张申请书摊在曹学义面前。

曹学义的眼睛避开我的目光,盯在这张申请书上,嘬着嘴唇,微蹙着眉头,左看右看,一时拿不准应该怎样答复。

我没有等他示意,便拉过一张凳子坐在他办公桌对面,背靠着墙,点燃一支烟。我的眼睛一刻也没有离开他的脸。

他摘下绿军帽,搔了搔板刷似的头发,又戴上,他的一条腿抖动起来,致使他的肩膀也随之摇晃。他的另一只手一会儿摸摸墨水瓶,一会儿摆弄一下面前的纸张,一会儿拿起笔,但在我以为他要签下他的大名时,却又放下了。

"我听说了,我听说了……"他终于喃喃地说。

"听谁说的?"我有点咄咄逼人地问,"听黄香久吗?"

"哪、哪里……不是!"他赶紧声明,"大伙儿都这么传嘛。"

我不作声了,等着他。

我原来料想他可能要在我使用这条牛头不对马嘴的语录上找点岔子,但是他却不把注意力放在这上面。其实我早做好准备,如果他真的找岔子,我就要请教他,究竟有哪一条"毛主席语录"适合写在离婚申请书上。我要在离开之前发作一次政治性的歇斯底里,表示一点可怜而又可笑的愤怒。等他们来抓我时,我却戏剧性地跑掉了。但他没有给我这样一个重新做人的机会。

办公室外面阳光灿烂。窗前有一个人影走过去,他抬起头张望了一下。他现在盼着有个人进来打扰我们。而我偏偏选在这样一个时候,这时候连黄香久也在地里干活。

"是不是——可以调解一下?"他捏着纸,歪着脑袋,慢吞吞地问我。

"让谁来调解?"我问,"让场部来人吗?"

他听出了这句话的分量,尴尬地笑了笑:

"哪用场部来人嘛。咱们队上,有谁跟你们好的?黑子咋样?"

"我看,还是不要有外人掺和进来的好。"我冷冷地说。

"那也是,那也是……"他表示同意,"清官难断家务事嘛!"

我想操起桌上的墨水瓶砸在他四四方方的黑脸上。但这只是我一瞬间的冲动。我很惭愧:在"领导"面前能做出真正男子汉的举动,恐怕还需要一个过程,还需要把我逆向地"改造"过来。现在,我的话里面虽然有骨头,但坐的姿势不知在什么时候又变成了弓腰曲背的了。卑微感已经渗进了我的血液,成了我的第二天性。忍耐点、忍耐点!我自我解嘲地想,我要等他签名,这份离婚报告主要是为了她的安全。他巴不得我们离婚,但又必须做出这种姿态。这是一出很短的过场戏。

"黄香久同意了吗?"他沉吟了一番,又问。

"当然同意了。"我肯定地说。

"这好像不是她本人的签名。"他脸凑近纸看了看,仿佛在说,你看,我对你们多负责呀!

"怎么? 要把她叫来你问问吗?"

"哦,那倒不用。"他无味地笑笑,两手使劲地搓起来,"我记得去年的结婚申请也是你代写的。"

"曹书记的记性挺好。"我说。

他找着了根据,于是拿起笔。

"要是你们俩都同意,领导就批喽? 婚姻自由嘛,以后你们觉得还能凑合,再复婚也行。现在,离婚的多,复婚的也挺多。"

领导就是他,他就是领导。说完,他一笔一画地签了自己的名字。

我有一种丢掉了既宝贵又沉重的东西的失落感,本能地站起来,拿起那张纸。戳子、签名,决定我们命运的就是这些可笑的符号。我说:

"我想搬回周瑞成那间房里去,行不行?"

他脸上掠过一丝警觉的神情,但随即表示同情地说道:

"暂时不用忙嘛。那间屋子好久没人住了,一冬天没生火。天气暖一点再搬也可以。你们不是住两间房吗? 你们先一里一外住着咋样?"

"我想还是早点搬出来好。"

"那随你!"他摆了摆手。

他的眼睛最后总算被我捕摄住了。这时,我才理解她去年在羊圈告诉我的话。但他在离婚申请书上签了名,我还有什么资格与他计较?

"随你去吧!"我心里也这样说。

吃完晚饭,黑夜终于来临。这是一个阴郁的、令人失魂落魄的黑夜。白昼的光一点点地从没有涂漆的破旧白木窗框退出去,像生命一点点地离开肉体。而与此同时,料峭的春寒一点点地从破旧的窗框、从土墙的各处细小的缝隙中向里浸润,使屋里的空气渐渐凝缩起来,土房如坟墓般的阴森。田野中的那片树林,虽然还没有绽开绿叶,但树干已经灌满春天的浆汁,变得柔软了的枝条,在晚风中发出百无聊赖的飒飒声。这是一个既使人失望又给人希望的黑夜。我头枕着手掌,仰面躺在炕上,一只灰色的小蜘蛛,悄悄地在报纸糊的顶棚上爬行,仿佛像人一样,也在寻找着一条适合自己生存和发展的"语录"。原来,今天是"惊蛰",各种小虫虫都要在今天爬出来。

她在外屋洗完锅碗,掀开门帘走进来,随手拉亮电灯。屋顶上顿时投下惨白的、刺目的光芒。我眯缝着眼睛,但没有敢看她的脸。她一如往常,欠着身子半坐在炕沿上,不停地搓着两手。她刚擦了装在蛤蜊壳里面出售的润肤油。她爱修饰,并且注意保养,这和从小当农民的妇女迥然不同。如果不是失身而劳改,她恐怕有另一种命运吧。但是她竟劳改了,沦落风尘,这不也是她的命运吗?

她专心致志地擦着自己的手。我在思忖着怎样开口。

女人的耐性极大,尤其有沉默的本领。我终于忍不住了。清了清嗓子。说:

"今天咱们的申请批了。"

我特别把重音放在"咱们"两字上。

她仍不说话,边擦油,边仔细地查看自己的手指,好像必须在每一个指甲缝里都抹上油似的。这是一片布雷区,但是我要越过去才能达到彼岸。我坐起来,从口袋里掏出那张纸展开,放在她面前的炕沿上。

她不动声色地向那张纸瞥了一眼,又擦了一会儿手,然后用两根手指刷地一下把纸拈起来,一折,撕成两半。

"咦!"

我惊诧地轻呼了一声,但又即刻停住。我不敢再往下说。这一片冷漠的冰层非常薄,稍一不慎我就会掉到里面,再也浮不出来。我提心吊胆地看着她的脸。

她没有抬起眼睛,还是看着自己的手指,镇静地说:

"要这玩意儿干啥?要结婚,谁也挡不住;要离,谁也捏不到一块儿去。既然没有感情了,就是不批,不照样分得开吗?"

"当然,当然!"我连忙表示赞同,"可是咱们不是还要拿着这玩意儿到场部去办手续吗?"

"哧!"她鄙夷地斥了一声,"你这脑袋瓜子真好使!咱们结婚的时候到场部去办过手续吗?"

啊!这时我才猛然想起:去年,黑子把曹学义的批复给我们拿来以后,我怕夜长梦多,连队批了,场部的干部还可能从中作梗,征得她同意,就没有去场部办手续。反正山高皇帝远;谁家结婚的时候,来宾进门也不会先索取结婚证检查一番,这样,我们就"结婚"了。

我不禁发出一声神经质的怪笑。原来,我这个被"群众管制"的人竟和她过了一年非法的夫妻生活!承认我们是夫妻的不过是群众,是时间,是我们的感情和习惯。到后来,连我这个当事人也忘却了我们还没有履行法律手续。这样说,我这些日子所费的心机纯属多余,要走,我满可以拍拍屁股就走。

我忘却了,她却记得。她向我投来十分憎恨的一眼,厉声说道:"哼!你当初跟我结婚就没诚心!"她轮廓丰满的嘴唇突然变薄了,露出雪白的门齿,"你满肚子鬼心眼!我今天才把你看透了!"

她的话像冰雹一样打在我的脸上,我沮丧地说:"你别误会。当初我是诚心的,绝不是要花样。我笑,是因为这事情很滑稽。黑子说过,没有道德的日子好过,我看,没有法律的日子也很方便。"我叹息一声,"我们真像场戏,真像场梦!"

"我是做梦做醒了。"她说。

醒来的应该是我,而现在她也说自己醒了。我迟疑不决地停在薄冰上,不敢再迈出一步;我不知道她究竟是怎样想的,会说出什么话来。是不是夫妻俩人决不能清醒,清醒了就会分道扬镳呢?

夫妻生活就是梦。不是美梦便是噩梦。千万不要清醒!

她像是想起了什么,兀地站起身,掀开箱盖,一件一件地把我的衣裳拿出来——这些衣裳没有一件不带有她的气味。她很冷静,至少在表面上看是这样。对于离婚,她好像已经熟于此道了。

"人穷也好,穷人离婚简单;你的、我的,一分就完了!"她居然还有这么一份幽默感。最后,她把半导体收音机也放在我的衣裳上,说,"这个也给你,当特务离不了这玩意儿。"

我无可奈何,撇了撇嘴。现实摧毁了她的生活,摧毁了她的一切,但她又把任何要反抗命运的,要在严酷的现实中去寻找一点供氧的罅隙的行动却都当成是"反革命"。必要的时候,她也会捏着小拳头喊叫:打倒这些反革命。我干巴巴地说:

"这个东西是你买的,我不能要。"

"有啥不能要的呢?"她故作惊诧地摊开两手,用冷冰冰的语气说,"这些东西,你拿去;屋里搬不走的,你给我留下。我不是傻子,不会让自己吃亏的。"她继续在敞开的箱子中掏着,这只神秘的箱子仿佛有掏不尽的东西。她从一块小手帕包中拿出一沓钞票,很熟练地点出二十张,"还有,这二百块钱,你也带上。"

"咦!"这时,我是真正惊诧起来,"你还给我钱干什么? 我们……我们生活这一年又没存下钱,我心里有数的。"

忽然,她支持不住了,像一个孩子精心搭置起来的积木在一刹那间全部倒塌,她冷漠的、冰凉的、严厉的表情陡地垮下来。她用拳头堵着嘴,呜呜地哭道:

"我说,你章永璘,你生就了一副狼心狗肺!你走就走,跟我要这些花样干啥?……其实你根本不用跟我要这些花样!你说一声:'我要走。'你就走好喽!谁也不会拦你,谁也不会拉你……"

她的头无力地垂着,语句断断续续的,耷下来的肩膀一耸一耸的,一副被悲痛压倒的模样。她捂着脸,站在箱子旁边,宛如从箱子里钻出来向我索命的鬼魂。那姿势分明召唤着我去安慰她,去把这一笔孽债算清楚。我犹豫着。我知道我无法跟她解释明白,我不能把既是为了她,而又是为了解决我复杂的感情的这一举动——离婚,说成是单纯为了她的安全,或是说成单纯是我对她已失去了感情的结果。她的脑子只能理解黑的就是黑的,白的就是白的,灰色的事物、模糊的事物,对她来说是太费解了,对我来说又是太难表达了。理性不能代替感情,理性更不能分析感情。在心灵相互不能感应的关系中,任何语言都无能为力。而维系我们的,在根子上恰恰是情欲激起的需求,是肉与肉的接触;那份情爱,是由高度的快感所升华出来的。离开了肉与肉的接触,我们便失去了相互了解、互相关怀的依据。

但是,我还是走了过去,伸出胳膊搂住她的肩膀。"你怎么知道我要走的?"我问。

"我咋不知道?你肚子里有几根蛔虫我都知道!"她乖乖地偎在我的怀里,哽咽着说,"你当是我看不出来?你不走,能跟我离?你呀,劳改了二十年还是个少爷胚子,要人侍候你吃,侍候你喝。老实说,我是放你一条生路,让你去寻你的主子,不然,我不吐口跟你离,你能离得掉?你是去投靠美帝苏修也好,是去投刘少奇邓小平也好,你放心,你反革命成功了,荣华富贵了,我决不来沾你的光,你何必跟我要这样的花样!"

她笨得可爱,又聪明得可笑。好像我劳改的二十年中她都一直侍候着我似的,并且,她又有她对人和世界的理解——拾到篮里的都是菜;凡是和当前"毛主席革命路线"对立的,不分青红皂白一揽子是"反革命"!

而她却爱着"反革命"。

我不禁哑然失笑,摇了摇头说:

"什么荣华富贵! 很可能是凶多吉少,所以我才……"

"哼!"她鼻子一皱,用泪眼柔情地看着我的脸,却撇着嘴狠毒地说,"那是没准! 你肯定不得好死! 因为你亏了心了。"

"是呀,"我凄然地一笑,"是亏了心了。"

她似乎稍稍平静下来,头靠在我的肩上,叹了口气说:

"本来,我是想跟你大闹一场的,去检举揭发你,叫你再去蹲劳改。可后来一想,你也可怜,一肚子才学,窝在这儿受人欺负;你有你的苦楚……还是好离好散吧,都给各人留下些可想的地方。我告诉你,不管你以后多荣华富贵,有多少漂亮的女子围着你转,像我这样心疼你的女人,你一个也找不到了! 我呢? 我也想开了,马老婆子一个人也过了一辈子,还是乐呵呵的,我还不能像她一样吗? ……"

"哪能……你还年轻,找一个比我合适的……"我违心地安慰她。

"算了吧,少跟我卖片儿汤了!"她擦干脸上的眼泪,红红的小鼻头翕动着,睫毛上还沾着扇子般的泪水,像湖塘上蒙着的一片湿雾,令人心醉,她说,"我以后再不找了,真的不找了,狗跟你说谎! 还找谁呢? 我命里不该有好男人。找着一个好男人还拢不住,要跑。那个钱,你带上,路上好花。我前两次离婚,都拼命问人要钱,要东西,打官司,这次跟你离,我心甘情愿送给你。你拿着好了,我还有三百块哩!"

说完,她拧过身来,把富有弹性的乳房紧贴在我的胸口上,用一种仿佛准备决斗的火辣辣的语气说:

"上炕吧! 今天晚上我要让你玩个够! 玩得你一辈子也忘不掉我!"

月亮升到当空。房里的灯一灭,月光陡然像瀑布一样向小小的土屋中倾泻进来。她的细声碎语在月光中荡漾。

"……我告诉你,你将来是准不得好死的,因为你亏了心了……可是,不管有多少人给你送葬,送花圈,心眼里真正哭你的就我一个,你信不信？……以后，每到清明，我不管在哪儿，都给你烧纸，你就到我这儿来拿钱花好了……来吧，快脱了，还愣在那儿干啥？"

我感到有两条火烫的胳膊将我紧紧地搂住，把我拉下去，拉下去……沉到月光的湖底。耳边，又响起从水底深处浮上来的声音。

"……你别忘了，是我把你变成真正的男人的……"

　　啊！世界上最可爱的是女人！
　　但是还有比女人更重要的！
　　女人永远得不到她所创造的男人！
　　……

有一个小虫子在墙角沙沙地爬。啊，春天来了！再有一个月便是清明。

我是不是要回到她身边来领受祭奠呢？

好大好圆的月亮啊！

…………

一九八五年七月二十二日

初　吻

　　暑假结束以后的新学期,我换了一所学校。妈妈说我已经是中学生了,不能像读小学那样,随便哪个小学都行。妈妈说这所中学是所著名的中学,她还是托了人说情才把我送进去的,因为像这样著名的中学一般是不收插班生的。妈妈叮嘱我好好上学时,又像惯常那样含着眼泪。我害怕看她的泪眼。妈妈平时是喜欢笑的,只要她眼睛里涌出了泪水,那就说明她和爸爸之间又发生了什么事。我不知道那是些什么事,但总是些可怕的事吧。她每次用泪眼望着我,我总扭过头去,回避她的目光,心一面怦怦地跳着,一面向往着外面大好的春色。那时,柳树早已垂下了嫩绿的枝条,庭院里的两株桃树也开出了一簇簇粉红色的花;我们院子里还有一株粗大的古槐,那上面经常停憩着各种各样的鸟儿,在我要出门时正叽叽喳喳地叫得热闹哩。

　　说实话,我不是个好学生,所以在妈妈那对似乎表达出要把她全部希望寄托在我身上的泪眼面前,我浑身都感到不自在。我最羡慕的是不上学的人。在上学期,还是在原来那所中学里,有一次国文老师给我们出了个作文题目,叫《我的志愿》。国文老师讲解说,出这个题目是要我们写我们希望自己将来当个什么样的人,并且要当堂交卷。我握着笔苦思冥想,把十个手指尖上的死皮都啃光了之后,才发现没有一种体面的职业不需要经过上学这一关。我第一次感到了生活的紧张,感到了做人的艰难。天啊!如果我能够像《侠隐记》里的达特安那样多好,那我就可以成天舞枪弄棍了。因为火枪手的职业就是击剑骑马,行侠仗义;《侠隐记》里面的三个火枪手——达特安、阿拉密和颇图斯似乎都没有上过学,但他们一样能够包打天下,成为英雄。

虽然我有时也跟别的孩子打架,但其实并不喜欢舞枪弄棍;我喜欢一个人坐着、走着或躺着——怎么说呢?用妈妈的话来说最确切了,叫"瞎想"!我在灯下做作业的时候,只要我眼睛一愣神,妈妈就能看出来,她就要用她那修得很好看的手指戳我的脑袋:

"又瞎想了!"

的确是"瞎想"。我总想象自己是个英雄:我有一条三桅帆船,船尾飘扬着黑色的骷髅旗,在海上乘风破浪,所向无敌。我把这艘船起名叫"黑天鹅"。我呢,一身好莱坞武星范朋克式的海盗打扮:腰间别着燧发手枪,胯上挂着长剑,穿着紧身裤,足蹬高筒靴。我站在高高的船头上:

"收紧三角帆!"

"左满舵!"

"右舷炮准备——放!"

我的水手们在甲板上忙碌,在我的指挥下跑来跑去,个个汗流浃背。随着我的一声"放!"一艘法国商船顿时着起了大火⋯⋯

但每次都是想到关键时刻,就被妈妈的手指头戳醒过来。原来我还是一名中学一年级的学生;我面前还有一道一元二次方程式要我去解哩。

换了学校,我却觉不出有什么好来。老师的面孔变了,似乎普遍比原来中学的那些老师年纪大,但课程还是那些课程。我是插班生,课堂上坐着的同学我都不认识。而且,这所学校的同学好像都有点排外,没有一个主动和我打招呼的。我感到陌生和孤独。

所好的只是我换了一条路去上学。新的路途就是我新的天地,在我心里激起对种种不同景物的新鲜感。

没有一座大城市比南京市更像乡村了。从家里出去,经过一段有茶馆、杂货铺、茶叶店、荞头行和几家作坊的街道,就立刻投身在一片绿油油的菜地中间。这时节,油菜花正开,放眼望去,四处是浓得化不开的金黄色。蜜蜂嗡嗡地叫着,别的虫子嘤嘤地叫着,在我周围乱飞乱撞。油菜花并不香,但有一股熏人欲醉的春天的气味。这气味无法形容,却能使人的活力感受到一种莫名的刺激,从而骚动不宁起来。在这里,在这条路上,更便于我"瞎想"了:"黑天鹅"现在要驶向一座宝岛。那里有水手辛巴德埋藏的一堆珠宝。可是还有另一艘海盗船叫"白天鹅"的也向那里疾驶而来,眼看一场火并就要开始了……

我多数是胜利者,但也有失败的时候——老是胜利也不像话。有一次,我一个人和五个法国人斗剑——奇怪! 我的敌人总是法国人——终于寡不敌众,被法国人在胸脯上刺了一刀。伙伴们把我抬下去。我躺在底层的炮舱里,我的伙伴们还在甲板上和敌人搏斗。我感到那时就像这时在学校里一样,孤独而又寂寞。想一想,受了伤,胸膛上流着鲜红的血,在炮舱里虚弱地躺着,这时最需要的是什么呢? 我突然想到,在这种情景下,身边最需要的是有一个美丽的姑娘——电影里就是这样演的。

……金黄色的油菜地走过去了,爬上一道不高的土坡,就到了铺得非常平整的柏油马路上。从这里,被乡村截断的城市仿佛才续接上。向左一拐,顺着马路走上一条略微倾斜的坡,这就是那叫做"傅厚岗"的街道了。

这条街并没有什么铺面,两旁都是花园洋房。一株株法国梧桐在春天里也是那样老气横秋地伫立着,没有表情,没有音响,使我联想起在上海给有钱人看门的"红头阿三"。路面一直是倾斜的。"傅厚岗"好像是一个山坡。但从远处也看不出这里有什么山,大约这就是地理书上所说的"丘陵"吧。

我不喜欢这条街,对一个其实已经破落了的世家子弟,它似乎有一种咄咄逼人的气势。这条街上没有黄包车,三轮车也极少,从我身边来驶去的都是黑色的小轿车。连早晨给各家各户送牛奶的都是原来日本人留下的那种三轮摩托。

这条街的第一家花园洋房的围墙是褐色的,墙头上嵌着密密麻麻的碎玻璃。那家的大门是铁制的栅栏,从外面可以看到里面的水泥甬道和被银杏树遮掩着的乳白色的房屋。我一走上这条街就感到压抑,还因为这头一家门口的铁栅栏上就挂着一块大木牌,上面这样写着:

"内有猛犬,切勿靠近!"

不过,所幸的是这条街并不长,稀稀落落地仅有几十座洋房,我很快就走过去了。它并不妨碍我"瞎想"。

……我身边出现了一个美丽的姑娘,但我却想不出她应该说什么话,有什么样的动作。"瞎想"也失落了依据,像一群蝙蝠在暗夜中乱飞。

一个雾气刚散的早晨,我又走上了"傅厚岗"。我低着头急急地经过那"内有猛犬"的大门,往前没走多远,蓦地听到有一个清脆的嗓音喊:

"小孩,小孩,你过来。"

我不由得停住脚步向后看了看。那声音不是发自那警告别人"切勿靠近"的人家,似乎是在那家的隔壁,那一座完全由铁栅栏围着的房屋里。这家的铁栅栏一根根地嵌在只有我腰那么高的水泥台基上,行人可以一眼望到里面有一个修剪得很整齐的花园。花园中间有一座圆形的花坛,栽种着丛生的月季,虬结的枝头密集地缀着淡红色的小花蕾。花坛后面才是那座两层楼的红色洋房。当我的眼睛四处寻觅的时候,我又听到了喊声:

"喂,在这里,小孩。"

那红色的洋房开着许多扇长窗,长窗四周镶着白色的宽边。在一株棣棠树旁边的窗口里,一个姑娘正向我招手:

"喂,来,来。"

我警惕地看着旁边那家的大门,谨慎地靠近铁栅栏,呆呆地从缝隙里望着她。

"有狗吗?"

"没有狗,绝对没有狗!"她断然地保证说。

但我仍迟迟疑疑的。

"喂,来呀,来呀! 我叫你来你就来嘛!"

她的口气和手势是急不可耐的,还带着一种命令的意味。我以为她现在一定是需要人帮助。一个行侠仗义的"瞎想"又闯入了我的心头,我激动得心怦怦地跳,脸一下子涨得通红:

"我怎么进来呢?"我握着铁栅栏紧张地喊道。

"喏,就在你右边那一格,你数到第三根铁栅栏,对,对,就是这根,你往上拔,往上拔……"

我用劲往上一拔,并不费力地就把那根铁栅栏拔起来了。原来这根铁栅栏和水泥台基早已脱离,上面那两根固定栅栏的铁条,中间都有圆孔,栅栏可以上下地活动。

"对,对。现在你可以钻进来了。"她很高兴地喊道。

我先把书包扔了进去,头随后往里一钻。但在翻过台基的时候,我的脚背却在棱角上面剐了一下,剐得我好疼。我强忍住痛一瘸一拐地走到她的窗前。

"碰疼了吗?"她关切地问,"疼不疼? 啊? 疼不疼?"

"不疼,"我说,"真的不疼。"我还抬起脚让她看了看。但我自己却看见线袜已经剐起毛了,我更感到疼了。

"活该,笨手笨脚的,碰断了才好! 碰死了才好!"她的语气突然一变,仿佛对我有极大的仇恨。那一个"死"字像一条蛇嗖嗖地在空气中游动。我大吃一惊,同时又感到委屈和疼痛,泪水涌上了我的眼眶。我默默地转过身想朝扔在地上的书包走去。

"哎,你别走,不许走!"她急叫道,"来嘛,来嘛,我给你看样东西。"

她的声音很尖厉,但并不难听;即使骂我"死"时,也有许多撒娇的成分。总之，似乎她有一种非要人顺从她不可的力量，又把我拉回她的窗前。

"哎哟，不怕羞，你哭了吗？"她嘻嘻一笑，"来，你过来，站近一点儿。哎，你爬上来吧，来，爬上来。"她拍拍窗台，命令我。

她不是需要人帮助。她好端端地坐在窗子里，看来完全没有一点危险，而是要给我看个什么东西，这又刺激起我的好奇心。窗台并不高，我一纵身，用手一撑就可以上去。我这样做的时候，尽可能不让她发觉地一抬胳膊，用袖子擦去了我脸上的眼泪。

"哎哟，哎哟，你别进来，不许你进来！"我刚把上身探进窗口里，她便惊吓得叫起来，并不自觉地蜷缩了一下。我的腰担在窗台上，上下身都悬空地晃着，莫名其妙地不知怎么好。

"你就坐在这上面，"她又拍拍窗台，"就这样，这样坐着。"她用手指挥着。

于是我只好侧身坐在窗台上。现在我可以看清楚她了。她面容苍白，但的确很美丽；有一对大而亮的眼睛和很长的睫毛；她的鼻梁很细，我从来没有看过人有这么细的鼻梁，因而反把她年轻的、瘦削的脸衬得丰满起来。她的嘴极小，却轮廓分明，鲜红鲜红的，如同一只玄武湖里的菱角，最引人注目的是她的一头又浓又黑的长发，梳着两条发辫盘在头上，几乎使她瘦伶伶的脖子力不能支，但她的头却也转动自如。

她看起来不比我大多少，我顿时减少了对她的敬畏，开始探头探脑地向屋里张望：她有个什么好玩的东西给我看呢？

"你叫什么名字？"

我随口告诉了她。

"你住在哪里？"

我又心不在焉地作了回答。屋子里没有什么稀奇的玩意儿，除了大沙发、小沙发、茶几和墙上挂的许多楹联、条幅外，就是地当中有一架很大的三角钢琴。我对那些楹联、条幅不感兴趣；我喜欢看画。

我把眼睛收回来又看着她。

"你在哪里上学?"她继续问我。

"中学,喏,就是那边的那所中学。"

"哎哟哟,知道你是个中学生哟!"她做作地用眼上下打量我一番,含着笑讥讽我,"啧,啧,真了不起,好个中学生,听起来都吓人!"说罢,她扑哧一笑,露出一口细密而又洁白的小牙。

我也羞赧地笑了。可是这一来却使我们之间的气氛起了变化,我涎着脸问:

"你不说要给我看个东西吗? 是什么东西?"

她不停地绞着手中的小手帕,盯着我看了一会儿,朝我抱歉地笑笑,说:

"那是我骗你的,其实没有什么东西。我只是想跟你玩。"

我即刻兴味索然:跟一个姑娘家有什么好玩? 我想跳下窗台去上学,她却一把握住我的手腕,既兴奋又神秘地说:

"你猜我怎么知道那根铁栅栏可以拔出来,嗯?"

"不知道。"我不由得也被她感染得兴奋了,马上联想到这里面也许有个侦探故事,"是怎么回事? 你跟我说。"

"我告诉你。"她竖起一根手指头,并且神经质地回头向空荡荡的房间看了看,"每天一大早,我都看见一个跟你一样大的小孩儿从那里钻进来,到我们家门口的奶箱里偷牛奶。嘻嘻,这事我们谁都不知道,厨子都不知道。他们每天都奇怪,可我装作没看见。"

原来是这么回事,一点也不曲折。

"你为什么不喊人来抓他呢? 要是我,我一下子就跳出去,这样一下,这样一下,"我威武地比画着,"一下子就把他抓住了!"

"你真行!"她眼睛里闪现出钦羡的目光。这种目光大大地满足了我,我也不想走了。"你会打拳吗?"她兴奋地绞着手帕问。

"当然会!"我挺了挺胸,居高临下地看着她。

"唉!"她情绪蓦然低沉下来,微微地叹了口气,垂下头沉默了。

我看见她瘦伶伶的脖颈，皮肤白得几乎透明，在颈椎处，有一个很大的骨节支棱着。她的娇弱使我不禁怜悯起她来，于是什么命令、叱骂、嘲笑似乎都可以原谅的了。

"你们家为什么不养条狗呢？像那家一样。有了狗，就不会有人来偷牛奶了。"

"不！我不要狗。家里人要养狗，我不让他们养。"她仰着脸，忽闪着明亮的大眼睛笑道，"养了狗，你不是就进不来了吗？我早就想有个人来跟我玩。"

啊，她早就有了心计。这样，我倒成了她的同谋，同时又使我钻进别人家的园子这种行为涂上了一层电影上常演的浪漫色彩。我带着同谋者的那种心照不宣的笑容问：

"那么，你想怎么玩呢？"

"你不是会打拳吗？"她央求我，"你打个拳给我看看好吗？"

"打拳——那得两个人打，"我装着无趣的模样说，"一个人怎么打呀？"

但是，这时，大房间里不知放在哪个角落的一座自鸣钟猛地敲了一下。我吃了一惊：

"糟了，我要迟到了！"

我赶紧从窗台上跳下来。她想拽住我，她的指甲在我的手腕上划了一下。我觉得她的手指一定被我甩疼了。我回过头歉疚地一笑：

"再见！"

"滚！滚！"她又突地勃然大怒了，脸涨得飞红，"都走！都走！都去死去！都去死去！"

她的喜怒无常，一会儿友好，一会儿恶毒的性格使我惊愕不已。那个"死"字又像一条蛇在空气中游动。我不由得停下脚步，安慰她：

"我下次来陪你玩，今天真的要迟到了。"

"那么，什么时候？"她又笑了，她笑起来当然比她骂人时好看得多,这时她的脸上有一种纯真的、和我年纪一般大的儿童的稚气,"你放了学来吧。"

"放了学不行,明天吧。"说实话,我还是觉得跟她没有什么好玩,尽量想把约会往后推。

这天,我真的迟到了五分钟,老师罚我站在墙角。在众目睽睽之下,我反省自己,下定决心以后再不去了。

但是,"傅厚岗"是我上学的必经之路,我免不了要从那扇临街的窗口过去。第二天,我听见她在那扇窗子里"喂、喂"地叫我,还喊我的名字。我向窗口里她的白色的身影笑笑,指了指前面,急匆匆地走了。第三天早晨,她手里晃着一本什么画报招呼我,又引起了我的兴趣,我扒在铁栅栏上朝她喊:

"不行,我要迟到了。那天我就迟到了。"

"那么,你下午放了学来,好吗?"她举着画报说,"你看,我这里有好看的东西。"

下午放学,我又钻进了她家的花园,爬上了她的窗台。

"你看,这么多好看的画报,你看过吗?"她旁边的茶几上放着一摞美国电影画报,她笑眯眯地把画报捧到窗台上,一面哗哗地翻动,一面殷勤地说,"这些都是最新的,我妈刚从上海叫人带来的。我们一起看好吗?"

我津津有味地看起来。这些画报显然她都看过了,她并不和我一起看,而是在一旁唠唠叨叨地说:

"你知道吗?那天你说你要和人一起打拳,第二天,我把那个偷牛奶的小孩叫住了,想让他来跟你一起玩。可是那小孩却把奶瓶子一扔,跑掉了。今天早晨他也没有来。"

没有人来偷她的牛奶,她似乎感到很惋惜,我诧异地瞥了她一眼。

下午的阳光从棠棣树的枝叶间斜照过来,把亮斑洒在她有网眼的白色薄毛衣上。毛衣里是一件白绸衬衣,领口有一圈荷叶式的花边。太阳的亮斑和网眼交错在一起,在我眼里织成了一幅恍惚迷离的图景。而在这幅恍惚迷离的图景中又裹着她的实体:她的脖颈、她的肩膀、她两肩中间微微隆起的胸脯,这一切和跟我结伴的男孩子的形象是那么截然地不同,因而在我心中突然第一次萌动了一种异样的感觉。

后来她和我同看一本画报。她的小手在平克劳斯贝和拉纳·透娜等人的彩色照片上滑动。那是一双薄而细长的小手,手背里的青筋像叶片中的叶脉,纤细而又清晰可数;皮肤在棣棠树的阴影中发出一种令人觉得寒冷的冰的光泽。这使我又感到她似乎不是一个活生生的肉体,而是神话电影中的一件精致的玻璃制品。

正在我们看画报的时候,门开了,进来一个穿蛋青色旗袍的高大女人。她看见坐在窗台上的我,把手一拍,大惊小怪地喊起来:

“哎呀!哪里来的野孩子,钻到人家家里来了。”

我窘得一时不知怎么好。她冷冷地扭过头去,撇着菱角般的小嘴:

“去去去!不用你管。他是我请来的。”

这个高大的女人还有一对高大的颧骨,一耸一耸地走到她的跟前。

“你请来的?你也不问问他是哪家的孩子。我们家是随便哪个都能进来的?”

在说话间,这个高大女人想抚摩她的肩膀,但我看见她表现得很厌烦的样子,扭动着肩膀不让摸。

“哪家的孩子,哪家的孩子!他是狮子桥章家的小少爷。”

我并没有跟她介绍我是什么“小少爷”。显然是她知道用什么话才能堵住这个高大的女人。果然,高大的女人一下子矮下去半截,在沙发上拿起一条勾花披肩围住她的双肩,临走时朝着我说:

“好吧,你在这里玩吧,可别淘气哟!”

她斜着眼盯着高大的女人出门,说了声:“讨厌!”又向我转过脸,用她那特有的神秘的表情悄悄地说：

"我告诉你，哼，他们都是装模作样地关心我，其实，我心里知道，他们都盼着我死，盼着我早死！"

说到最后，我看见她眼里涌出了泪花，说"死"字时咬牙切齿，一种不知是对谁的怨恨之情把她脸上的可爱之处一扫而光。我大为扫兴，又有点害怕，匆匆地告辞了。告辞时，她还一定要我答应下次再来。

回到家，吴嫂已经把晚饭摆在桌子上，我又挨了妈妈一顿骂，暗暗发誓再也不去跟她玩了。

第二天，我像躲避那家的"猛犬"一样跑过她家一根根铁栅栏，也不顾耳边隐隐约约还听到她的叫唤。

下课以后，我发觉同学们都在三三两两地交头接耳，有的还看着我哧哧地暗笑。我意识到我一定有什么在他们看来很可笑的地方。我有点坐立不安。但我们之间还很陌生，并且我一来就带来了在小学里爱打架的坏名声，他们没有敢当面数落我。只有一个年纪比我们大两岁的，和我一样也是从四川"光复"回来的同学没有顾忌，从我旁边走过时大喊大叫：

"嗬，嗬，嗬！爬到窗子上跟一个瘫子女娃儿吊膀子哟！"

使我惊愕的倒不是同学们的哄堂大笑，而是"瘫子"这个词。肯定我在跟她一起看画报时被过往的同学看见了，这没有什么可奇怪的，谁的视线都能透过铁栅栏看到那扇临街的窗户，奇怪的是同学们说她是个"瘫子"。上课后，我想起她不让我爬进房里去，想起我一直没有看见她的下半身，想起她从来就没有站起来走动过，才恍然大悟：是的，她真是一个"瘫子"！

同学们嘲笑我，我却偏要去（这种性格使我倒霉了大半生）！同时，我觉得我去陪她玩更具有了一种使我激动的意义；如果我再不顾她的召唤，我的小良心就会感到不安。

下午，我违背了自己的誓言，又站在她的面前。

344

"我以为你不来了哩。"她脸上展开粲然的笑容,拍拍窗台,"来,还是坐在这儿。"

"我怕什么?我为什么不来?我要来的。"我说着,坐到窗台上,尽量掩饰住好奇地重新打量她。她今天穿着一件淡紫色的绸衣,领口上和袖口上都镶着很好看的花边,胸前绣着一朵红色的玫瑰。春深了,阳光越来越暖,在下午,甚至有点燠热,再加上她已经在这窗口等待了很久,她的身上、头发上,也和油菜地一样,散发出一种熏人欲醉的春天的气味。她的手、她的脖颈、她的面孔,在棣棠树半遮半掩的阳光中也泛出了淡红色,因而使她瘦伶伶的上身也变得圆润而具有肉质感了。不,她不是件玻璃制品,确确实实是个很美丽的姑娘。

然而,她又确确实实是个残废人,在我向她海阔天空地胡聊了一阵学校里的奇闻趣事以后,她又突然说到了死。

"你知道吗?"她又做出那神秘的、仿佛这话只能跟我一个人说的表情,"好莱坞电影里有三十七种不同的死的样子。"她闭上眼睛,头猛地向下一垂,又抬起来,一会儿又向后一仰,随即慢慢地倒向一边,还微微地张着嘴,"这是两种,"她解释说,"还有……"她接着表演其他种种死的姿态和面部表情:一只手捂在胸前,表示中了枪弹或是害了心脏病;一会儿又用两手在胸前抓搔,上身剧烈地扭动,两眼睁得大大的,表示服毒而死的情景。

她使我害怕得不敢动弹,当她两手交叉地合在胸前,闭起眼睛,长时间地屏住呼吸,表演一种视死如归的平静的死法时,我还以为她真的死了。我喊叫了一声,并伸出手摇晃着她:

"喂,喂!你不要死好不好?你不要死好不好?"

"傻瓜!"她中断了表演,睁开眼睛,抓住我的手,露出一种怪样的微笑,"我这是假的,是做给你看的,你都不懂!"一会儿,她掰开我的手,把我的手展平,抚摩着我的手掌轻声地说:

"你挺好,你不愿意我死……"

她是一个美丽的姑娘,却只能枯坐在这窗口边,不能到春天的阳光下、到田野上、到大街上去跑。一种深深的同情和怜悯在我心底油然而生。我想让她过得快活一点,不要成天想着死。死,我还不知道是怎么回事,我从来也没有想到过死,我以为我是不会死的,但从别人家死了人的情况看,死一定非常可怕,不然为什么死了人的人家都要拼命地哭呢?

画报已经看过了,我的胡聊也扯完了,打拳又没有对手,但我想到有一个使她高兴起来的绝妙的玩法。

我们家隔壁,是一座用木板和竹子建造起的两层简陋楼房。楼房的样子像一个火柴盒,里面的走廊两边隔成像鸽子笼般大的一间间小房。给我们家烧饭的吴嫂说,住在里面的都是从山东和苏北逃来的财主。可是妈妈绝对禁止我去玩。妈妈说:"哼,那都是些逃亡的财主,现在又没有职业,什么坏事都干。你看那些人,就在走廊里烧饭,要失起火来,真把我们左邻右舍害死了。"妈妈不禁止还罢,她一禁止我却偏偏去看了一趟。原来,那里的人都有各自赖以糊口的门路:有的在街头摆棋摊;有的在新街口、鼓楼一带耍魔术;有的卖"大力丸";有的到处拾烟屁股,剥开来,用手工卷烟机制成一种叫"合众牌"的香烟卖;还有的夹着一把胡琴泡茶馆,也不知是干什么的。总之,那里有五花八门的玩意儿。那些"逃亡地主"一清早出门,游街串巷,撒遍了半个南京城,傍晚回来,聚在摇摇欲坠的木板楼里,吹拉弹唱,吵吵闹闹,常常使坐在灯下做作业的我神往。

我要去学一样玩意儿表演给她看。

我去的时候,各家各户正在做晚饭,整幢楼里烟雾缭绕,的确有失火的危险。"财主"们都回来了,走廊里、各个房间里都是人,像一窝到处乱窜的老鼠。我挨个门都看了一遍,方便的是这幢房子里的门全没有门扇,只用破布单遮挡着(以后我才知道,所有的门都被住户卸下来当铺板了)。我要找一个变魔术的人,有一次我在鼓楼玩的时候见过他。当时我还向跟我一起的同学自豪地介绍:他就是我的邻居,我认得他! 仿佛他是一个了不起的大人物。

我踏着吱嘎作响的木板楼梯,总算在一间较大的房间里找到了他。这大约是间按铺位算钱的单身汉房间,地上横七竖八地躺着、坐着好几个人,中间的过道上放着几瓶酒,还有一堆五香花生米。他们正在边喝酒边聊天。

我在门边蹭了一会儿,不知该怎样开口。有一个穿破旧的美军夹克衫的中年人常在这条街摆地摊,他居然认得我,咧开满是胡楂的嘴朝我笑:

"嗬,嗬!章家的少爷跑来干什么?"

我赖着脸走上去,眼睛看着那个耍魔术的:"我想学魔术。"

耍魔术的也是个中年汉子,穿一件脏得发亮的黑衣裳,他放下酒盅,响亮地吧咂了一下嘴,手往我面前一伸:"行呀,拿钱来。"

我脸臊得通红;我没想到学魔术还要钱,尴尬地站在过道上,进也不是,退也不是。

满屋子的人笑起来。耍魔术的在笑声中醉醺醺地说:

"你当老子学魔术容易呀?想当初,老子好玩,开的堂会、请跑江湖的班子,花的钱都能买下这一条街了。"

还是那个穿破旧夹克衫的中年人对我好,他调侃地笑道:"行啦,老三,你就教他一个小玩意儿吧。他是隔壁章家的少爷,让他跟徐麻子说说,少算你几个房钱。"

"什么'少爷'!"一个蓬头垢面的人在油渍渍的破被子上翻了个身,"老子过去也是少爷,光伺候我睡觉就有四个丫头。可看看我现在……"

"那不正好?"另一个龇着黄牙,露出恶意的笑容,"老三教给他一套魔术,让他以后逃跑了也能混口饭吃。像我,亏得过去跟账房师爷学会了下棋,要不……"我见过这个人,他经常在街头蹲着,摆一个棋局骗人钱。

我说不出这里是什么气氛,他们尽说些叫我半懂不懂的话。这里的气味也极其难闻,没有油漆的板壁上涂满斑斑点点的臭虫血。

在墙角,一个干瘪的老头一面用一根污黑的竹片插在领口里搔痒痒,一面翻起混浊的眼珠狠狠地瞅着我。我不想待在这个地方,我想走了。

"好吧,"变魔术的终于说,"老子也积点阴功。来,你坐下。"他把我叫到他跟前,在我后脑勺上一拍,"免得你这个少爷以后逃到别的地方挨饿。我教给你一套最简便的骗钱的方法吧。"

他随手把一根细裤带抽下来,从中一折,然后在地板上盘成一个圈。这样,圈中心就有了两个椭圆的环。他让我拿根筷子随便戳,套中了裤带就算赢。可是我的筷子戳在哪个圆环里都套不中裤带,他一拉,裤带就从筷子旁边滑跑了。这其实不是魔术,的确是一种可以用来赌钱的方法。他告诉我,秘诀全在人手里拉着的绳头上,来赌钱的人戳这个环,就那样拉,戳这个环,就这样拉,如此这般,我五分钟就学会了。

我千恩万谢地告辞了,耍魔术的还说:"你小子很机灵,还想学混饭吃的门道,再来找我。"我心里想:"谢谢啦,我再也不来啦。"

第二天放了学,我兴冲冲地钻过铁栅栏,飞也似的扑到她的窗前,一屁股坐上窗台:

"来!"我舞着一根细绳子,"我有个好玩意儿。"

她拿着一支红蓝铅笔,怎么也套不中我绳子中的圆环。她不停地格格地笑,时不时抬起明亮的眼睛欣喜地看看我,脸上泛出我从未见过的欢愉之情。后来她撒娇地说由她来盘绳子,我来戳,然而我多半都戳中了。我们反反复复地玩这套把戏,不知不觉就到了黄昏。

夕阳的光辉弥漫了西边的天空,花园里的花草树木分外灿烂,几乎像是通体透明。绚丽的晚霞映在白色的窗台上,映在明净的玻璃上,映在她白皙的皮肤上,映在她光滑的、年轻的额头上,使一切冷色调的东西都变得暖融融的。鸟儿飞回来了,在悬铃木树上、在木槿树上,甚至在我们旁边的棠棣树上肆无忌惮地喳喳地叫着。这时,她以为悟到了这套把戏的奥妙。她说"鬼"在我带来的这根绳子上。她要用她的绳子来玩。

这天,她穿着一件领口开得很低的天蓝色绸衫,领口边缘用一根丝带穿着,在胸前系了一个很精巧的蝴蝶结。她不能四处走动去寻找绳子,就毅然决然地解开蝴蝶结,抽出了那根圆滚滚的丝带。

可是,我一拉,丝带仍然从她手中的红蓝铅笔边上滑脱了。

鸟儿叫得更加响了,而周遭却静得出奇。暮色四合,只能看见栅栏外街上行人的白色身影,棣棠树纹丝不动,仿佛在一天的摇曳中劳累了。她怎么也猜不出这个把戏的奥妙,躺在靠背上,似乎筋疲力尽,但脸上的笑容却表现出尚未尽兴。她还不让我走;我也知道今天妈妈要到别人家去打麻将,家里只有一个吴嫂,于是就一边玩着她的丝带,一边讲我的"瞎想"和现实混在一起编成的故事。我说这是一个穿黑衣裳的神仙教给我的,这个神仙好喝酒,还爱吃五香花生米,我给他买了酒和五香花生米,他就在我手上画了一道符……

我说着说着,她突然轻轻地惊叫一声,坐起来,一把夺回我手中的丝带,两手捂在胸前,嗔怪地说:

"哎呀!你一定看见了!你一定看见了!"

"看见什么了?"我莫名其妙,"神仙吗?"

"你坏!你真坏!"她抿着嘴笑道,"你看见了……"

我四周看看,并没有什么稀奇的东西。街上,一个阿飞吹着口哨,骑辆自行车嗖嗖地冲下坡去。

"什么?我看见了什么?你说嘛!"

她不回答,止不住抿着嘴笑,发烫的眼睛盯着我看,像是极力在克制一种什么冲动。一会儿,她勾起上身,尽量把在暮色中变得极其苍白的脸凑近我的脸,一面哧哧地笑,一面用故作调皮的声调说:

"你知道吗?美国电影里有好几十种接吻的样子,我们表演一下好吗?"

她嘴里热烘烘的苦涩味细细地吹拂着我的脸,而在她头发上、面庞上、肩膀上和胸脯上,又那么逼近地向我散发出我所熟悉的春天的气息,和一种我从未领略过的幽香。我的头猛地感到晕眩,并且奇怪的是知觉到自己失去了知觉。我只听见她急促的、不成句子的话语:"来吧……来吧……"又觉得她的手在我脑后使劲地把我的头朝她面前按,以致我拧着腰,坐得非常不舒服。但我还没来得及稳住自己,就看见眼前出现了一片巨大的白色的东西,如同吃满了风的白帆,疾速地向我撞来。我终于撞到那白色的东西上,才知道那是她裸露的肩膀和半裸的前胸。她慌乱地揉着我剪得像板刷似的头,但我的鼻孔一直被她的肩膀堵塞着,几乎窒息。我心里非常恐惧,又极为兴奋。幸好她很快又揪着我的头发使我抬起头来。这时,她柔弱的手像一把铁钳,有力而又坚决。我的头被揪得很疼,只得紧闭着眼睛。而在我还没有调好呼吸的时候,我又感到我的嘴唇被她干燥的嘴唇紧紧地压住了。还不止此,她还微张开嘴,用她那尖利的门齿咬着我一点点上唇,痛得我几乎要叫喊。

也许只有一刹那,也许长达十分钟,最后,她好像耗去了全部的精力,猛地向后一仰,长长地呻吟了一声——那种呻吟声令我心惊胆战。然后挥挥手,虚弱地说:

"去吧,去吧……"

我还不完全懂这种行为的意义,但我觉得这总比她表演死的样子好玩一点。使我还不太满意的只是她把我的腰和我的嘴唇都弄疼了。我怏怏地走回家。但是,到了夜晚,当我一个人睡在床上回味她傍晚奇异的动作时,我觉得有一种无法用语言文字表达的神秘的情感和欲望在我身体内勃发起来。我既有隐秘的饥渴感,希望能重新再来一遍,那时我能坐得稳一些,和她配合得好一些,又有一种犯罪的原始恐惧,好像我从此坠入了一个深渊,将会在不知不觉中受到什么惩罚。并且,我开始感到我与妈妈、与我所有的亲人、与我的同学和老师隔离开了,从今以后我在他们面前已经有了绝对不能告诉的秘密;我朦胧地意识到我开始成为一个人,一个个人;我的幼稚和天真都将从茧中蜕变而出,成为独立的意志力。

啊，救救我吧，神仙！但是让我重温一次……

而经过了一夜，那件事却仿佛变成了一个梦境，一个既迷人又可怕的梦境，我不能肯定自己是否真正经历过那件事。我恍恍惚惚地走上"傅厚岗"，所有幼稚可笑的"瞎想"都开始胶着在一个较为现实的问题上。我怀着深切的羞耻感，觉得我和她有了那件事后，再见面简直是不可想象的。我低着头急急忙忙地走过她家的铁栅栏，又依稀听到她的叫声。我没有敢掉脸去看那扇白色的长窗。何况，与此同时，一辆辆美国十轮大卡车正开上坡来，那震耳欲聋的轰轰声把一切人声都淹没了……

以后的几天，一向幽静的"傅厚岗"一下子变得异常热闹，军用卡车不停地来回奔驶，空车爬上坡来，装满箱笼物件的重车冲下坡去；各家各户的大门都有人往来穿梭，笼罩着一片混乱嘈杂的气氛。我爸爸从上海回来了，总背着我和妈妈商量什么事。妈妈老是哭，憔悴了许多。我预感到我的家将有什么变故，一种不知所归的空虚感和即将成熟的悲哀开始侵入我的心头。我也无心再去跟她玩了。

可是，一个晴朗如那天的下午，我放了学走在"傅厚岗"，经过她家，那个高大的女人忽然从门里闪出来，拦住我，说：

"喂，章少爷，我家小姐请你去一趟。"

我还是第一次从她家的大门进去。红色洋房前的车道上停着两辆黑色的小轿车，一辆是雪佛莱，我们叫做"顺风牌"的，一辆是福特，几个军人在往车里装东西。她还在那扇白色的窗前招呼我。我蹚过绿茵茵的草地向她走去，棣棠树的树叶在我脸上划了一下。

"我叫了你好几次哟，你怎么不理我？"她埋怨我道。

"吵得……"我阴沉地看着汽车，讷讷地说，"没听见……"

"过来一点，来嘛。"她向我伸出手，"我们家要搬了哩。"

我仍然坐上窗台，无趣地晃动着小腿。

"要搬？往哪里搬？"

"说是到台湾，好远好远的。"说完，她明亮的眼睛灼灼地盯着我，叹了口气。

"啊,那么什么时候回来?"

"傻瓜!能说的上什么时候回来吗?我爸爸说我们这是逃跑,你懂吗?"

我抬起头诧异地看着她。这一霎间她似乎变大了,变成熟了。她用一种忧郁的、仿佛深谙世事的眼光看着我,等待我说什么话。但我却不知道说什么好,我知道北方在打仗,但一味贪玩的我,好"瞎想"的我,却不知道谁跟谁打,为什么要打。她说她也要逃跑,她为什么要逃跑?她也在跟人打仗并打输了吗?我想到我隔壁的那些人,妈妈说的那些"逃亡财主",满是臭血的墙壁,油腻腻的被子,连床和凳子也没有的鸽子笼,走廊里的油烟柴火,和他们蓬头垢面的可怕的模样……难道她也要去过那样的生活了吗?

"我走了你会想我吗?"她悄悄地试探地伸出手来,抓着我撑在窗台上的一根小手指头,问道。

我点点头。

"我要是死了你会想我吗?"

我好像也成熟了,用责备的眼光瞪着她。我们俩久久地对视着,并不时讨厌地看看在门前忙碌的那些军人,然后又收回目光互相看着对方。她轻轻地玩弄着我的小手指头。我们都明白我们想干什么。而我们想做的那件事,又都在交流的眼光和手指头上默默而又惊心动魄地完成了。

最后,她叹了口气,说:

"只有大人不打仗了,我才能回来。"

不久,南京就解放了。解放的那天,她家花园中的月季已经盛开,而那株栽在窗前的棠棣,更是绽出了满树金黄色的花朵。我盯着那扇空荡荡的窗口看了一会儿,但很快就被坡下震天动地的锣鼓声吸引过去了……

许多年以后,我当然比那时多懂得了点事。我想,她的家也许不会像那些逃亡地主一样破落下去，但她肯定是活不长的。她那病弱的残废的身体，很快会被她神经质的、畸形的、多愁善感的性格摧垮。她合着眼睛，两手交叉在胸前，表演出的那种视死如归的平静的死法，常在我的脑海中萦绕。也许，她死的时候，真的是采用这种样子的吧。

所以，现在，不论是在报纸上、在书本上、在大会上、小会上，一提起"台湾"，我就会想到那里有一座像"傅厚岗"一样的小小的山冈，山冈上有一座小小的白色的坟墓。那第一次吻过我的异性的嘴唇、第一次贴过我的异性的面颊、第一次抚弄过我的纤小的异性的手掌，早已化成了一抔泥土，但那咬过我的门齿，大约还完好无损地埋藏在那遥远的地方吧。

然而，我又想，如果人是有灵魂的话，她的灵魂恐怕也是急躁的、不安宁的，因为我耳边经常回响着她临别时的话：

"只有大人不打仗了，我才能回来。"

一九八四年十一月七日于银川西桥

灵 与 肉

他是一个被富人遗弃的儿子……

——维克多·雨果《悲惨世界》

一

许灵均没有想到还会见着父亲。

这是一间陈设考究的客厅,在这家高级饭店的七楼。窗外,只有一片空漠的蓝天,抹着疏疏落落的几丝白云。而在那儿,在那黄土高原的农场,窗口外就是绿色的和黄色的田野,开阔而充实。他到了这里,就像忽然升到云端一样,有一种晃晃悠悠的感觉,再加上父亲烟斗里喷出的青烟像雾似的在室内飘浮,使眼前的一切更如不可捉摸的幻觉了。可是,父亲吸的还是那种印着印第安酋长头像的烟斗丝,这种他小时候经常闻到的、略带甜味的咖啡香气,又从嗅觉上证实了这不是梦,而是的的确确的现实。

"过去的就让它过去吧!"父亲把手一挥。三十年代初期他在哈佛取得学士学位以后,一直保持着在肯布里季时的气派,现在,他穿着一套花呢西服,跷着腿坐在沙发上。"我一到大陆,就会了一句政治术语,叫'向前看'。你还是快些准备出国吧!"

房里的陈设和父亲的衣着使他感到莫名的压抑。他想,过去的是已经过去了,但又怎能忘记呢?

354

整整三十年前，也是这样一个秋天，他揣着母亲写的地址，找到霞飞路上的一所花园洋房。阵雨过后，泛黄的树叶更显得憔悴，滴滴水珠从围墙里的法国梧桐上滴落下来。围墙上拉着带刺的铁丝；大门也是铁的，涂着严峻的灰色油漆。他揿了很长时间门铃，铁门上才打开一方小小的窗口。他认得这个门房，正是经常送信给父亲的人。门房领着他，经过一条两旁栽着冬青的水泥路，进到一幢两层楼洋房里的起居室。

　　那时，父亲当然比现在年轻多了，穿着一件米黄色的羊毛坎肩，肘臂倚在壁炉上，低着头抽烟斗。壁炉前面的高背沙发上，坐着母亲成天诅咒的那个女人。

　　"这就是那个孩子？"他听见她问父亲，"倒是挺像你的。来，过来！"

　　他没有过去，但不由自主地瞥了她一眼。他记得他看见了一对明亮的眼睛和两片涂得很红的嘴唇。

　　"有什么事？嗯？"父亲抬起头来。

　　"妈病了，她请你回去。"

　　"她总是有病，总是……"父亲愤然离开壁炉，在地毯上来回走着。地毯是绿色的，上面织有白色的花纹。他的眼睛追踪着父亲的脚步，强忍住不让泪水流出来。

　　"你跟你妈说，我等一下就回去。"父亲终于站在他面前。但他知道这个答复是不可靠的，母亲在电话里听过不止一次了。他胆怯而固执地要求："她要您现在就回去。"

　　"我知道，我知道……"父亲把手搭在他肩膀上，轻轻地把他推向门口。"你先回去，坐我的汽车回去。要是你妈病得厉害，叫她先去医院。"父亲送他到前厅，突然，又很温存地摸着他的头，嗫嚅地说，"你要是再大一点就好了，你就懂得，懂得……你妈妈，很难和她相处。她是那样，那样……。"他仰起脸，看见父亲蹙皱着眉，一只手不住地擦着额头，表现出一种软弱的、痛苦的神情，又反而有点可怜起

355

父亲来。

　　然而，当他坐在父亲的克莱斯勒里，在滚动着金黄落叶的法租界穿行的时候，他的泪水却一下子涌出来了。一股屈辱、自怜、孤独的情绪陡然袭来。谁也不可怜！只有自己才可怜！他没有受过多少母亲的爱抚，母亲摩挲麻将的时候比摩挲他头发的时候多得多；他没有受过多少父亲的教诲，父亲一回家，脸就是阴沉的、懊丧的、厌倦的；然后就和母亲开始无休无止的争吵。父亲说他要是再大一点就好了，就能懂得……。实际上，十一岁的他已经模模糊糊地懂得了一些：他母亲最需要的是他父亲的温情，而父亲最需要的却是摆脱这个脾气古怪的妻子。不论是他母亲或父亲，都不需要他！他，不过是一个美国留学生和一个地主小姐不自由的婚姻的产物而已。

　　后来，父亲果然没有回家。不久，当他母亲知道父亲带着外室离开了大陆，不几天也就死在一家德国人开的医院里。

　　而正在这时，解放大军开进了上海……

　　现在，经过了三十年漫长的岁月，经过历史上任何三十年都从未容纳过的那么多变故，这个父亲却突然回来了，并且还要把他带到国外去。整个事情是那么不可思议，以致他都不能完全相信坐在他面前的是他的父亲，坐在他父亲面前的就是他自己。

　　刚刚，在父亲的女秘书密司宋打开贮藏室给父亲拿衣服的时候，他看见大大小小的箱子上贴满了花花绿绿的旅馆商标：洛杉矶的、东京的、曼谷的、香港的，还有美国环球航空公司印着波音747的椭圆形标签。从这个小小的贮藏室里掀开了一个广阔的世界。而他呢，只不过是在三天前得到领导转来的国际旅行社的通知，经过两天两夜汽车和火车的颠簸才到这里的。他提来的灰色人造革提包放在长沙发的一角。这种提包在农场还算是比较"洋气"的，但一到这间客厅也好像忸怩起来，可怜巴巴地缩成一团。提包上面放着他的尼龙网袋，里面装着他的牙具和几个在路上吃剩下来的茶叶蛋。他看着那几个诧异得咧开了嘴的、畏缩地挤在一起的茶叶蛋，想起临走那天晚上，秀芝还叫他多带些茶叶蛋给父亲吃，不禁苦笑了一下。

前天，秀芝一定要带着清清到县城的汽车站去送他。自他们结婚，他还没有离开过农场，他这次远行简直成了他们小家庭的一次划时代的壮举。

“爸爸，北京在啥子地方？”

“北京在县城的东北边。”

“北京有好多好多县城大吗？”

“有好多好多县城大。”

“有马兰花？”

“没有。”

“有沙枣子吗？”

“没有。”

“唉——”清清像大人似的长叹一声，用手托着下颏，显得非常非常失望，她认为好地方是应该有马兰花和沙枣子的。

“傻丫头，北京可是个大地方咧！”赶车的老赵逗她，“你爸爸这回可要远走高飞啰！说不定要跟你爷爷出国哩。是不是，许老师？”

秀芝踡着腿坐在老赵背后，向他微微一笑。她没有说话，但仅仅这一笑，就表现了她的信赖和忠贞。她不能想象他会到别的国家去，就和清清不能想象北京有多大一样。

车辙交错的土路坎坷不平，牲口在上面颠踬地踏着碎步。路北边是一片整齐的条田；路南边，在雾霭蒙蒙的远方，就是他原来放马的草场。这里的一切都像是有股磁性的吸力，三匹马拉着一辆车也显得那么费劲。是的，这里的一草一木都能勾起他绵绵不尽的回忆，要离开它们了，他陡然感到更加亲切。他知道三棵紧挨着的白杨后面，有一棵粗壮的沙枣树。他下车折了一枝，几个人在车上一颗颗地吃起来。这是西北特有的酸涩而略带甜味的野果，六〇年饥荒的年代，他曾经靠这种野果度日。很多年没有吃了，现在吃起来却品出了一种特别令人留恋的乡土味，怪不得清清要问北京有没有沙枣呢！

"她爷爷保险没有吃过沙枣!"秀芝把核吐到车外,笑着说。这是她发挥了最大的想象力来想象这个从国外回来的公公了。

其实并不需要想象,父子两人是如此相似,就是秀芝在街上碰见也会认得出来的。两个人都是细长的眼睛,线条纤细的、挺直的鼻梁,轮廓丰满的嘴唇,甚至举手投足之间都表现出基因的痕迹。父亲并不显老,虽然肤色和儿子一样黝黑,但那一定是在洛杉矶或是香港的海滨浴场上晒出来的,一点也不憔悴。父亲仍然是那样讲究,那样注意仪表,头发尽管花白却一丝不乱,手背上虽然出现了老人斑,但指甲却修剪得十分光洁。茶几上,在精致的咖啡杯周围,散乱地放着三 B 牌烟斗、摩洛哥羊皮的烟丝袋、金质打火机和镶着钻石的领针。

他怎么会吃过沙枣呢!?

二

"啊,这儿还能听到丹尼·古德门的《恒河上的月光》!"密司宋能说一口纯正的普通话。她长得高大丰满,身上散发出一股素馨花的香气,一头长长的黑发被一条紫色的缎带束在脑后,不时像马尾一样甩动着。"董事长,您看,北京人跳迪斯科比香港人还够味,他们现在也现代化了!"

"任何人都抵御不了享乐的诱惑。"父亲像把一切都看透了的哲学家似的笑着。"他们现在也不承认自己是禁欲主义者了。"

吃完晚饭,父亲和密司宋把他带到舞厅。他没有想到北京也有这样的地方。小时候,他也曾跟父母到过上海的"梯梯斯""百乐门"和"法国夜总会",现在应该像是旧地重游,但是,当他看到在柔和的乳白色的灯光中,像男人一样的女人和像女人一样的男人在他身边像月光中的幽灵似的游荡的时候,却感到不安起来,就像一个观众突然被拉到舞台上去当演员一样,他无法进入要他扮演的角色。刚才在餐厅里,他看见有的菜只动了几筷子就端了回去,竟从肠胃里发出一阵痉挛似的反感。在他那儿,上县城的国营食堂都要带一个铝制饭盒,把吃剩下的饭菜带回家去。

大厅里响着乐曲,有几对男女跳起奇形怪状的舞蹈。他们不是搂抱在一起,而是面对面像斗鸡一样互相挑逗,前仰后合。这些人就这样来消耗过剩的精力!他想起现在正在热得发烫的稻田里收割的人们。他们弯着腰,从右到左,又从左到右不停地摆动上肢。偶尔,他们抬起头向远远的担子嘶哑地喊着:"喂,水,水……"啊,要是他现在能够躺在那一片绿荫下,在汩汩的黄色的渠水边,闻着饱含稻草和苜蓿香气的微风,那该有多好……

"您会跳舞吗?许先生。"忽然,他听见密司宋在旁边问他。他刚捕捉到的一点味儿马上消失了。他掉过头瞥了她一眼:她也有一对明亮的眼睛和两片涂得很红的嘴唇。

"不,不会,"他心不在焉地向她笑笑。他会放马、会犁田、会收割、会扬场……为什么他要会跳舞呢?

"你别为难他了,"父亲笑着对密司宋说,"你看,汪经理来请你了。"

一个穿灰色西服的漂亮男子绕过桌子走来,笑嘻嘻地向密司宋一弯腰,两人翩翩下了舞池。

"你还要考虑什么呢?嗯?"父亲又燃起烟斗,"你比我还清楚,共产党的政策是经常变的,现在办签证还比较容易,以后怎么样,就很难说了。"

"我也有我所留恋的。"他转过身来面对着父亲。

"包括那些痛苦吗?"父亲意味深长地问。

"唯其有痛苦,幸福才更显出它的价值。"

"嗯?"父亲凝视着他,不解地耸了耸肩膀。

他心头突然掠过一阵惆怅。这才想起父亲也是属于这个陌生的、不可理解的世界的。形体上的相似消除不了精神上的隔膜。他也像父亲凝视他那样望着父亲,而两个人的目光都不能透过对方的视网膜看到眼睛深处的东西。

"是还……还怨恨吗?"最后,父亲低下眼睛。

"不,完全不是!"他把手一挥。这个动作也完全像他父亲。"正如您说的:过去的已经过去了。这完全是另外的事……。"

舞曲变换了。这次是低沉的、缓慢的,像渠水经过长长的渠道。灯光好似暗淡了一些,他看不清舞池里幢幢的人影。父亲低下头,用手不住地擦着额头,又表现出那种软弱的、痛苦的神情。"是呀,过去的是已经过去了。可是回想起来,还是痛苦的……不过,我的确很想念你,尤其到了现在……"

父亲喃喃的低语配上这支比较典雅的舞曲,也使他动了感情。"是的,这我相信。"他沉思地说:"我也想念过你的。"

"是吗?"父亲抬起头来。

是的。二十年前,在那个秋天的夜晚,月光穿过窗纸被大雨淋破的窗棂,洒在一群像一堆堆破布的人们身上。十几个人睡在一间低矮的土坯房里。他紧贴着墙根,带着土碱味的潮气浸透了他的衣服。他冷得直打寒战,干脆从湿漉漉的稻草上爬起来。外面,泥泞在月光下像碎玻璃一样闪光。到处是残存的雨水。空气里弥漫着腐败的水腥气。他找到马圈。那里还比较干燥,马粪尿蒸发出一股熏人的暖气。马、骡子、毛驴都在各自的槽头上吭哧吭哧地嚼着干草。他看到有一段马槽前没有拴牲口,就爬了进去,像初生的耶稣一样睡在木头马槽里。

月光斜射进来,在马棚的山墙上划出一条分开光与影的对角线。一匹匹牲口的头垂在马槽边,像对着月亮朝拜似的。这时,他陡然感到非常凄怆,整个情景完全象征性地指出了他孤独的处境:人们抛弃了他,使他来和牲口为伍!

他哭了。狭窄的马槽夹着他的身躯,正像生活从四面八方在压迫他一样。先是被父亲遗弃,母亲死了,舅舅把母亲所有的东西都卷走,单单撇下了他。以后他搬到学校宿舍,靠人民助学金上学。共产党收留了他,共产党的学校教育了他。在五十年代那种开朗的气氛中,虽然他具有一副在畸形的家庭中养成的孤僻、敏感和沉默寡言的性格,但也慢慢地融化在一个大集体里。和五十年代所有的中学生一样,他对未来也有一个美丽的梦。毕业了,梦成了现实。他穿着蓝布制服,夹着备课本,拿着粉笔走进教室。他有了自己生活的道路。但是,就因为学校支部书记要完成抓右派的指标,就又把他推到父亲那里去。好像肉体上的血缘关系必然决定阶级的传宗接代,他又成了资产阶级一分子。过去,资产阶级遗弃了他,只给他留下一个履历表上的"资产",后来,人们又遗弃了他,却给他头上戴了顶右派帽子。他成了被所有的人都遗弃了的人,流放到这个偏僻的农场来劳教。

一匹马吃完了面前的干草,顺着马槽向他这边挪动过来。它尽着缰绳所能达到的距离,把嘴伸到他头边。他感到一股温暖的鼻息喷在他的脸上。他看见一匹棕色马掀动着肥厚的嘴唇在他头边寻找槽底的稻粒。一会儿,棕色马也发现了他。但它并不惊惧,反而侧过头来用湿漉漉的鼻子嗅他的头,用软乎乎的嘴唇擦他的脸。这阵抚慰使他的心颤抖了。他突然抱着长长的、瘦骨嶙峋的马头痛哭失声,把眼泪抹在它棕色的鬃毛上。然后,他跪爬在马槽里,拼命地把槽底的稻粒扒在一起,堆在棕色马面前。

啊,父亲,那时你在哪里?

三

现在,这个父亲终于回来了!

这不是梦,父亲就睡在他隔壁,这不是梦,他自己也的的确确是睡在一张柔软的席梦思床上。他摸着身下的床垫,和那硬绷绷的木头马槽多么不同!月光透过薄纱窗帷,在地毯上,沙发上、床上投下一块块边缘模糊的菱形方格。在朦胧的月光中,这一天获得的印象这时又清晰地呈现了出来,而他所得到的总的感觉,则是他完全不适应、不习惯这一切。父亲回来了，但这却是一个全然陌生的人。父亲的回来不过是勾引起他痛苦的回忆，打破了他的平静而已。

尽管已到秋天，但房间里好像越来越闷热。他索性掀开毛毯，翻身坐起来，扭亮台灯，用漠然的眼光环顾四周。最后，他的目光落在自己的躯体上。他看到肌肉突起的胳膊，看到静脉曲张的小腿肚，看到趾头分得很开的双脚，看到手掌、脚跟上发黄的茧子，他想起了下午父亲对他的谈话。

下午，喝完咖啡，父亲支使开密司宋，对他谈到公司在海外的发展，谈到他的几个异母弟的无能，谈到对他和故土的思念。

"……有你在身边，我能得到一点安慰。"父亲说，"三十年前的事，我后来越来越觉着不安。我知道大陆上讲究家庭出身，老搞阶级斗争，你的日子不会好过，甚至以为你已经不在了，心里总是惦记你。你小时候的模样经常在我脑子里出现。尤其是你生下来，你爷爷为你在南京外交部旁边的华侨招待所设汤饼筵的那天，你在奶妈怀里的样子，我记得清清楚楚，就像是昨天一样。那天，申新的荣家、先施的郭家、华纺的刘家、英美烟草公司的郑家都从上海来了人。你知道，你是我们家的长房长孙……"

现在，当他在罩着淡绿色灯罩的灯光下，看着自己裸露着的强健的肌体的时候，他突然获得了一个极其新奇的印象。因为他还是第一次在父亲口里听到他记忆的史前时期——他儿时的情景，于是，过去的自己和现在的自己在脑海中形成了一个非常鲜明的对比。终于，他发现了他们父子之间隔膜的真正所在：他这个钟鸣鼎食之家的长房长孙，曾经裹在锦缎的褓褓中，在红灯绿酒之间被京沪一带工商界大亨和他们的太太啧啧称赞的人，已经变成了一个名副其实的劳动者了！而在这两端之间的全部过程，是糅合着那么多痛苦和欢欣的平凡的劳动！

他解除劳教以后，因为无家可归，于是被留在农场放马，成了一名放牧员。

　　清晨,太阳刚从杨树林的梢上冒头,银白色的露珠还在草地上闪闪发光,他就把栅栏打开。牲口们用肚皮抗着肚皮,用臀部抗着臀部,争先恐后地往草场跑。土百灵和呱呱鸡发出快乐的和惊慌的叫声从草丛中窜出。它们展开翅膀,斜掠过马背,像箭一样地向杨树林射去。他骑在马上,在被马群踏出一道道深绿色痕迹的草场上驰骋,就像一下子扑到大自然的怀抱里一样。

　　草场上有一片沼泽,长满细密的芦苇。牲口们分散在芦苇丛中,用它们阔大而灵活的嘴唇揽着嫩草。在沼泽外面,只听见它们不停的喷鼻声和哗哗的蹚水声。他在土堆的斜坡上躺下,仰望天空,雪白的和银白的云朵像人生一样变化无穷。风擦过草尖,擦过沼泽的水面吹来,带着清新的湿润,带着马汗的气味,带着大自然的呼吸,从头到脚摩挲遍他全身,给了他一种极其亲切的抚慰。他伸开手臂,把头偏向胳肢窝,他能闻到自己的汗味,能闻到自己生命的气息和大自然的气息混在一起。这种心悦神怡的感觉是非常美妙的。它能引起他无边的遐想,认为自己已经融化在旷野的风中,到处都有他,而他却又失去了自己的独特性。他的消沉、他的悲怆,他对命运的委曲情绪也随着消失,而代之以对生命和自然的热爱。

　　中午,马匹一头头从芦苇丛中蹚出来,带着滚圆的肚皮,抖擞着鬃毛,甩动着尾巴驱赶马虻和牛蝇。它们信赖地,亲昵地聚在他周围,用和善的大眼睛望着它们的牧人。有时,长着白色花斑的七号马会绕过几头瘦乏的牲口,悄悄地蹓到瘸腿的一百号旁边,用乍着稀疏胡须的嘴唇掀动它、戏弄它。一百号也不示弱,调过屁股,用本来就没有着地的瘸腿使劲地向后一弹。七号马急速躲开,高昂起头,像一个顽皮的孩子玩丢手帕的游戏一样,在马群中转来转去,溅起闪着银光的水花。每在这个时候,他就要拿起长鞭,严厉地吆喝几声。于是,所有的马都会竖起耳朵,并向七号马投去责怪的眼光。七号马也安静下来,像一个受了呵斥的小学生似的,站在水深到膝的沼泽里,掀起嘴唇,无聊地锉着长长的门牙。这时,他会感到他不是生活在一群牲口中间,而是像童话里的王子,在他身边的是一群通灵的神物。

在正午的阳光下,远方,云影在山脚下缓缓地移动;沼泽里,一种叫"水牛"的水鸟也感到了炎热,开始用嘴对着芦根咕咕地鸣叫。这里,不仅有风吹草低见牛羊的苍茫,而且有青山绿水的纤丽。祖国,这样一个抽象的概念,会浓缩在这个有限的空间,显出他全部瑰丽的形体。他感到了满足:生活,毕竟是美好的! 大自然和劳动,给予了他许多在课堂里得不到的东西。

有时,阵雨会向草场扑来。它先在山坡上垂下透明的、像黑纱织成的帷幕一样的雨脚,把灿烂的阳光变成悦目的金黄色,洒在广阔的草原上。然后,雨脚慢慢地随风飘拂,向山坡下移动过来。不一会儿,豆大的雨点就斜射下来了,整个草原就像腾起一阵白蒙蒙的烟雾。在这之前,他必须把放牧的马群赶到林带里去。他骑在马上,拿着长鞭,敞开像翅膀一样的衣襟,迎着雨头风,在马群周围奔驰,叱呵和指挥离群的马儿。于是,他会感到自己躯体里充满着热腾腾的力量,他不是渺小的和无用的;在和风、和雨、和集结起来的蚊蚋的搏斗中,他逐渐恢复了对自己的信心。

各队放牧员只有在这种时候才能聚在一起,为他们避雨而设的窝棚在草场上就像一叶扁舟似的停泊在白蒙蒙的雨雾中。窝棚里凉爽潮湿,弥漫着劣质烟草的青烟。他听着放牧员们诙谐的对话和粗野的戏谑,惊奇他们并没有他那么复杂的感情,和对劳动、对生活的那些敏感的新体验。原来他们本来就是朴实的,单纯的;生活虽然艰苦,但他们始终抱着愉快的满足。他开始羡慕他们。

有一次,一个六十多岁的老放牧员问他:"人说你是右派,啥叫右派?"

他羞愧地低下头,讷讷地说:"右派……右派就是犯了错误的人。"

"右派就是五七年那阵子说了点实话的人。"七队的放牧员说,"那一年,整的是读书人。"七队的放牧员是个心直口快的汉子,平时爱开玩笑,人们都叫他"郭骗子"。

"说实话叫啥'犯错误',要都不说实话,天下就乱套了。"老放牧员抽着烟锅,沉思地说,"话可说回来,还是劳动好,别当干部。我快七十的人了,眼不花、耳不聋、腰不弯、吃炒豆子嘎嘣嘎嘣的……"

"所以你下辈子还得劳动!""郭骗子"笑着打断他的话。

"下辈子劳动有啥不好?"老放牧员郑重地说,"离了劳动,人都活不成,当官的当不成,念书的也念不成……"

这种简短的、朴拙的、断断续续的话语,经常会像阵雨过后的彩虹一样,在他心上激起一种美好的感情,使他渴望回到平凡的质朴中去,像他们一样获得那种愉快的满足。

在长期的体力劳动中,在人和自然不断地进行物质变换当中,他逐渐获得了一种固定的生活习惯。习惯顽强地按照自己的模式来塑造他。久而久之,过去的一切就隐退成了一场模糊的梦,又好似是从书上读到的关于别人的故事。他的记忆,也被这种固定的生活习惯和与前截然不同的生活方式拦腰折断了。那在大城市里的生活变得虚幻起来,只有现在这一切才是实实在在的。最后,他就变成了适合于在这块土地上生活,而且也只能在这块土地上生活的人,他成了一名真正的放牧员!

到了文化大革命开始的那一年,人们也早已忘掉了他的过去,只是到了狂热阶段,才有人想起他还是个右派,需要把他拉出来示众一番。可是,这时几个队的放牧员聚在窝棚里经过一番商量,一口咬定坡下的草情不好,跟场部招呼了一声,呼啦一下把牲口都赶到山坡上去。他当然得跟着去,因为没有一个革命群众愿意放弃革命,来顶替他这个好几个月不能回家的差使。放牧员们帮他把简单的行李往马背上一搭,骑上马,晃悠晃悠地离开了闹腾腾的是非之地。上了大路,放牧员们欢快地叫喊着:"去啵!咱们上山去,管他妈嫁给谁!"他们此起彼伏地吹起尖厉的口哨,不断地发出短促的吆喝声,嘚嘚的马蹄在大路上扬起团团黄色的尘雾。远方,就是像翡翠一样晶莹闪光的山坡草场……这一天，他永远当作一种极其特殊的温情，是那样深刻地留在记忆里。

这里有他的痛苦，也有他的欢乐，有他对人生各个方面的体验，而他的欢乐离开了和痛苦的对比，则会变得黯然失色，毫无价值。

去年春天，他突然从山上的草场被叫回场部。他拿着草帽惴惴不安地走进挂着"政治处"牌子的办公室。董副主任对他宣读了一个文件，然后告诉他，过去把他错划成了右派，现在给他改正过来了，还要安排他到农场学校教书。董副主任的面孔庄重得毫无表情。一只早来的苍蝇在办公室嗡嗡地飞来飞去，一会儿停在墙壁上，一会儿停在档案柜上。董副主任的眼睛随它转来转去，手里捏着本杂志跃跃欲试。

"你去吧，到隔壁房里找潘干事拿调令，明天到学校报到。"苍蝇终于落在办公桌上，杂志"啪"地一下，但苍蝇却狡猾地飞跑了，董副主任又失望地坐在椅子上。"以后可要好好干了，再不能犯错误了。唉！"

他被这突然来临的事震动了，以致就像受到电击一般，精神处在半痴半呆的状态之中。在认识上，他并不能完全理解这次改正在国家政治生活中的意义和对他本人生活的根本性改变；他过去甚至也没有敢想象有这样一天。但是在直觉上，他的幸福感在不断地增长。一种纯然的快乐情绪就像酒精在血管里一样，开始把半痴半呆转化成兴奋的晕眩。先是他的喉咙发干，然后全身轻微地颤抖，最后眼泪不能遏止地往外汹涌，并且从胸腔里发出一阵低沉的、像山谷里的回音一样的哭声。这副情景，使庄重得毫无表情的董副主任也感动了，竟向他伸出手来。他两手捧着董副主任的手，这时，才开始对未来有了一个朦胧的希望。

从此以后，他又穿上了蓝布制服，夹着备课本，拿着粉笔走进教室，重续了二十二年前那个美丽的梦。农场的职工都不富裕，孩子们大都穿得破破烂烂,教室里混合着汗味、尘土味和干燥的阳光味。孩子们在简陋的课桌后面瞪大了天真的眼睛惊异地瞧着他,想不到一个放牲口的人成了他们的老师。可是不久,他就使孩子们信服了。他并没有做出什么特殊的贡献;他甚至还没有敢想象他这就是在为社会主义服务,为"四化"服务,他认为那是英雄们的业绩。他只是在自己的岗位上兢兢业业地尽到了他的职责。然而,就是这样,他也受到了孩子们的尊敬。临来北京的那个早晨,他看见孩子们一伙一伙地站在上学的小路上望着他的马车。大概他们也听说他找到了在外国的爸爸,要跟有钱的爸爸出国了吧。他们一个个都压抑着惜别的冲动,带着沮丧的神情,默默地目送他的马车过了军垦桥,过了白杨树林,消失在荒地的那边……

有时,放牧员们还会从十几里外来看他。那位老放牧员现在已经八十出头了,腿脚依然强健。他坐在炕上,捧着灵均的《现代汉语词典》摩挲着:"还是有学问的人能,看这么厚的书,这怕要看一辈子哩!""这是字典,是查字的,""郭嘛子"告诉他,"你真是,活糊涂了!""是呀,活了一辈子,当了一辈子睁眼瞎,看电影连个名字都不认得,光看个人影儿动弹。"放牧员们感叹着,在这崭新的时代里产生了对文化的需求。"干啥都得有文化。上次我给牲口拿药,差点把外用的喂了牲口。""郭嘛子"说:"'老右',你可是从咱们堆里出来的。咱们这些人完了,咱们的孩子可托付你了……""是呀,"老放牧员说,"你要是教得我那小孙孙能看这么厚的书本本子,也不负咱们穷哥们在草场上滚出来的交情……"

这些毫无文采的语言,非常形象地说明了他工作的意义,使他对未来的希望更加明确起来。他在他们身上闻到马汗味,闻到汁水饱满的青草味,闻到浓烈的大自然的气息;他们给他带来那么熟悉的、亲切的感觉,完全和跟父亲与密司宋在一起时所有的那种压抑感迥然不同。

他在他们眼里,在学生们眼里,在和他一起工作的同志们眼里看到了自己的价值。有什么能比在别人眼里看到自己的价值更宝贵、更幸福呢？

四

上午,他和密司宋跟父亲逛王府井大街。他发觉他已经不适应城市生活了。这里的地面铺着水泥和沥青,完全不像乡村的土地,踏上去是那么松软湿润;大街上川流不息地来往着互不相识的人,既热闹而又冷漠。而且,四处不停地响着的噪音,不一会儿就使他神经紧张得疲乏了。

在工艺品商店,父亲开出了一张六百块钱的支票,订了一套工艺精细的景德镇青花餐具。他却在瓷器商店里挑了一个两块多钱的泡菜坛子。坛子小巧玲珑,转圈用黄色和棕色的花纹组成古色古香的图案,就和汉墓的出土文物一样。这样漂亮的家庭用具,是西北的小县城里没有见过的。秀芝早就想有一个像样的泡菜坛子,老是说她家乡的泡菜坛如何如何好。现在家里的一个,还是别人从陕西抱来的瓦制品,是秀芝花了好几晚上给人纳了五双鞋底换来的,周围早已渗出了盐渍,白花花的,实在难看得很。

"您的太太一定很漂亮,"回到饭店,密司宋妩媚地对他笑着说,"您这样爱她,真叫人嫉妒哩!"她今天又换了衣服,红黑相间的丝衬衫上罩了件淡紫色的开襟毛衣,下面配了一条灰色薄呢裙子。经秋天的阳光蒸烤,素馨花的香气更浓烈了。

"婚姻总是一种条约和义务。"父亲在一旁叹了口气,慢慢地搅动着杯里的咖啡,也许是联想到自己,仔细地斟酌着词句说,"不管和妻子有没有感情,都要把这个条约和义务恪守到底,不然就会使良心不安,引起痛苦的懊悔。这次我叫你出去,不单单是你一个人,你要把你妻子和孩子都带上。"

"那么,许先生,您谈谈您的罗曼史好吗?"密司宋又说:"您的恋爱一定很动人。我不相信像您这样英俊的男人没有女人追求您。"

"我哪有什么恋爱,"他像是抱歉地笑了笑,"我和我妻子结婚的时候还不认识,更谈不上什么罗曼史了。"

"啊!"密司宋顿时表示出一种夸张的惊奇,而父亲又一次不解地耸了耸肩膀。

他想把他和秀芝结婚的经过详细地告诉他们,但是这种反常的婚姻方式的背景却是一场大灾难;这场大灾难又是民族的耻辱。他怕告诉他们以后,反而会引起他们嘲笑那在他心中认为是神圣的东西。他踌躇地考虑着,默默地呷着咖啡。咖啡苦中有甜,而且甜和苦是不能分开的。二者混合在一起才形成了这种特殊的、令人兴奋和引人入胜的香味。父亲和密司宋能品出咖啡的妙处,但他们能理解生活的复杂性吗? 在那动乱的年代里,婚姻也和生活的其他方面一样,完全脱离了常轨,纯粹靠盲目的偶然性来排列组合。他们只会从偶然性中看到荒谬的一面,不能体会到偶然性也会表现为一种奇特的命运,把完全意想不到的幸福突然赏赐给人。而且,越是在困苦的环境,这种突如其来的幸福就越是珍贵。他和秀芝奇特的结婚,后来在他们共同回忆时每次都会引起既悲凉又热烈的感情,这怕是其他任何人难以理解的。

那是一九七二年春天的一个下午,他和往常一样,给牲口饮了水,拦好马圈,回到小屋。刚放下鞭子,"郭嘛子"就闯进门来。

"喂,'老右',你要老婆不要?""郭嘛子"兴冲冲地说,"你要老婆,只要你开金口,晚上就给你送来。"

"那你就送来吧,"他笑着回答他。他以为"郭嘛子"是在给他开玩笑。

"好! 咱们君子一言。你准备准备。女方的证明已经有了,你这边我刚跟你们书记说了。你们书记说只要你同意,他立刻开证明。好,我给你开了证明,回家路过场部就把证明交给政治处,转回来就把人带来,你今晚上就洞房花烛夜吧!"

天刚黑,他正坐在小板凳上看《解放军文艺》,就听见外面一群孩子喊:"'老右'的老婆来了!'老右'的老婆来了!"接着,门哐啷一声,"郭喇子"又像下午那样闯了进来。

"好了!我酒不喝你一口,水你总得赏一口吧?真够呛!一下午脚不沾地来回跑了三十里路。"他伸手从铅桶里舀了瓢井水,咕咚咕咚地喝光,然后用袖子一抹嘴,长长地"嗨"了一声,才朝门外叫道:"喂!你怎么不进来?进来,进来!这就是你的家。来认识认识,这就是我说的'老右',大名叫许灵均。啥都好,就是穷点,可是越穷越光荣嘛!"

这时,他才看见门外的一群孩子面前真的站着个陌生的姑娘,穿着一件皱皱巴巴的灰上衣,拎着一个小白包袱,冷淡而又仔细地打量着这间满布灰尘和锅烟的小土房,好像她真准备在这里住下似的。

"这……这怎么行!"他大吃一惊,"你这个玩笑简直开得太大了!"

"这怎么不行?你别马虎,""郭喇子"从口袋里掏出张纸,"啪"的一声往炕沿上一拍,"证明都开来了,这可是法律。法律,你懂不懂?我可是跟政治处说你去放马了,叫我代领的。你要是撒手不干,就太不够意思了。听见吗,'老右'?"

"这怎么行?这怎么行?……"他摊开双手,连连问"郭喇子"。姑娘可是进来了,坦然地坐在他刚刚坐的小板凳上,好像他们两人说的话与她无关一样。

"怎么行?你们两口子的事来问我,我问谁去?""郭喇子"又把"法律"放回炕上。"好了,好好过吧!明年有了胖小子,可别忘了请我喝喜酒。"他走到门口,又开两手,像轰小鸡一样轰走孩子,"看啥?看啥?没见过你们爹跟你们妈结婚?回去问问你们爹跟你们妈去!走、走、走!……"

"郭喇子"就这样一甩手走了。

370

在昏黄的灯光下，他悄悄地端详姑娘。她并不漂亮，小小的翘鼻子周围长着细细的雀斑，一头黄色的、没有光泽的头发。神情疲惫，面容憔悴。不知怎么，他对她产生了深深的怜悯，于是倒了杯水放在木箱上说，"你喝吧，走了那么远路……"

　　她抬起头，看到他诚挚的目光，默默地把一杯水喝完，体力好像恢复了一些，就跪上炕叠起了被子，然后拉过一条裤子，把膝盖上磨烂的地方展在她的大腿上，解开自己拎来的小白包袱，拿出一小方蓝布和针线，低着头补缀了起来。她的动作有条不紊，而且有一股被压抑的生气。这股生气好像不能在她自身表现出来，而只能在经过她手整理的东西上表现出来似的。外表委顿的她，把这间土房略加收拾，一切的一切都马上光鲜起来。她灵巧的手指触摸在被子、褥子、衣服等等上面，就像按在音阶不同的琴键上面一样，土房里会响起一连串非常和谐的音符。

　　突然，他想起了那匹棕色马，心里顿时感到一阵酸楚的甜蜜。他觉得他不仅早就认识了她，而且等待了她多年。一种从来没有出现过的心荡神移的感觉袭倒了他，使他不能自制地跌坐在姑娘旁边。他两手捂着脸，既不敢相信他真的得到了幸福，担心这件侥幸的事会给他带来新的不幸，又极力想在手掌的黑暗中细细地享受这种新奇的感情。这时，姑娘停住了手中的针线。她的直觉告诉她：这是一个能依托终生的人。她对他竟没有一点陌生的感觉，非常自然地把手轻轻地搭在他伛偻着的脊背上。于是，两个人就坐在铺着破麻袋的炕沿上，一直唏嘘地说到天明。

　　秀芝原来是四川人。那几年，天府之国搞得连红苕都吃不上，饥饿的农民不得不大量外流。姑娘们还比较好办，在外地随便找个对象就嫁了出去。一个村里只要有一个姑娘在外地成了家，就一个一个提携家乡的姐姐妹妹。这样，成串成串的姑娘就拎着她们可怜的小包袱离开巴山蜀水，闯出阳平关，越过秦岭，穿过数不清的长长短短的隧道，往陕西，往甘肃、往青海、往宁夏、往新疆去奔她们的前程。

家里能紧得出钱的就买张车票,没有钱的就一站一站偷乘火车。她们的小包袱里只包着几件补缀过的衣服,一面小圆镜子和一把木梳,就靠这些装备,她们把自己美丽的青春当作赌注,押在这个人生的赌场上。她们也许会赢来幸福,也许会输个净光……

在灵均这个地区的农场,早就风行这种八分钱的婚姻。没有结婚的小伙子和老光棍们,付不起娶当地姑娘的彩礼,就去求四川来的妇女。这些四川妇女都像是随身带着一沓子人事卡片,她们随便想出一个,只要一封信回去,就招之即来,来之能婚。秀芝就是被招来的一个。她来找的是七队一个开拖拉机的小伙子。但等她揣着大队的证明,风尘仆仆地一站一站挪到这个农场,小伙子却在三天前翻了车,不治身亡了。她连火葬场都没有去,也不必去,谁也不欠谁的情。她也不好意思到那一个同乡家里去,她知道那个同乡也很困难,丈夫是个残废,结婚第二年就生了个孩子。她只得呆呆地坐在七队的马圈前面,像日晷似的看着自己慢慢移动的影子。

"郭嘛子"中午提着水壶回马圈灌开水,知道了她的情况,就把一群马扔在草场上,挨家挨户地为她寻找出路。七队现在只有三个单身汉了,他们一个一个到马圈前面观看了一番,可是这个身体干瘦的矮个子姑娘引不起他们的兴趣。最后,"郭嘛子"想起了已经有三十四、五岁的灵均。

他就是这样结的婚。这就是他的罗曼史!

"'老右'结婚了!"这在生产队竟成了大事。这些疲于"抓革命"的人也乐于从派性纠缠中暂时解脱出来,全都对这个从来也不属于哪一派的、对谁也没有损害的、一直老老实实"促生产"的"右派分子"表示了同情。人毕竟是有人性的,他们在给灵均的温暖中自己也悄悄地感到了温暖,觉得自己还没有在"损失最小最小"的革命中损失掉全部的人性。他们有的给他一口锅,有的给他几斤粮,有的给他几尺布票……而且又由一个年轻的兽医发起:每家送五毛钱,给他凑出一笔安家的基金。甚至支部会议上也出现了自文化大革命以来从未出现过的统一：一致通过了一项决议——按制度给他三天婚假。人，毕竟是美好的，即使在那黑暗的日月里！

他们俩就靠人们施舍的这点同情开始建立自己的家庭。

秀芝原来是个乐观的、勤快的女人。她只在家乡坝上的小学读过两年书，不能对生活抒发出诗意的感受。她来的第二天晚上，放映队在晒场上放映了《列宁在一九一八》。从此，华西里的一句台词就成了她的口头禅。"面包会有的，牛奶也会有的。"她老是笑嘻嘻地这样说。她生得细眉小眼，一笑起来，眼睛会眯成一条像月牙儿似的弯弯的细缝，再配上她那两个小小的酒窝，倒也有一种特别的动人之处。

灵均放马，白天不在家。她一个人在中午顶着烈日又和泥又掌模子，脱了一千多块土坯。然后，把晒干的土坯一车车拉回来，在他们门前围起三面围墙，在九百六十万平方公里土地上，她突然划出了十八平方米土地归自己使用。她说，"在我们老家，家家门口都有树，哪有出门就见天的吵！"于是，她又在野地里刨了两棵碗口粗的白杨树，以惊人的力气拖了回来，栽在院子的两边。院子围好，她就养开了家禽。她养鸡、养鸭、养鹅、养兔子，后来又喂了几对鸽子，在人们中间博得了个"海陆空军总司令"的外号。国营农场不许工人自己养猪，这是她最大的遗憾，她常躺在枕头上对灵均说，她梦见她养的猪已经长得多大多大了。

他们所在的这个偏僻的农场，是像一潭死水似的地方，领导对正确的东西执行不力，对错误的东西贯彻得也不积极，尽管有"割资本主义尾巴"的压力，但秀芝也像一株顽强的小草一般，在石板缝中伸出自己的绿茎。她养的小动物们，就和在魔术师的箱子里一样，繁殖得飞快。"面包会有的，牛奶也会有的。"果然，一年以后，他们的生活就大变了样。他们的工资虽然还是那样微薄，但是已经能丰衣足食了。秀芝真有逆转社会发展规律的本领，在别人高喊向共产主义过渡的时候，她在他们家里完成了自然经济对商品经济的复辟。一切都是从秀芝手里生产出来的。她收工回来,鸡、鸭、鹅、鸽子也都跟着她回来。女儿清清背在她背上,鸡鸭鹅围在她脚下,鸽子立在她肩头;柴火在炉膛里燃着,水在铁锅里烧着:她虽然没有学过"运筹学",可是就像千手观音一样,不慌不忙,先后有序,面面俱到。

这个吃红苕长大的女人,不仅给他带来了从来没有享受过的家庭温暖,并且使他生命的根须更深入地扎进这块土地里,根须所汲取的营养就是他们自己的劳动。她和他的结合,更加强化了他对这块土地的感情,使他更明晰地感觉到以劳动为主体的生活方式的单纯、纯洁和正当。他得到了他多年前所追求的那种愉快的满足。

董副主任宣布他的问题得到改正的那天,当他开好证明,又从财务科领出按政策规定给他补助的五百块钱回到家,把经过原原本本告诉秀芝时,秀芝脸上也放出了奇异的光彩。她在围裙上擦干净手,一张张地点着崭新的钞票。

"喂,秀芝,从今以后我们就和别人一样了!"他在屋里洗脸,朝小伙房里的秀芝高兴地叫道,"喂,秀芝,你怎么不说话? 你在干什么?"

"哪个搞起的哟!"秀芝笑着说,"我数都数不清喽! 数了好几遍。这么多钱!"

"哎呀! 你这个人真是……钱算得了什么? 值得高兴的是我在政治上获得了新生……"

"啥子政治新生、政治新生! 在我眼睛里你还是个你哟! 过去说你是右派,隔了大半辈子又说把你搞错了;说是把你搞错了,又叫你二天莫再犯错误,晓得搞的啥子名堂哟! 到底是哪个莫再犯错误哟? 我们过去哪个子过,二天还哪个子过。有了钱才能安逸。你莫吵我,让我再好好数数。"

是的,比他小十五岁的秀芝从来没有把他看得和别人有什么不同,她永远保持着庄稼人朴实的理智。什么右派不右派,这个概念根本没有进入她小小的脑袋。她只知道他是个好人,老实人,这就够了。她在干活的时候常跟别的妇女说:"我们清清她爹可是个老实巴交的下苦人，三脚踢不出个屁来，狼赶到屁股后头都不着急。要是欺负这样的人，真是作孽，二辈子都要背时！"

是的，秀芝爱钱，平时恨不能把一分钱镍币掰成两半花。区区五百块钱，也就使她大大地满足了，使她的手指颤抖了，使她眼里闪出喜悦的泪光。可是，当她知道他父亲是个有钱的"外国资本家"时，却没有提一个钱字，只是叫他多带些五香茶叶蛋去给父亲吃。她常常对只有七岁的清清教育道："钱只有自己挣来的花得才有意思，花得才心里安逸。我买盐的时候，我知道这是我卖鸡蛋得来的钱；我买辣子的时候，我知道这是我割稻子得来的钱；我给你买本本的时候，我知道这是我加班打场得来的钱，……"她没有什么抽象的理论，没有什么高深的哲理，然而这些朴素的、明白的、心安理得的话语，已经使他们家庭这个最小的成员也认识到：劳动是高贵的；只有劳动的报酬才能使人得到愉快的享受；由剥削或依赖得来的钱财是一种耻辱！

秀芝不会唱歌。清清满月时，他们一家三口乘进县城的卡车到全县唯一的一家照相馆去照了一张"全家福"。县城的街上有卖冰棍的，拖长了嗓子喊着："冰——棍！冰——棍！"以后，"冰——棍"就成了秀芝的催眠曲。她一面拍着清清，一面学西北人的口音轻轻地唱着："冰——棍！冰——棍！……"那单调的、悠远的、而又如梦幻般甜蜜的歌声，不仅把清清引入梦乡，也使在一旁看书的他感到一种朴拙得近于原始的幸福，进入一种纯粹的美的境界。

王府井大街上也有卖冰棍的，但是他们不喊，坐在铺子里板着面孔，这多没有意思！他思念那如梦幻般甜蜜的催眠曲，思念那抱着"面包会有的，牛奶也会有的"乐观精神的笑靥。

不，他不能待在这里。他要回去！那里有他在患难时帮助过他的人们，而现在他们正在盼望着他的帮助；那里有他汗水浸过的土地，现在他的汗水正在收割过的田野上晶莹闪光；那里有他相濡以沫的妻子和女儿；那里有他的一切；那里有他生命的根！

五

他终于回来了,终于又回到这熟悉的小小的县城。汽车站前面横着全县唯一的柏油马路,那上面仍然蒙着层薄薄的黄尘,风一吹,就在商店、银行和邮局门口打旋。马路对面的那架弹花机仍然响着单调的绷绷声,好像自他走后就没有停过似的。汽车站门前仍然拥挤着卖醪糟的、卖油饼的、卖瓜子的农民;两边,仍然是东倒西歪的土房,有的门上还能看到古老的雕花门楣。那座新盖的戏院仍然困在横七竖八的脚手架当中,一群工人还在它四周忙碌着。

但是,他一下车,就有一种像是从降落伞落到地面的感觉,他的脚又踏着实地了。他爱这里的一切,连同她的瑕疵,就像他爱自己的生活,包括过去的痛苦一样。

黄昏,他搭乘的马车路过原来住的生产队。残阳正从西山上斜射过来,村庄和村庄里的人们都罩在一片模糊的玫瑰色之中。只有秀芝栽的两棵白杨树高耸在一片土房子的屋顶上面,静静的,一点也不摇曳,仿佛正对他全神贯注地凝望着一样。

牲口回来了,横穿过土路,它们好像认出了他,呆呆地立在路两旁,睁大眼睛望着他。马车远去了,它们才掉过头,懒洋洋地向自己的圈棚踱去。

他的心里泛起了一股温暖的柔情。他想起临回来之前父亲和他的谈话。那天晚上,父子两人面对面地坐在沙发上。父亲穿着丝质睡衣,伛偻着背,神情懊丧地抽着烟斗。

"这么快就走吗?"父亲问他。

"是的,学校准备期中考试了。"

父亲沉默了一会,又说:"这次我回来,看到了你,很高兴。"父亲虽然努力保持平静,但下唇却轻微地抖动着。"我发现你非常非常成熟了。这也许是你有坚定信念的缘故吧。这样也好! 人所追求的不过是信念。老实说，过去我也追求过，可是，宗教并不能给人什么……"说到这里，父亲表示厌倦地挥了挥手，又继续说下去，然而却跳到另外一个题目上。"去年在巴黎，我看到一本英文版的《莫泊桑选集》，里面有一篇一个国会议员和他早年生的儿子重逢的故事。那个儿子后来成了一个白痴。我看了，一晚上没睡着觉。以后，我经常好像看到你一副凄惨的样子站在我的面前。现在看到你这个样子，我也放心了。你的确出乎我意外，你变得像一个，变得像一个……"变得像一个什么，父亲始终没有想出一个恰当的概念，但是他从父亲眼睛里看到了欣慰的眼神。他觉得他们父子都对这次重逢和分别感到满意，他们各自得到了各自需要的东西。父亲在良心上得到了安慰；他在一个关键的时刻回顾了自己的半生，从而领悟到一点人生的意义。

太阳完全隐没在西山后面了。她射出的几束剑似的橘黄色的强光映着山顶的晚霞，又从晚霞上折射下来，散在山坡的草场上、山下的田野上、田野的村庄上，最后变成了一片柔和的暮色。离学校越来越近了，远远地已经能看到那中央操场，就像一泓明净的湖水在泛黄的芨芨草滩中间。在晚风的吹拂下，他胸中的柔情也逐渐荡漾开去，终于形成了一股暖流在他全身回旋。他感到，父亲说他有坚定的信念，并没有真正理解他现在的精神状态。任何理性上的认识如果没有感性作为基础就是空洞的。在某些方面，在某些时候，感情要比理念更重要。而他这二十多年来，在人生的体验中获得的最宝贵的东西，正就是劳动者的情感。想到这里，他眼睛濡湿了。他是被自己感动了：他没有白白走过那么艰苦的道路。

他终于看到了学校。他家门口正站着几个人向大路上这辆马车眺望。秀芝围的白布围裙，在柔和而苍茫的暮色中就像一点皎洁的星光。很快地，那里人越聚越多，最后，他们看出了是他，全都向大路上奔跑。最前面的是一个穿红衣裳的小女孩，她就像迸射出的一团火，飞也似的向他扑来。她越跑越近，越跑越近，越跑越近……

创作要目

1957 年

诗歌《夜》发表于《延河》1957 年 1 月号。

诗歌《在收工后唱的歌》发表于《延河》1957 年 2 月号。

诗歌《在傍晚时唱的歌》发表于《延河》1957 年 3 月号。

诗歌《大风歌》发表于《延河》1957 年 7 月号。

1979 年

《四封信》发表于《宁夏文艺》1979 年第 1 期。

《四十三次快车》发表于《宁夏文艺》1979 年第 2 期。

《霜重色愈浓》发表于《宁夏文艺》1979 年第 3 期。

《吉普赛人》发表于《宁夏文艺》1979 年第 5 期。

1980 年

《在这样的春天里》发表于《朔方》1980 年 1 月号。

《邢老汉和狗的故事》发表于《朔方》1980 年 2 月号。

《灵与肉》发表于《朔方》1980 年 9 月号。

1981 年

《土牢情话》发表于《十月》1981 年第 1 期。

《夕阳》发表于《人民文学》1981 年 9 月号。

《龙种》发表于《当代》1981 年第 5 期。

《垄上秋色》发表于《朔方》1981 年 12 月号。

1982 年

《龙种》由百花文艺出版社出版。

1983 年

长篇小说《男人的风格》由百花文艺出版社出版。

《河的子孙》由百花文艺出版社出版。

《河的子孙》发表于《当代》1983 年第 1 期。

《肖尔布拉克》发表于《文汇月刊》1983 年 2 月号。

《男人的风格》发表于《小说家》1983 年第 2 期。

1984 年

《绿化树》由北京十月文艺出版社出版。

《绿化树》发表于《十月》1984 年第 2 期。

《浪漫的黑炮》发表于《文学家》1984 年第 2 期。

1985 年

《男人的一半是女人》由中国文联出版公司出版。

《初吻》发表于《中国作家》1985 年第 1 期。

《临街的窗》发表于《小说家》1985 年第 2 期。

《男人的一半是女人》发表于《收获》1985 年第 5 期。

1986 年

《张贤亮集》由海峡文艺出版社出版。

《飞越欧罗巴》由百花文艺出版社出版。

1987 年

长篇小说《男人的一半是女人》由香港明窗出版社出版。

中篇小说《早安！朋友》由远景出版事业公司(台北)出版。

中篇小说《浪漫的黑炮》由圆神出版社(台北)出版。

《土牢情话》(海峡文库4)由林白出版社有限公司(台北)出版。

《早安！朋友》由百花文艺出版社出版。

《早安！朋友》发表于《朔方》1987年第1期、《小说目录》1987年第1期。

1988年

长篇小说《男人的一半是女人》由远景出版事业公司(台北)出版。

1989年

《习惯死亡》由百花文艺出版社出版。

《习惯死亡》发表于《文学四季》1989年第4期、香港《明服》、台湾《圆神》。

1990年

中篇小说《土牢情话》由耕耘出版社出版。

1992年

《烦忙就是智慧》(上)发表于《小说界》1992年第5期、《中篇小说选刊》1992年第5期。

1993年

《张贤亮自选集·感情的历程》由作家出版社出版。

1994年

6月,《张贤亮自选集·我的菩提树》由作家出版社出版。

《烦忙就是智慧》(下)发表于《小说界》1994年第2期。

1995年

《张贤亮自选集·习惯死亡》由作家出版社出版。

《张贤亮自选集·早安！朋友》由作家出版社出版。

《张贤亮近作·我的菩提树》由珠海出版社出版。

《张贤亮近作·无法苏醒》由珠海出版社出版。

《张贤亮近作·我为什么不买日货》由珠海出版社出版。

《张贤亮选集》(一、二、三、四)由百花文艺出版社出版。

1996 年

《张贤亮小说新编》(上、中、下卷)由宁夏人民出版社出版。

《张贤亮小说自选集》由漓江出版社出版。

《小说编余》由宁夏出版社出版。

1997 年

《我的菩提树》由台湾九歌出版社出版。

《小说中国》由经济日报出版社、陕西旅游出版社联合出版。

1998 年

《男人的一半是女人》由经济日报出版社、山东文艺出版社联合出版。

《习惯死亡》由经济日报出版社、山东文艺出版社联合出版。

《无法苏醒》由经济日报出版社、山东文艺出版社联合出版。

《男人的风格》由陕西旅游出版社出版。

《追求智慧》由中国华侨出版社出版。

《初吻》由陕西旅游出版社出版。

1999 年

《青春期》由经济日报出版社、陕西旅游出版社联合出版。

《无法苏醒》由河南文艺出版社出版。

《张贤亮小说精选》由四川人民出版社出版。

《绿化树》由香港新地出版社出版。

2000 年

《张贤亮小说精选》由太白文艺出版社出版。

2001 年

《男人的一半是女人》由时代文艺出版社出版。

图书在版编目（CIP）数据

张贤亮精选集/张贤亮著. —北京：北京燕山出版社，2015.9（2022.4重印）

ISBN 978-7-5402-3958-9

Ⅰ.①张… Ⅱ.①张… Ⅲ.①小说集-中国-当代 Ⅳ.①I247

中国版本图书馆 CIP 数据核字（2015）第 218943 号

张贤亮精选集

张贤亮 著

责任编辑／尚燕彬

装帧设计／小　贾

内文制作／张　佳

北京燕山出版社出版发行

北京市丰台区东铁匠营苇子坑 138 号嘉城商务中心 C 座　邮编 100079

全国新华书店经销

北京松源印刷有限公司印刷

开本 850mm×1168mm　1/32　印张 12.5　字数 327,000

2015 年 11 月第 1 版　2022 年 4 月第 4 次印刷

定价：58.00 元